Alexander Hartung
Gehe mit den Toten

EDITION M

Das Buch

Als die junge Kripobeamtin Lara Plank ins Büro kommt, ist die Dienststelle der Kripo Frankfurt in Aufruhr. Der Industrielle Bernhard Döhring wurde in seinem gut gesicherten Anwesen brutal ermordet. Das Entsetzen in den Medien über den Tod des bekannten Wohltäters ist groß.
In Döhrings Jagdhaus macht Lara eine ungewöhnliche Entdeckung, doch sie wird von ihrem Vorgesetzten schroff zurechtgewiesen. Ihr Misstrauen ist geweckt. Sie bittet ihren vorzeitig pensionierten Kollegen Simon um Hilfe und sie gehen der Spur auf eigene Faust nach. Den beiden wird schnell klar, dass sie es mit einflussreichen Gegnern zu tun haben. Und der Tod des Mäzens Döhring war erst der Anfang.

Der Autor

Alexander Hartung wurde 1970 in Mannheim geboren. Schon während seines Volkswirtschaftsstudiums begann er mit dem Schreiben und entdeckte seine Liebe zu Krimis. Mit seinen Kriminalromanen erobert er regelmäßig die Kindle-Bestsellerliste. Aktuell lebt Alexander Hartung mit Frau und Kindern in seiner Geburtsstadt Mannheim.

ALEXANDER HARTUNG

GEHE MIT DEN TOTEN

THRILLER

EDITION M

Deutsche Erstveröffentlichung bei
Edition M, Amazon Media EU S.à r.l.
38, avenue John F. Kennedy, L-1855 Luxembourg
Januar 2024

Umschlaggestaltung: bürosüd° München, www.buerosued.de
Umschlagmotiv: © Krasovski Dmitri/ Shutterstock; © n_defender/ Shutterstock; © Arttis/ Shutterstock;
© Rawpixel.com/ Shutterstock; © Stas Malyarevsky/ Shutterstock; © xpixel/ Shutterstock
1. Lektorat: Kanut Kirches
2. Lektorat und Korrektorat: VLG Verlag & Agentur, Haar bei München, www.vlg.de
Gedruckt durch:
Amazon Distribution GmbH, Amazonstraße 1, 04347 Leipzig /
Canon Deutschland Business Services GmbH, Ferdinand-Jühlke-Str. 7, 99095 Erfurt /
CPI books GmbH, Birkstraße 10, 25917 Leck

ISBN 978-2-49671-296-4
e-ISBN 978-2-49671-297-1

www.edition-m-verlag.de

Für Onkel Hugo.
In langer, freundschaftlicher
Verbundenheit.

Prolog

Bernhard war sich sicher, dass er keine Musik angemacht hatte, bevor er in den Weinkeller gegangen war. Nach nur wenigen Takten erkannte er die letzte Szene von Bizets berühmter Oper, in der Don José die wunderschöne Carmen bittet, zu ihm zurückzukehren, sie aber den Stierkämpfer Escamillo nicht verlassen will.

Bernhard schloss die Tür zum Weinkeller, stellte den Château Pétrus auf den Beistelltisch und ging ins Wohnzimmer. Als er den Schrank zur Hi-Fi-Anlage öffnen wollte, war dieser verschlossen und der Schlüssel verschwunden. Einen Augenblick überkamen Bernhard Zweifel, ob er nicht doch die Musik angemacht hatte, schließlich funktionierte sein Gedächtnis im Alter nicht mehr so zuverlässig. Jedoch fiel ihm kein Grund ein, warum er an diesem Abend Bizet hätte auflegen sollen. Seine gelangweilte Seele sehnte sich eher nach dem Bombast von Wagner, nicht nach einer tragischen Liebesgeschichte.

Sein Leibwächter war im Urlaub und auch die anderen Bediensteten würden erst am frühen Morgen wiederkommen. Außerdem hätte es keiner von ihnen gewagt, etwas im Wohnzimmer anzufassen oder gar eine CD einzulegen, ohne dass er es wünschte. Elisabeth war noch auf Reisen, also musste es ein Fremder gewesen sein.

Bernhard sah zur Wand, an der zwei Korbschwerter aus dem 17. Jahrhundert hingen. In seiner Jugend war er ein guter Fechter gewesen, aber das stumpfe Metall und die schon rund gewordene Spitze wären für niemanden eine Gefahr, also wandte er sich um und ging zurück in den Gang, in dem zwischen der Bibliothek und dem großen Bad ein Panikknopf installiert war, mit dem er sofort die nächste Polizeidienststelle alarmieren konnte. Bis zu deren Ankunft würde er sich im Bad einschließen.

Doch anstatt des Knopfes fand er nur ein Loch in der Wand vor. Der Schalter war herausgebrochen und die Kabel durchtrennt. Bernhard sah sich ängstlich um, aber er konnte niemanden sehen. Schnell vergewisserte er sich, dass der Picasso noch an der Wand hing; bis auf den kaputten Knopf war alles unverändert.

»Ist hier jemand?«, rief er, aber die Musik war zu laut. Carmens Ende nahte. Während Don José einsehen musste, dass sein Flehen um ihre Liebe umsonst war, jubelten die Massen in der Arena über Escamillos Sieg.

Bernhard machte einen großen Schritt über den herausgeschlagenen Putz auf dem Boden und lief zum Badezimmer, doch als er die Klinke nach unten drückte, ließ sich die Tür nicht öffnen. »Was ist hier los?«, schrie er verzweifelt und rüttelte daran.

Sein Herz schlug schneller und seine Knie begannen zu zittern. Bevor er in den Weinkeller gegangen war, hatte er sein Handy an das Aufladekabel im Büro gesteckt. Um dorthin zu gelangen, musste er durch das Wohnzimmer. Gerade als er sich umwandte, sah er die vermummte Gestalt mit einem Messer in den Fingern. Die Klinge war kaum länger als seine Hand, aber mit ihrem Hohlschliff konnte sie schreckliche Wunden erzeugen. Bernhard hatte bei seinen Jagdausflügen Messer wie dieses benutzt.

»Wer sind Sie?«, rief er die Gestalt an, bekam jedoch keine Reaktion. Es wirkte vielmehr, als würde sein Gegenüber auf eine Bewegung des Hausherrn warten. Bedauerlicherweise stand die Gestalt vor dem Zugang zum Wohnzimmer, sodass Bernhard der Weg ins Büro versperrt war.

Der Chor wurde wieder lauter. »Auf in den Kampf, Torero!«, sang er, während Carmen den Ring auf den Boden warf, den ihr Don José geschenkt hatte.

Bernhard blieb nur noch eine Chance: die Küche, von der aus es einen Hinterausgang zum Garten gab. Dort konnte er nach der Polizei rufen. Ein Nachbar würde seine Schreie zu dieser späten Stunde sicherlich hören. Er drehte sich um und lief los. Als er die Tür zur Küche aufstieß, traf ihn etwas am Fuß. Er verlor seinen Hausschuh, stolperte nach vorne und schlug mit der Stirn gegen das Holz des Küchenblocks. Bernhard versuchte, sich aufzurappeln, aber jemand trat ihm in den Rücken, sodass er wieder zu Boden sank. Benommen drehte er sich zu der Gestalt um, die über ihm stand und das Messer hob. Bernhard vermeinte, ein Lächeln unter der schwarzen Sturmhaube zu erkennen.

»Ich habe sie getötet«, sang Don José. »Ach, Carmen! Meine angebetete Carmen.«

Kapitel 1

Als Lara am frühen Morgen erwachte und zu ihrem Telefon griff, verfluchte sie die kaputte Aufladebuchse des Handys, denn der Akku war leer, obwohl sie das Gerät an das Kabel geschlossen hatte. Daher hatte auch die Weck-App nicht funktioniert und sie war viel zu spät wach geworden. Sie sprang aus dem Bett und lief in die Küche. Am Kühlschrank erinnerte sie ein großer Zettel daran, was sie alles einzukaufen hatte. Beim Lesen kam sie schnell zu dem Schluss, dass das Frühstücken ausfallen musste. Sie wandte sich zur Kaffeemaschine um, an der ebenfalls ein großer Zettel mit »Kaffee kaufen!« hing.

Lara ging fluchend ins Bad, band sich die Haare zusammen und putzte sich kurz die Zähne. Sie ärgerte sich darüber, dass ihre Jeans in der Nacht wieder eingegangen war, als sie den Knopf schloss. Hastig zog sie ein T-Shirt über, griff nach ihrer Jacke und lief aus dem Haus. Als sie aus der Tiefgarage fuhr, wog sie ab, ob sie noch Zeit für einen Stopp an einem Café hatte, doch Sekunden später schob sich ein Müllfahrzeug vor ihr Auto und zerstörte all ihre Frühstückspläne. Mürrisch stöpselte sie ihr Handy an das Kabel am Zigarettenanzünder, lehnte sich im Sitz zurück und fuhr im Schritttempo dem Müllwagen hinterher, dessen Arbeiter es nicht eilig mit dem Einsammeln und Leeren der Tonnen hatten.

Sie schaffte es eine Minute vor der angesetzten Besprechung auf die Dienststelle, rannte die Treppe nach oben und verlangsamte erst vor dem Gang zum Büro das Tempo, damit man ihr die Eile nicht ansehen würde.

»Du solltest dir ein neues Handy zulegen«, sprach ein Mann sie an, der in die gleiche Richtung unterwegs war. Er hatte kurze schwarze Haare, die zu einem langweiligen Mittelscheitel gekämmt waren. Mit Ende dreißig hätte er eigentlich keine starken Hautprobleme mehr haben sollen, aber wenigstens ließ er sich einen Bart wachsen, was seinen Anblick erträglicher machte. Wie immer hatte er sich in der Kantine ein Wurstbrötchen zum Frühstück gekauft, dessen Salami so sehr nach Fett stank, dass Lara den Kopf abwandte.

»Lass mich in ein Loch fallen, in dem die Zeit stehen bleibt, Utz. Dann kümmere ich mich darum.«

»Was gibt es da zu kümmern? Das Ding ist so alt, dass selbst die billigste Billigware vom Discounter ein Quantensprung wäre. Dann würde dein Akku richtig laden und der Wecker funktionieren.«

Sie verdrehte die Augen. Utz hatte natürlich recht, aber das wollte sie vor ihrem Kollegen nicht zugeben.

»Ich bringe noch mein Brötchen ins Zimmer.« Er ging nach rechts in das Großraumbüro hinein, während Lara weiter zum Besprechungsraum hastete. »Bis gleich.«

Dort angekommen, wusste sie, dass etwas passiert war. Es waren wesentlich mehr Kollegen anwesend als sonst, nicht nur aus der Kriminalinspektion 10, sondern auch vom Analyseteam und der organisierten Kriminalität. Statt in der Küche herumzustehen, hatten die meisten Kollegen schon Platz genommen. Lara wollte sich gerade erkundigen, was vorgefallen sei, als sie die Stimme ihres Vorgesetzten Viktor Nowak vernahm.

»Bitte alle hereinkommen«, hörte man seine Worte über die Lautsprecher. Er stand vor der Leinwand und hielt ein Mikrofon in der Hand. Dass die Sache ernst war, konnte man auch seiner Kleidung entnehmen. Nowak trug einen dunkelblauen Anzug mit roter Krawatte. So formell kam er nur auf die Dienststelle, wenn er einen Termin mit Höhergestellten oder der Presse hatte. Anscheinend hatte er dieses Wochenende viel zu tun gehabt, denn die sonst akkurat schwarz gefärbten Haare ließen einen grauen Ansatz erkennen. Den Ringen unter seinen braunen Augen nach zu schließen, war er außerdem schon früh aus dem Bett geholt worden.

Sehnsüchtig sah Lara zu einer Kollegin, die gerade ihren Kaffee in einem Zug austrank und die Tasse unter den Stuhl stellte. Essen und Trinken waren hier verboten.

»Gestern Abend wurde der Industrielle Bernhard Döhring in seinem Haus ermordet.«

Ein Raunen ging durch die Zuhörer. Döhring war einer der bekanntesten Wirtschaftsbosse im Frankfurter Raum. Er war reich sowohl an Geld als auch an Einfluss gewesen, und es gab keine Wohltätigkeitsveranstaltung im Main-Taunus-Gebiet, bei der er nicht gespendet oder sich irgendwie anders engagiert hatte.

»Das ist ein Schock für uns alle«, fuhr Nowak fort. »Bevor ich euch in die unterschiedlichen Ermittlungsgruppen einteile, gebe ich eine kurze Zusammenfassung der Geschehnisse. Ich muss euch nicht daran erinnern, alles vertraulich zu behandeln.«

Ein Bild erschien an der Wand. Döhring lag auf dem Boden seiner Küche. Um seinen Unterleib hatte sich eine große Lache Blut gebildet. Die Brille war ihm vom Gesicht gerutscht und die Augen im Schrecken geöffnet. Seine schütteren grauen Haare waren zerzaust. An der Stirn seines faltigen Gesichts hatte er eine kleine Wunde, als wäre er mit dem Kopf an den Küchenblock vor ihm gestoßen. Er trug ein weißes

Hemd, dessen zwei oberste Knöpfe offen waren, und eine zerknitterte beige Leinenhose, beide Kleidungsstücke getränkt mit Blut. Der rechte Fuß war nackt, während am linken ein weißer Hausschuh steckte.

»Das viele Blut stammt von zahlreichen Einstichen in Bauch, Unterleib und Oberschenkel, was laut dem Notarzt auch die Todesursache sein dürfte. Genaueres wird die Obduktion ergeben«, fuhr Nowak fort. »Döhring wurde heute Morgen um halb sechs von einer Angestellten gefunden, die für die Reinigung der Räume und die Zubereitung des Frühstücks verantwortlich war. Der Todeszeitpunkt liegt vermutlich vor Mitternacht, aber auch hier müssen wir die Obduktion abwarten.« Eine Luftaufnahme des Grundstücks erschien auf der Leinwand. Döhrings Anwesen war standesgemäß, ein großes Hauptgebäude mit ausladender Terrasse, einem parkähnlichen Garten mit Swimmingpool, einem Teich und inmitten eines kleinen Waldes einer Art Pergola, die im Sommer idyllisch sein mochte. »Die Kollegen vom kriminalwissenschaftlichen und technischen Institut sind schon vor Ort und versuchen, den Weg des Täters nachzuvollziehen.« Er deutete zur Luftaufnahme. »Das Grundstück und das Haus sind mit modernster Überwachungstechnik ausgestattet, daher war dies kein Raubzug einer umherziehenden Bande, sondern eine geplante Tat.« Er wandte sich wieder den Anwesenden zu. »Aktuell haben wir weder Zeugen noch ein Motiv. Unsere Aufgaben umfassen die Befragung der Nachbarn, die Spurensicherung am Tatort und die Überprüfung im Haus, ob Wertgegenstände entwendet worden sind.« Nowak nickte. »Begebt euch bitte zu euren Gruppen, wo ihr über die Aufgaben im Rahmen der Ermittlungen informiert werdet. Viel Glück«, fügte er noch hinzu.

Dann war die Besprechung beendet.

* * *

Eigentlich hatte sich Lara die Fahrt durch den Frankfurter Verkehrswahnsinn mit etwas Radiomusik erleichtern wollen, aber statt der neusten Hits kam eine Sondersendung zu Döhrings Tod.

»Heute ist kein guter Tag für die Frankfurter Kultur- und Sportszene«, begann ein Mann. »Nach übereinstimmenden Berichten wurde der Industrielle und Mäzen Bernhard Döhring am Morgen auf seinem Anwesen in Sachsenhausen tot aufgefunden.«

»Das ist ein wirklicher Schock«, ergänzte eine Frau. »Ich habe mich vor der Sendung an den Computer gesetzt und nach Projekten gesucht, die Bernhard Döhring unterstützt hat. Binnen fünf Minuten hatte ich bereits dreiundzwanzig gefunden, die von Klassikfestivals in der Oper über Ausstellungen in der Schirn Kunsthalle bis hin zu sozialen Projekten im Bahnhofsviertel reichen. Und ich bin keine Expertin mit Suchmaschinen«, fügte sie noch hinzu.

»Wenn man dann Döhring noch als Steuerzahler und Arbeitgeber hinzunimmt, muss man sich wirklich Sorgen um unsere Stadt machen«, fuhr der Mann fort. »Völlig unklar ist bisher, wie er zu Tode kam, aber der Polizeipräsident hat für zehn Uhr eine erste Pressekonferenz anberaumt, in der er …«

Lara schaltete das Radio aus, als sie bei der ersten Absperrung ankam. Sie zeigte ihren Kripoausweis und wurde zu einem kleinen Parkplatz weitergeleitet, wo sie ihr Auto abstellen konnte, ehe sie das kurze Stück zum Anwesen zu Fuß ging.

Auch in Sachsenhausen hatte sich Döhrings Tod schon herumgesprochen, denn neben der Absperrung waren Blumensträuße niedergelegt und Kerzen angezündet worden. Das Kamerateam eines überregionalen Fernsehsenders baute gerade einen Scheinwerfer auf, während eine Gruppe Schaulustiger Aufnahmen von dem Anwesen machte.

Von außen wirkte die Villa noch beeindruckender als auf dem Foto. Ein zweistöckiger Altbau mit bodentiefen Fenstern und einem ausladenden Balkon, umgeben von prachtvollen Eichen. Durch das Einfahrtstor hätte ein Lkw gepasst, und in den beiden Garagen neben dem Haus war wahrscheinlich kein VW-Golf geparkt. Das Tor war offen. Die Fahrzeuge der Kriminaltechniker standen davor. Nowak schien etwas mit dem Polizeipräsidenten zu besprechen und deutete immer wieder auf die Villa.

In dem Moment war Lara froh, dass sie keine Führungsposition in der Kripo innehatte. Sie wollte sich nicht vorstellen, wie der mediale Rummel der nächsten Tage zu bewältigen war. Er würde den Druck auf die Ermittler enorm erhöhen, schließlich erwartete die Öffentlichkeit schnelle Resultate sowie die Überführung des Mörders, sobald bekannt war, dass Döhring keines natürlichen Todes gestorben war. Lara wollte nicht zu viel Zeit mit der Betrachtung des Anwesens vergeuden, also riss sie sich von dem Anblick los und begann mit ihrer Arbeit. Auf dem Weg zum ersten vermeintlichen Zeugen grüßte sie ein paar Kollegen. Ihr Gesprächspartner wohnte rechts neben Döhrings Anwesen. Obwohl sein Haus weniger prachtvoll war, lag es immer noch weit über den Möglichkeiten einer Kommissarin. Selbst der Polizeipräsident hätte sich eine solche Unterkunft kaum leisten können. Nicht in dieser Lage. Offensichtlich interessierte sich der Nachbar für den Rummel um die Ermittlungen, denn er stand am Gartentor und beobachtete durch die dicke Brille auf seiner Nase das Treiben auf der Straße. Lara schätzte ihn auf Anfang siebzig. Er hatte spärliches weißes Haar und trug eine verwaschene Baumwollhose, ein Hemd und eine Strickjacke mit eigenartig geschnitzten Knöpfen.

»Kripo Frankfurt, Lara Plank«, stellte sie sich vor und zeigte ihre Marke. »Sind Sie Herr Werner Zeiler?«

Der Mann wandte sich ihr zu und nickte. Er wirkte überrascht, dass er mit Namen angesprochen wurde.

»Wie Sie sicherlich schon gehört haben, wurde Herr Bernhard Döhring heute Morgen tot aufgefunden.«

»Wer hat ihn ermordet?«, platzte es aus ihm heraus.

»Ich habe nichts von einem Mord gesagt.«

»Ich war lange genug Strafverteidiger«, winkte er ab. »Bei einem Herzinfarkt wäre der Aufwand nicht so hoch. Und dass Sie mich allein befragen, kann nur bedeuten, dass das LKA möglichst schnell Ergebnisse haben möchte, sonst wären Sie zu zweit eingeteilt, was aber eben doppelt so lange dauern würde.«

Lara zog überrascht die Augenbrauen hoch. Aufmerksame Nachbarn hatten durchaus ihre Vorteile. »Ist Ihnen etwas aufgefallen, das unseren Ermittlungen dienlich sein könnte?«, übersprang Lara den formellen Teil, denn offensichtlich hatte Zeiler Lust, sich mitzuteilen.

»Ich wünschte, ich könnte Ihnen helfen«, sagte er kopfschüttelnd. »Aber ich bin gegen 22 Uhr ins Bett und wurde später kurz durch den Schrei einer Frau geweckt.«

»Welchen Schrei?« Lara holte ihren Eingabestift für das Handy aus der Tasche und machte sich in der Textverarbeitungs-App eine Notiz.

»Das wird Bernhards Angestellte gewesen sein, die immer sehr früh auf das Anwesen kommt. Vermutlich hat sie seine Leiche gefunden und hat deshalb geschrien.«

»Um wie viel Uhr wurden Sie deswegen geweckt? Und warum nur kurz?«

»Kann ich nicht genau sagen, weil ich sofort wieder eingeschlafen bin«, erklärte er mit einem verlegenen Lächeln. »Tatsächlich habe ich gedacht, dass ich den Schrei geträumt hatte, denn um diese frühe Zeit bin ich zu kaum etwas in der Lage, weil ich Medikamente für einen besseren Schlaf nehme. Unter den Umständen war es ein Wunder, dass ich überhaupt etwas gehört habe, daher muss die Frau sehr laut gewesen sein. Als ich dann schließlich gegen acht Uhr aufgestanden bin, leuchtete das Viertel schon vom Blaulicht der Polizei.«

»Und vor dem Zubettgehen?«

»Habe ich nichts Ungewöhnliches bemerkt.«

»Wohnen noch andere Personen bei Ihnen?«

»Meine Frau verbringt die kalte Winterzeit in unserem Haus an der italienischen Riviera und meine Kinder haben ihr eigenes Leben außerhalb von Frankfurt.«

»Was können Sie mir zu Herrn Döhring sagen? Welche Art Nachbar war er?«

»Wir trafen uns meist bei offiziellen Anlässen im Theater, Museum oder in der Kunsthalle«, erklärte Zeiler.

»Waren Sie bei Herrn Döhring zu Hause?«

»Nur bei einem Empfang, als Spenden für eine Stiftung gesammelt wurden.«

»Aber Sie waren doch Nachbarn«, gab Lara verwundert zurück. »Warum haben Sie sich nicht öfter getroffen?«

»Eigentlich verstanden wir uns gut«, antwortete Döhring. »Aber es hat sich irgendwie nie eine Gelegenheit für ein Glas Wein oder Sonstiges ergeben. Fragen Sie mich nicht, warum.«

»Können Sie mir etwas zu Herrn Döhrings Charakter sagen?«

»Er war auch privat weitestgehend, wie man ihn in der Öffentlichkeit kannte. Höflich und unprätentiös. Niemand, der sich in den Vordergrund drängte.«

»Wenn sich Ihre Theorie des Mordes bewahrheitet, wer könnte Interesse daran gehabt haben, Bernhard Döhring zu ermorden?«

»Egal, was man im Leben macht und wie gut man es meint, es finden sich immer Leute, die einen kritisieren«, antwortete Zeiler. »Grundsätzlich werden vermögende Menschen wie

Bernhard angefeindet, weil Reichtum immer die Vermutung der Ausbeutung und des Betrugs anhängt.«

»Gab es konkrete Hinweise?«, wollte Lara wissen. »Waren Sie Zeuge eines Angriffs? Wurden die Wände von Herrn Döhrings Anwesen beschmiert oder wurde er bedroht?«

»Ich habe nichts dergleichen bemerkt. Weder hier noch bei einem Empfang.«

»Kehren wir zum gestrigen Tag zurück«, bat Lara. »Ist Ihnen rückblickend etwas Ungewöhnliches aufgefallen, sowohl was Geschehnisse rundum in der Gegend betrifft als auch bezüglich Herrn Döhring selbst?«

»Ich habe Bernhard schon mindestens zwei Wochen nicht mehr gesehen und wenn, dann nur, wenn er mit seinem Fahrer unterwegs war«, erklärte Zeiler. »Gestern war es mir zu kalt und zu regnerisch, daher habe ich nur für einen kurzen Spaziergang das Haus verlassen. Den Rest der Zeit habe ich mit Nachrichten im Fernsehen und einem Buch über Schopenhauers Dialektik verbracht.«

Lara machte sich eine letzte Notiz und lud die Datei in ihre Cloud hoch. »Vielen Dank für Ihre Zeit, Herr Zeiler«, sagte sie lächelnd. »Sollte Ihnen doch noch etwas einfallen, möchte ich Sie bitten, sich an mich zu wenden oder die eingerichtete Hotline anzurufen.« Sie reichte ihm eine Visitenkarte mit ihren Kontaktdaten.

»Einen schönen Tag, Frau Kommissarin«, verabschiedete er sich, bevor Lara zurück zu ihrem Auto ging. Es standen zwar noch einige Zeugen auf ihrer Liste, aber vor der nächsten Befragung benötigte sie dringend einen Schluck Kaffee.

»Pst, Lara«, hörte sie die Stimme eines Mannes, während sie an der Absperrung vorbeiging. Als sie sich umdrehte, blickte sie in ein vertrautes Gesicht. Daniel hatte sich die blonden Haare schulterlang wachsen lassen, was ihm überhaupt nicht stand; mit den Geheimratsecken wirkte es eher wie ein verzweifelter

Versuch, jugendlich rüberzukommen. Wenigstens hatte er seinen zotteligen Vollbart abrasiert, mit dem er eher wie ein Obdachloser als wie ein Hipster ausgesehen hatte. Er trug eine schwarze, dick gefütterte Jacke, die bei einer Wanderung durch die Arktis angemessen gewesen wäre, nicht dagegen an diesem kühlen Oktobermorgen in Frankfurt.

»Kein Kommentar«, bemerkte sie zu ihm. »Und bei einem solch prominenten Toten erst recht nicht.«

»Ach komm, Lara«, bettelte er. »Eure Pressestelle speist uns wie üblich mit allgemeinem, nichtssagendem Gerede ab, mit dem sich kaum ein Zeitungsartikel füllen lässt.«

»Was daran liegt, dass die Ermittlungen erst wenige Stunden alt sind und es noch nicht viel zu erzählen gibt.«

»Ein kleiner Hinweis zur Todesart.« Er zwinkerte ihr zu. »Um der alten Zeiten willen.«

»Obwohl ich noch nicht lange bei der Kripo bin, kannst du mich nicht für so dumm halten.«

»Du erhältst auch eine Gegenleistung.«

»Was hast du mir anzubieten?«, fragte Lara. »Eine Einladung zum Essen bei dir zu Hause zur angeblich besten Bolognese der Welt, die in Wahrheit schmeckt, als hätte jemand einen verwesten Fisch daruntergemischt?«

»Das Rezept stammt von meiner Großmutter väterlicherseits«, erwiderte er pikiert. »Die war zur Hälfte Mailänderin.«

»Wahrscheinlich wurde sie aus Italien verbannt, nachdem sie irgendjemandem die Bolognese vorgesetzt hatte«, murmelte Lara.

Daniel fuhr sich über den nicht mehr vorhandenen Bart und zog die Augenbrauen hoch. Wahrscheinlich sollte das eine Geste des Missfallens sein. Lara wollte gerade zu ihrem Auto weitergehen, als er die Hand hob. »Ich rede von einem Tipp, der die Ermittlungen vielleicht weiterbringen könnte.«

Lara blieb stehen. »Du willst bei einem Fall solcher Tragweite sachdienliche Hinweise zurückhalten?«, fragte sie.

»Habe ich nicht vor«, rechtfertigte sich Daniel. »Ich möchte sie nur nicht ohne Gegenleistung herausgeben. Außerdem habe ich als Journalist eine gute Rechtsschutzversicherung.«

Sie schloss kurz die Augen und stöhnte. »Alleine, mich mit dir sehen zu lassen, könnte schon unangenehme Fragen nach sich ziehen.« Glücklicherweise standen sie am Rand der Absperrung und die Kollegen der Polizei waren damit beschäftigt, ankommende Fahrzeuge hindurchzulassen oder solche ohne Legitimation abzuweisen.

Sie ging drei Schritte weiter zu einer ausladenden Kastanie. So war sie vor den Blicken von der Absperrung her besser geschützt.

»Zwei Fragen«, sagte sie. »Und wenn dein Tipp nicht überragend ist, werde ich zu dir nach Hause kommen und deinen geliebten Opel abfackeln.«

»So grausam bist nicht einmal du«, bemerkte er, während er ihr folgte.

Sie lehnte sich an den Baum.

»Wurde Bernhard Döhring ermordet?«

»Ja«, sagte sie.

»Und wie?«

»Erstochen.«

»Gibt es schon einen Verdächtigen?«

»Zwei Fragen«, wiederholte sie.

»Ach komm, Lara«, murrte er verärgert.

»Das ist mehr, als alle anderen Journalisten wissen«, widersprach sie. »Also beschwer dich nicht und gib mir den heißen Tipp, der angeblich die Ermittlungen weiterbringen soll.«

Daniel brummte schlecht gelaunt. Offensichtlich hatte er gehofft, mehr aus ihr herauszubekommen, aber bereits diese

Indiskretion konnte ihr viel Ärger einbringen, wenn einer ihrer Vorgesetzten davon erfuhr. »Es gab einen Zwischenfall bei einer Betriebsfeier vor zwei Jahren«, sagte er schließlich.

»Welchen Zwischenfall?«

»Eine Angestellte hat Döhring eine Szene gemacht und gedroht, ihn wegen sexueller Belästigung anzuzeigen.«

»Von einer solchen Anzeige hätten wir gehört.«

»Offensichtlich hat es sich die Frau anders überlegt«, erklärte Daniel. »Aber ich habe die Bestätigung von drei Anwesenden, dass es so vorgefallen ist.«

»Das ist alles? Eine Frau, die Döhring auf einer Feier eine Szene gemacht und den Vorfall dann nicht zur Anzeige gebracht hat?«

»Es wäre interessant zu wissen, warum er nicht angezeigt wurde.«

»Ich will einen Fall von sexueller Belästigung nicht verharmlosen«, erläuterte Lara. »Das geschieht viel zu oft, aber von dort bis zu einem Mord ist es ein langer Weg. Vor allem mit dem Sicherheitssystem auf Döhrings Anwesen.«

»Was du daraus machst, ist deine Sache, aber bei einem Fall solcher Tragweite sollte man keine Hinweise ignorieren.« Er zwinkerte ihr zu. »Und weil ich ein toller Journalist bin, bekommst du auch noch den Namen der Frau.«

* * *

Ihr knurrender Magen erinnerte Lara daran, dass die Mittagszeit längst vorbei war. Bedauerlicherweise würde man in einer schicken Gegend wie dieser keine Bäckerei und keinen Kiosk finden, daher würde sie sich ins Auto setzen müssen, um etwas Essbares zu beschaffen. Sie überprüfte noch einmal ihre Liste der möglichen Zeugen und stellte zufrieden fest, dass ihre

Arbeit hier getan war. Jetzt musste sie nur noch ihre Notizen in das standardisierte Berichtsformular eingeben.

Ihr Blick ging zu Daniels SMS. »Carla Felicitas Gläsner« stand dort. Dann eine Adresse in Bockenheim, die er aus dem Telefonbuch hatte. Schließlich wählte sie Nowaks Nummer, aber sofort sprang die Mailbox an. Alleingänge waren bei der Kripo nicht gern gesehen, erst recht nicht bei einem solch prominenten Fall, doch wenn Daniels Informationen der Wahrheit entsprachen, war es höchst interessant zu erfahren, was bei der Betriebsfeier vorgefallen war und was Gläsner zu dieser Beschuldigung verleitet hatte.

Lara setzte sich ins Auto und fuhr in Richtung des Rebstockparks. Zwei Mal versuchte sie noch, Nowak zu erreichen, dann sagte ihr Navi, dass sie am Ziel angekommen war.

Gläsner wohnte in einem kleinen Reihenhaus in der Nähe eines Spielplatzes. Statt des üblichen Weiß war die Außenfassade in einem warmen Gelb gehalten. Ein Busch mit weißen Rosen rankte neben der Tür bis zu einem Fenster im ersten Stock hoch. Gerade als Lara darüber nachdachte, ob Gläsner vielleicht bei der Arbeit war, kam eine Frau heraus und ging die wenigen Schritte durch den Vorgarten in Richtung ihres Briefkastens. Sie war sehr schlank und groß, mit langen blonden Haaren und einer auffällig hellen Haut. Sie hatte ein rundes Gesicht mit einer spitzen Nase und roten Wangen. Mit ihren strahlend blauen Augen wirkte sie wie eine skandinavische Schönheit. An der Stirn zeigten sich erste Falten, ebenso am Hals und unter den Augen. Zu einer leichten Baumwollhose trug sie ein weites Sweatshirt.

Lara sah auf ihrem Handy, dass Nowak noch immer nicht zurückgerufen hatte. Sie überlegte, ob sie ihm eine SMS schreiben sollte, aber wahrscheinlich würde er diese auch nicht beachten. Schließlich atmete Lara hörbar aus und verließ das

Auto. »Wird schon klappen«, machte sie sich Mut. Gläsner schloss gerade wieder den Briefkasten, als Lara bei ihr ankam.

»Plank von der Kripo Frankfurt«, sagte sie und zeigte ihren Ausweis.

»Ja, bitte«, erwiderte Gläsner sichtlich überrascht und presste zwei Briefe an ihre Brust. »Kann ich etwas für Sie tun?«

»Wie Sie sicherlich schon gehört haben, ist Herr Bernhard Döhring heute verstorben.«

Sie nickte. »Im Radio kam eine Sondersendung dazu.«

»Darf ich Ihnen dazu ein paar Fragen stellen?«

»Ich habe Herrn Döhring lange nicht mehr gesehen«, antwortete sie verwundert.

»Es geht um den … Vorfall bei der Betriebsfeier vor zwei Jahren.«

»Was hat das damit zu tun?«, fragte sie angespannt.

»Bitte haben Sie Verständnis, dass wir im Rahmen der Ermittlungen solchen Dingen nachgehen müssen«, versuchte es Lara mit einer allgemein gehaltenen Antwort. »Ich werde nicht viel Ihrer Zeit in Anspruch nehmen, aber ich schlage vor, dass wir das Gespräch nicht auf der Straße führen. Wenn es Ihnen in Ihrer Wohnung zu persönlich ist, können wir auf die Dienststelle fahren.«

»Das wird nicht nötig sein«, erwiderte Gläsner. »Kommen Sie herein.« Sie deutete zur Haustür.

Die Wohnküche war ähnlich verspielt, wie es das Reihenhaus von außen vermuten ließ. Eine beige Kuschelcouch, ein kleiner Holztisch und eine Vielzahl an Regalen mit Kerzen und Ziergegenständen. Ein Batikteppich hing an der Wand, ein Flokati lag auf dem Boden und an der Deckenlampe waren mehrere Traumfänger befestigt. Auf der Anrichte zwischen Küche und Wohnbereich standen Töpfe mit Lavendel, Thymian und Basilikum. Fotos zeigten Gläsner an unterschiedlichen Orten der Welt. Lara erkannte die Pyramiden von Gizeh, die Niagarafälle, das Hobbitdorf in Neuseeland und die Golden Gate Bridge.

Gläsner bot Lara einen Barhocker an, während sie auf einem Sessel daneben Platz nahm.

»Können Sie mir beschreiben, wie Ihr Verhältnis zu Herrn Döhring war?« Lara zog ihr Handy aus der Tasche.

»Ich war seine Angestellte.«

»Was umfasste Ihre Tätigkeit?«

»Ich war im Team für Öffentlichkeitsarbeit. Wir haben uns um Presseerklärungen gekümmert, Reisen organisiert und Empfänge gestaltet.«

»Waren Sie selbst mit auf Reisen?«

»Das gehörte zu meinen Aufgaben, schließlich handelte es sich nicht um Urlaubsaufenthalte«, erklärte sie. »Im Ausland mussten ebenso Meetings mit Partnern organisiert und Termine eingehalten werden wie in Frankfurt.«

»Haben Sie sich mit Herrn Döhring auch privat getroffen?«

Sie schüttelte den Kopf.

»Wie kam es dann zu diesem Vorfall während der Betriebsfeier vor zwei Jahren?«, hakte Lara nach. »Sexuelle Belästigung ist eine ernste Anschuldigung.«

»Ich war betrunken«, winkte sie ab. »Da sagt man dumme Sachen.«

»Wenn man betrunken ist, neigt man dazu, dumme Sachen zu machen«, stimmte Lara zu. »Aber man sagt auch Dinge, die man normalerweise nicht aussprechen würde. Die Redensart ›Alkohol löst die Zunge‹ entspricht der Wahrheit.«

»Bernhard war es gewohnt, alles zu bekommen«, sagte sie nachdenklich. »Er war eloquent, stilsicher, gebildet und natürlich sehr reich. Er lebte in einer Welt, von der die meisten Menschen träumen.«

»Also hatte er auch Affären?«

Gläsner nickte.

Das war eine durchaus überraschende Enthüllung, denn Döhrings Ruf war makellos. Von manchen Bürgern der Region wurde er wie ein Heiliger verehrt. »Hatten Sie eine Affäre mit ihm?«, hakte sie nach.

»Er hat es versucht«, erwiderte sie kopfschüttelnd.

»Aber Sie wollten nicht?«

»Ich … mache mir nichts aus Männern«, antwortete sie zögerlich.

»Haben Sie das Herrn Döhring erzählt?«

Ein erneutes Kopfschütteln. »Bernhard war sehr konservativ veranlagt. Ich hatte Angst vor möglichen Konsequenzen.«

»Welcher Art war die Belästigung? Wurde er körperlich aufdringlich?«

»Anfänglich erhielt ich kleinere Geschenke. Einen Blumenstrauß, eine Einladung zum Essen oder eine Flasche Champagner. Dann wurde es intimer, mit Schmuck, Kleidern, bis hin zur Spitzenunterwäsche.«

»Das hat niemand Ihrer Kollegen bemerkt?«

»Bernhard konnte sehr diskret sein«, antwortete Gläsner. »Das meiste kam zu mir nach Hause oder war in meinem Schreibtisch versteckt.«

»Warum sind Sie damit nicht zum Betriebsrat gegangen oder haben Anzeige erstattet?«

»Weil ich meinen Beruf geliebt habe«, fuhr sie auf. »Das Fliegen, das Reisen und das Organisieren von Festen.«

»Wie kam es dann zu Ihrem Ausbruch bei der Betriebsfeier?«

»Kurz zuvor hatte ich eine Einladung zu einem langen romantischen Wochenende in Aspen von ihm erhalten«, erklärte Gläsner. »Sein Privatjet sollte am Flughafen auf mich warten. Das war schließlich zu viel für mich.«

»Warum haben Sie keinen diskreteren Ort zur Aussprache gewählt?«

»Das hätte ich gern, aber mich hat die Heuchelei auf dem Fest angeekelt.« Gläsners Abscheu war in ihrer Stimme zu hören. »Wie ihn meine Kollegen angehimmelt haben, als wäre er der fleischgewordene Messias. Die ganze Schwärmerei und sein selbstloses Gehabe, wenn er von Spenden berichtete und von Kindern erzählte, die er von der Straße geholt und denen er einen Ausbildungsplatz verschafft hatte.«

Man musste kein Psychologe sein, um zu sehen, wie sehr diese Vorfälle Gläsner getroffen hatten. Lara gab ihr etwas Zeit zum Verschnaufen, bevor sie die nächste Frage stellte. »Laut Zeugen haben Sie gedroht, Herrn Döhring deswegen anzuzeigen. Warum haben Sie es nicht getan?«

Sie lachte kurz. »Ich war eine einfache Angestellte mit einem guten Einkommen, aber ein Nichts gegen seine Hunderte Millionen. Gegen ihn mit seiner makellosen Reputation hätte ich keine Chance gehabt. Mir hätte niemand geglaubt.«

»Sie hatten Beweise.«

»Zu keinem der Geschenke hat Bernhard seinen Namen geschrieben«, erklärte Gläsner. »Meist waren sie anonym. Nur manchmal ein stilisiertes ›B‹.«

»Was geschah, nachdem Sie Herrn Döhring mit dem Vorwurf der sexuellen Belästigung konfrontiert hatten?«

»Er schien kurz überrascht zu sein, aber dann drehte er sich wortlos um und ging in einen Nebenraum.« Sie seufzte, als würde sie die Erinnerung schmerzen. »Das Schlimmste waren die Reaktionen meiner Kollegen. Sie haben mich angesehen, als wäre ich eine durchgedrehte Irre. Da verstand ich, dass mir niemand glauben würde, also bin ich noch am Abend in mein Büro, habe meine privaten Sachen gepackt und ein Kündigungsschreiben formuliert.«

»Und wie reagierte Herr Döhring darauf?«

»Gar nicht. Tage später erhielt ich die Bestätigung meiner fristlosen Kündigung. Das war alles.«

Lara machte sich eine Notiz. »Es tut mir leid, aber ich muss Sie fragen, wo Sie gestern Abend gewesen sind«, fuhr sie fort.

»Zu Hause vor dem Fernseher.«

»Gibt es dafür Zeugen?«

Sie schüttelte den Kopf. »Sie vermuten, dass ich Bernhard ermordet habe?«

»Ich habe nichts von einem Mord gesagt.«

»Wenn er in seinem Pool ertrunken wäre, würde die Kripo nicht ermitteln. Real-Crime-Dokus«, fügte sie erklärend hinzu.

»Es liegt mir fern, irgendjemanden zu beschuldigen, aber natürlich ist Belästigung ein schlüssiges Mordmotiv.«

»Ich würde lügen, wenn ich sagen würde, dass ich nicht von Rache dieser Art geträumt habe, aber diese Zeit habe ich hinter mir gelassen.«

»Trotzdem werde ich über unser Gespräch einen Bericht verfassen müssen.«

»Was soll ich tun? Wie soll ich beweisen, dass ich den ganzen Abend hier war, wenn es keine Zeugen gibt?«

»Suchen Sie sich einen Rechtsbeistand«, schlug Lara vor. »Möglicherweise empfiehlt er Ihnen, auf die Dienststelle zu kommen und die ganze Geschichte erneut zu erzählen. Im Laufe der Ermittlungen werden auch Angestellte von Herrn Döhring befragt werden, und dabei wird der Vorfall auf dem Betriebsfest zur Sprache kommen. Da ist es besser, wenn Sie Ihre Aussage dazu schon gemacht haben.«

Sie lehnte sich resigniert zurück.

»Es tut mir leid, dass ich diese Erinnerung wieder emporgeholt habe«, entschuldigte sich Lara.

»Es ist in Ordnung.« Gläsner stand auf und schüttelte Lara die Hand. »Lassen Sie mir noch etwas Zeit zum Nachdenken.«

»So viel, wie Sie benötigen.« Lara griff in ihre Tasche und zog eine Visitenkarte mit ihren Kontaktdaten heraus. »Und wenn Sie zuerst mit mir darüber reden wollen, können Sie mich jederzeit anrufen.«

Lara verabschiedete sich und verließ das Haus. Kurz darauf war sie auf dem Weg zur Dienststelle. Sie war gespannt, was Nowak von ihrem Bericht und Gläsners Aussage halten würde.

Kapitel 2

Auch an diesem Morgen hatte ihr Handy sie wieder im Stich gelassen. Nur weil die Müllabfuhr heute nicht vor ihr unterwegs gewesen war, hatte es Lara überhaupt geschafft, einigermaßen pünktlich zu sein. Sie hatte noch drei Minuten Zeit, bis die allmorgendliche Besprechung begann; beim Rennen realisierte sie, dass sie weder gefrühstückt noch Kaffee getrunken hatte. Ihre Bluse war verknittert und im Auto hatte sie gemerkt, dass ihre Hosenbeine bis über die Waden voller Schlammspritzer waren. Immerhin hatte sie sich etwas Parfüm an den Hals getupft, in der Hoffnung, dass sie nicht so ungewaschen roch, wie sie sich fühlte. Das Kaugummi würde ihre mangelnde Zahnhygiene verbergen; einzig ihre ungekämmten Haare würde sie vor der Besprechung nicht mehr bändigen können.

Oben angekommen wunderte sie sich über die große Zahl an Pressevertretern vor dem Polizeipräsidium. Seit gestern Nachmittag war bekannt, dass Bernhard Döhring ermordet worden war und dass die Kripo keine Spur zum Mörder hatte, aber mit allen verfügbaren Kräften nach dem Täter suchte. Erfahrungsgemäß nahm nach einer solchen Erklärung das mediale Interesse ab. Die Pressestelle hatte immer noch

Hunderte Anfragen am Tag zu bearbeiten, aber die Journalisten wurden weniger aufdringlich.

Als Lara weiterging, bemerkte sie eine kleine Gruppe Demonstranten, die sich vor dem Verwaltungsgebäude an Fahnenmasten gekettet hatten. »Nieder mit dem Polizeistaat«, stand auf einem Plakat. »Gegen Polizeigewalt!« Die Trillerpfeifen der Demonstranten erzeugten ein schrilles, durchdringendes Geräusch.

»Da ist sie!«, hörte Lara einen Mann rufen. Sofort drehten sich alle Pressevertreter zu ihr um. Fotos wurden geschossen, Kameras auf sie gerichtet und Mikrofone in die Höhe gereckt. Binnen eines Augenblicks war sie umzingelt.

»Was sagen Sie zu den Vorwürfen, Frau Plank?«, fragte ein junger Mann und reckte ihr ein Mikrofon entgegen.

»Inwieweit ist das Einschüchtern von Zeugen Teil der heutigen Polizeiarbeit?«, wollte ein anderer wissen.

Lara hatte keine Ahnung, was hier passierte. Immer mehr Leute schrien ihr Fragen entgegen, die sie nicht verstand. Sie wusste nicht, woher die Journalisten ihren Namen kannten und wen sie eingeschüchtert haben sollte. Das markerschütternde Schrillen der Trillerpfeifen wurde noch lauter, während sie sich zum Vordereingang des Präsidiums kämpfte.

»Lasst mich in Ruhe!« Sie presste sich die Hände auf die Ohren. »Geht mir aus dem Weg!«, schrie sie und schob eine Frau mit Kamera zur Seite.

Nowak kam ihr entgegen und drängte sich mit zwei Kollegen der Polizei durch den Pulk.

»Wir haben keine Aussage zu machen!«, rief er den Reportern zu. Er packte Lara am Arm und half ihr, in die Dienststelle zu gelangen, während die anderen Polizisten verhinderten, dass jemand ins Gebäude kam.

»Warum bist du nicht an dein verdammtes Handy gegangen?«, fuhr Nowak sie an, als sie außer Sicht der Kameras waren.

»Ich habe vergessen, das Telefon ans Kabel anzuschließen, und der Akku war leer«, erwiderte sie. Ihre Knie zitterten und trotz des kalten Tages lief ihr der Schweiß die Stirn hinunter. »Was ist hier los?«

»Carla Gläsner hat gestern Abend eine Dienstaufsichtsbeschwerde gegen dich aufgegeben. Zusammen mit ihrem Anwalt.«

»Eine Dienstaufsichtsbeschwerde?«, erwiderte sie verwundert. »Warum das?«

»Angeblich hast du sie bedrängt, eine Aussage gegen Bernhard Döhring zu machen.«

»Das ist doch irre«, empörte sich Lara.

»Lass uns in mein Büro gehen, und du erklärst mir, was du gestern bei Carla Gläsner gemacht hast.« Nowak deutete den Gang entlang. »Ich bin heute Morgen die Liste der möglichen Zeugen durchgegangen und habe weder den Namen Gläsner gefunden noch eine Erklärung, warum du von Sachsenhausen nach Bockenheim gefahren bist.«

»Ich habe einen Tipp bekommen«, erklärte Lara, als sie in Nowaks Büro waren.

»Sag mir bitte, dass du nicht mit deinem Ex-Freund Daniel Flohr geredet hast.«

Sie senkte betreten den Kopf.

»Du bist doch nicht erst seit gestern bei der Kripo«, sagte Nowak. »Alle Informationen laufen koordiniert über die Pressestelle. Die am Fall beteiligten Ermittler haben den Mund zu halten, sonst passiert genau so etwas.« Er deutete nach draußen. Selbst durch das geschlossene Fenster konnte man den Lärm der Trillerpfeifen hören.

»Das hat nichts mit Daniel zu tun. Er hat mir nur den Tipp zu Gläsner gegeben.« Sie fasste das Gespräch mit ihm zusammen.

»Das macht die Frau zu einer Verdächtigen. Das ist etwas völlig anderes als ein Nachbar, der möglicherweise etwas gesehen hat.« Er setzte sich hinter den Schreibtisch. »Lara«, begann er mit ruhiger Stimme. »Du hast dich in deiner kurzen Zeit bei der Kripo als Ermittlerin bewährt. Du lernst schnell und vor allem verstehst du schnell. Daher hättest du wissen müssen, dass du das Gespräch nicht allein hättest durchführen dürfen, vor allem nicht, ohne dich über Gläsner zu informieren. Vielleicht hätte sie eine Vorstrafe wegen Gewaltdelikten gehabt oder wäre zwangsweise in eine psychiatrische Anstalt überwiesen worden.«

»Es tut mir leid«, entschuldigte sich Lara. »Das war dumm.«

Nowak schloss kurz die Augen. Seine anfängliche Aufregung legte sich. »Döhrings Fall bindet unsere ganzen Kräfte. Alle fünf Minuten beschwert sich ein anderer Würdenträger beim Polizeipräsidenten darüber, dass wir noch keinen mutmaßlichen Mörder vorweisen können. Eine Anzeige wegen vermeintlicher Polizeigewalt hat uns gerade noch gefehlt.«

»Was meint Gläsner mit Polizeigewalt?«, fragte Lara. »Ich war in ihrem Haus und habe ihr ein paar Fragen gestellt. Dort hat sie mir von einem sehr aufdringlichen Bernhard Döhring berichtet.«

»Das hat sie in der Dienstaufsichtsbeschwerde anders formuliert«, erklärte Nowak. »Angeblich hast du sie zu dieser Aussage gedrängt und ihr mit Ärger gedroht, sollte sie davon abrücken.«

»Niemals würde ich so etwas machen«, fuhr Lara auf. »Das musst du mir glauben.«

»Natürlich tue ich das«, erklärte Nowak. »Aber wegen deines Alleingangs steht nun Aussage gegen Aussage.« Er deutete wieder nach draußen. »Und weil ihr Anwalt ein Dreckschwein ist, hat er gestern Nacht noch die Presse darüber informiert und die Mitteilung an eine Aktivistengruppe weitergegeben, die jetzt draußen mehr Lärm macht als die Eintrachtfans bei ausverkauftem Stadion.«

»Ich habe Gläsner nicht gedrängt«, beharrte Lara.

»Es geht nicht darum, was wir glauben, sondern wonach es aussieht«, erklärte Nowak. »Und da liegen alle Trümpfe bei Gläsner. Wir müssen deeskalieren, um den Schaden für die Kripo klein zu halten.«

»Ich unterschreibe eine eidesstattliche Erklärung, dass es nicht so war, wie Gläsner es darstellt.«

»Lara«, sagte Nowak in besänftigendem Ton. »Obwohl du die Leidtragende in dieser Sache bist, versuche, dich einen Moment davon zu lösen und die Sache aus einer neutralen Position zu sehen. Würde eine solche Erklärung den Mob da draußen beruhigen?«

»Wahrscheinlich nicht«, gab sie nach einem Moment des Nachdenkens zu.

»Daher halten wir uns an die übliche Prozedur. Wir erklären vor der Presse, dass wir dich von dem Fall abziehen und eine interne Untersuchung zu den Vorfällen einleiten.«

Lara presste die Lippen zusammen. »Das ist nicht fair«, murmelte sie.

»Das ist es nicht«, stimmte Nowak zu. »Aber es ist unter den Umständen das Beste für uns alle. Auch für dich.«

Lara ballte die Fäuste. Sie hatte sich selten so ungerecht behandelt gefühlt, aber Nowak hatte recht. Die Öffentlichkeit musste besänftigt werden.

Er nahm den Telefonhörer ab. »Ich lasse dich von zwei Kollegen durch den Hinterausgang bringen und nach Hause fahren. Dort hältst du den Kopf unten und verbringst den Tag vor dem Fernseher.« Er lächelte kurz. »Sieh es als bezahlten Urlaub an. Und bis wir das mit Gläsner geregelt haben, solltest du dich nicht mehr auf der Dienststelle sehen lassen.«

* * *

»Verbringe den Tag vor dem Fernseher«, äffte Lara Nowak nach, als sie zu Hause angekommen war. »Als ob das ein toller Zeitvertreib wäre.« Sie gab der Tür einen Tritt und warf die Schlüssel auf den Beistelltisch im Flur. Es war gerade erst neun Uhr vorbei. Sie hatte in der Nacht wenig geschlafen, da sie die einzelnen Aussagen der Nachbarn im Geiste noch einmal durchgegangen war. Jetzt war eigentlich ein guter Zeitpunkt, um sich ins Bett zu legen, aber Gläsners Dienstaufsichtsbeschwerde machte sie so wütend, dass sie am liebsten geschrien hätte.

An einem freien Tag las sie die Zeitung, surfte durch das Internet und hörte nebenbei Radio, aber all diese Medien hätten sie an die Ermittlungen erinnert, an Gläsners unverschämte Bezichtigungen. Also ging sie zu ihrem Medikamentenschrank, nahm eine Schlaftablette heraus und schluckte sie mit einem Glas Orangensaft aus dem Kühlschrank.

Danach zog sie ihre Hose aus, ließ den Rollladen im Schlafzimmer herunter und legte sich auf das Bett. Eine Zeit lang hielt ihre Wut sie noch wach, aber schließlich entfaltete die Tablette ihre Wirkung und sie glitt in einen unruhigen Schlaf.

* * *

Ein Knall weckte Lara. Sie sprang aus dem Bett und sah sich verwirrt um. Durch die Schlitze des Rollladens drang das Straßenlicht herein. Der Wecker auf dem Nachttisch zeigte 19.24 Uhr. Ein weiterer Knall ertönte. Irgendetwas war auf den Rollladen geprallt.

Lara rannte zum Küchenfenster, das auf die gleiche Straßenseite hinausging wie ihr Schlafzimmer. Neben einem Kleinbus standen zwei vermummte Gestalten und warfen große

Steine zu ihren Fenstern hoch. Sie überlegte gerade, was sie machen sollte, als ein großer Mann auf die Straße gerannt kam.

»Verpisst euch, ihr Dreckspack!«, schrie er und lief, einen Hammer schwingend, auf einen der Steinewerfer zu. Das war den Vermummten offenbar doch zu gefährlich, sie ließen die Steine fallen und sahen zu, dass sie davonkamen.

Lara griff zu ihrem Handy. Nowak hatte sechs Mal versucht, sie zu erreichen. Schließlich hatte er eine SMS gesendet.

»Deine Adresse wurde geleakt«, stand dort. »Lass die Rollläden herunter und mach die Lichter aus. Ich bitte eine Streife, in der Nähe zu bleiben.«

Wie aufs Stichwort wurde die Straße von einem Blaulicht erhellt.

»Na, super.« Lara kehrte in ihr Schlafzimmer zurück und ließ sich wieder aufs Bett fallen. Eigentlich hatte sie den freien Abend nutzen wollen, um ihren Lieblingsthailänder um die Ecke zu besuchen, aber unter den gegebenen Umständen würde sie ihre Wohnung nicht verlassen können. Während sie darüber nachdachte, ob ihre Perücke vom letzten Kostümball eine gute Tarnung war, klopfte es.

Lara sprang erneut aus dem Bett, nahm eine gusseiserne Pfanne aus dem Küchenregal und ging zur Tür.

»Wer ist da?«

»Hier ist Walter«, hörte sie eine tiefe Männerstimme. »Ist alles in Ordnung bei dir?«

Sie öffnete die Tür. Der Hausmeister war ein zwei Meter großer Mann mit Stiernacken, der in jeder Sondereinsatztruppe einen Job bekommen hätte. Mit seiner Glatze und den Tätowierungen auf den muskulösen Armen sah er einschüchternd aus, aber eigentlich hatte er einen ruhigen, hilfsbereiten Charakter, außer wenn Chaoten Steine auf das Haus warfen. Er versuchte sich an einem aufmunternden Lächeln, was ihm wegen seiner beiden fehlenden Vorderzähne gründlich misslang.

»Die Tatsache berücksichtigend, dass heute der beschissenste Tag meines Lebens ist, kann ich diese Frage mit einem Nein beantworten.«

»Dass du immer so geschwollen reden musst«, bemerkte er vorwurfsvoll. »Zieh dir eine Hose an und komm mit. Ich muss dir etwas zeigen.«

Erst jetzt bemerkte Lara, dass sie nur eine Bluse und einen Slip trug. Erschrocken knallte sie die Tür zu, lief ins Schlafzimmer und hob ihre Hose auf. Nachdem sie diese angezogen hatte, schlüpfte sie in Flipflops, öffnete ihre Tür wieder und trat in den Hausgang.

Walter deutete nach unten und begann, die Treppen zum Eingang des Mehrfamilienhauses hinunterzusteigen.

»Ist das eine gute Idee, nach draußen zu gehen?«, fragte Lara, die ihm folgte, und sah sich um.

»Um die Arschlöcher mit den Steinen kümmert sich die Polizei.« Er winkte sie ins Freie und deutete auf die Hauswand.

»Dreckige Bullen-Schlambe« war dort in großen Lettern hingesprayt.

»Ist doch lustig«, bemerkte Walter glucksend und stieß sie mit dem Ellenbogen an. »Bullen-Schlambe«, las er kichernd vor, wobei er das zweite B besonders betonte. »Das Gute am beschissensten Tag deines Lebens ist, dass der nächste weniger beschissen wird, denn du hast den Tiefpunkt ja bereits erreicht.«

Lara lächelte kurz, als Walter ihr auf den Rücken schlug, dass ihr der Atem stockte. »Und jetzt gehen wir in mein Büro und trinken was.«

»Alkohol wird sich mit meinem leeren Magen nicht vertragen«, keuchte sie.

»Sei kein Mädchen, Frau Kommissarin. Bier ist kein Alkohol.« Wieder im Hausgang deutete er auf eine Tür auf der rechten Seite.

Walters Büro erfüllte alle Klischees eines Hausmeisterzimmers. An den Wänden hingen Fotos von nackten Frauen. Der Tisch quoll über von Werkzeug, Glühbirnen, Batterien und Kabeln. In der Ecke standen ein altes Waschbecken, ein Wäschetrockner ohne Frontblende und eine Mikrowelle, die vom Aussehen her aus dem letzten Jahrhundert stammen musste. Es roch nach billiger Tütensuppe.

Walter ging zu einem kleinen Kühlschrank, nahm zwei Flaschen heraus und zog die Kronkorken mit den Zähnen herunter, bevor er ihr eine reichte. Lara wischte die Flasche unauffällig mit ihrer Bluse ab, bevor sie ihm zuprostete.

»Auf dich, meine Kleine«, sagte er. »Morgen sieht die Welt wieder besser aus.«

Als sie einen Schluck getrunken hatte, fühlte sie sich entspannter. Sie war froh, der Enge und Einsamkeit ihrer Wohnung entkommen zu sein, selbst wenn es sich nur um eine Hausmeister-Absteige handelte, in der sie gelandet war.

»Ist ernst, oder?«, fragte er vorsichtig. Walter war kein Mann vieler Worte, aber wenn er jemanden in sein großes Herz geschlossen hatte, konnte man sich auf seine Empathie verlassen.

»Ich habe bei einer Befragung einen Fehler gemacht und das Miststück dreht mir einen Strick daraus«, erwiderte sie. »Jetzt wird es so ausgelegt, als versuchte ich, den ermordeten Bernhard Döhring in den Dreck zu ziehen.«

»Der Typ war mir nie geheuer«, meinte Walter und trank einen Schluck Bier. »Niemand ist so perfekt und makellos. Wer so viel Kohle anhäuft, hat Leichen im Keller.«

»Irgendeinen Grund für den Mord gibt es«, stimmte Lara zu. »Es war kein Raubüberfall, und der Angreifer ist so brutal vorgegangen, dass es etwas Persönliches sein muss.«

»Oder es war einfach ein ausgeflippter Irrer.« Walter hielt die Hand vor den Mund und rülpste leise.

»Der Irre muss allerdings ein guter Einbrecher sein, denn das Anwesen ist mit moderner Sicherheitstechnik ausgestattet.«

»Das ist mir alles zu kompliziert.« Walter winkte ab. »Bin froh, dass ich Hausmeister bin.« Er trank wieder einen Schluck. »Mir tut es nur leid, dass es dich erwischt hat. Bist 'ne anständige Frau. Ein bisschen zu dürr und zu wenig Titten, aber das Herz haste am richtigen Fleck.«

»Danke«, erwiderte Lara zögerlich. Sie hatte schon schönere Komplimente gehört, doch irgendwie passte es zu Walter.

»Will dich ja nicht weiter beunruhigen, aber vorhin hat irgendein Typ bei mir angerufen und mir Geld geboten, wenn ich dich aus der Wohnung schmeiße«, erklärte er. »Als wäre ich der verdammte Hausbesitzer.«

»Was hast du ihm geantwortet?«

»Dass ich ihm die Eier abreiße, wenn er noch mal anruft. Seitdem ist das Telefon still.«

Sie prostete Walter wieder zu. »Es ist schön, dass du auf meiner Seite bist.«

Er erwiderte die Geste und trank das restliche Bier in einem Zug. Gemächlich ging er zum Kühlschrank und machte sich eine weitere Flasche auf. »Bist du gefeuert oder so was?«

»Offiziell bin ich nur im Urlaub«, erklärte sie. »Aber es ist eine Frage der Zeit, bis sie mich freistellen.«

»Das ist nicht anständig«, sagte er nachdenklich und setzte sich.

»Ist okay.« Sie zwang sich zu einem Lächeln. »Mein Chef hätte tatsächlich härter durchgreifen können. Jetzt habe ich Zeit für mich.«

»Aber du wolltest doch immer zur Kripo. Dafür hast du studiert und trainiert.«

»Ich kann mir etwas anderes nicht vorstellen«, stimmte sie zu.

»Dann mach doch einfach weiter.«

»Ich muss den Kopf unten halten und darf nicht auf die Dienststelle. Damit bin ich von allem abgeschnitten.«

»Kannst du dir nicht was besorgen? Ich meine, übers Internet oder wie das heute geht?«

Lara verharrte in der Bewegung. Walter hatte recht. Solange sie nicht suspendiert war, war ihr Account noch aktiv, und als Mitglied der Mordkommission hatte sie Zugriff auf die Akten. »Das ist keine schlechte Idee.«

»Worauf wartest du noch?«

»Wenn mein Vorgesetzter mitbekommt, dass ich mich auf dem Kriposerver herumtreibe, reißt er mir die Ohren ab.«

»Macht es das schlimmer?«

»Nicht wirklich«, gab sie zu.

»Dann trink die Plörre aus und beweg deinen dünnen Hintern nach oben, Frau Kommissarin«, befahl er. »Da draußen läuft ein Mörder frei herum.«

* * *

Es war ungewohnt, allein zu arbeiten. Ihre Kollegen fehlten ihr, das Gerede im Pausenraum, der Austausch über die neusten Ermittlungen und die gemeinsamen Besprechungen, in denen sie die Fakten präsentierten, um Schlüsse für die weiteren Ermittlungen zu ziehen.

Ihr Drucker hatte fast den Geist aufgegeben und die vielen Computerdateien konnte sie unmöglich parallel auf dem kleinen Monitor des Laptops betrachten. Sie las gerade die Ergebnisse der Zeugenbefragung durch, als ihr Handy sie aus dem Tunnel riss, in dem sie versunken war. Das Display zeigte »S. Franke«. Eigentlich hatte sie das Telefon auf Favoriten gestellt, weil sie ihre Ruhe haben wollte, doch offensichtlich war ihr ehemaliger Kollege als solcher gespeichert.

»Hallo, Simon«, begrüßte sie ihn. Es war kurz vor 22 Uhr, daher wunderte sie sich über den späten Anruf.

»Entschuldige die nächtliche Störung«, begann er mit seiner trockenen Stimme. »Ich habe von deinem Ärger gelesen und wollte wissen, wie es dir geht.«

»Irgendwelche Verrückten bewerfen meine Wohnung mit Steinen, die Presse vergleicht mein Vorgehen mit dem Fall von George Floyd und ich bin beurlaubt«, antwortete sie. »Es gab also schon einmal bessere Zeiten.«

»Was hast du mit dieser Gläsner gemacht, dass sie eine Dienstaufsichtsbeschwerde eingereicht hat?«

Lara fasste das Gespräch mit ihr für Simon zusammen.

»Das ist übel«, erwiderte er nachdenklich. »Und was unternimmt Nowak deswegen?«

»Er hat mich beurlaubt.«

»Opportunistischer Mistkerl. Dem ging es schon zu meiner Zeit mehr um seine Karriere als um die Mitarbeiter.«

»Ich kann es ihm nicht übel nehmen, da es keine Zeugen für meine Version der Geschichte gibt und die Öffentlichkeit auf Gläsners Seite steht.«

»Die Meute braucht etwas zur Beruhigung«, schlussfolgerte Simon.

»Wenigstens hat er mich nicht suspendiert«, fügte sie noch hinzu. »Und wie geht es dir im Ruhestand?«

»Mein Herz dankt es mir, aber manchmal ist es langweilig.«

»Besser Langeweile als tot«, bemerkte Lara im Hinblick auf den schweren Herzinfarkt, den Simon bei der Arbeit erlitten und der ihn mit dreiundvierzig zum Frührentner gemacht hatte. »Deine analytischen Fertigkeiten fehlen dem LKA. Wenn du noch bei uns wärst, könntest du mir vielleicht erklären, warum Gläsner mich so hat auflaufen lassen. Sie hätte mich auch einfach wegschicken können.«

»Oh, das ist leicht«, erklärte Simon. »Sie brauchte Geld.«

»Hä?«, entfuhr es Lara. »Wie kommst du darauf?«

»Du hast zwei entscheidende Fehler bei Gläsners Befragung gemacht«, erklärte Simon. »Erstens warst du allein dort und zweitens hattest du dich nicht vorbereitet.«

»Und drittens habe ich mir nicht die Erlaubnis meines Vorgesetzten geholt.«

»Das wäre Nowak egal gewesen, wenn das Verhör erfolgreich gewesen wäre«, widersprach Simon.

»Inwieweit hätte ich mich vorbereiten können?«, fragte Lara. »Gläsner ist nicht straffällig geworden, daher gab es keine Einträge zu ihr.«

»Du unterschätzt die sozialen Medien. Gläsner ist auf Twitter, Instagram und hat einen offenen Facebook-Account. Sie liebt es, sich ihrer Umwelt mitzuteilen. Jeder Kneipenbummel, Kinobesuch oder Spaziergang wird gepostet. Besonders schlimm ist es bei ihren Urlauben. Dann schreibt sie eine Art Tagebuch, das jeden Schritt dokumentiert.«

»Auf die Idee mit den sozialen Medien bin ich nicht gekommen«, gab Lara zu. »Inwieweit hätten mich ihre Urlaubsgeschichten vorbereitet?«

»Ich habe mir alle ihre Posts seit 2012 angesehen. Schon da ist sie in der Welt herumgekommen, aber im Herbst 2020 wurden ihre Reisen exklusiver. Ihr erster Eintrag stammt aus einer Lounge am Frankfurter Flughafen und entstand, kurz bevor sie die Businessclass der Air New Zealand bestieg.«

»Jetzt verstehe ich, was du mit exklusiv meinst.«

»Alleine der Flug kostet um die 8 000 Euro. Wenn man sich dann noch eine Penthousesuite in Auckland leistet, gehört man zu den Besserverdienern.«

»Wahrscheinlich hat sie eine gute Abfindung bekommen.«

»Das widerspricht dem, was sie dir beim Gespräch gesagt hat«, bemerkte Simon. »Außerdem schreibt sie in einem der ersten Posts aus Neuseeland, dass sie glücklich ist, fristlos gekündigt zu haben.«

»Woher hat sie das Geld?«

»Ich hätte da eine Theorie, die mit der nicht erstatteten Anzeige zusammenpasst.«

»Döhring hat ihr Schweigen bezahlt«, schloss Lara.

»Das ist auch meine Vermutung. Wahrscheinlich hat er noch am Abend der Betriebsfeier mit Gläsner einen Deal für ihre Diskretion vereinbart.«

»Also hat Döhring sie tatsächlich belästigt.«

»Offensichtlich, sonst hätten seine Anwälte sie in Stücke gerissen, wenn diese Anschuldigung unhaltbar gewesen wäre.«

»Weswegen hat sie mich so hintergangen? Döhring ist tot. Da ist nichts mehr zu holen.«

»Bernhard Döhring ist tot.« Simon betonte den Vornamen. »Der Rest seiner Familie lebt noch, seine Stiftung existiert unverändert weiter und auch sein Vermögen ist nicht verschwunden.«

»Gläsner hat gedroht, mit der Geschichte an die Öffentlichkeit zu gehen«, vermutete Lara.

»Weil sie wusste, wie wichtig der makellose Ruf der Familie ist«, vollendete er den Gedanken.

»Gläsner hat das Gespräch mit mir als Vorwand benutzt, um eine erneute Abfindung zu kassieren.«

»Und wenn du dir die Dienstaufsichtsbeschwerde ansiehst, wirst du wahrscheinlich den Namen eines Anwalts darauf finden, der für Döhring gearbeitet hat.«

»Verdammtes Drecksstück«, fluchte Lara.

»Die gute Nachricht ist, dass es nichts Persönliches ist. Du warst nur zur falschen Zeit am falschen Ort.«

»Die schlechte Nachricht ist, dass mir das nicht weiterhilft.«

»Du kannst mit dieser Erkenntnis sicher sein, dass Gläsner nicht Döhrings Mörderin ist, denn offensichtlich ist ihr Geld wichtiger als Rache.«

Lara lehnte sich auf ihrem Stuhl zurück und schüttelte den Kopf. »Obwohl ich es seit deiner Frühverrentung schon ein paar Mal gesagt habe, wiederhole ich mich gerne: Du fehlst mir.«

»Du warst immer meine Lieblingspartnerin, Lara, aber für meinen Körper und meinen Geist war die Belastung zu viel«, erklärte Simon. »Nichtsdestotrotz kannst du mich gerne anrufen, wenn du eine zweite Meinung einholen willst. Vorausgesetzt, du kommst an die Fallakten.«

»Ich habe alles heruntergeladen«, sagte Lara. »Wenngleich ich die Dienststelle nicht mehr betreten darf, ist mein Account mit allen Zugangsdaten aktiv.« Sie lächelte. »Wie sieht es aus, Ex-Kollege? Willst du wissen, was in Bernhard Döhrings Haus passiert ist?«

»Ich dachte, du fragst nie«, erwiderte er.

»Lass mir heute Abend Zeit, um alles zusammenzustellen«, schlug sie vor. »Morgen früh kann ich dir eine Zusammenfassung geben.«

»Am üblichen Ort?«

»Ich werde da sein«, bestätigte Lara. »Der Kaffee geht auf mich.«

* * *

Als Lara die lange Wiese entlangspazierte, genoss sie die Ruhe und Abgeschiedenheit an diesem kalten Oktobermorgen. Über den Baumwipfeln erkannte sie das Dach der Berufsgenossenschaftlichen Unfallklinik. Wegen des Wetters würden nur wenige Spaziergänger im Huthpark unterwegs sein, trotzdem hatte sie sich ein Basecap aufgesetzt und den Schal bis zum Kinn hochgezogen. Das Letzte, was sie jetzt brauchte, war ein zufällig herumschlendernder Journalist, der sie erkannte.

Ihr Ziel lag unweit der großen Wiese. Der Spielplatz bei den Tenniscourts war verwaist. Einzig ein großer, schlanker Mann mit sehr kurzen roten Haaren saß auf einer Bank unter den kahlen Ästen einer Eiche. Simon lächelte, als Lara neben ihm Platz nahm. Er hatte eine Aversion gegen alles Körperliche wie Wangenküsse, Umarmungen und Händeschütteln, daher erwiderte sie nur das Lächeln und reichte ihm einen Pappbecher heißen Kaffee, in den sie zwei Esslöffel Mandelmilch und ein Stück Süßstoff gegeben hatte, so wie Simon es mochte.

Sein Gesicht war eingefallen, aber die hellbraunen Sommersprossen auf seinen frisch rasierten Wangen ließen ihn jung aussehen, trotz seiner 47 Jahre. Auf der schmalen Nase saß eine Brille mit getönten Gläsern, da seine Augen die helle Sonne nicht gut vertrugen.

Lara stellte ihren Becher auf die Bank, zog einen dicken Ordner aus dem Rucksack und legte ihn auf ihren Schoß. »Und das sind nur die wichtigsten Teile der Berichte«, erklärte sie im Hinblick auf die Dicke des Ordners.

»Die übliche Taktik von Nowak«, erwiderte Simon und trank einen Schluck Kaffee. »So viel sammeln, wie es geht, und vielleicht stolpert man dabei über einen Mörder.«

»In den letzten beiden Tagen wurde einiges an Fakten zusammengetragen. Die Auswertungen laufen noch.« Sie reichte Simon ein Bild vom Tatort.

»Das ist eine Menge Blut.« Er stellte den Becher zur Seite und nahm den Ausdruck in die Hand.

»Zweiundzwanzig Stiche in den Bauch, die Oberschenkel und den Unterleib.«

»Ein völliger Overkill.«

»Die Waffe war ein Jagdmesser mit Hohlschliff.« Sie reichte ihm ein weiteres Foto der Wunden, das von der Obduktion stammte. Der Unterleib war regelrecht zerfetzt worden.

»Offensichtlich sehr scharf und sehr spitz, sonst wäre die Klinge nicht so tief eingedrungen.«

»Döhring war selbst Jäger, hat seine Sammlung aber vor Jahren verkauft, daher befanden sich keine Waffen mehr im Haus.«

»Also hat der Täter das Messer mitgebracht«, schloss Simon.

»Ein Einbrecher hätte sich eher mit einer Pistole bewaffnet, mit der man den Weg besser freipressen kann als mit einem Messer«, stimmte Lara zu. »Außerdem wurde nach Angaben der Ehefrau nichts aus dem Haus entwendet, daher kam der Täter, um zu töten.«

»Wie ist er hineingekommen?«

»Über die nördliche Mauer.« Lara nahm eine Luftaufnahme des Anwesens aus dem Ordner. »Das Grundstück endet dort an einer Straße. In der Nacht und mit einer Leiter kann man die gut drei Meter hohe Mauer leicht überwinden. Büsche und eine nahe Buche verdecken die Sicht.«

»Was ist mit Kameras?«

»Das Anwesen wird lückenlos überwacht«, erklärte Lara. »Der Täter hat die Linsen von zwei Kameras an der Mauer mit schwarzer Farbe zugesprayt, deshalb gibt es keine Aufnahmen davon, wie er das Grundstück betritt und ins Haus geht. Ebenso wenig davon, wie er das Anwesen wieder verlässt.« Sie zeigte Simon ein Bild von einem Rasenstück, in dem zwei runde Abdrücke zu sehen waren. »Der Einbrecher hatte eine Klappleiter dabei.«

»Wachleute?«

Sie schüttelte den Kopf. »Fenster und Türen waren alarmgesichert und es gab an mehreren Stellen im Haus einen Panikknopf, der einen Alarm auf der nächsten Dienststelle ausgelöst hätte. Der Knopf im Erdgeschoss des Hauses war herausgerissen und die Kabel durchtrennt.«

»Der Mörder kannte sich bei Döhring aus«, schloss Simon.

»Die Ermittler fanden keinerlei Einbruchsspuren, daher muss der Täter den Türcode für den Bediensteten-Eingang gewusst haben.« Lara zog ein Bild des Schlosses heraus und zeigte es Simon.

»Das ist allerneuste Technik.«

»Deshalb wurde die Öffnung vom Sicherheitssystem registriert. Der Täter ist um 21.47 Uhr eingedrungen und hat das Haus um 22.21 Uhr wieder verlassen.«

»Das ist mehr als eine halbe Stunde«, antwortete Simon erstaunt. »Was hat er so lange dort gemacht?«

»Diese Frage stellen sich die Ermittler ebenfalls.«

»Vielleicht hat er in der Küche gewartet, bis Döhring dorthin kam?«

»Das war auch meine erste Vermutung, das Opfer trug allerdings nur einen Hausschuh.« Lara deutete auf das Bild vom Tatort. »Der andere lag im Flur.«

»Döhring hat den Täter dort bemerkt und versucht wegzulaufen«, folgerte Simon.

»Das denke ich auch, denn der Position des Schuhs nach zu schließen hätte Döhring den Gang entlang durch das Wohnzimmer und den Vorraum bis zur Tür rennen müssen. Durch die Küche wäre er schneller draußen gewesen.«

»Vierunddreißig Minuten«, sagte Simon nachdenklich. »Warum so lange?«

»Da gibt es hundert mögliche Erklärungen. Eine ist das bereits erwähnte Verstecken. Vielleicht hatte der Täter Zweifel, vielleicht hat er sich an der Leiche ergötzt.« Sie zuckte die Achseln. »Keine der Spuren gibt uns darüber Aufschluss, daher werden wir diesen Aspekt vorerst unberücksichtigt lassen müssen.«

Simon betrachtete die Aufnahme des Toten. »Was hat die Obduktion ergeben?«

»Nichts Erhellendes. Döhring war bei guter Gesundheit und trank vielleicht etwas zu viel Alkohol. In seinem Körper befanden sich keine verdächtigen Substanzen. Der vermutliche Todeszeitpunkt passt zu den Türöffnungen, irgendwann um 22 Uhr herum.«

»Hat die Zeugenbefragung etwas ergeben?«

»Nichts«, sagte Lara kopfschüttelnd. »Niemand hat etwas gesehen, gehört oder sonst etwas Verdächtiges bemerkt. Weder die Nachbarn noch die Anwohner an der Rückseite des Anwesens, von wo aus der Täter eingestiegen ist. Eine Frau zwei Häuser weiter hat eine verdächtige Gestalt durch die Straße schleichen sehen, aber sie konnte nicht erklären, warum sie verdächtig war, und ebenso wenig, wie sie ausgesehen hat. Es könnte also auch der Paketbote oder ein anderer Nachbar beim Spaziergang gewesen sein.«

»Das ist der Nachteil an einem solch abgeriegelten Grundstück«, erklärte Simon. »Wenn man erst drin ist, hat man Ruhe vor neugierigen Nachbarn und Passanten. Was ist mit Sicherheitsleuten?«

»Döhring hatte einen Fahrer und Leibwächter namens Thomas Ufer, der zur Tatzeit am Roten Meer Urlaub gemacht hat.«

Simon stöhnte. »Das kann Zufall sein, aber vielleicht hat der Mörder dies gewusst und den Zeitpunkt für den Mord danach ausgewählt.«

»Ich tippe unverändert auf einen Insider«, sagte Lara. »Und einen Sicherheitsmann können wir ziemlich weit oben ansiedeln.«

»Sein Alibi wurde überprüft und seine Akte gibt nichts her«, fuhr Simon fort und deutete auf die Unterlagen. »Keine

Einträge wegen Körperverletzung oder Verbindungen zu kriminellen Organisationen. Ebenso keine Geldprobleme.«

Sie zuckte die Achseln. »Ähnlich wenig Hinweise ergab die Spurensuche im Inneren des Hauses. Keine DNS oder Fingerabdrücke, die dort nicht hingehören.«

»Und das bei all dem Aufwand, der in den beiden letzten Tagen betrieben wurde«, bemerkte er. »Wenn ich es nicht besser wüsste, würde ich von einem Profi ausgehen.«

»Dem widerspricht die lange Zeit, die der Täter im Haus verbracht hat. Ebenso die unnötige Gewaltausübung. Wie schon erwähnt sind die Auswertungen noch nicht abgeschlossen, aber aktuell habe ich keine Idee, in welche Richtung man weiterermitteln könnte.«

Simon fuhr sich nachdenklich über das Kinn. »Der Mord war etwas Persönliches. Einerseits hatte der Täter Kenntnisse über Döhrings Anwesen, auf der anderen Seite sind zweiundzwanzig Stiche in den Unterleib eine Botschaft.«

»Du denkst an eine sexuelle Komponente?«

»Vordergründig das wahrscheinlichste Motiv. Döhring wird nicht nur Gläsner bedrängt haben, daher lohnt es sich, in diese Richtung weiterzuermitteln.«

»Döhring wurde in all den Jahren nicht ein Mal wegen Belästigung angezeigt.«

»Wahrscheinlich haben seine Anwälte schon vorher Arrangements getroffen, wie sie es bei Gläsner gemacht haben.«

»Solange wir keinen weiteren Tipp bekommen, ist das eine Sackgasse.«

»Dann gehe es größer an«, schlug Simon vor. »Nimm alle bekannten Fälle der letzten Jahre, bei denen Döhring als Privatperson oder als Geschäftsführer verklagt worden ist.«

»Das könnten eine Menge sein«, gab Lara zu bedenken. »Außerdem müsste ich dafür verbotenerweise auf die

Dienststelle, denn meine Berechtigungen von zu Hause aus genügen nicht.«

»Wenn man der Presse glauben kann, wird der Polizeipräsident in einer Stunde bei einem Ausschuss zur aktuellen Situation sprechen«, sagte Simon mit einem Blick auf die Uhr. »Und ohne deinen Vorgesetzten wird der dort nicht hingehen.« Er zwinkerte ihr zu. »Wenn du deinen Bereich meidest und die Kollegen am Eingang nichts von deiner Beurlaubung wissen, findest du sicher einen Arbeitsplatz, von dem aus du auf die Server zugreifen kannst, die nicht von außen ansteuerbar sind.«

* * *

Die richtige Verkleidung für die Dienststelle zu finden war nicht leicht. Einerseits durfte Lara nicht aussehen, als würde sie etwas verbergen wollen, auf der anderen Seite würde sie nicht unerkannt bleiben, wenn sie ohne Tarnung herumspazierte. Schließlich setzte sie eine Wollmütze auf, schlüpfte in ihre Winterjacke und wickelte sich einen Schal um den Hals. Auf dem Weg zum Nordend hielt sie noch bei einem großen Supermarkt, der Lesebrillen im Angebot hatte. Sie stellte ihr Auto in einer Seitenstraße der Adickesallee ab und betrat das Gebäude über einen Nebeneingang. Als sie ihre Karte an das Lesegerät hielt und das kleine Licht von Rot auf Grün sprang, atmete sie erleichtert aus. Ihr Zugang war nicht gesperrt worden.

Mit freundlichem Lächeln grüßte sie den Kollegen am Eingang, nachdem sie durch die Schranke gegangen war. Der Mann hob kurz die Hand, schien an ihrer Anwesenheit aber keinen Anstoß zu nehmen. Lara huschte nach rechts ins Treppenhaus, zog ihren Schal etwas hoch und setzte die Brille auf. Ihre Augen begannen zu tränen und sie nahm alles nur noch verschwommen wahr, also senkte sie das Gestell etwas.

Kurz vor Döhrings Tod war eine Rundmail herumgeschickt worden, dass einige Büros im zweiten Stock einen neuen Teppichboden bekommen würden und deshalb geräumt werden mussten, also ging sie dorthin, spazierte durch den Flur, bis sie die Räume erreicht hatte. Zwei Handwerker entfernten den Teppichboden im Gang, schienen aber noch für eine Weile beschäftigt zu sein. Wie erhofft waren die Büros verlassen, aber alle Anschlüsse noch vorhanden. Lara schloss leise eine Tür und nahm ihren Laptop aus dem Rucksack. Ihre Berechtigungen für die interne Serverstruktur waren unverändert vorhanden.

Wie Simon vermutet hatte, war Döhring im Laufe der Jahre in mehrere Prozesse verwickelt gewesen. In keinem davon ging es um sexuelle Belästigung, Missbrauch oder etwas in dieser Richtung. Größtenteils drehte es sich um Wirtschaftskriminalität, Subventionsbetrug, Zahlung von Bestechungsgeldern oder Schwarzarbeit. In den meisten Fällen hatte man sich außergerichtlich geeinigt oder der Fall war wegen Mangels an Beweisen eingestellt worden. Weder Döhring noch sein Unternehmen wurden in irgendeiner Weise belangt. Auch die Gegenparteien schienen keinen größeren Schaden erlitten zu haben. Einzige Ausnahme war ein Fall aus dem Jahr 2017. Hierbei wurde einem Verdacht auf Unterschlagung und Bestechung nachgegangen.

Lara rief die Akte auf und überflog die Einträge. Es konnte das sein, was sie gesucht hatte.

Sie kopierte alles dazu auf ihren USB-Stick, fuhr den Computer herunter und beeilte sich, die Dienststelle zu verlassen, bevor Nowak von der Pressekonferenz zurück war. Glücklicherweise waren die meisten Kollegen zu faul, die Treppe zu benutzen, daher kam sie ohne Begegnungen nach draußen. Außer Sicht des Polizeipräsidiums nahm sie ihr Handy und wählte Simons Nummer.

»Ich habe etwas Interessantes gefunden«, begann sie. »Im Jahr 2017 geriet Döhring als Teilhaber einer Zuliefererfirma in Verdacht, Gelder veruntreut und zur Bestechung genutzt zu haben.«

»Das sind schwerwiegende Vorwürfe.«

»Nach kurzer Zeit hatte Döhring seine Unschuld bewiesen, daher konzentrierte sich die Staatsanwaltschaft auf den Mitangeklagten Isaak Heske, seines Zeichens Geschäftsführer der Firma«, erklärte Lara weiter. »Um es kurz zu machen: Heske wurde schuldig gesprochen und musste für zweieinhalb Jahre ins Gefängnis. Döhring kam ohne Schramme davon.«

»Das könnte ein Mordmotiv sein«, stimmte Simon zu.

»Es ist der einzige Fall, bei dem jemand rechtskräftig verurteilt worden ist. Außerdem hat Heske während des Prozesses immer wieder behauptet, von Döhring angestiftet worden zu sein.«

»Ich wundere mich, dass ich nicht von dem Fall gehört habe.«

»Das wird an Döhrings Anwälten liegen, denn als ich die Eckdaten in eine Suchmaschine eingegeben habe, habe ich auch nur wenig dazu gefunden. Zwei Einträge waren Richtigstellungen, weil in den Artikeln die Vermutung geäußert wurde, dass Döhring doch tiefer in die Bestechung verstrickt war.«

»Die weiße Weste war ihm wichtig.«

»Weder die Akte noch die Einträge im Internet sind sonderlich ergiebig, aber glücklicherweise kenne ich einen der Journalisten, die den Prozess beobachtet haben.«

»Dein letztes Gespräch mit Daniel hatte schwerwiegende Folgen«, mahnte Simon, der wusste, von wem sie redete.

»Keine Sorge«, beruhigte ihn Lara. »Dieses Mal stelle ich mich klüger an.«

* * *

Mit dem Kaffee in der linken und einem Stift in der anderen Hand setzte sich Lara auf ihre Couch und wählte Daniels Nummer. Er nahm nach dem zweiten Klingeln ab.

»Ich habe dich schon fünf Mal versucht anzurufen«, begann er ohne Begrüßung. »Warum hast du dein Handy ausgeschaltet?«

»Die letzten Tage waren anstrengend.«

»Es tut mir leid, aber ich konnte nicht ahnen, dass das Gespräch mit Gläsner so eskalieren würde.«

»Ich rufe nicht an, um dir Vorwürfe zu machen.«

»Was ist bei dem Verhör passiert, das diesen wahnsinnigen Shitstorm ausgelöst hat?«

»Unser Gespräch war völlig normal. Ich dachte, dass ich Gläsner überzeugt hätte, mit der Wahrheit an die Öffentlichkeit zu gehen. Stattdessen hat sie meinen Besuch genutzt, um mehr Schweigegeld aus Döhrings Anwälten herauszupressen.«

»Diese kleine miese Bitch.«

»Bedauerlicherweise habe ich das Gespräch allein geführt, sodass jetzt Aussage gegen Aussage steht.«

»Die Öffentlichkeit hat ein verheerendes Bild von dir. Wenn du möchtest, interviewe ich dich exklusiv und du kannst die Wahrheit erzählen.«

»Das würde die Diskussion nur weiter anheizen. Außerdem würde mein Vorgesetzter das nicht gutheißen.«

»Nowak trinkt süße Äppelwoi-Schorle, also kann er nicht normal sein.«

»Vernachlässigen wir die Vorfälle um Gläsner«, bat Lara. »Dazu wird es eine Anhörung geben und bis dahin kann ich sowieso nichts machen. Aber du kannst mir bei einer anderen Sache helfen.«

»Leg los.«

»Im Jahr 2017 wurde eine Zuliefererfirma beschuldigt, Geld unterschlagen und Leute bestochen zu haben. An dieser

Firma war auch Döhring beteiligt, was ihn auf das Radar der Ermittler gebracht hat.«

»Die Heske & Co. KG«, erklärte Daniel. »Daran erinnere ich mich. Das war ein eigenartiger Prozess.«

»Inwiefern eigenartig?«

»Wesentliche Teile der Verhandlung fanden unter Ausschluss der Öffentlichkeit statt und man kam nur sehr schwer an Informationen. Das lag wahrscheinlich an Döhrings Einfluss. Solange es noch einen Verdacht gegen ihn gab, ist alles sehr diskret abgelaufen. In dem Moment, wo Döhring davon befreit war, war die Öffentlichkeit wieder zugelassen.«

»Was passierte dann?«

»Wie du schon erwähnt hast, ging es um Unterschlagung und Bestechung. Gerade Letzteres ist in der Immobilienbranche wahrlich keine Seltenheit, aber es sind wohl sechsstellige Summen geflossen. Außerdem gab es Absprachen für Preisnachlässe bei kommenden Projekten.«

»Und deswegen ist der Geschäftsführer Isaak Heske ins Gefängnis gewandert?«

»Heske hat jeden Fehler gemacht, den man sich vorstellen kann«, erklärte Daniel. »Er war aufbrausend, wenig kooperativ, hat den Staatsanwalt beleidigt und auch vor der Richterin nicht haltgemacht. Von den lautstarken Diskussionen mit seinem Anwalt während des Prozesses will ich gar nicht reden. Schließlich bestand seine Taktik nicht darin, seine Taten zu leugnen oder kleinzureden, sondern Döhring die Schuld an allem zu geben. Angesichts der Aufputschmittel, unter deren Einfluss er zudem offensichtlich gestanden hat, war das Urteil keine Überraschung.«

»Hatte Heske recht? Hing Döhring mit drin?«

»Alle belastenden Mails stammten von Heske. Ebenso hat er die Absprachen getroffen, was mehrere Zeugen bestätigt haben. Döhring war zu keinem Zeitpunkt aktiv.«

»Wenn Döhring unschuldig war, woher kamen die Vorwürfe?«

»Wenn man sich die wenigen Informationen über den Fall ansieht, hat nicht nur die Heske & Co. KG davon profitiert, sondern auch Döhrings Unternehmen. Unter den potenziell bestochenen Firmen waren einige Partner von Döhring, daher lag die Vermutung nahe, dass er Heske mit ihnen bekannt gemacht hat. Aber von den sieben Firmen, die Bestechungsgelder angenommen haben sollen, konnten nur drei überführt werden. Diese beschuldigten einhellig Heske, sodass der schwarze Peter am Ende bei ihm gelandet ist.« Daniel unterbrach kurz, er schien etwas zu trinken. »Falls die Kripo einen Verdächtigen mit Mordmotiv sucht, wäre Heske ein Kandidat.«

»Nach den neusten Berichten zu schließen, waren meine Kollegen schon bei ihm und wollten ihn befragen. Er hat jede Zusammenarbeit verweigert, konnte aber ein wasserfestes Alibi für die Tatzeit vorweisen.«

»Dann werdet ihr euch einen anderen Verdächtigen suchen müssen.«

»Ich will trotzdem mit ihm reden.«

»Wozu?«, erwiderte Daniel verwundert. »Wenn er ein Alibi hat, war er nicht der Täter, und sicherlich hatte er seit seinem Gefängnisaufenthalt keinen Kontakt mehr zum Opfer.«

»Wir haben quasi nichts über den Täter und können zum Motiv nur Vermutungen anstellen. Daher versuche ich, mehr über das Opfer zu erfahren.«

»Die Zeitungen sind voll mit Artikeln über Döhring. Da kannst du zwei Tage lang lesen.«

»Sie zeigen alle eine idealisierte Version von ihm, dem Unternehmer und selbstlosen Mäzen. Obwohl Gläsner mich reingeritten hat, entsprachen die Vorwürfe in Bezug auf Döhrings Belästigung der Wahrheit, sonst hätte sie keine Entschädigung herauspressen können.«

»Erfahrungsgemäß versuchen es aufdringliche Männer nicht nur bei einer Frau«, stimmte Daniel zu.

»Und möglicherweise war an Heskes Anschuldigung auch etwas Wahres dran.«

»Das weiß nur Heske und der kooperiert nicht mit der Kripo.«

»Aus seiner Sicht ist ihm großes Unrecht widerfahren. Daher ist diese Reaktion verständlich.«

»Und wie willst du ihn überzeugen, mit dir zu reden?«

»Ich muss ihm etwas anbieten, womit ihm Gerechtigkeit widerfährt«, erklärte Lara. »Und dafür brauche ich dich.«

Kapitel 3

Lara fiel es schwer, sich Isaak Heske als Geschäftsführer einer erfolgreichen Firma vorzustellen. Seine fettigen schwarzen Haare waren von links nach rechts gekämmt, um die große kahle Stelle am Kopf zu verdecken. Er war unrasiert, hatte eine abgewetzte rote Winterjacke an und ausgelatschte Turnschuhe. Die Zigarette im Mundwinkel und die Bierdose in der Hand machten den Eindruck eines heruntergekommenen Alkoholikers perfekt.

Es war schon dunkel, als er, den Blick zu Boden gesenkt, zu seiner Wohnung ging, die in einem Mehrfamilienhaus in einer Gegend lag, in die sich Leute wie Döhring nur mit Leibwächter getraut hätten.

»Kripo Frankfurt.« Lara stellte sich neben ihn, als er in der Tasche nach seinem Schlüssel suchte, und zeigte ihre Marke. »Darf ich kurz mit Ihnen reden?«

»Was wollt ihr noch?«, fuhr er auf. »Ich habe den Penner nicht ermordet.«

»Es geht um den Prozess wegen Veruntreuung von Geldern.«

»Was ist damit? Ich war im Knast und habe meine Strafe abgesessen.«

»Ich interessiere mich für Ihre Vorwürfe in Bezug auf Herrn Döhrings angebliche Mitschuld.«

»Jetzt kommt ihr angeschoben?«, fuhr er auf. »Nach fünf Jahren und davon zwei im Knast?« Er hob den Mittelfinger. »Leckt mich einfach.« Er wandte sich wieder ab.

»Ich kenne einen Journalisten, der sich für Ihre Geschichte interessiert«, sagte Lara.

»Welche Geschichte? Die des Verlierers?«

»Die eines zu Unrecht Angeklagten.« Die Anschuldigungen gegen Heske waren gerechtfertigt gewesen, aber sie musste sich auf seine Seite stellen, um die Ablehnung zu brechen.

Er blieb stehen.

»Der Journalist hat mir versprochen, sich Ihre Geschichte anzuhören und etwas darüber in der Zeitung zu bringen.«

»Was im Zusammenhang mit Bernhards Tod die Verkaufszahlen erhöhen wird.«

»Mehr kann ich Ihnen nicht bieten. Sie haben die Möglichkeit, die Wahrheit über den Gerichtsprozess zu erzählen. Dafür sagen Sie mir mehr über Herrn Döhring.«

»Er ist tot«, erwiderte Heske. »Was haben Sie davon?«

»Je besser man das Opfer kennt, umso näher kommt man dem Täter«, erklärte Lara. »Und ich glaube, dass Herrn Döhrings makelloses Bild in der Öffentlichkeit nicht der Wahrheit entspricht.«

Heske drehte sich um und sah ihr in die Augen. Der Zorn war verflogen. Er wirkte neugierig. »Sie wären überrascht, zu welchen Dingen Bernhard in der Lage war.«

»Darüber würde ich gerne mehr erfahren.« Sie zog einen Zettel mit Daniels Namen und seiner Telefonnummer aus der Tasche. »Aber vorher können Sie diesem Journalisten die ganze Geschichte vom Prozess erzählen.«

* * *

Heske entsprach nicht ganz der Beschreibung, die ihm Lara gegeben hatte. Er trug ein weißes Hemd, dessen Kragen schon gelblich geworden war, eine zu weite Anzughose, die er mit einem eng gebundenen Gürtel oben hielt, und ein Paar schwarze Lederschuhe, deren Schnitt schon außer Mode war. Er war frisch rasiert und hatte sogar Aftershave aufgetragen. Einzig der Alkoholgeruch ließ sich nicht verbergen, obwohl er ein Kaugummi im Mund hatte.

»Herr Heske«, begrüßte ihn Daniel und schüttelte ihm die Hand. »Danke, dass Sie Zeit für mich haben.« Er deutete auf einen Stuhl ihm gegenüber.

Daniel hatte sich für ein kleines Café im Westend entschieden, das wegen seines verwinkelten Aufbaus eine ruhige Konversation ermöglichen würde. Eine solche Umgebung erleichterte ein Gespräch wie dieses, denn es war wichtig, dass sich die interviewte Person wohlfühlte – und das war in einem Café eher gegeben als in einem kahlen Besprechungsraum.

Daniel bestellte Kaffee für sie beide und hielt etwas Small Talk, bevor er seinen Block herausholte. »Herr Heske. Sie wurden im Jahr 2017 zu einer Gefängnisstrafe wegen Veruntreuung und Bestechung verurteilt. Während des Prozesses wiesen Sie mehrfach darauf hin, dass Ihr damaliger Geschäftspartner Bernhard Döhring ebenso an den Bestechungen beteiligt war. Die Staatsanwaltschaft hat aber keine Beweise für diese Behauptung gefunden.«

»Weil Bernhard cleverer war als ich«, gab Heske zu. »Er hat einen Großteil der Geschäfte arrangiert und Absprachen getroffen, jedoch nie mit Zeugen oder per Mail. Somit stand mein Wort gegen seins. Da die Kripo aber Zugang zu meinem Mailkonto und meinem Handy hatte, konnten die Ermittler beweisen, dass ich für diese illegalen Absprachen mitverantwortlich war.«

»Also waren Sie schuldig?«

»Das habe ich nie bestritten. Nur war Bernhard die treibende Kraft dahinter, und das hätte man bei dem Gerichtsverfahren berücksichtigen müssen.«

»Fangen wir vorn an. Wie sind die Bestechung und die damit verbundene Veruntreuung von Geldern abgelaufen?«

Heske lehnte sich zurück und trank einen Schluck Kaffee, als überlegte er, wo er beginnen sollte.

»Generell kommt bei öffentlichen Aufträgen immer der billigste Anbieter zum Zug«, erklärte er. »Daher kommt es bei der Abgabe eines Angebots einerseits darauf an, die Kosten möglichst zu verschleiern und das Geld durch Folgeaufträge hereinzuholen. Auf der anderen Seite sind der größte Faktor eines Baus immer die Lohnkosten, und die gilt es zu senken.«

»Durch Schwarzarbeit?«

Heske nickte.

»Wir reden dabei nicht von einer Reinigungskraft, die einmal die Woche für zwei Stunden putzt, sondern von einer großen Anzahl an Arbeitern, die für Monate im Land sind. Wie geht man dabei vor?«

»Indem man die Hilfe von Agenturen in Anspruch nimmt, die vordergründig legal Bauarbeiter vermitteln.« Er nippte am Kaffee. »Mit diesen schließe ich einen Vertrag ab und bezahle sie entsprechend von meinem Konto. Dafür erhalte ich eine Rechnung, die ich bei einer Überprüfung vorzeigen kann. Gleichzeitig bekomme ich das Geld wieder bar zurück, abzüglich einer Vermittlungsgebühr. Und mit diesem Geld bezahle ich die illegalen Bauarbeiter, wobei einiges übrig bleibt.«

»Und der Zoll hat keine Handhabe gegen solche Vermittlungsfirmen?«

»Auf den ersten Blick halten sie einer Überprüfung stand, denn diese Firmen haben Subfirmen, von denen sie die Arbeiter beziehen. Und bis die Ermittler dieses Geflecht durchschaut haben, sind die Verantwortlichen längst weg und haben unter einem anderen Namen eine neue Firma gegründet.«

»Und die monatelang in Deutschland lebenden Arbeiter fallen niemandem auf?«

»Die meisten haben gut gefälschte Identitätskarten verschiedener EU-Länder, welche ihnen das Arbeiten in Deutschland vordergründig erlauben. Die erkennt man erst bei genauerer Überprüfung, und selbst dann kann ich als Unternehmer die Schuld auf den Vermittler schieben.«

»Und wie war Bernhard Döhrings Rolle dabei?«

»Mit illegalen Arbeitskräften hatte er nichts zu tun«, erklärte Heske. »Er hat dafür gesorgt, dass wir den Auftrag überhaupt bekamen, denn von der Ausschreibung her waren wir weder die billigsten noch die besten.«

»Also hat Herr Döhring die Entscheidungsträger beeinflusst?«

Heske nickte wieder.

»Wie hat er das gemacht?«

»Ganz ehrlich, ich weiß es nicht. Wir haben uns bei unterschiedlichen Gelegenheiten getroffen und dort hat er mir erläutert, was ich zu tun hatte. Person A soundsoviel Geld zuzustecken, eine fünfstellige Summe auf ein Schweizer Konto zu überweisen oder jemandem beim Aushub eines Swimmingpools zu helfen.«

»Wie hoch schätzen Sie die Summe der Gefälligkeiten und Bestechung?«

»Drei- bis vierhunderttausend Euro«, antwortete Heske. »Aber danach hatten wir den Auftrag.«

»In welcher Höhe?«

»Achtzehn Millionen.«

»Und wie viele illegale Arbeiter waren bei dem Bau beschäftigt?«

»Etwa die Hälfte von allen.«

Daniel sah nachdenklich auf seine Notizen. Eigentlich hatte er Lara nur einen Gefallen tun wollen, weil er sich wegen Gläsner irgendwie schuldig fühlte, aber Heskes Geschichte barg einiges an Sprengstoff.

»Inwieweit können Sie mir Namen oder Firmen von Bestochenen nennen?«

»Alles, was Sie wollen.«

»Ist das nicht gefährlich für Sie?«

Er lachte kurz. »Ich war zwei Jahre im Gefängnis, dann viele Monate arbeitslos und musste in eine Sozialwohnung ziehen, in der ich jetzt noch lebe. Ich arbeite als schlecht bezahlter Buchhalter bei einem Schrotthändler in einem Büro, in dem es manchmal so laut ist, dass ich einen Schallschutz-Kopfhörer aufsetzen muss. Mir fällt nichts ein, bei dem ich Angst haben müsste, es zu verlieren.« Er trank die Tasse Kaffee in einem Zug aus. »Eigentlich bin ich um diese Zeit schon betrunken, aber die Aussicht, am strahlenden Lack des heiligen Döhring zu kratzen, hat mich das erste Mal seit Jahren wieder zufrieden aufstehen lassen.« Er lächelte. »Also, Herr Flohr. Was wollen Sie noch wissen?«

* * *

Wie vereinbart kam Lara nach einer Stunde in das kleine Café, in dem sich Daniel mit Heske verabredet hatte. Es war kein stylisher Treff für Börsianer und Banker, sondern eher etwas für Leute, die gern drei Stunden frühstückten und Kuchen aus eigener Herstellung bevorzugten. Die Wände des Cafés waren in einem dunklen Grün gehalten. Auf den Bänken lagen Kissen, und die Stühle waren eine Sammlung aus unterschiedlichen Stilen, als wäre der Besitzer über einen Flohmarkt gelaufen und hätte jede erhältliche Sitzgelegenheit erworben. Auf gläsernen

Regalen standen große Vasen mit Hydrokulturen. Es roch nach frisch gemahlenem Kaffee und Rührei.

An einem Tisch in der Ecke saß Daniel, auf seinen Block kritzelnd, während Heske ihm gestenreich etwas erläuterte. Offensichtlich schienen sich die Männer gut zu verstehen, denn Daniels Stift flog nur so über das Papier.

Lara trat vorsichtig näher, um Heskes Redefluss nicht zu stören.

»Perfektes Timing.« Daniel hörte auf zu schreiben. »Wir haben gerade die erste Runde abgeschlossen.«

Heske drehte sich zu ihr um. Der mürrische Ausdruck von ihrem ersten Treffen war verschwunden. Er nickte ihr sogar zu.

»Die erste Runde?«, fragte sie.

»Das sind zu viele Informationen für einen Artikel.« Daniel deutete auf den vollgeschriebenen Notizblock. »Ich werde das nicht auf einmal veröffentlichen können, aber schon der erste Teil des Interviews wird Döhrings Image auf den Kopf stellen.«

Daniel stand auf und umarmte sein Gegenüber. »Danke, Isaak.« Er klopfte ihm freundlich auf die Schulter.

»Ich danke dir fürs Zuhören.« Heske erwiderte die Geste.

Beim Hinausgehen gab Daniel Lara einen flüchtigen Kuss auf die Wange. Dann setzte sie sich an den Tisch. Vor Heske standen eine leere Kaffeetasse, ein halbes Stück Käsekuchen und eine noch unangetastete Flasche Wasser.

»Einen coolen Freund haben Sie da, Frau Kommissarin«, bemerkte er, bevor er sich ein Stück des Kuchens in den Mund schob.

»Er kann ganz nützlich sein«, erwiderte sie mit einem Lächeln. Und manchmal auch die reinste Pest, fügte sie in Gedanken hinzu.

»Sie haben Ihr Versprechen gehalten«, sagte er kauend. »Was wollen Sie über Bernhard wissen?«

»Wer hatte einen Grund, ihn zu ermorden?«

»Alleine wegen seines Reichtums gibt es viele.«

»Dieser Aspekt wurde bereits geprüft. Seine Frau hatte schon vor seinem Tod eine wichtige Firmenposition inne und besitzt auch wesentliche Teile des Aktienvermögens der Familie. Außerdem war sie zum Zeitpunkt des Todes nicht in Deutschland.«

»Manche Kreise in der Bevölkerung hassen reiche Menschen ohne besonderen Grund.«

»Auch das will ich nicht völlig von der Hand weisen, aber der Täter war sehr gut vorbereitet und wusste über das Sicherheitssystem auf dem Anwesen Bescheid. Daher vermute ich, dass Herr Döhring seinen Mörder kannte.«

»Ich frage mich nur, wie ich Ihnen dabei helfen soll«, entgegnete Heske. »Seit dem Prozess hatte ich weder mit ihm noch mit seinen Geschäftspartnern zu tun. Was ich von Bernhard seit meinem Gefängnisaufenthalt weiß, habe ich aus der Presse.«

»Sie können mir helfen, ein besseres Bild von Herrn Döhring zu bekommen«, erklärte Lara. »In der Öffentlichkeit ist sein Ruf makellos und selbst innerhalb der Kripo gibt es keine Zweifel an seiner Integrität. Es ist nur eine Frage der Zeit, bis die Stadtverwaltung eine Straße nach ihm benennt.«

»Darin war er unschlagbar. Den Leuten seine gute Seite zu zeigen und das Schlechte unter den Teppich zu kehren.«

»Und genau nach dem Schlechten suche ich.« Lara startete ihre Notiz-App auf dem Handy.

Heske lehnte sich nachdenklich zurück und trank einen Schluck Wasser. »Bernhard war ein Machtmensch. Er wollte alles kontrollieren und ertrug keinen Widerspruch. Leute, die ihm nicht bedingungslos folgten, wurden aussortiert. Alle anderen durften sich in seinem Glanz sonnen.«

»Wie sind Sie ihm verfallen?«

»Bernhard war sehr erfolgreich. Sein Reichtum mehrte sich stetig, seine Firma wuchs und alle Projekte gelangen. Ich würde lügen, wenn ich sagen würde, dass ich damals nicht gern sofort mit ihm getauscht hätte, aber im Nachhinein war das mein Fehler: auf seine Ehrlichkeit zu vertrauen und seinen Ruf nicht in Zweifel zu ziehen.«

»Wie war sein Verhältnis zu Frauen? Speziell zu seinen weiblichen Angestellten?«

»Natürlich gab es Gerüchte, aber Bernhard hat nie den Fehler gemacht, sich öffentlich bloßzustellen. Reichtum ist immer noch das größte Aphrodisiakum. Aus Sicht einer einfachen Angestellten konnte es die Chance des Lebens sein, mit dem Privatjet zu seinem Chalet in Aspen zu fliegen und ein Wochenende mit Skifahren und Champagnertrinken zu verbringen.«

»Und wenn eine Frau das nicht wollte?«

»Ich kann Ihnen nicht sagen, was er dann gemacht hat, aber wenn Bernhard etwas hasste, dann war es, etwas nicht zu bekommen.«

»Wie weit war er dann bereit zu gehen?«

»Wenn Sie meinen Fall betrachten, war er zu allem bereit«, erklärte Heske. »Wenn er Ähnliches mit unwilligen Frauen gemacht hat, hätte ich nicht in deren Haut stecken wollen.«

»Haben Sie ihn bei so etwas erlebt?«

»Ich hatte mit ihm nicht viel persönlich zu tun. Das meiste haben seine Projektleiter und Assistenten gemacht. Bei den privaten Empfängen in seinem Haus war er der perfekte Gastgeber. Freundlich, aufmerksam und eloquent.«

»Und er ist nie aus sich herausgegangen?«, wollte Lara wissen. »So was wie sich in einer Strandbar auf Mallorca zu betrinken, mit dreihundert über die A5 zu rasen oder den Türsteher einer Bar zu beschimpfen?«

»Nicht, wenn ich dabei war. Aber es gab Geschichten über Partys in seinem Jagdhaus, bei denen es wohl hoch hergegangen sein muss.«

»In seinem Jagdhaus?«, fragte Lara überrascht.

»Sie kennen das Anwesen im Taunus nicht?«

»Natürlich habe ich mir einen Überblick über seine zahlreichen Immobilien verschafft«, antwortete Lara. »Die Villa in Sachsenhausen, das Haus an der italienischen Riviera, das bereits erwähnte Chalet in Aspen und auch das Jagdhaus, aber von all den Anwesen wirkte letzteres am wenigsten spektakulär auf mich.«

»Im Vergleich zu seiner Villa mag es wie eine Hundehütte erscheinen, aber in der Jagdsaison hat er oft mehr Zeit dort verbracht als in Sachsenhausen«, erklärte Heske. »Ich selbst war nie eingeladen, aber wenn es einen Ort gegeben hat, wo sich Bernhard gehen lassen hat, dann dort. Vielleicht finden sich noch Spuren davon.«

* * *

»Ich muss zugeben, dass ich dem Jagdhaus ebenfalls wenig Aufmerksamkeit geschenkt habe«, sagte Simon. Das Wetter war zu schlecht gewesen, um sich erneut im Huthpark zu treffen, also hatte ihr ehemaliger Kollege sie zu sich nach Hause eingeladen. Sein Wohnzimmer passte zu seinem Charakter. Es war perfekt aufgeräumt, die Stoffcouch wäre selbst Laras Großvater zu bieder gewesen und die Holzdecke war wahrscheinlich vor ihrer Geburt eingezogen worden. Die Gläser standen mit Untersetzern auf dem Tisch und die Erdnüsse hatte er in eine Schüssel gefüllt. Einzig der große Flatscreen mit den Lautsprechern an der Wand nahm dem Zimmer etwas von seiner Spießigkeit.

Simon hatte seinen Laptop an den großen Bildschirm angeschlossen, sodass Lara ebenfalls in die Akten sehen konnte, die sie ihm bei ihrem letzten Treffen überlassen hatte.

Er rief eine Luftaufnahme des Anwesens auf. »Neun Hektar«, sagte er. »Wenngleich das meiste davon Wald ist.«

»Das Haus hat neunzig Quadratmeter Grundfläche«, bemerkte Lara. »Und das auf zwei Geschossen plus Keller, was ungewöhnlich bescheiden für einen Mann wie Döhring ist.«

»Der obere Bereich enthält drei Schlafzimmer und ein Bad«, bemerkte Simon beim Lesen der Akte. »Unten befinden sich eine schmale Küche, ein weiteres Bad und ein großes Wohnzimmer. Der Keller besteht aus einem kleinen Waffenraum und einem ebenso kleinen Weinkeller.«

»Die Zufahrt ist kameraüberwacht und das Haus steht ein gutes Stück abseits der Straße, umgeben von Bäumen. Der nächste Nachbar würde nicht einmal ein abgefeuertes Gewehr hören.«

»Ideal für Vorgänge, die niemand mitbekommen soll.«

»Das Haus wurde bereits durchsucht«, erklärte Lara. »Nicht so akribisch wie die Villa, aber wenn irgendetwas Ungewöhnliches gefunden worden wäre, würde das im Bericht stehen.«

»Ich finde die ganzen Geweihe an der Wand und die Felle auf dem Boden irgendwie gruselig«, bemerkte Simon, als er durch die Fotos blätterte.

»Die Einrichtung ist alt, dem Badezimmer würde eine Renovierung nicht schaden und die Dielen sehen abgelaufen aus«, meinte Lara verwundert. »Hunderttausend Euro, und das Haus würde ganz anders aussehen. Und für Döhring wäre das wirklich kein Geld gewesen.«

»Vielleicht mochte er es genau deswegen. Ein Haus, in dem nicht alle zwei Meter ein unbezahlbares Kunstwerk, Vasen oder gestickte Seidenvorhänge waren. Wie ein unaufgeräumtes Spielzimmer. Die Weinauswahl ist exklusiv«, stellte Simon fest, als sie bei den Aufnahmen im Keller angekommen waren. »Hierbei war Döhring wieder ganz der reiche Genießer.«

»Da steckt ein Schlüssel in der Tür.« Lara deutete auf eine Aufnahme des Weinkellers.

»Hier lagert ein fünfstelliger Betrag an Wein«, erklärte Simon.

»Geh noch einmal zum vorherigen Bild«, bat sie. »Das mit dem engen Gang.«

Simon blätterte zurück. Der Boden des Gangs war mit braunen Fliesen ausgelegt. An der Decke hing eine lange Lichtröhre. Die Wände waren grob verputzt und in einem hellen Beige gehalten. Am Ende befand sich links und rechts eine Tür.

»Siehst du das?« Lara ging an den Bildschirm und deutete auf eine Art Kartenleser neben der Tür zum Weinkeller.

»Das ist ein elektronisches Türschloss. Mit einem Zahlencode oder für Fingerabdrücke«, erklärte er.

»Auf der Aufnahme des Weinkellers steckt ein Schlüssel im Schloss.«

»Vielleicht nur Verzierung.«

»Im ganzen Jagdhaus gibt es nur wenig Technik«, stellte Lara fest. »Eine Überwachungskamera am Vordereingang, ein Telefon und einen alten Röhrenfernseher. Nicht einmal einen Internetanschluss. Warum sollte man im Keller ein elektronisches Türschloss anbringen, wenn man sonst mechanische Schlüssel hat?«

»Wie bereits gesagt ist die Weinauswahl durchaus exklusiv.«

»Auf der anderen Seite sind Waffenständer. Dort wird Döhring seine Gewehre gelagert haben, bevor er diese altersbedingt verkauft hat. Warum hat er nicht auch dort ein modernes Schloss anbringen lassen?«

Simon zuckte die Achseln. »Zugegebenermaßen ergibt das wenig Sinn. Worauf willst du hinaus?«

»Auf noch gar nichts«, antwortete Lara. »Aber meine Kollegen arbeiten akribisch an dem Fall und trotzdem haben sie noch keine Spur zum Mörder. Bedauerlicherweise kommt keiner auf den Gedanken, dass Döhring nicht so sauber war, wie es in der Öffentlichkeit den Anschein hatte. Daher suchen sie nicht nach ungewöhnlichen Dingen auf seiner Seite, sonst wäre das vielleicht einem der Ermittler aufgefallen.«

»Möglicherweise ist das so ein getarnter Panikknopf, wie er einen im Haus hatte.«

»Spekulieren hilft nichts. Ich muss mir das ansehen.«

»Mit ›ansehen‹ meinst du vor Ort im Taunus? Also in das Jagdhaus gehen?«

Sie nickte.

»Das ist keine gute Idee«, mahnte Simon. »Wenn du erwischt wirst, bist du schneller suspendiert, als du Kripo sagen kannst.«

»Ich werde mich nicht erwischen lassen.«

»Du redest hier von Einbruch.«

»Das Jagdhaus spielt bei den Ermittlungen keine Rolle mehr. Mögliche Spuren sind gesichert und das Anwesen ist nicht versiegelt. Bis auf ein kaputtes Fenster wird sich der Schaden in Grenzen halten.«

»Lara, das ist eine wirklich dumme Idee«, mahnte Simon erneut. »Und du weißt, wozu deine Spontaneität das letzte Mal geführt hat.« Er deutete auf die Zeitung. »Da findet sich auch heute wieder ein Artikel dazu.«

»Du kennst das Zitat vom ruinierten Ruf und dem ungenierten Leben.«

»Nowak wird dich grillen, wenn er dich erwischt. Und die Presse wird sich mit großer Begeisterung darauf stürzen. Erst die Einschüchterung von Zeugen, dann noch ein Einbruch in …«

»Sei nicht so ein Spießer«, unterbrach sie ihn. »Gib zu, dass du zu dem Schlüssel und dem elektronischen Schloss auch keine Erklärung hast.«

»Das ist durchaus ungewöhnlich …«

»Ich wusste es.« Lara nahm ihre Jacke. »Ich melde mich, wenn ich dort angekommen bin«, sagte sie noch. Dann verließ sie die Wohnung und ging zu ihrem Auto.

* * *

Nachdem sie von der A5 abgefahren war, schlug Lara den Weg westlich tiefer in den Taunus ein, vorbei am Führerhauptquartier Adlerhorst, einer alten Bunkeranlage, die eine unheilige Ausstrahlung besaß, welche sie bei einem Ausflug in der neunten Klasse schon geängstigt hatte. Kurz danach wechselte sie auf eine kleinere Landstraße mit vielen Kurven, die unangenehm zu fahren waren. Nach zehn Kilometern führte das Navi sie auf eine unbefestigte Schotterstraße, die gerade genug Platz für ein Auto bot.

»Hier findet mich niemand«, murmelte sie, als sie den steilen Abgrund auf der linken Seite betrachtete. Zweihundert Meter vor ihrem Ziel bog sie in einen holprigen Weg ein. Sie parkte das Auto in einer kleinen Nische zwischen zwei großen Fichten und stieg aus.

Um die Kamera am Eingang des Anwesens zu vermeiden, schlug sie sich rechter Hand in den Wald. Schließlich wusste sie nicht, ob diese noch aktiv war. Dank der Durchsuchung ihrer Kollegen konnte sie sich aber darauf verlassen, dass es keine weiteren Sicherheitsvorkehrungen gab, daher konnte sie problemlos von hinten in das Haus einsteigen.

Sie ging etwa hundert Meter parallel zur Zufahrt, bis der Wald dichter wurde und ihre Hose sich im Unterholz verfing. Glücklicherweise hatte sie die Luftaufnahme des Anwesens noch auf ihr Handy überspielt, ansonsten hätte sie sich hoffnungslos verlaufen, da es hier keinen markanten Orientierungspunkt gab. Sie fluchte, als sie in eine matschige Pfütze trat und das kalte Wasser in ihre Sneaker lief.

»Wer kauft sich hier ein Haus?«, schimpfte sie, während ihr Schuh bei jedem Schritt ein quietschendes Geräusch von sich gab. Gerade als sie befürchtete, nie mehr nach Hause zu kommen, erreichte sie einen hüfthohen Jägerzaun. Hinter einer noch höheren Hecke stand das Jagdhaus. Lara nahm ihr Handy aus der Tasche und überprüfte den Empfang. »Ein Balken«, murmelte sie. »Mehr, als ich erwartet habe.« Simon nahm nach dem ersten Klingeln ab. »Ich bin auf dem Grundstück.« Sie zog sich ein paar Handschuhe über.

»Laut den Außenaufnahmen sind alle Fenster vergittert«, bemerkte er.

»Aber die Gitter sind nur längs gezogen, ohne Querverstrebungen, was es mir leicht macht, sie mit einem Stock so weit auseinanderzudrücken, dass ich mich durchquetschen kann.« Sie ging zurück in den Wald und hob einen armdicken Ast auf.

»Bleibt nur zu hoffen, dass die Fenster nicht aus Sicherheitsglas sind.«

»Du solltest an deiner positiven Haltung arbeiten.«

»Nicht bei einem Einbruch«, erwiderte er. »Da gehe ich vom Schlimmsten aus und freue mich, wenn es nicht eintrifft.«

Lara steckte den Ast in das Fenstergitter und stemmte sich dagegen. Ein Knall ertönte und eines der Gitter brach ab. »Die sind auch nicht mehr so stabil wie früher«, bemerkte sie und schlug mit dem Ast die Fensterscheibe ein.

»Gut, dass ich nicht sehe, was du machst«, erklang Daniels Stimme aus dem Handy. Sie schob alles an Scherben zur Seite und fuhr mit dem Ast über die Unterseite des Fensterrahmens, damit keine Glasspitzen mehr abstanden. Dann warf sie den Stock zurück in den Wald.

Mit dem Handy in der Tasche kletterte sie durch das Fenster ins Wohnzimmer und landete neben einem Fell mit Löwenkopf. Angewidert erhob sie sich.

»Ich bin drin«, sagte sie. »Hier riecht es wie im Bärenkäfig, ansonsten sieht es genauso aus wie auf den Fotos.«

»Die Aufnahmen sind vorgestern geschossen worden«, erklärte Simon. »Mit großen Veränderungen war auch nicht zu rechnen.«

Sie verließ das Wohnzimmer in Richtung Eingang, stieg eine steile Treppe nach unten und machte das Licht an. »Noch enger als auf den Fotos.«

»Ich kann dich kaum mehr hören.«

Lara hatte sich vorgenommen, Simon per Videoanruf mit in den Keller zu nehmen, jetzt konnte sie froh sein, wenn die Verbindung nicht abbrach.

»Das ist ein Fingerabdruckscanner«, bemerkte sie mit Blick auf den weißen Plastikkasten neben der Tür. »Nicht die neuste Technik, aber durchaus brauchbar.«

»Und was ist mit der Tür?«

»Der Schlüssel lässt sich drehen«, antwortete sie, nachdem sie es probiert hatte. »Und der Zylinder wirkt alt, daher ist der Scanner wohl nicht daran angeschlossen.«

»Vielleicht wurde er früher einmal genutzt und ist bereits abgeschaltet?«

»Am Scanner sehe ich ein kleines grünes Licht. Also ist er noch aktiv.«

»Er könnte auch einen Safe öffnen, den wir auf den Bildern nicht gesehen haben.«

Lara betrat den Weinkeller. Er war gut zwei Meter breit und nur doppelt so lang. Sorgfältig schritt sie die Fächer ab, leuchtete mit der Taschenlampe hinter die Flaschen auf der Suche nach einer Klappe oder einer Tür. »Nichts«, sagte sie dann. »Entweder ist das Geheimfach perfekt in die Weinregale integriert oder der Scanner öffnet etwas anderes.«

»Hast du an der Decke und auf dem Boden nachgesehen?«

»Oben sind nur zwei schlecht verputzte Lampen mit Glühbirnen. Der Boden ist schmutzig und zerkratzt.«

»Zerkratzt?«, wunderte sich Simon. »Wovon kommt das?«

»Vielleicht von Weinkisten, die herumgeschoben wurden?« Lara ging in die Knie und leuchtete die Kratzer mit der Taschenlampe des Handys aus. »Die Rillen sind tief. Mindestens fünf Millimeter. Und sie sind gleichmäßig gerade bis zur Hälfte des Raums.«

»Beginnen sie an einem Regal?«

»Bei dem, das dem Eingang gegenüberliegt«, bestätigte sie.

»Dann könnte es vielleicht verschiebbar sein.«

Lara trat näher heran. »Hier liegt kein Wein in den Fächern.«

»Versuch, daran zu ziehen.«

Lara schloss ihre Finger um einen der Böden und zog mit aller Kraft. Einen Augenblick lang passierte nichts, doch plötzlich machte das Regal einen Ruck nach vorn. Der Schwung ließ sie zurücktaumeln und sie fiel auf den Hintern.

»Das Ding ist wirklich verschiebbar«, stellte sie verblüfft fest. Sie stand auf, nahm das Brett wieder in ihre Finger und zog weiter. Es quietschte, und schließlich war das Regal einen Meter weiter vorgerückt, bis zu dem Punkt, an dem die Rillen aufhörten.

»Was ist passiert?«

»Das mittlere der drei Regale hat sich vorziehen lassen«, erklärte sie. »Dadurch entstand eine zwei Meter hohe und einen Meter breite Öffnung.«

»Und was ist dahinter?«

»Eine Tür«, sagte Lara verblüfft, nachdem sie um das Regal gegangen war. »Eine recht moderne.« Die Tür war aus Metall, ebenso der Rahmen. Es gab kein Schloss, sondern nur einen schmalen Griff. »Mit mindestens Sicherheitsklasse drei.«

»Ein Fingerabdruckscanner, ein Regal zur Tarnung und eine stabile Metalltür«, fasste Simon zusammen. »Das ist eigenartig.«

»Was immer dahinter ist, Döhring wollte nicht, dass jemand davon erfährt«, meinte Lara. »Wenn ich das richtige Werkzeug im Haus gefunden habe, werden wir bald wissen, was er verstecken wollte.«

* * *

Glücklicherweise war der Werkzeugschrank im Gang neben der Eingangstür ausreichend bestückt. Sie nahm einen Hammer, zwei Schraubenzieher, eine Rohrzange und ein kleines Brecheisen mit hinunter und begann, die Tür zu bearbeiten. Zuerst bog sie das Metall am Schloss zurück, bis sie das Brecheisen ansetzen konnte. Sie schob dessen Spitze hinein, schlug sie mit dem Hammer ein Stück tiefer und lehnte sich mit aller Kraft dagegen.

»Ich habe keine Ahnung, wie du den Einbruch samt Sachbeschädigung erklären willst.«

»Das entscheide ich später«, bemerkte sie ächzend. »Das Türblatt ist wirklich stabil.«

»Warum machst du kein Foto und gibst der Kripo einen anonymen Tipp?«

»Weil der ganze Laden auf der Suche nach Döhrings Mörder ist, und der wird sich nicht im Weinkeller seines Jagdhauses verstecken. Es könnte noch Tage dauern, bis dem nachgegangen wird. Döhring kann die Tür nicht mehr öffnen, und dann benötigt man die Genehmigung seiner Frau, damit hier Gewalt angewendet werden darf, was Nowak in der momentanen Situation als unangemessen erachten würde.«

»Jeder Hinweis ist ein guter Hinweis.«

»Dem stimme ich zu, deshalb heble ich auch die Tür auf.« Es gab einen Knall, als das Schloss aufbrach. Lara atmete erleichtert aus.

»Was siehst du?«, fragte Simon neugierig.

Sie aktivierte die Taschenlampe an ihrem Handy und leuchtete hinein. Rechts von sich betätigte sie einen Lichtschalter. Ein etwa vier Meter langer Gang erstreckte sich vor ihr. Die Wände waren aus grob verputztem Beton und der Boden aus Stein. »Hier ist ein Flur«, beschrieb sie Simon die Szene. »Links und rechts sind je eine Tür und eine weitere am Ende. Sie sind ähnlich stabil wie jene, die ich gerade aufgebrochen habe.«

»Drei weitere Räume?«, fragte Simon verblüfft. »Was hat Döhring da unten getrieben?«

Lara ging in den ersten Raum auf der linken Seite. »Der Boden ist mit Teppich ausgelegt«, berichtete sie. »Die Wände sind mit roter Farbe gestrichen und die Decke ist mit einer Art Stoffhimmel abgehängt. In der Mitte steht ein großes Bett mit Seidenbezug, einem Kopfkissen und einer dicken Matratze.« Lara fuhr mit den Fingern über den Stoff. »Alles sauber und von guter Qualität. Ohne Staub.«

»Das verstehe ich nicht«, erwiderte Simon verwundert. »Warum hat Döhring ein weiteres Schlafzimmer in einem Geheimversteck hinter dem Weinkeller?«

»Die Einrichtung ist hochwertiger als die Zimmer im Obergeschoss. Nur sind hier die Wände gedämmt, keine Fenster, sondern nur eine Lüftung.«

»Vielleicht war Döhring besonders laut beim … Akt«, vermutete Simon.

»Wir sind hier im Nirgendwo. Selbst wenn ich mich auf das Dach stelle und schreie, hört mich niemand.«

Sie ging an das Ende des Bettgestells. »Hier hängen Handschellen. Solche mit Schlüssel, sodass sich der Gefesselte nicht selbst befreien kann.«

»Aus SM-Sicht nicht sonderlich spektakulär.«

Lara sah noch unter dem Bett nach und hob die Matratze hoch, fand aber nichts Ungewöhnliches. Sie drehte sich einmal im Raum um, wobei das Licht kurz von Glas reflektiert wurde.

Sie ging näher heran und entdeckte einen kleinen Kasten an der Wand, der farblich gut in den Raum integriert und daher nur schwer als solcher zu erkennen war. An der Unterseite befand sich eine Klappe, die Lara vorsichtig aufzog. Als sie hineinleuchtete, entdeckte sie eine kleine Kamera, die auf das Bett gerichtet war.

»Hier ist ein verstecktes Aufnahmegerät.« Sie klappte den kleinen Monitor der Videokamera auf, aber das Display zeigte »Low Battery« an und schaltete sich wieder aus.

»Was die Ermittlungen leichter macht. Vielleicht helfen uns die zugehörigen Aufnahmen, zu verstehen, was hier wirklich passiert ist.«

Sie verließ den Raum und überquerte den Gang. Das Zimmer auf der anderen Seite war fast identisch mit den vorherigen, nur waren hier statt Handschellen Ketten in der Wand befestigt.

»Holla!«, rief sie, als sie einen kleinen Schrank öffnete. Darin fanden sich Peitschen, Seile, Zangen und Ledermasken mit Nieten. »Alles, was das SM-Herz begehrt«, erklärte sie.

»Verständlich, dass man das nicht unbedingt Freunden und Familie zeigen will«, meinte Simon. »Aber das hätte man auch weniger geheimnisvoll haben können. Und wozu benötigt man zwei Räume dieser Art?«

»Dafür kann ich dir spontan keine Erklärung geben, daher schaue ich mir Raum drei an.« Lara ging bis zum Ende des Korridors und öffnete die Tür. Das Zimmer war dunkler gehalten, mit schwarz gestrichener Wand, anthrazitfarbenem Teppich und einem Bezug in der gleichen Farbe. Nur war das Bett unordentlich. Lara ging näher und leuchtete umher, als sie eine Gestalt unter der Decke liegen sah.

»Verflucht!« Sie zog den Stoff herunter und sah auf den nackten, ausgemergelten Körper einer jungen Frau. Ihre Augen waren starr nach oben gerichtet, ihre rechte Hand an einer Handschelle befestigt. Das Gelenk war blutig gescheuert, als hätte sie verzweifelt versucht, sich daraus zu befreien. Ihre Lippen waren aufgesprungen, die Zunge geschwollen und die hüftlangen braunen Haare verschwitzt. Lara schüttelte die Frau, aber sie reagierte nicht. Sie legte ihr die Hand an den Hals, konnte jedoch kaum noch Puls fühlen.

»Hier ist eine gefesselte Frau!«, rief sie in ihr Handy und hastete hinaus. »Simon? Kannst du mich hören?«

»Hast du gerade gefesselte Frau gesagt?«

»Ruf einen Krankenwagen!«, schrie sie. »Sie ist stark dehydriert und hat kaum Puls.« Lara rannte in die Küche und griff sich eine Flasche Wasser. »Beeil dich, Simon«, flehte sie, als sie wieder hinunterrannte.

»Wird erledigt.« Er legte auf.

»Es wird alles gut«, versuchte sie die Frau zu beruhigen, als sie ihr vorsichtig Wasser in den trockenen Mund träufelte. »Der Krankenwagen ist bald hier.« Sie zog die Decke über den nackten Körper und streichelte ihr über die eingefallene Wange.

Aber der Blick der Frau war weiter starr zur Decke gerichtet. Dann stöhnte sie leise und ihre Augen fielen zu.

Kapitel 4

In ihren fünf Jahren bei der Kripo hatte Lara noch nie einen solchen Aufmarsch an Kollegen gesehen. Nachdem der Notarzt mit der Unbekannten losgefahren war, hatte sich gefühlt die halbe Abteilung in den Keller begeben, dicht gefolgt von den Kriminaltechnikern, die wegen der engen Treppe und niedrigen Decke Mühe hatten, das Gestell des 3D-Laserscanners hinunterzubringen.

Lara saß auf der Couch im Wohnzimmer und betrachtete das Chaos wie eine Außenstehende. Nowak kam zu ihr herein. Für ihren Alleingang hätte sie eigentlich suspendiert werden müssen, aber sie konnte in seinem Gesicht weder Wut noch Anklage lesen. Eher Unsicherheit, die sie von ihm nicht gewohnt war.

»Wie geht es dir?«, fragte er vorsichtig.

»Es ist völlig egal, wie es mir geht«, antwortete sie ungehalten. »Im Moment zählt nur das Leben der Frau.«

Nowak fuhr sich mit der Zunge über die Lippen. »Es tut mir leid, sie ist auf dem Weg ins Krankenhaus verstorben. Die Ärzte konnten nichts mehr für sie tun.«

Lara gab dem Couchtisch einen Tritt, sodass die Vase darauf hinunterfiel und klirrend zersprang.

»Zweiundvierzig Minuten, bis der Krankenwagen hier war«, fuhr sie auf. »Das geht in jeder Bananenrepublik schneller.«

»Es tut mir leid, dass …«

»Dazu ist es zu spät«, unterbrach sie ihn. »Ich habe zwei Minuten gebraucht, bis ich den Widerspruch zwischen Schlüssel und Fingerabdruckscanner im Weinkeller gefunden habe. Und ich bin in der Abteilung die unerfahrenste Kripobeamtin.«

»Das war ein unverzeihlicher Fehler, aber …«

»Das war kein Fehler, sondern eine Form der hündischen Ehrerbietung gegenüber Bernhard Döhring«, korrigierte sie. »Jeder Hobbykriminalist zieht bei zweiundzwanzig Stichen in den Unterleib den logischen Schluss, dass der Mord eine persönliche sexuelle Komponente hat, abgesehen von der Kripo, die nichts auf Frankfurts Schutzheiligen kommen lässt.«

»Während unserer Ermittlungen fand sich kein Grund, etwas anderes zu glauben.«

»Und deshalb ist die Frau tot. Die Obduktion wird ergeben, dass sie an den Folgen der Dehydrierung gestorben ist. Wären wir nur einen Tag schneller gewesen, wäre sie noch am Leben.«

»Dies ändert alles. Auch unsere Einstellung gegenüber Döhring.«

»Dann geh morgen zum Kiosk und kauf eine überregionale Zeitung aus Frankfurt«, erklärte sie ihm. »Darin findest du ein Interview mit einem ehemaligen Geschäftspartner Döhrings. Das ändert noch mehr.«

»Lara, ich bedaure, was du wegen Gläsner erleiden musstest, aber …«

»Erzähl das der verstorbenen Frau aus dem Keller.« Sie stand auf und verließ das Wohnzimmer. »Wir sehen uns morgen auf der Dienststelle«, sagte sie beim Hinausgehen.

Als sie das Grundstück hinter sich gelassen hatte, lehnte sie sich an einen Baum und versuchte, ihr rasendes Herz zu beruhigen. Dann nahm sie ihr Handy aus der Tasche und wählte Simons Nummer.

»Wie geht es der Frau?«, fragte er besorgt.

»Sie ist auf der Fahrt zum Krankenhaus verstorben.«

»Verdammt!«, fluchte er. »Was sagt Nowak zu alledem?«

»Die üblichen Floskeln.«

»Ich nehme an, dass du jetzt nicht mehr beurlaubt bist?«

»Das ist mir egal. Ich werde mich nicht mehr von ihm einspannen lassen und mache allein weiter. Keine Ahnung, was uns noch alles entgangen ist, weil niemand wahrhaben wollte, dass Döhring nicht der nette Onkel war.«

»Nach dem Vorfall im Jagdhaus und dem Interview mit Heske dürfte das nicht mehr passieren.«

»Die Familienanwälte der Döhrings werden morgen früh in Daniels Redaktion anrufen und mit Klagen drohen. Und über die Vorfälle im Jagdhaus wird man aus ermittlungstechnischen Gründen Stillschweigen bewahren wollen.«

»Ganz unter den Teppich kehren wird Nowak das nicht können.«

»Deshalb habe ich die SD-Karte aus der Kamera im dritten Raum herausgenommen und eingesteckt.«

»Du hast wichtiges Beweismaterial vom Tatort entfernt?«, entfuhr es Simon.

»Nicht entfernt. Nur ausgeliehen. Morgen schmuggle ich das zu den anderen Asservaten ein.«

»Ich weiß nicht, was ich sagen soll«, stotterte er. »Das kann dich den Job kosten.«

»Nur wenn ich mich dumm anstelle.«

»Was hast du mit der Karte vor?«

»Sichergehen, dass die Scheuklappen zu Döhring endlich fallen. Und wenn das parallel zu der Veröffentlichung des Interviews geschieht, hält niemand den Tsunami auf.«

»Wenn sich etwas Interessantes auf dem Video findet.«

»Davon gehe ich aus.« Sie tätschelte zufrieden ihre Hosentasche mit der Karte. »Wie sieht es aus, Simon? Willst du wissen, was darauf zu sehen ist?«

»Dürfte interessant werden«, erwiderte er nach einem Moment des Nachdenkens.

»Ich bin in einer Stunde bei dir«, sagte sie. »Und setze Kaffee auf. Das wird eine lange Nacht.«

* * *

Als Lara Simons Wohnung betrat, empfing sie schon der Duft von frisch gebrühtem Kaffee. Auf dem Couchtisch standen zwei Gläser, eine Flasche Wasser, eine Porzellanschüssel voll kleiner Brezeln und ein Teller mit belegten Broten. Zufrieden seufzend nahm sie auf einem der Sessel Platz. Spaziergänge durch das Unterholz waren nicht ihre Sache.

»Während du unterwegs warst, ist die Tote aus Döhrings Jagdhaus identifiziert worden.« Simon reichte ihr eine Tasse Kaffee. »Es handelt sich um die vierundzwanzigjährige Tamara Welp, zuletzt wohnhaft in Offenbach.«

»Tamara Welp«, wiederholte Lara, als wollte sie sich den Namen einprägen, um ihn nie mehr zu vergessen.

»Welp wurde mehrfach wegen illegaler Prostitution in der Theodor-Heuss-Allee aufgegriffen. Deine Kollegen werden schon zu ihrer Wohnung unterwegs sein.«

»Sonst irgendetwas? Gibt es eine offensichtliche Verbindung zu Döhring?«

»In ihrer Akte nicht. Ich kann mir auch nicht vorstellen, dass eine solche gefunden wird. Döhring war zu clever dafür.«

»Aber Welp muss doch irgendwie in das Jagdhaus gekommen sein«, sagte Lara. »Niemals ist er selbst in die Theodor-Heuss-Allee gefahren.«

»Obwohl es schwerfällt, werden wir uns noch gedulden müssen, bis deine Kollegen die ersten Ermittlungen abgeschlossen haben.«

»Dann lass uns sehen, was ich mitgebracht habe.« Sie stellte den Kaffee auf den Tisch und zog die SD-Karte aus der Tasche. Simon steckte sie in den Laptop und rief die Dateiliste auf.

»Darauf sind zahlreiche Videoaufnahmen«, stellte er nach einem Moment fest.

»Beginn mit der neusten«, bat Lara.

Simon nickte und startete die Aufnahme. Das trübe Licht in dem Zimmer erhellte das Bett, in dem die nackte Tamara Welp mit Handschellen an das Gestänge über ihrem Kopf gefesselt war. Sie war äußerlich in einem besseren Zustand als zu dem Zeitpunkt, als Lara sie gefunden hatte. Ihre Augen waren weit aufgerissen und sie atmete schwer. Welp versuchte, sich von den Handschellen zu lösen, und strampelte mit den Füßen.

Eine Gestalt stellte sich neben das Bett, in schwarzen Latex gekleidet, mit einer Ledermaske auf dem Gesicht, die nur die Augen frei ließ. Die Mundöffnung war mit einem Reißverschluss geschlossen. Sie betrachtete Welp, als wollte sie sich an ihrer Angst ergötzen.

Lara drückte eine Taste und der Film blieb stehen.

»Könnte das Döhring sein?«

»Den Körpermaßen nach zu schließen, möglich«, sagte er nachdenklich. »Der Bauch, die Form des Kopfes und auch die dünnen Arme würden passen.« Er deutete auf das Bett. »Da man mit dem Gestell eine Referenz hat, lässt sich die Größe der Person davon ableiten. Das LKA hat eine spezielle Software, daher werden wir das bald wissen.«

Sie drückte wieder auf die Taste und der Film ging weiter.

Meist hatte Lara nur mit den Folgen von Gewalt zu tun, mochten es zu Tode geprügelte Opfer sein, zusammengeschlagene Ehefrauen oder missbrauchte Prostituierte. Die eigentliche

Tat bekam sie nur selten zu sehen, daher fiel es ihr schwer, die Geschehnisse auf dem Video zu betrachten.

»Die arme Frau«, murmelte sie bedauernd. »Das war das Letzte, was sie in ihrem Leben erfahren hat. Verdurstet und vergessen im dreckigen Kellerraum eines Sadisten.«

»Das Letzte, was sie gesehen hat, warst du«, korrigierte Simon. »Und wenn sie nicht völlig lethargisch war, hat sie verstanden, dass du zu den Guten gehörst und dass ihr Tod nicht ungesühnt bleiben wird.«

»Das wird er nicht«, versprach Lara. Sie ballte zornig die Fäuste, als sie den Missbrauch weiter ansehen musste, aber sie zwang sich hinzusehen, damit ihr nichts entging. Vielleicht gab es noch einen Hinweis auf den Vergewaltiger, obwohl sie ahnte, um wen es sich handelte.

Nachdem das Video geendet hatte, rannte Lara ins Bad und übergab sich in die Toilette. Tränen der Wut liefen ihr die Wange hinunter, während sie mit der Faust auf den gefliesten Boden schlug.

»Alles in Ordnung?«, fragte Simon von der Tür aus.

Lara erhob sich und wischte sich über den Mund. »Ich habe das Bedürfnis, zu Nowak zu gehen und ihm eine reinzuhauen.« Sie ging zurück ins Wohnzimmer und trank einen Schluck Kaffee.

»Du musst dir die anderen Videos nicht antun. Ich kann sie auch allein ansehen und dir berichten.«

»Das schulde ich Welp«, sagte sie, als sie wieder Platz nahm. »Und wenn wir damit fertig sind, telefoniere ich mit Daniel und frage ihn, welchen Journalisten ich Kopien des Videos schicken soll, um eine möglichst große Wirkung zu entfalten.« Sie atmete hörbar aus und stellte die Tasse wieder auf den Tisch. »Lass uns weitermachen.« Sie wandte sich an Simon. »Vielleicht ist der Vergewaltiger auch ohne Maske zu sehen.«

* * *

Mit ihrer Beurlaubung und ihrem Alleingang war jedwede Zurückhaltung von Lara abgefallen. Sie hatte sich als jüngste Kriminalbeamtin immer wie ein Küken gefühlt, sich bei größeren Diskussionen zurückgehalten und die Arbeit getan, die man ihr zugewiesen hatte. Ohne zu fragen.

Als sie am Morgen die Dienststelle betrat, ging sie in ihr Büro und warf die Jacke über ihren Stuhl. Sie grüßte ihre Kollegen kurz, holte sich einen Kaffee und machte sich auf den Weg ins große Besprechungszimmer, in dem Nowak bald die Ereignisse des gestrigen Tages zusammenfassen würde. Sie nahm in der ersten Reihe Platz, überkreuzte die Beine und nippte an ihrer Tasse.

Der Raum füllte sich stetig. Manche Kollegen kamen zu ihr und gratulierten ihr zu ihrem Ermittlungserfolg, aber die meisten blieben ihr fern, weil sie nicht wussten, wie sie sich ihr gegenüber verhalten sollten.

Nowak ließ nicht lange auf sich warten. Er versuchte sich mit etwas Small Talk, merkte aber schnell, dass Lara darauf keine Lust hatte, daher stellte er sich neben die Leinwand und begann mit der Zusammenfassung.

»Gestern Abend haben wir im Jagdhaus von Bernhard Döhring geheime Räumlichkeiten gefunden.« Er nickte Lara lächelnd zu. »Die drei Zimmer enthielten alle quasi nur ein Bett, in dem über den Zeitraum von zwei Jahren mehrere Frauen auf unterschiedliche Art missbraucht worden sind.«

Lara ließ sich ihre Überraschung darüber nicht anmerken. Sie hatte befürchtet, dass Welp nicht die einzige Gequälte gewesen war, aber insgeheim gehofft, dass die anderen Zimmer vielleicht für Döhrings Gespielinnen und nicht für seine Opfer gedacht waren.

»Wir haben insgesamt zwei SD-Karten aus den drei Kameras und vier weitere aus einer Schublade eines Beistelltisches sicherstellen können.«

Lara hatte sich entschlossen, die Speicherkarte in ihrem Besitz der Kripo anonym zukommen zu lassen. Es würde offensichtlich sein, aus welcher Kamera sie stammte. Nowak war zwar clever genug, um zu durchschauen, dass Lara sie entfernt hatte, aber einerseits war ihr das egal und andererseits konnte er nichts beweisen, solange sie keine Fingerabdrücke hinterließ.

»Wir konnten insgesamt vier verschiedene männliche Täter ermitteln, wobei uns eine Identifizierung wegen der Latexanzüge samt Masken nicht möglich ist. Anhand von Referenzpunkten in den Zimmern können wir jedoch die jeweilige Körpergröße und damit das ungefähre Gewicht feststellen. Möglicherweise hat einer von ihnen auch DNS hinterlassen, aber die Untersuchungen dazu werden sich einige Tage hinziehen.«

Ein Bild von Welp erschien auf der Leinwand. Sie lag auf einer Chrombahre, die Augen geschlossen und die trockenen Lippen zusammengepresst.

»Wie ihr schon gehört habt, wurde eine der missbrauchten Frauen zurückgelassen.«

Lara ballte die Faust und schloss die Augen. Ihre ganze Wut und ihr Frust kamen wieder hoch. Wie gern hätte sie sich neben Nowak gestellt und allen im Raum noch einmal klargemacht, dass Welps Tod hätte vermieden werden können und es die Schuld der Kripo war, dass sie gestorben war. Aber es war noch nicht die Zeit dafür. Erst musste die Wahrheit ans Licht kommen und die anderen kranken Vergewaltiger mussten gefasst werden.

»Tamara Welp starb an den Folgen von Dehydrierung«, fuhr Nowak fort. »Allem Anschein nach hat Döhring das Opfer vor seinem Tod dort eingesperrt und ans Bett gefesselt. Nach seiner Ermordung gab es niemanden mehr, der von Welps Schicksal wusste, was schließlich zu ihrem bedauernswerten Tod geführt hat.«

»Entschuldigung.« Lara hob ihre Hand und winkte. Jeder wusste, dass Nowak keine Zwischenfragen mochte, aber auch das war ihr heute egal. »Was ist mit Döhrings Komplizen?«

»Es gibt keinen Hinweis auf einen Komplizen«, erwiderte Nowak. Seinem verwirrten Ausdruck nach zu schließen, hatte sie ihn aus dem Konzept gebracht.

»Du willst also behaupten, dass Döhring höchstpersönlich in die Theodor-Heuss-Allee gefahren ist und sich dort eine Prostituierte ins Auto geholt hat? Und das bei seinem Bekanntheitsgrad, selbst über die Grenzen Frankfurts hinaus?«

»Mit der entsprechenden Diskretion ist es durchaus denkbar …«

»Und dann ist Döhring den ganzen Weg von Frankfurt in den Taunus gefahren, zu einer verlassenen Jagdhütte, ist mit Welp in den Keller, durch einen Geheimgang in eine Art Zelle, wo er sie ans Bett gefesselt hat?«, fuhr Lara unbeirrt fort. »Und sie hat sich das gefallen lassen, ohne Verdacht zu schöpfen oder sich zu wehren?«

»Vielleicht hat sie sich gewehrt und …«

»Außer den Verletzungen am Handgelenk habe ich keine Kampfspuren an Welps Körper gesehen. Und wenn sie sich gewehrt hätte, hätte der alte Drecksack Döhring keine Chance gehabt.«

»Döhring besaß viel Geld«, versuchte Nowak zu erklären. »Vielleicht hat Welp sich davon überzeugen …«

»Warum weigerst du dich, in diese Richtung zu ermitteln?«, unterbrach Lara ihn erneut.

»Weil es keine Hinweise auf einen Komplizen gibt. Einzig Döhrings Sicherheitsmann wäre dafür infrage gekommen, aber der ist zwei Tage vor dessen Tod in den Urlaub gefahren.«

»Davor hätte er Welp noch entführen können.«

»Wir kennen den genauen Aufenthaltsort von besagtem Thomas Ufer nicht, haben aber überprüft, dass er aus

Deutschland in die Türkei geflogen und seitdem nicht mehr zurückgekehrt ist.« Nowak hob beschwichtigend die Hände. »Wir stehen am Anfang der Ermittlungen. Die Videos sind nicht vollständig ausgewertet, es werden noch Spuren in den geheimen Räumen gesucht und wir warten auf die Obduktionsergebnisse. Und natürlich werden wir auch die Möglichkeit von Komplizen in Betracht ziehen.«

Lara lag eine bissige Bemerkung auf der Zunge, aber sie wollte ihre Energie nicht mit weiteren Diskussionen verschwenden, also stand sie auf, winkte Nowak kurz zu und verließ den Besprechungsraum. In ihrem Büro zog sie sich eine Aufnahme aus dem ersten Raum auf einen USB-Stick und verließ die Dienststelle.

Es war an der Zeit, wieder eigene Wege zu gehen.

* * *

Als Daniel die erste Vergewaltigung gesehen hatte, stand er wortlos von der Couch auf und nahm sich ein Bier aus dem Kühlschrank. »Das ist an Brutalität nicht zu überbieten«, sagte er sichtlich geschockt.

»Die anderen Aufnahmen sind nicht besser«, warnte Lara und zog den USB-Stick aus dem Laptop.

»Das wird Frankfurt in den Grundfesten erschüttern.« Er trank einen Schluck Bier. »Wenn es Döhrings privates Vergnügen gewesen wäre, sich in Latex zu kleiden und seine sexuellen Eskapaden auf Video aufzuzeichnen, hätte das höchstens bei den Konservativen für Empörung gesorgt. Aber so etwas konnte sich niemand vorstellen.« Er deutete auf den Laptop. »Der Mann auf dem Video ist schlanker als Döhring. Also hat er nicht nur Frauen aufs Brutalste vergewaltigt, sondern auch anderen die Möglichkeit gegeben, diese kranke Fantasie auszuleben. Von wie vielen Männern reden wir hier?«, wandte er sich an Lara.

»Auf der Karte sind es nur zwei unterschiedliche, und einer davon könnte Döhring sein, aber bisher konnten vier verschiedene Vergewaltiger ermittelt werden, wobei die Identitäten noch unbekannt sind.«

»Warum macht man so etwas?«

»Frauen vergewaltigen?«

»Diesen … Service anbieten«, korrigierte Daniel. »Also anderen Menschen die Möglichkeit geben, sich auf eine solche Art auszuleben.«

»Ich habe keine Ahnung.«

Er trank erneut einen Schluck Bier. »Und wie hat er diese Männer gefunden? Hat er sie auf einem Empfang angesprochen, nach dem Motto: ›Hey. Hast du mal Lust, eine gefesselte Frau zu missbrauchen? Bei mir im Jagdhaus?‹«

»Für Spekulationen darüber ist es noch zu früh«, sagte Lara. »Aber ich bin optimistisch, dass sich Spuren zu den anderen Männern finden. Und dann freue ich mich auf die Verhöre mit ihnen.«

Daniel wischte sich über den Mund. »Warum hast du mir das gezeigt?«

»Wenn sich Nowak und all die Oberen nicht auf Döhrings Redlichkeit verlassen hätten, würde Tamara Welp noch leben. Ich möchte sichergehen, dass nichts mehr geschönt wird und die Öffentlichkeit den wahren Bernhard Döhring kennenlernt. Und ein Zeitungsartikel über Döhrings sexuelle Abartigkeit und sein Geheimversteck im Keller des Jagdhauses wird dafür sorgen.«

»Selbst dem dümmsten Beamten in Frankfurt wird klar sein, woher ich meine Informationen habe«, mahnte Daniel.

»Das ist mir egal. Dieser Fall muss gelöst werden. Ich will wissen, wer die bedauernswerten Frauen waren und ob sie überhaupt noch leben. Außerdem möchte ich den Namen von jedem dreckigen Vergewaltiger, der Döhrings Angebot angenommen hat, und ihn ins Gefängnis bringen.«

Daniel nickte. »Gib mir eine Stunde zum Schreiben. Dann bricht morgen die Hölle los.«

* * *

Mit einem breiten Grinsen betrat Lara die Dienststelle. Ihr Handy zeigte neun verpasste Anrufe von Nowak und sechs weitere, deren Nummern ihr nicht bekannt waren. Offensichtlich hatte ihr Vorgesetzter schon früh von Daniels Artikel erfahren, denn es war gerade mal acht Uhr morgens. Sie nahm den Fahrstuhl nach oben und ging, ohne anzuklopfen, in Nowaks Büro. Er telefonierte, doch als er sie sah, beendete er das Gespräch und knallte den Hörer auf die Gabel.

»Was hast du dir dabei gedacht?«, ging er auf sie los.

»Ich weiß nicht, wovon du redest.« Sie nahm auf einem Stuhl Platz.

»Dein Ex-Freund schreibt einen Artikel, in dem streng vertrauliche Interna genannt werden.«

»Daniel ist ein guter Journalist«, rechtfertigte sie sich achselzuckend.

»Alleine dafür könnte ich dich schon suspendieren und anklagen lassen.«

»Hör mit den billigen Drohungen auf«, bemerkte Lara ruhig. »Du hast keine Beweise für die Anschuldigungen, und diese Geschichte wäre sowieso irgendwann herausgekommen. Du bist nur frustriert, dass du in dem Zeitungsartikel namentlich als eine der Personen genannt wurdest, die Mist gebaut haben.«

»Das ist Geheimnisverrat …«

»Ist es nicht«, fuhr Lara auf. »Es ist eine späte Gerechtigkeit für all die Frauen, die in dem Keller gelitten haben. Einem verdammten Folterkeller, den du niemals gefunden hättest.« Lara betonte das »du«. »Und wäre es mir nicht aufgefallen, wären die Vergewaltigungen nie aufgedeckt worden. Also hör mit den verdammten Eitelkeiten auf und mach deinen Job, schließlich sind wir hier nicht im Golfklub.« Sie deutete auf die Zeitung. »Dieser Artikel war längst überfällig, denn ab jetzt wird die Öffentlichkeit jeden unserer Schritte mit Argusaugen verfolgen, und das ist gut so.«

Nowak hatte die Fäuste geballt und die Lippen aufeinandergepresst. Für einen eitlen, erfolgsverwöhnten Mann wie ihn war die namentliche Erwähnung in dem Artikel eine kaum vorstellbare Demütigung. Nur gab es keinen Beweis, dass Lara Daniel Informationen gegeben hatte, und solange das so blieb, würde er nichts dagegen tun können.

Noch nie in ihrem Berufsleben hatte sie sich so stark und mächtig gefühlt. Und sie ertappte sich dabei, wie sie es genoss. Trotzdem war sie nicht deswegen hier. »Die Besprechung hat vor zehn Minuten angefangen.« Sie deutete auf die Digitaluhr an der Wand. »Wir sollten uns lieber um den Fall kümmern und das Kriegsbeil so lange begraben.«

Nowak starrte sie noch einen Moment unverhohlen feindselig an. Dann entspannte er sich und nickte. »Ich komme gleich.«

Lara ging zum Besprechungsraum, der um diese Zeit schon voll besetzt war. Während sie vorher nur von ihren unmittelbaren Kollegen gegrüßt worden war, wurde es diesmal bei ihrer Ankunft leiser. Leute nickten ihr zu, bei denen sie keine Ahnung hatte, zu welcher Abteilung sie gehörten. Alle Blicke folgten ihr, als sie nach vorn ging und sich wieder in die erste Reihe setzte.

Eigentlich brauchte sie noch einen Kaffee, aber heute würde sie Provokationen unterlassen. Nowak kam eine Minute nach ihr herein. Offensichtlich war sein Zorn abgeflaut, denn er wirkte konzentriert wie immer.

»Guten Morgen«, begrüßte er die Zuhörer, die langsam Platz nahmen. »Bevor ich euch zurück zu eurer Arbeit lasse, möchte ich eine Zusammenfassung der letzten vierundzwanzig Stunden geben.« Er blendete das Bild der toten Tamara Welp auf dem Chromtisch ein. »Die Obduktion ist abgeschlossen. Wie schon vermutet, verstarb das Opfer an den Folgen der Dehydrierung. Es wurden mehrere Substanzen in ihrem Blut gefunden. Dazu gehören Spuren von Crystal Meth, Alkohol, aber auch Liquid Ecstasy und Sedativa. Ihr Körper wies zahlreiche Anzeichen von Missbrauch auf, dessen Details ich euch hier erspare, die ihr aber im Obduktionsbericht nachlesen könnt. Es ist schwer zu sagen, welche der Verletzungen Tamara Welp im Rahmen ihrer Arbeit als Prostituierte erlitten hat und welche ihr im Keller von Bernhard Döhrings Jagdhaus zugefügt worden sind. Aktuell werden die dort vorgefundenen Sexspielzeuge und Folterinstrumente noch nach DNS-Spuren untersucht, allerdings rechne ich hierbei nicht mit Ergebnissen in den nächsten vierundzwanzig Stunden.« Das Bild von Welp verschwand und drei andere Frauen erschienen auf der Leinwand. »Unsere IT war in der Lage, die Gesichter dreier weiterer Opfer von den Videos zu isolieren.« Er drehte sich zu den Aufnahmen um und deutete auf eine junge Frau mit kurzen, rötlichen Haaren und Sommersprossen, deren Augen in Angst aufgerissen waren. »Das erste Opfer konnten wir noch nicht identifizieren, dafür aber das zweite.« Er hob den Finger zum zweiten Bild in der Mitte. Die Frau war kaum volljährig, mit lockigen schwarzen Haaren, einer kleinen Stupsnase und leuchtend grünen Augen. »Es handelt sich um die neunzehnjährige Zaida Kueri, die als Prostituierte gearbeitet hat. Bedauerlicherweise fiel sie im Frühling dieses Jahres einem Verbrechen zum Opfer. Ihre Leiche wurde im Main bei der Wörthspitze gefunden.«

Ein Aufstöhnen ging durch den Raum.

»Die Frau wurde aufs Schlimmste misshandelt«, fuhr Nowak fort. »Laut Obduktion hatte sie achtzehn Knochenbrüche, die meisten in Gesicht und Unterleib. Natürlich werden wir den Fall wieder aufrollen. Da die Ermittlungen von damals nur wenige Spuren ergeben haben, bin ich nicht optimistisch, dass wir in Bezug auf den Mord an ihr einen Zusammenhang zu Döhrings Folterkeller finden werden.« Er deutete auf die dritte Aufnahme. Lara schätzte die Frau auf Ende zwanzig, mit wasserstoffblonden Haaren, tätowierten Augenbrauen und aufgespritzten Lippen. »In all dem Wahnsinn gibt es vielleicht noch eine gute Nachricht, denn das letzte Opfer ist noch am Leben. Es handelt sich um die Prostituierte Susen Quade, die für einen Escortservice gearbeitet hat.«

»Es gibt eine Überlebende?«, fragte Lara verblüfft. »Warum ist sie nicht längst zur Polizei gegangen, nach allem, was ihr Döhring angetan hat?«

»Die Frage kann ich nicht beantworten, weil die letzte bekannte Adresse falsch ist und wir Quade noch nicht gefunden haben.«

»Woher nehmen Sie dann die Zuversicht, dass sie am Leben ist?«

»Die Aufnahmen der Videokamera sind laut Metadaten drei Monate alt und Quade wurde vor sechs Wochen bei einem Einbruch in ein Waffengeschäft verhaftet«, antwortete Nowak. »Das ist vermutlich auch der Grund, warum sie ihre Vergewaltigung nicht der Polizei gemeldet hat. Sie wollte sich auf ihre Art rächen. Und bevor ihr fragt, Quade hat bei der Verhaftung kein Wort gesprochen, weder zum Grund ihres Einbruchs noch zu ihrer Gefangenschaft.« Er deutete auf das Bild. »Wir haben nicht nur eine visuelle Übereinstimmung mit Quade, sondern haben auch ihre Fingerabdrücke in einem der

Räume gefunden. Daher sind wir sicher, dass sie dort war und nicht eine andere Frau, die ihr ähnlich sieht.«

»Wir müssen mit ihr reden«, sagte Lara.

»Nach ihrer Verhaftung ist sie untergetaucht und hat ihre Wohnung leer geräumt«, erklärte Nowak. »Ich habe Quades Akte auf unseren Server hochgeladen und das Bild an alle Kollegen der Polizei weitergeleitet. Sie zu suchen hat höchste Priorität, denn ihre Aussage könnte die Ermittlungen erheblich weiterbringen.«

* * *

Ein geschnittenes Baguette lag auf dem Couchtisch. Dazu drei Sorten Gouda, ein französischer Weißkäse und blaue Weintrauben in einer Glasschüssel. Wegen der kalten Witterung hatte Simon Früchtetee aufgebrüht, dessen wohliger Geruch durch den Raum zog.

Lara hielt ihre Tasse in beiden Händen und betrachtete das Bild von Susen Quade vor sich.

»Ich kann dich denken sehen«, bemerkte Simon, während er eine Traube von seinem Teller nahm. »Willst du deine Grübeleien mit mir teilen?«

»Ich versuche, mir eine Vorstellung von Quade zu machen, scheitere aber, weil mir immer wieder etwas auffällt, das nicht zu passen scheint.«

»Du gehst zu sehr von dir aus«, erklärte Simon. »Einer klugen, gebildeten Frau aus mittelständischer Familie, die mit richtigen Verbrechen erst in Kontakt gekommen ist, als sie bei der Kripo angefangen hat.« Er deutete auf das Bild. »Quade hat schon als Minderjährige angeschafft, wurde wegen illegaler Prostitution aufgegriffen, bevor sie in Döhrings Folterkeller gebracht wurde, wo sie mindestens fünf Mal aufs Schlimmste missbraucht worden ist. Wahrscheinlich häufiger, aber diese fünf Mal haben wir auf Video.«

»Warum ist sie nach ihrer Flucht nicht zur Polizei und hat die Vergewaltigungen angezeigt?«

»Zuerst einmal wissen wir nicht, ob sie geflohen ist oder von Döhring freigelassen wurde.«

»Du glaubst nicht ernsthaft, dass sie sich freiwillig missbrauchen ließ«, bemerkte Lara mit hochgezogener Augenbraue. »Du hast die Videos gesehen.«

»Es hat ihr keinen Spaß gemacht«, erwiderte Simon. »Die Wahrheit ist aber auch, dass man sich für Geld alles kaufen kann. Es ist nur eine Frage des Preises, und der wird bei einer bedauernswerten Person wie Quade vernachlässigbar gewesen sein, wenn man Döhrings Vermögen betrachtet.«

»Und was ist mit der neunzehnjährigen Zaida Kueri, die man tot im Main gefunden hat?«

»Vielleicht ist Döhring für ihren Tod verantwortlich, vielleicht ist es nur ein unglücklicher Zufall.«

»Ein Mann mit einem Folterkeller und offensichtlicher Freude an Vergewaltigung ist auch zu einem Mord imstande.«

»Ich bin nicht Döhrings Verteidiger.« Simon hob abwehrend die Hände. »Ich warne nur davor, sich zu früh auf eine Theorie festzulegen. Den Fehler hat die Kripo gemacht, als sie sich auf seine Redlichkeit verlassen hat. Momentan wissen wir noch zu wenig.«

»Nehmen wir an, dass sich Quade von Döhring für die Vergewaltigungen bezahlen hat lassen«, lenkte Lara ein. »Warum der Einbruch ins Waffengeschäft?«

»Wahrscheinlich, um sich eine Pistole zu besorgen und sich an Döhring zu rächen.«

»Waffengeschäfte sind besser gesichert als so manche Bank«, gab Lara verwundert zurück. »Warum hat sie nicht einfach ein Messer genommen und es ihrem Peiniger in die Brust gerammt?«

»Weil sie nicht nahe genug an ihn herangekommen wäre, außer sie wäre in das Haus eingebrochen, wie es Döhrings Mörder getan hat.«

»Du hältst Quade für unschuldig?«

»Sie passt nicht«, antwortete er. »Der Einbrecher verfügte über gutes Insiderwissen in Bezug auf Döhrings Sicherheitssystem. Würde Quade über solche Kenntnisse verfügen, hätte sie sich entweder den Einbruch in das Waffengeschäft erspart, weil sie ihn sowieso erstechen wollte, oder sie hätte sich dabei nicht so dumm angestellt, dass die Polizei sie bereits aufgreifen konnte, bevor sie den Hauptraum erreicht hatte.«

Lara trank einen Schluck Tee. »Wenn sie für die Vergewaltigungen bezahlt worden ist, verstehe ich den Rachegedanken nicht.«

»Es sei denn, Döhring hat sie unter falschen Versprechungen in die Jagdhütte gelockt«, warf Simon ein. »Dann wäre der Wunsch, ihn zu töten, nachvollziehbar.«

»In dem Fall hätte sie die Vergewaltigung anzeigen können.«

»Komm schon, Lara«, bemerkte Simon mit einem Seitenblick. »Eine mehrfach verhaftete Prostituierte beschuldigt den Heiligen Döhring der Vergewaltigung? Wie hoch wären die Chancen gewesen, dass die Kripo den Fall mit entsprechender Neutralität bearbeitet hätte?«

»Bedauerlicherweise sehr gering«, gab sie zu.

»Also musste Quade die Gerechtigkeit selbst in die Hand nehmen. Mit einem Messer wäre sie nicht an Döhring herangekommen, daher brach sie in ein Waffengeschäft ein.« Er deutete auf die ausgedruckte Akte. »Und nach ihrer Verhaftung wurde sie bis zur Verhandlung wieder auf freien Fuß gesetzt. Diese Freiheit hat sie genutzt, um unterzutauchen.«

»Wir müssen Quade finden«, erklärte Lara. »Sie könnte so vieles auflösen.«

»Die Polizei und die Kripo Frankfurt sind schon dabei, aber es gibt wenige Ansatzpunkte. Die Wohnung ist verlassen und ihre Nachbarn haben sie schon lange nicht mehr gesehen. Außerdem hat sie kein Auto und keinen Arbeitsplatz. Und seit Döhrings Tod wird sie ahnen, dass sie eine Verdächtige ist, und den Kopf noch tiefer unten halten.«

»Du hast in deiner aktiven Zeit bei der Kripo zahlreiche Fahndungen geleitet. Wie bist du dabei vorgegangen?«

»Die Polizeistreifen zu informieren und ihre Wohnung zu überwachen ist ein guter Anfang«, erklärte Simon. »Aber Quades Familie ist unbekannt. Außerdem haben wir keine Informationen bezüglich eines Freundes oder einer Freundin. Und wenn sie jemanden kennt, der ihr ein Zimmer verschafft und für sie einkauft, kann sie Wochen in ihrem Unterschlupf verbringen, ohne auf die Straße zu müssen. Dabei ist die Möglichkeit, dass Quade längst aus Frankfurt verschwunden ist, noch gar nicht berücksichtigt.«

»Können wir nicht einen Aufruf starten, dass sich Quade mit der Kripo in Verbindung setzen soll, um die Vergewaltigungen im Jagdhaus aufzuklären?«

»Ein etwas naiver Gedanke«, bemerkte Simon. »Du weißt, welche technischen Möglichkeiten das LKA beim Tracken eines Anrufs oder beim Nachverfolgen einer E-Mail hat. Davon wird auch Quade gehört haben.«

»Wir müssen irgendwie ihre Aufmerksamkeit erlangen«, sagte Lara nachdenklich.

»Wie wäre es mit einem weiteren Artikel von Daniel? Er könnte von Quades Schicksal schreiben und das irgendwie mit einer Bitte um ein Interview verbinden. Vielleicht redet sie mit einem Journalisten.«

»Das müsste man größer aufziehen als mit einem Artikel in einer Zeitung. Der könnte ihr entgehen.«

»Im Moment stürzt sich die Presse auf jede noch so kleine Information über Döhrings Tod und die Ermittlungen in seinem Folterkeller. Was immer du den Journalisten gibst, du wirst es spätestens am nächsten Tag auf allen Kanälen und in allen Medien finden. Unabhängig davon sollten wir deinen Kollegen noch etwas Zeit geben.«

»Auf andere zu warten gehört nicht zu meinen Stärken.«

»Ist mir auch schon aufgefallen.«

»Wo würde sich Quade verstecken, wenn sie nicht mehr in ihre Wohnung zurückkehren könnte?«

»An ihrer Stelle hätte ich Frankfurt längst verlassen«, meinte Simon. »Wenn sie jedoch hierbleibt, wird sie sich einen Ort aussuchen, wo sich niemand für den anderen interessiert. Und so einen gibt es in dieser Stadt, sogar einen sehr prominenten.«

* * *

Obwohl sie erst vor einigen Monaten bei einer Verhaftung in der Münchener Straße gewesen war, konnte sich Lara des Gefühls nicht erwehren, dass es um den Bahnhof Frankfurt wieder schlimmer geworden war. Vielleicht lag es an der früher einbrechenden Dunkelheit und den kälter werdenden Tagen, doch wie zur Bestätigung raste ein Polizeifahrzeug mit Blaulicht und lauter Sirene an ihr vorbei und hielt mit quietschenden Reifen vor einem asiatischen Restaurant an der Ecke Kaiserstraße, vor dem Schaulustige eine Schlägerei zwischen zwei Frauen beobachteten.

Lara wandte sich kopfschüttelnd von der Szenerie ab, überquerte die Straße zum Bahnhof, ging an den Gleisen entlang und nahm die Rolltreppe auf die B-Ebene, vorbei an einem

Dönerladen und einem gut besuchten Lebensmittelgeschäft mit einer Auslage voller Obst. Wegen der immer noch andauernden Bauarbeiten waren die meisten Aufgänge zur Stadt hoch gesperrt, einzig der Zugang zur U-Bahn war aktuell noch offen.

Lara hatte sich alle Feinheiten von Quades Gesicht eingeprägt. Mit einem Stadtplan in der Hand lief sie die Bahnsteige ab, als wäre sie auf der Suche nach der richtigen Bahn, aber ihre Aufmerksamkeit galt nur Frauen mit Quades Statur.

Zurück auf der oberen Ebene machte sie noch einmal einen Rundgang durch den Bahnhof, bevor sie in die Taunusstraße ging. Der Gestank nach Abgasen war unerträglich, weil sich die Autos auf der 44 stauten. Einige Fahrer drückten ihren Unmut über das langsame Vorankommen durch Hupen aus, andere drehten die Musik so laut, dass die Bässe unangenehm dröhnten.

Vor einem Handyshop schlief ein Obdachloser in eine Decke gewickelt seinen Rausch aus, umgeben von Zeitungen und Säcken voller Plastikabfälle. Die linke Fahrspur war von Autos zugeparkt, was den Rückstau zum Bahnhof noch verstärkte. Lara lief die Straße bis zu den Banktürmen hoch, bog dann nach rechts in die Kaiserstraße ab und ging zurück zum Bahnhof, vorbei an Anzugträgern auf dem Weg zu ihrem nächsten Meeting und verzweifelten Bettlern. An einem Sushirestaurant meldete sich kurz ihr Magen, der sie an das fehlende Mittagessen erinnerte, aber dort würde sie Quade nicht finden.

Sie bog auf halbem Weg nach rechts in die Elbestraße und verbrachte einige Zeit vor dem Gebäude des Drogennotdienstes, wo sich Süchtige unter Aufsicht ihre Spritzen setzen konnten. Als der Nieselregen stärker wurde, suchte Lara Schutz in einem Café, dessen Außenplätze mit großen Schirmen überdacht waren. Ihr Blick war unvermindert auf die Straße gerichtet, aber mit einsetzender Dunkelheit konnte sie die Menschen immer schwerer erkennen.

Schließlich machte sie noch einmal einen Rundgang durch den schlecht beleuchteten Bahnhof, musste aber einsehen, dass Quade entweder ein anderes Versteck hatte oder wusste, wie sie sich unsichtbar machen konnte.

Frustriert nahm sie ihr Handy aus der Tasche und wählte Simons Nummer.

»Ich gebe auf«, sagte sie, nachdem er abgenommen hatte. »Wir müssen uns etwas anderes ausdenken.«

»Dann komm zu mir nach Hause«, antwortete er. »Wir finden einen Weg.«

* * *

»Der Bahnhof wird von Jahr zu Jahr schlimmer«, murmelte Lara und fuhr nachdenklich mit dem Finger über den Rand ihrer Tasse.

»Er war noch nie ein Platz ausgelassener Freude, aber solange die Stadt die Missstände dort weiter ignoriert und es keine neue Ausrichtung der städtischen Drogenpolitik gibt, nehmen die Delikte weiter zu«, bemerkte Simon. »Wenn man den aktuellen Zahlen trauen kann, erreichen wir 2022 einen neuen Höchststand.«

»Und keine Spur von Quade«, bemerkte sie.

»Es war einen Versuch wert, aber eine Frau aus dem Milieu weiß, wie sie untertaucht.«

»Wir müssen das strategischer angehen.«

»Strategischer als eine stadtweite Fahndung? Zu zweit?«

Lara stellte ihre Tasse ab. »Wir müssen eine weniger direkte Methode benutzen, um mir ihr in Kontakt zu treten.« Sie stand auf und nahm ihr Handy.

»Was hast du vor?«

»Nowak überzeugen, etwas von seinem Budget zu investieren.«

»Viel Erfolg«, bemerkte Simon. Seinem Gesichtsausdruck nach zu schließen, schien er nicht zuversichtlich zu sein.

Nowak nahm nach dem dritten Klingeln ab.

»Ich weiß, wie wir an Quade herankommen«, begann Lara ohne Begrüßung. »Du bezahlst das Begräbnis von Tamara Welp.«

»Ich?«, fragte Nowak verwundert.

»Nicht du persönlich, sondern die Kripo, respektive die Stadt Frankfurt.«

»Wenn keine Angehörigen ermittelt werden können, begleicht die Stadt die Kosten sowieso. Das nennt sich ordnungsbehördliche Bestattung.«

»Ich will aber ein richtiges Begräbnis, mit Trauerfeier, Vertretern aus der Politik, Presse, Grabstein und alledem.«

»Zu welchem Zweck?«

»Um Quade aus der Versenkung zu locken.«

»Indem wir Welp mit großem Bohei unter die Erde bringen?«

»Quade wird sich der Toten verbunden fühlen«, erklärte Lara. »Natürlich stellt sie sich nicht in die erste Reihe oder spendet einen Kranz mit Namen samt Anschrift, trotzdem sagt mir mein Bauchgefühl, dass es klappen könnte.«

»Könnte ein teures Bauchgefühl werden.«

»Sehr viel billiger, als alle Kräfte der Behörde mit der Fahndung zu binden«, widersprach Lara.

Nowak atmete hörbar aus. »Keine Ahnung, über welches Budget ich das laufen lassen soll.«

»Public Relations«, schlug sie vor.

»Bitte, was?«

»Die Kripo Frankfurt bedauert den Tod von Tamara Welp und möchte auf diese Art ihren Respekt ausdrücken«, erklärte

Lara. »Außerdem ist es unsere verdammte Pflicht, weil wir für ihren Tod verantwortlich sind. Da ist eine würdevolle Beisetzung das Mindeste.«

Nowak schwieg einen Moment, als würde er die Möglichkeiten abwägen. »Ich schaue, was ich machen kann.«

Ohne ein weiteres Wort beendete sie das Gespräch und wandte sich wieder an Simon. »Zeit, das Begräbnis an die große Glocke zu hängen.«

»Nowak hat noch nicht zugestimmt.«

»Ich streue nur das Gerücht, dass die Kripo Frankfurt mit dem Gedanken spielt. Das alleine wird ein Medienecho erzeugen, sodass ein Rückzieher nicht mehr möglich sein wird.« Sie lächelte verschmitzt.

»Dein Verhalten wird dir irgendwann das Genick brechen. Eher früher als später.«

»Wahrscheinlich«, stimmte Lara zu. »Aber bis dahin nutze ich meine Position aus, um den Fall zu einem befriedigenden Ende zu bringen.« Sie deutete auf den Laptop. »Und währenddessen studieren wir die Pläne des Hauptfriedhofs. Bis zum Begräbnis will ich das Gebiet wie die sprichwörtliche Westentasche kennen.«

Kapitel 5

Tamara Welps schlichter weißer Sarg war am Ende der Trauerhalle aufgebahrt, umgeben von Kränzen und Blumengestecken inmitten zahlloser Kerzen. Eine Orgel hallte laut in dem prachtvollen Raum. Die Stühle waren bis zum letzten Platz besetzt und Lautsprecher übertrugen die Trauerfeier nach draußen, wo sich ebenfalls an die hundert Personen eingefunden hatten.

Laras Plan war insoweit aufgegangen, dass das Begräbnis die entsprechende mediale Aufmerksamkeit bekommen hatte. Die Idee, Tamara Welp eine angemessene Bestattung zu gewähren, war auf ein positives Echo gestoßen, und selbst Gruppen, die an der Frankfurter Polizei sonst kein gutes Haar ließen, hatten in den sozialen Medien applaudiert.

Daniel stand in einem Pulk von Journalisten am rückwärtigen Ende der Trauerhalle und zwinkerte ihr zu. Als der Pfarrer kam, setzte die Musik aus. Der Geistliche bekreuzigte sich und begann den dreiundzwanzigsten Psalm zu rezitieren. Währenddessen bewegte sich Lara nach vorn, um sich einen Überblick über die Besucher zu verschaffen. Sie hatte sich Quades Bild sehr genau eingeprägt und sich alle möglichen Varianten der Veränderung überlegt, aber keine der Anwesenden ähnelte ihr.

Ihr Blick ging kurz an die gegenüberliegende Wand. »Selig sind, die da Leid tragen« stand dort in großen Lettern. Ein weiteres Mal fühlte sie sich mitschuldig, dass Tamara Welp so sehr hatte leiden müssen. Sie bekreuzigte sich und verließ die Trauerhalle nach draußen.

Es war ein zugiger, kalter Tag, aber die Menschen ließen sich von dem Wetter nicht vertreiben. Ihre Blicke waren auf das große Gebäude mit der runden Kuppel gerichtet, während sie der Predigt folgten, die aus dem Lautsprecher schallte. Es waren Junge und Alte, Frauen und Männer, die meisten dick in Winterkleidung eingepackt. Laras Augen wanderten zu einer Gruppe stark geschminkter Frauen mit hochhackigen Schuhen, kurzen Röcken und blond gefärbten Haaren. Lara spazierte um diese herum und stellte sich schräg hinter sie. Von ihrer Position konnte sie alle genau beobachten, aber keine von ihnen war Susen Quade. Sie ließ ihren Blick weiter schweifen und wurde auf eine Frau am Rand der Zuhörer aufmerksam. Sie hatte Quades Statur, trug einen dunklen Schleier über dem Kopf und hatte darunter noch eine Sonnenbrille auf der Nase. Gekleidet war sie in eine schwarze Stoffhose und einen Trenchcoat in der gleichen Farbe. Mit beiden Händen hielt sie einen Rosenkranz. Als die Predigt mit dem Vaterunser geendet hatte, bekreuzigte sich die Frau. Dann hob sie den Schleier ein wenig an, nahm die Brille ab und wischte sich die Tränen aus den Augen. Dies war der Moment, auf den Lara gewartet hatte. Die hohen Wangenknochen und die Form der Nase erkannte sie sofort. Es war Quade.

»Darf ich kurz mit Ihnen reden?«, fragte Lara, als sie sich neben sie gestellt hatte.

Quade drehte den Kopf zu ihr. »Kennen wir uns?«, fragte sie nach kurzer Betrachtung.

Die Stimme klang ähnlich wie auf den Aufnahmen des Verhörs zum Einbruch in den Waffenladen.

»Ich bin nicht hier, um Sie zu verhaften, aber ich muss mehr über Bernhard Döhrings Jagdhaus …«

Mit einer schnellen Bewegung rammte Quade ihr den Ellenbogen ins Gesicht. Lara war von dem Angriff überrascht und fiel zu Boden. Die Frau hatte sie über der Nase getroffen, sodass sie einen Moment brauchte, bis sie wieder zu sich kam. Bis dahin war Quade schon zum Ausgang gerannt.

Lara erhob sich fluchend und setzte ihr nach. Die Wut gab ihr Kraft und sie hatte ein gutes Stück aufgeholt, als Quade das Tor passierte und am Taxistand vorbeilief. Offensichtlich waren ihre Schuhe zum Rennen nicht geeignet, denn sie strauchelte auf dem Kopfsteinpflaster und stolperte weiter zur Straße. Ein Fahrradfahrer konnte im letzten Moment ausweichen. Sein Manöver ließ Quade unaufmerksam werden und sie übersah einen Lieferwagen, der zwar hart bremste, sie aber noch mit der Stoßstange traf. Quade stürzte, ihre Brille flog auf den Asphalt und zerbrach. Mehrere Autos hinter dem Lieferwagen und auf der Gegenspur bremsten ebenfalls stark.

»Lassen Sie den Wahnsinn.« Lara stand am Straßenrand und hob beschwichtigend die Hände, während sich Quade mühsam aufrappelte. »Ich will nur mit Ihnen reden, damit alle Beteiligten die Strafe bekommen, die sie verdienen.«

»Ich habe Döhring nicht ermordet.« Quade verzog in Schmerzen das Gesicht und hielt sich die Hüfte.

»Das weiß ich, aber ich muss mehr über die Vorgänge im Jagdhaus erfahren.«

Quade schüttelte den Kopf.

»Ich habe die Aufnahmen gesehen, die zeigen, was Döhring dort trieb«, erklärte Lara. »Was immer Sie sagen, kann mich nicht mehr schockieren.«

Zwei Polizisten schlossen zu Lara auf und stellten sich neben sie.

»Nicht eingreifen«, wandte sie sich den Beamten zu.

Quade wich langsam zurück, als die Gruppe um Lara größer wurde. »Sie haben keine Vorstellung.« Sie wandte den Kopf zur rückwärtigen Straßenbahnhaltestelle, als überlegte sie, wohin sie flüchten konnte.

»Dann erklären Sie es mir«, bat Lara.

Die Straßenbahn fuhr gerade ein.

»Lassen Sie den Fall ruhen. Um Ihretwillen.« Quade drehte sich um, übersprang die Absperrung und warf sich auf die Schienen.

Der Fahrer bremste sofort, aber es war zu spät. Die schweren Räder überrollten sie.

* * *

Die Unfallstelle war großräumig abgesperrt. Polizeiautos blockierten die Zufahrten auf beiden Seiten und um die Haltestelle war ein Sichtschutz errichtet. Auf der gegenüberliegenden Straßenseite lehnten sich die Anwohner der Mehrfamilienhäuser aus dem Fenster. Zu den auf der Trauerfeier anwesenden Reportern waren in der Zwischenzeit Mitarbeiter zweier Fernsehsender hinzugekommen.

Daniel fand Lara am Rande der Absperrung, ihr Blick war tumb nach vorn gerichtet. Ihre Augen waren rot geheult und der Mund stand leicht offen, als versuchte sie, zu Atem zu kommen. Sie saß an den Stamm einer großen Kastanie gelehnt, mit einem leeren Plastikbecher in der Hand.

Eigentlich war Lara eine starke Frau, die viel ertragen konnte, aber der Schock über Quades Tod war ihr anzusehen. Daniel war in seinem Leben vielen Menschen begegnet, die Zeugen eines solch traumatischen Ereignisses geworden waren, und kaum einer war unversehrt davongekommen.

Er setzte sich neben sie und legte die Hand auf ihre Schultern.

»Es war nicht deine Schuld«, versuchte er sie zu trösten.

»Doch, war es«, antwortete sie.

Ihre Stimme klang fast apathisch, was Daniel als schlimmer empfand, als wenn sie ihn angeschrien hätte. Lara nahm ihren Beruf zu persönlich und ließ sich von ihren Gefühlen mitreißen. Gleichzeitig war das jedoch auch ihre Stärke, da sie fähig war, ihren Zorn zu kanalisieren, was wiederum ihre Entschlossenheit intensivierte. Die Erfolge der letzten Tage gaben ihr recht, aber die Lara neben ihm war kraftlos und desillusioniert, ihr Zorn über das Versagen der Kripo verflogen.

»Hätte ich sie nicht angesprochen, wäre sie nicht geflüchtet und wäre noch am Leben.«

Daniel wusste nicht, was er darauf antworten sollte. Er konnte dem nur schwer widersprechen. »Warum hat sie das getan? Aus Angst, ins Gefängnis zu kommen?«

»Ich sollte den Fall ruhen lassen«, erklärte Lara. »Um meinetwillen.«

»Aber der Fall ist im Wesentlichen abgeschlossen«, entgegnete Daniel irritiert. »Döhring ist als sadistischer Vergewaltiger enttarnt. Und sein Mörder wird irgendwie in die Sache verwickelt gewesen sein. Möglicherweise war es ein Opfer aus dem Jagdhaus.«

»Wir wissen noch gar nichts«, widersprach Lara. »Wir kennen Döhrings Komplizen nicht und auch nicht die anderen Männer auf den Videos. Genauso wenig den Mörder und sein Motiv.«

»Und wovor fürchtete sich Quade?«

»Wenn die anderen Vergewaltiger ähnlich einflussreiche Personen sind, wie Döhring es war, werden sie alles tun, um sich zu schützen.«

»Wenn Quade mehr darüber gewusst hat, warum ist sie nicht zur Polizei gegangen, statt ihrem Leben auf solch grausame Art ein Ende zu setzen?«

»Weil sie Angst hatte«, schloss Lara. »Und zwar in einem solchen Maß, dass sie sich lieber von einer Straßenbahn in zwei Teile schneiden ließ, als mit mir zu reden.«

»Ein Wahnsinn«, murmelte Daniel betroffen.

Lara betrachtete den Becher in ihrer Hand.

»Soll ich dir noch etwas zu trinken bringen?«

Sie stand auf und winkte ab. »Ich will nur weg hier. Weg von der Kripo, der Polizei und alledem.«

»Was ist mit den Ermittlungen?«

»Gehen auch ohne mich voran.«

»Das darfst du nicht«, stotterte Daniel. »Du musst weiter dranbleiben.«

Sie schüttelte den Kopf. »Ich habe Tamara Welps Hand gehalten, kurz bevor sie an Dehydrierung gestorben ist, und ich habe Susen Quade in den Tod getrieben. Das ist mehr, als ich ertragen kann.« Lara schloss die Augen und seufzte. »Ich möchte nur noch schlafen. Schlafen, ohne aufzuwachen. Vielleicht ist Morpheus gnädig mit mir und bringt mich an einen besseren Ort. Selbst die absolute Finsternis ist verlockender als das hier.«

Er griff nach ihrem Arm. »Bitte, Lara …«

Sie wandte sich ab, ohne ihn noch einmal anzusehen. »Gute Nacht, Daniel«, verabschiedete sie sich mit müder Stimme.

Dann ging sie zum nahen Taxistand und war kurz darauf verschwunden.

* * *

Trotz einer Schlaftablette hatte ihr die Nacht nur wenig Erholung geschenkt. Und wenn, war sie durchzogen von Albträumen aus dunklen Kellern mit schreienden Frauen. Immer wieder hörte Lara das knirschende Geräusch, als die Stahlräder der Straßenbahn Susen Quade in der Mitte durchtrennten.

Sie starrte stundenlang an die Decke, versuchte, die Erinnerungen zu verdrängen, aber der Schlaf wollte sich nicht mehr einstellen. Sie stand auf und schaltete das Fernsehgerät im Wohnzimmer ein, aber nach zehn Minuten wusste sie wieder, warum sie seit Monaten ohne Fernsehen gelebt hatte.

Niedergeschlagen brühte sie sich einen Kamillentee auf und starrte aus dem Fenster. Selten hatte sie die Straße so leer gesehen. Nur ab und zu kam ein Auto vorbei, verlangsamte an der ausgeschalteten Ampel, um kurz darauf schneller weiterzufahren.

Sie schüttete den Tee in den Ausguss, öffnete den Schrank mit ihren Sportsachen und zog sich ein Paar Trainingshandschuhe über. Mit vor die Brust gehobenen Händen stellte sie sich neben das Fenster und schlug auf die Wand ein, zuerst zögerlich, dann immer fester. Sie konnte den unnachgiebigen Beton spüren, ihre Fingerknöchel schmerzten, aber es fühlte sich gut an. Ihre Schläge kamen immer schneller, ihr T-Shirt wurde feucht und Schweiß lief in ihre Augen, aber sie hörte nicht auf. Schlag um Schlag dröhnte an die Wand, bis ihr Herz raste und sie vor Anstrengung nicht mehr zu Atem kam.

Nach Luft ringend ließ sie sich aufs Bett fallen, zog die Handschuhe aus und betrachtete ihre blutigen Fingerknöchel. Es war kein schöner Anblick, und trotzdem fühlte es sich richtig an, wie eine Buße für all die Sünden, derer sie sich schuldig gemacht hatte.

Der Klingelton ihres Handys ließ sie zusammenzucken. Fluchend drehte sie sich zu dem Gerät auf dem Nachttisch um. Es war Simon.

Stöhnend nahm sie das Gespräch entgegen und schaltete auf Lautsprecher.

»Hallo, Lara?«, fragte er, als sie sich nicht meldete. »Bist du da?«

»Ja«, antwortete sie.

»Entschuldige die frühe Störung, aber ich habe von den Vorfällen am Hauptfriedhof gehört.«

»Ich möchte nicht darüber reden«, bemerkte sie. »Und es war meine Schuld, also erspare mir irgendwelche Floskeln.«

Simon schwieg einen Moment. »Du hast Quade nicht auf die Schienen getrieben«, widersprach er. »Alle Zeugen haben einhellig versichert, dass sie absichtlich gesprungen ist.«

»Hätte ich sie in Ruhe gelassen, wäre sie nicht gestorben«, beharrte Lara.

»Niemand wirft sich einfach so vor eine Straßenbahn. Die Verzweiflung und der Entschluss, ihrem Leben ein Ende zu setzen, waren in ihr drin. Wenn Quade es gestern nicht getan hätte, dann an einem anderen Tag. Du wolltest ihr nur helfen.«

»Ich habe es gut gemeint, und sie hat sich trotzdem umgebracht. Das sind keine guten Voraussetzungen für eine Kripobeamtin.«

»Ohne dich wäre der Missbrauch an ihr nie aufgedeckt worden.«

»Aber Quade wäre noch am Leben.«

»Dann gibst du auf, ohne dass den Frauen Gerechtigkeit widerfährt?«

»Ich habe Döhrings Versteck gefunden und die Videoaufnahmen sind in der Analyse«, erklärte Lara. »Quades Selbstmord wird deutschlandweit für Schlagzeilen sorgen, und dann ist es nur eine Frage der Zeit, bis alles aufgedeckt wird.«

»Und wenn nicht?«

»Würde eine Beamtin mehr keinen Unterschied machen.«

»Irgendeine Beamtin nicht, du vielleicht schon.«

»Du überschätzt mich.«

»Du hast eine falsche Vorstellung von dir«, widersprach Simon.

»Die Ermittlungen laufen auf Hochtouren, und die Gefahr, dass man zugunsten von Döhrings Ruf wegsieht, ist nicht mehr gegeben. Wo kann ich den Unterschied machen?«

»Laut Bericht hat Quade noch etwas zu dir gesagt, bevor sie sich umgebracht hat.«

»Lassen Sie den Fall ruhen. Um Ihretwillen«, erinnerte sich Lara laut.

»Also sehen wir bisher nur die Spitze des Eisbergs«, erklärte Simon.

»Natürlich könnten die Männer auf den Videos Persönlichkeiten aus Wirtschaft und Politik sein«, stimmte sie zu. »Doch wenn sie Spuren hinterlassen haben, wird man sie finden. Für eine Vertuschung ist es zu spät, egal, wie weit oben der Täter ist.«

»Vielleicht gibt es noch mehr solcher Geheimverstecke in Frankfurt. Oder andere Perversitäten, die wir uns nicht einmal vorstellen können.«

»Das bringt mich zu meiner Frage zurück. Inwieweit mache ich dabei den Unterschied?«

»Das kann ich dir noch nicht sagen, aber ohne dich wären die Ermittlungen nicht dort, wo sie jetzt sind.«

»Und Susen Quade wäre noch am Leben.«

»Schuld ist Teil deines Berufs«, erklärte Simon. »Quades Tod wird dich dein ganzes Leben verfolgen. Egal, ob du dich dafür verantwortlich fühlst oder nicht. Du wirst einen Weg finden müssen, dich damit zu arrangieren.«

»Wie soll mir die Arbeit bei der Kripo dabei helfen? Unter jemandem wie Nowak?«

»Sie ermöglicht dir, am Fall mitzuarbeiten und ihn vielleicht sogar zu lösen. Am Ende steht dann die Gewissheit, alle Drecksäcke gefasst zu haben, die Quade zu einem Menschen gemacht haben, der keinen anderen Ausweg mehr sah, als sich vor eine fahrende Straßenbahn zu werfen.«

Lara betrachtete ihre Fingerknöchel, die zu bluten aufgehört hatten. »Gib mir den Tag heute noch«, sagte sie schließlich. »Aber ich verspreche nichts.«

»Nimm dir Zeit«, sagte Simon. »Außerdem nehmen deine Kollegen gerade Quades Bleibe auseinander. Denn so schrecklich der Tag gestern war, dank ihrem Handy und den darauf gespeicherten GPS-Daten ist man auf ihren Unterschlupf gekommen. Vielleicht findet sich dort eine weitere Spur.«

* * *

Dass Quades Wohnung nicht weit vom Bahnhofsviertel lag, wunderte Utz nicht. Wenn man in Frankfurt irgendwo verschwinden wollte, war diese Gegend ein guter Ort. Niemand interessierte sich für den anderen, und jeder versuchte, seinen Kopf unten zu halten. Die Polizei war der Feind, daher hätte niemand Quade gemeldet, selbst wenn ihr Foto jeden Tag im Fernsehen gezeigt worden wäre.

Ihre Unterkunft war ein Verschlag unter dem Dach mit einer quietschenden alten Holztür, durch die man in einen zugigen Raum gelangte, dessen einzige natürliche Lichtquelle ein Fenster nach Norden war. Die Stromleitungen führten entlang des großen Stützbalkens. Man konnte die Unterseite der Ziegel sehen, daher war der Raum im Winter sicherlich schwer zu heizen und im Sommer heißer als eine Sauna. Der Boden war schmutzig und es roch nach Schimmel. Ein wackeliges Bett, ein Tisch und eine zerkratzte Kommode waren die einzigen Möbel. Auf einem Stuhl stand noch eine Kochplatte. Wasser kam aus einem großen Kanister, und wo Quade sich erleichtert hatte, wollte sich Utz nicht vorstellen.

Er leuchtete mit der Taschenlampe alles aus und betätigte den Lichtschalter rechts neben der Tür. »Ich sehe keine Fallen oder Auslösemechanismen«, wandte er sich an eine Kollegin der Kriminaltechnik, als er den Unterschlupf betrat. Sie folgte ihm und begann Fotos zu schießen.

Die rechte Wand neben der Kommode war vollgehängt mit Bildern. Die meisten zeigten Döhring bei unterschiedlichen Gelegenheiten. Andere Aufnahmen waren von seinem Grundstück oder vom Inneren seiner luxuriösen Villa. Manche waren mit Datum, andere mit dem Wochentag oder der Uhrzeit beschriftet. Daneben gab es noch Fotos von Döhrings Leibwächter, seiner Frau und dem Eingangsbereich der Firmengeschäftsräume. Utz machte gerade eine Aufnahme mit dem Handy, als ihn die Frau zu sich rief. Er wandte sich von den Fotos ab und ging hinter eine große Säule neben dem Bett. Dort lagen ein offener kleiner Koffer und darin ein Jagdmesser mit Hohlschliff. Die Klinge war mit getrocknetem Blut verschmiert.

»Das könnte die Mordwaffe sein«, vermutete Utz.

»Von Schliff und Länge passt es«, stimmte sie nickend zu. »Lass mich noch ein paar Bilder machen, dann geht es direkt zur Untersuchung.«

Utz betrachtete noch einmal die Wand mit den Fotos. »Ich wünschte, man würde es uns immer so leicht machen«, murmelte er. Er verließ Quades Unterschlupf, als die anderen Kollegen von der Kriminaltechnik gerade aus dem Fahrstuhl stiegen. Er nahm die Treppe nach unten bis zum Erdgeschoss, wo das Büro des Hausmeisters war. Dieser saß auf seinem Stuhl und tippte nervös mit dem Fuß auf den Boden. Obwohl Utz keine Flaschen sehen konnte, roch es nach Bier, was auch eine Erklärung für seinen kugelrunden Bauch sein mochte. Ein Schild auf dem Schreibtisch wies den Namen »Albert Wischmeyer« aus.

Obwohl Utz ein gutes Gedächtnis hatte, nahm er einen Schreibblock mit Kuli heraus, was die Ernsthaftigkeit des Gesprächs unterstreichen sollte.

»Herr Wischmeyer«, begann er. »Wenn ich die Klingelschilder des Wohnblocks durchzähle, gibt es keine für den neunten Stock, ebenjenem Geschoss, auf dem sich der Unterschlupf von Frau Quade befindet.«

Der Hausmeister fuhr sich nervös durch die fettigen, strähnigen Haare und presste die Lippen zusammen.

»Ich gehe davon aus, dass der Verschlag kein offizieller Wohnraum ist und Frau Quade keinen Mietvertrag unterschrieben hatte, richtig?«

»Sie müssen das verstehen«, begann er mit zittriger Stimme, ohne den Blick zu heben. »Die Wohnungsbaugesellschaft zahlt uns wenig Lohn, und ich komme kaum über die Runden. Daher vermiete ich das Dachgeschoss manchmal. Es kommt ja sowieso niemand da hoch.«

»Sie verlangen Geld für dieses … Loch?«

»Hundertfuffzig. Strom inklusive«, rechtfertigte er sich, als wäre das ein annehmbarer Preis.

»Ich nehme an, das Geld ging bar an Sie?«

»Ich zahle alles zurück. Versprochen, Herr Kommissar.«

»Wie ist Frau Quade zu dieser Unterkunft gekommen?«

»Weiß ich nicht. Susen stand eines Tages hier und hat gefragt, ob das Dachgeschoss noch frei ist.«

»Einfach so? Woher wusste sie davon?«

Er zuckte die Achseln. »Hat es von einer Freundin gehört, sagte sie.«

»Und das haben Sie nicht überprüft?«

»'tschuldigung, Herr Kommissar, aber ich brauchte das Geld. Und sie sah nicht wie 'n fertiger Junkie aus. Hat außerdem gleich hundertfuffzig auf den Tisch gelegt.«

»Hat sie gesagt, warum sie dort einziehen wollte?«, fragte Utz.

»Hatte wohl Stress mit den Bullen«, antwortete Wischmeyer, räusperte sich aber sofort, als ihm auffiel, welches abfällige Wort er benutzt hatte.

»Und das hat Sie nicht gestört?«, überging Utz die Unverschämtheit. »Eine Kriminelle zu beherbergen.«

»Einige hier haben Probleme mit der Polizei. Nichts Großes«, beschwichtigte er. »Da gewöhnt man sich dran.«

»Wann haben Sie Frau Quade das letzte Mal gesehen?«

»Am Freitag.«

»Vor fünf Tagen?«, hakte Utz verwundert nach. »Sind Sie sicher?«

Wischmeyer nickte. »Durch das Fenster zum Gang sehe ich immer, wer ins Haus kommt«, erklärte er. »Meist hat sie mir zugewunken.«

»Und hat Frau Quade gesagt, wo sie hinwollte?«

»Ich hab sie nicht gesprochen. Sie war auf dem Weg hierher, dann ist sie an der großen Kastanie stehen geblieben, ist umgedreht und ab wie der Teufel.«

»Sie ist weggelaufen?«

Wieder ein Nicken.

»Vor wem oder was?«

»Kann ich nicht sagen, aber nach ihrem Gesichtsausdruck zu schließen hatte sie eine Heidenangst.«

»Hm«, murmelte Utz. Die Kollegin von der Kriminaltechnik kam gerade aus dem Fahrstuhl, den steril verpackten Koffer mit dem Messer in den Armen. Sie hob einen Daumen, wohl wissend, dass sie wahrscheinlich die Mordwaffe gefunden hatten.

»Die sehen irgendwie unheimlich aus in ihren weißen Anzügen«, bemerkte Wischmeyer.

Utz überlegte, ob er das Gespräch weiterführen sollte, aber nach dem Fund war die Aussage des Hausmeisters zweitrangig geworden. Die Bilder an den Wänden bewiesen, dass Quade Döhring nachgestellt hatte, und wenn das Blut auf der Klinge seines war, war der Fall abgeschlossen.

Utz steckte den Block samt Kuli wieder ein, verabschiedete sich von Wischmeyer und folgte der Kollegin zum Wagen. Wahrscheinlich konnten sie heute Abend schon die Champagnerkorken knallen lassen.

* * *

Lara war unverändert müde, aber sie hatte Angst, einzuschlafen und wieder Albträume durchleben zu müssen, also hatte sie mit ihrem Handy herumgesurft. Jedoch hatte es nicht lange gedauert, bis die Ermittlungen sie auch hier wieder eingeholt hatten. Offensichtlich hatte die Durchsuchung von Quades Wohnung den entscheidenden Durchbruch gebracht. Eine halbe Stunde lang war sie um ihren Laptop herumgeschlichen, bis sie sich schließlich eingeloggt und die neusten Berichte durchgelesen hatte.

Um 19 Uhr schaltete sie den Fernseher ein und wechselte auf einen lokalen Sender. Nowak und der Polizeipräsident betraten gerade eine kleine Bühne. Im Hintergrund klickten zahlreiche Kameras. Am unteren Bildrand war zu lesen: »Tod des Mäzens Bernhard Döhring aufgeklärt!«

Der Polizeipräsident begann mit der Begrüßung und bedankte sich bei den Mitarbeiterinnen und Mitarbeitern der Kripo, die schließlich den Mörder von Bernhard Döhring gefunden hatten. Dann nickte er Nowak zu.

»Heute Morgen gelang es der Kriminalpolizei Frankfurt, den Unterschlupf einer Verdächtigen zu ermitteln, in dem zahlreiche Indizien sowie die Mordwaffe gefunden wurden«, begann er. Auf einer Leinwand im Hintergrund wurden mehrere Fotos eingeblendet, die einen dunklen Verschlag unter einem Dach zeigten. Die Einrichtung war spärlich, Boden und Wände waren schmutzig. »Es fanden sich außerdem diverse Fotos des Mordopfers von unterschiedlichen Zeiten und Orten«, fuhr Nowak fort. »Offensichtlich hat die mutmaßliche Täterin Herrn Döhring über lange Zeit verfolgt.« Er deutete zu einem kleinen Beistelltisch, auf dem ein aufgeklappter Koffer lag mit einem blutverschmierten Messer darin. »Im Versteck fand sich auch ein Jagdmesser, dessen Schliff zu den Wunden des Opfers passt.« Wieder klickten Kameras. »Eine DNS-Analyse hat ergeben, dass es sich bei dem Blut auf dem Messer um jenes von Bernhard Döhring handelt. Daher ist dies die Mordwaffe.«

Laras Handy klingelte. Da Simon der einzige Kontakt in ihrer Liste war, der momentan nicht gesperrt war, nahm sie das Gespräch an.

»Eine Pressekonferenz hat begonnen und wird live im Fernsehen übertragen«, sagte ihr ehemaliger Kollege.

»Ich sehe es gerade an«, erwiderte Lara und schaltete den Ton aus.

»Entschuldige. Ich wusste nicht, wie weit du dich zurückgezogen hast.«

»Das kam auf allen Seiten im Internet als Eilmeldung«, erklärte sie. »Man konnte sich dem nicht entziehen.«

»Dank deiner Zugangsdaten habe ich den vorläufigen Bericht vorliegen. Es war Susen Quade.«

»Ich bin immer noch nicht überzeugt.«

»Man hat die Mordwaffe mit Döhrings Blut in ihrem Unterschlupf gefunden«, sagte Simon verwundert. »Mehr Beweis geht nicht. Wieso zweifelst du?«

»Die Art, wie sie von ihrer Unschuld geredet hat«, antwortete Lara. »Sie hat nicht gelogen.«

»Obwohl dich dein Bauchgefühl in den letzten Tagen weit gebracht hat, kann ich dir hier nicht folgen. Wenn Quade nicht die Mörderin war, muss jemand die Waffe bei ihr platziert haben. Das ergibt aus mehreren Gründen keinen Sinn.«

»Ich bin gespannt auf deine Ausführungen.« Lara schaltete den Fernseher aus.

»Niemand wusste, wo ihr Versteck war. Die Polizei hat mit allen Mitteln gesucht, und da Quade ihren Kopf immer unten gehalten hat, hätten nicht einmal die Hausbewohner sie mit dem Fahndungsfoto zusammengebracht. Sie hatte sich nach dem Überfall auf das Waffengeschäft die Haare kurz geschnitten und dunkelrot gefärbt. Laut dem Hausmeister hatte sie immer eine Brille auf, also wie sollen die Bösen sie gefunden haben? Und selbst wenn sie wussten, wo Quade war, hätten sie sie umbringen und die Waffe im Main versenken können.«

»Eine saubere Argumentation«, stimmte Lara zu. »Ich kann beides nicht widerlegen, aber ich kann etwas Zweifel säen.«

»Jetzt bin ich gespannt.«

»Laut Notizen meines Kollegen Utz hat der Hausmeister ausgesagt, dass sie am Freitag das letzte Mal in ihrem Unterschlupf war. Tamara Welps Begräbnis war am Dienstag.«

»Ungewöhnlich«, gab Simon zu. »Aber vielleicht hat der Hausmeister sie nur nicht wieder hineingehen sehen.«

»Nach seinen Worten hat sie an diesem Freitag irgendetwas geängstigt«, fuhr Lara fort. »Die Polizei wäre dem Hausmeister aufgefallen, und sicherlich hätten die Kollegen auch ihn befragt, wenn sie vor Ort gewesen wären. Daher handelte es sich um die andere Seite.«

»Und wer soll das sein?«

»Der oder die wahren Mörder von Döhring.«

»Das klingt nach Verschwörungstheorie.«

»Wenn ich den Gedanken weiterspinne, gelang Quade die Flucht, daher legten sich die Bösen auf die Lauer und warteten darauf, dass sie zurückkommen würde.«

»Was könnten die Bösen von Quade wollen?«

»Wissen, ob sie etwas gesehen hat«, erklärte Lara. »Du erinnerst dich an die unbekannte Gestalt, die Döhrings Nachbar in der Mordnacht beobachtet hat?«

»Das war Quade?«

»Weiß ich nicht, aber sie könnte es gewesen sein, und das ist das Entscheidende. Damit wäre sie eine Zeugin gewesen. Und wenn das die Bösen auch glaubten, wäre sie eine Gefahr gewesen.«

Simon schwieg einen Moment. »Wenn sie etwas gesehen hätte, dann hätte sie nicht zur Polizei gehen können, denn die hat wegen des Einbruchs nach ihr gefahndet«, führte er den Gedanken fort.

»Wenn sie trotzdem gefasst worden wäre, hätte sie ihr Wissen nutzen können, um eine Strafmilderung herauszuschlagen. Keine guten Voraussetzungen für die Bösen.«

»So weit gehe ich mit dir«, stimmte Simon zu. »Aber was ist mit den Fotos und der Mordwaffe in ihrem Versteck?«

»Ich glaube nach wie vor, dass Quade versucht hat, sich an Döhring zu rächen. Da Quades Fingerabdrücke auf den Bildern waren, hat sie diese Wand auch gebaut. Jedoch die Mordwaffe bei sich aufzubewahren, vor allem mit dem Blut von Döhring an der Klinge, das wäre an Dummheit nicht zu übertreffen.«

»Das war also der Plan der Bösen?«, fragte Simon. »Quade den Mord in die Schuhe zu schieben?«

»Nicht von Anfang an«, widersprach Lara. »Aber mit ihrem Tod war klar, dass die Ermittler zu ihrem Unterschlupf kommen würden. Alle Indizien sprachen gegen sie, und mit der Mordwaffe in der Wohnung wurde es eindeutig. Fall abgeschlossen.«

Simon atmete hörbar aus. »Keine schlechte Theorie, aber ich habe keine Ahnung, wie man das beweisen soll. Dazu müsste jemand die Bösen identifizieren, und laut Aussage des Hausmeisters hat er keine Ahnung, wovor sich Quade erschrocken hat. Und selbst wenn wir ein Phantombild eines möglichen Unbekannten bekämen, müssten wir ihn noch mit dem Mord an Döhring zusammenkriegen, und da sehe ich keine Chance. Es sei denn, einer der Vergewaltiger wird noch identifiziert.« Er machte eine kurze Pause. »Die Kripo hat den Mordfall quasi abgeschlossen und Susen Quade als Täterin präsentiert. Wenn du anderer Meinung bist, wirst du wieder zurückmüssen.«

»Ich weiß nicht, ob ich das kann«, sagte sie. »Ich bin so unglaublich müde. Mich machen die Erinnerungen an den Tod von Welp und Quade fertig.«

»Solche Dinge haben dazu geführt, dass ich Frührentner geworden bin, daher hast du mein Verständnis.«

»Wenn ich jedoch recht habe, wird Quade fälschlicherweise als Mörderin geführt und der Täter kommt ungestraft davon.«

»Das ist die andere Seite, allerdings musst du dir bewusst sein, dass mit deiner Rückkehr der ganze Wahnsinn wieder auf dich einprasseln wird.«

»Habe ich eine Wahl?«

»Man hat immer eine Wahl. Du musst abwägen zwischen der Suche nach Döhrings wahrem Mörder und deinem Wohlbefinden. Da du Döhring bloßgestellt hast, haben Welp und Quade etwas Gerechtigkeit bekommen und Döhring wird als Vergewaltiger in Erinnerung bleiben, nicht als selbstloser Mäzen. Das ist schon eine Menge.«

»Aber wir haben den Täter nicht gefasst.«

»Möglicherweise«, korrigierte Simon. »Trotz allem könnte Quade die Mörderin sein. Um zu beurteilen, wie schlimm es werden könnte, müsste ich erst eine Vorstellung haben, in welche Richtung du ermitteln willst, um deine Theorie zu beweisen.«

»Wir müssen zurück zur Beschaffungsseite«, erklärte Lara. »Wer hat Döhring geholfen, die bedauernswerten Frauen zu organisieren und in das Jagdhaus zu bringen?«

»Das wäre interessant, es ist jedoch unwahrscheinlich, dass diese Seite etwas mit dem Mord zu tun hat. Die Helfer hingen ja quasi mit drin. Und Döhring konnte sie mit diesem Wissen nicht erpressen, da er der Kopf hinter allem war. Die Helfer hatten also kein Mordmotiv.« Er schien zu blättern. »Laut Akten hat sich ein fünfköpfiges Team der Kripo ausschließlich um die Bekannten, Freunde und Geschäftspartner von Döhring gekümmert, inklusive der Nummern auf seinem Handy. Da waren keine vorbestraften Kriminellen oder Unterweltgrößen dabei, sonst wäre das notiert worden.«

»Mich interessiert Thomas Ufer.«

»Döhrings Leibwächter und Sicherheitsmann?«

»Das Gesprächsprotokoll ist mager für einen Menschen, der so eng mit dem Mordopfer zusammengearbeitet hat«, erklärte Lara. »Außerdem hat er sich nicht die Mühe gemacht, zur Beerdigung zu kommen, obwohl er mehrere Jahre bei ihm angestellt war.«

»Wir wissen nicht, wie eng das Verhältnis zwischen den beiden war, aber es wäre ein Wunder, wenn er nicht von Döhrings sadistischen Vorlieben gewusst hätte«, gab Simon zu.

»Deshalb muss ich mehr über ihn erfahren. Ihm wurde bisher zu wenig Aufmerksamkeit geschenkt, auch wenn er schon Tage vor dem Mord im Ausland gewesen ist.«

»Die mangelnde Aufmerksamkeit lag auch darin begründet, dass die Behörden Döhrings Mörder gesucht haben – und damit hatte Ufer nichts zu tun. Das mit den Frauen im Jagdhaus kam erst danach.«

Sie seufzte. »Ich war noch nie in meinem Leben urlaubsreifer, aber ich werde keine Ruhe haben, bis ich meinem Bauchgefühl nachgegeben habe. Ich werde mir das Gespräch zwischen Ufer und meinem Kollegen anhören«, erklärte sie. »Vielleicht fällt mir etwas auf.«

»Währenddessen schaue ich mir Ufers Akte an. Möglicherweise hat er Verbindungen zur Unterwelt.«

»Klingt nach einem Plan«, sagte Lara. »Und danke, dass du an meiner Seite bist«, fügte sie noch hinzu.

»Nicht dafür«, erwiderte er. »Bisher hat dein Bauch immer recht behalten. Vielleicht ist es auch bei Susen Quade so.«

Kapitel 6

Lara zog die Kopfhörer ab und stand von ihrem Stuhl auf. Sie hatte das Telefonat zwischen Thomas Ufer und ihrem Kollegen Utz drei Mal angehört, und es war so nichtssagend, wie es im Bericht aufgeschrieben worden war. Döhrings Sicherheitsmann war vom Tod seines Arbeitgebers betroffen, doch nichts an seiner Aussage hatte den Fall weitergebracht. Gern hätte sie Ufer noch einmal befragt, aber der Fall war abgeschlossen.

Sie griff zu ihrem Handy und wählte die Nummer ihres Kollegen.

»Kriminalpolizei Frankfurt. Kommissar Baertz«, meldete er sich.

»Utz, hier spricht Lara«, begrüßte sie ihn.

»Mein Gott, Lara«, sagte er überrascht. »Schön, von dir zu hören. Wie geht es dir?«

»Ging schon besser«, gab sie zu.

»Es war nicht deine Schuld«, versuchte er sie zu beruhigen. »Ich hätte genauso gehandelt.«

»Deswegen rufe ich nicht an. Mich interessiert dein Telefonat mit Thomas Ufer.«

»Döhrings Leibwächter?«, fragte er verwundert. »Was ist mit dem?«

»Laut Bericht schien ihm der Tod seines Geldgebers nicht sonderlich nahezugehen.«

»Das lässt sich aus der Ferne nur schwer beurteilen. Die Verbindung in seinem Ferienhaus war schlecht, daher konnten wir keinen Videocall machen. Aber ja, sonderlich traurig kam er mir nicht vor.«

»Irgendwie stört mich das, denn seine Mitarbeiter haben ihn alle als freundlichen Mann beschrieben.«

»Vielleicht hat Döhring seinen Leibwächter in die Vergewaltigungen hineingezogen, ohne dass der es wollte«, vermutete Utz. »Das könnte eine Erklärung sein.«

»Hast du noch einmal mit Ufer gesprochen, nachdem ich auf das Versteck im Jagdhaus gestoßen bin?«

»Habe ich versucht, ihn aber nicht erreicht.«

»Warum habt ihr nicht die Behörden vor Ort eingeschaltet?«

»Weil es keinen Beweis für seine Beteiligung gab«, antwortete Utz. »Ufer ist ein zwei Meter großer, durchtrainierter Mann. Diese Statur passt zu keiner der vermummten Gestalten auf dem Video, daher gehört er nicht zu den Vergewaltigern.«

»Oder die Vergewaltigung wurde nicht auf Video aufgenommen.«

»Unser Hauptaugenmerk lag auf der Suche nach Döhrings Mörder. Und da hatte Ufer ein perfektes Alibi, das wir überprüft haben. Die Suche nach den Vergewaltigern geht unvermindert weiter, obwohl wir bisher weder Fingerabdrücke noch DNS gefunden haben.«

»Da die Täter in einen Latexanzug samt Handschuhen und Maske gekleidet waren, dürfte das auch schwer werden.«

»Was treibt dich bei Thomas Ufer um?«, wollte Utz wissen.

»Mit seinem Wissen über Döhrings Haus und die dort verbauten Sicherheitsanlagen wäre er der perfekte Täter gewesen.«

»Zweifelsohne, nur hielt er sich zu der Zeit in der Türkei auf, und eine Einreise nach Deutschland wäre registriert worden.«

»Ich halte ihn nicht für den Täter, aber sein Wissen hätte Döhrings Mörder die Arbeit sehr erleichtert. Der kannte den Sicherheitscode für die Tür oder wusste, wie man ihn umgehen konnte.«

»Auch da widerspreche ich nicht, dennoch gab es keinen Hinweis, dass Quade mit Ufer in Verbindung stand.«

»Wenn Quade überhaupt die Mörderin ist.«

Utz atmete hörbar aus. »Seit deinem Fund im Jagdhaus haben wir in der Abteilung großen Respekt vor deinem Ermittlerinstinkt, trotzdem tue ich mich schwer damit, mir einen anderen Täter vorzustellen. Dazu waren die Beweise zu klar. Wen verdächtigst du sonst?«

»Noch niemanden. Nur nicht Quade.«

»Und warum?«

»Kein Mörder ist so dumm, dass er die Tatwaffe mit dem Blut des Opfers bei sich liegen lässt.«

»Einige Täter behalten Andenken an ihre Opfer. Das reicht von Kleidung über Körperteile bis hin zur Tatwaffe. Das ist nicht die Regel, kommt aber vor.«

»Weiterhin halte ich Quade nicht für geschickt genug, um das Sicherheitssystem zu überwinden.«

»Anhand der Fotos ist offensichtlich, dass sie Döhring lange Zeit verfolgt hat. Da hätte sie auch das analysieren können.«

»Was mich auch an ihrer Schuld zweifeln ließ, war der Moment vor ihrem Selbstmord«, erläuterte Lara. »Sie hat mir erklärt, dass sie Döhring nicht ermordet hat. Ich konnte die Wahrheit in ihren Augen sehen.«

»Ich war nicht dabei, daher kann ich dazu nichts sagen. Aber selbst wenn Quade nicht die Mörderin ist, haben wir keinen Hinweis auf eine andere Person. Ich wüsste nicht, wo man weiterermitteln könnte.«

»Eine konkrete Idee habe ich nicht, doch ich würde mich gern in Döhrings Haus umsehen.«

»Da spricht nichts dagegen, weil der Tatort freigegeben ist. Allerdings hat Döhrings Ehefrau eine Möbelfirma beauftragt, das Haus zu räumen. Sie möchte nicht mehr an den Ort zurück, an dem ihr Mann ermordet worden ist.«

»Kann ich verstehen. Trotzdem will ich dorthin.«

»Irgendwo fliegt hier noch ein Zettel mit den Sicherheitscodes des Anwesens herum«, erklärte Utz. »Ich mache ein Foto und schicke es dir. Damit kommst du hinein.«

»Danke, Kollege.«

»Das ist das Mindeste«, erklärte Utz. »Obwohl es kein schönes Ende genommen hat, haben wir wegen dir den Fall abschließen können.«

»Vielleicht irre ich mich und der Fall kann abgeschlossen bleiben«, erwiderte Lara. »Aber vorher muss ich noch etwas überprüfen.«

* * *

Als Lara Simons Nummer wählte, bedauerte sie es, keine Freisprechanlage im Auto zu haben, denn damit hätte sie nicht ihr Handy auf die Ablage legen und den Freisprechmodus einschalten müssen.

»Bist du unterwegs?«, fragte Simon, nachdem ein Auto neben ihr gehupt hatte.

»Zu Döhrings Haus«, erklärte sie. »Nach Utz' Aussage wurde eine Umzugsfirma beauftragt, das Haus zu räumen. Bevor alles weg ist, will ich mich noch einmal umsehen. Gibt es etwas Neues zu Thomas Ufer?«

»Seine Akte gibt nichts her. Er ist sechsunddreißig Jahre alt, stammt aus Niedersachsen und ist seit vier Jahren in Döhrings Diensten. Keine Strafakte, keine Social Media oder irgendetwas anderes.«

»In dieser Branche wird großer Wert auf Diskretion gelegt.«

»Aber ebenso auf Reputation«, ergänzte Simon. »Und einem Unbekannten hätte Döhring sicherlich nicht sein Leben anvertraut, daher habe ich tiefer gegraben. Er ist beim Einwohnermeldeamt registriert, hat einen Führerschein, einen Reisepass und lebt unter der Adresse, unter der er gemeldet ist. Trotzdem scheint es, als wäre er vor vier Jahren aus dem Nichts erschienen.«

»Vielleicht hat er im Ausland gearbeitet.«

»Auch da müsste es irgendetwas geben, denn als deutscher Staatsbürger muss er entweder hier Steuern zahlen oder sich entsprechend umgemeldet haben. Die ersten Unterlagen beim Finanzamt sind von 2018, ebenjenem Jahr, in dem Ufer bei Döhring angefangen hat.«

»Wie kommst du an seine Steuererklärung?«

»Manche Verbindungen sind auch nach meiner Pensionierung erhalten geblieben«, erwiderte Simon.

Lara trommelte mit den Fingern auf das Lenkrad. »Etwas ungewöhnlich ist das schon«, gab sie zu. »Hast du eine Idee?«

»Thomas Ufer ist nicht Thomas Ufer, sondern eine andere Person, die ihre Identität gewechselt hat.«

»Das ist aber mit enormem Aufwand verbunden.«

»Nicht bei der entsprechenden Menge an Geld.«

»Was bedeuten würde, dass Döhring betrogen wurde …«

»… oder dass Döhring den Identitätswechsel arrangiert hat«, beendete Simon den Gedanken.

»Vor einem Monat wäre Letzteres unvorstellbar gewesen, aber nach den Vorkommnissen fügt sich das in das Gesamtbild ein«, erklärte Lara.

»Nach dem Bericht zu schließen ist Ufer noch eine Woche in der Türkei, und es würde mich nicht wundern, wenn er länger dortbleibt, daher müssten wir in seine Wohnung kommen.«

»Mein Bauchgefühl und deine inoffiziellen Informationen vom Finanzamt sind für einen Durchsuchungsbeschluss zu wenig. Aber ich bin in zehn Minuten bei Döhrings Anwesen.«

»Inwieweit hilft uns das mit Ufer?«

»Lass das meine Sorge sein«, erwiderte sie lächelnd. »Ich weiß genau, wo ich suchen muss.«

* * *

Als Lara bei Döhrings Anwesen angekommen war, stand das Tor offen und drei Umzugswagen waren vor dem großen Haus geparkt. Sie stellte ihr Auto in eine schmale Lücke und sah sich um. Vier kräftige Männer trugen gerade eine massive Couch heraus und stellten sie auf einer Palette davor ab.

Nicht weit vom Eingang stand ein Mann in einer Latzhose, deren Stoff von seinem beeindruckenden Bauch stark gedehnt wurde. Er hatte eine kleine Lesebrille auf seiner Knollennase und überflog eine Liste. Ab und zu gab er den Trägern Hinweise, wie sie etwas zu tragen oder zu verschieben hatten, bewegte sich aber kaum.

»Das muss der Chef sein«, murmelte Lara. Sie nahm ihre Tasche aus dem Kofferraum und ging zu ihm. »Kripo Frankfurt.« Sie zeigte ihre Marke.

Der Mann sah sie erschrocken an, als hätte sie sich wie ein Flaschengeist gerade vor ihm materialisiert. »Ja?«, presste er hervor. »Ist etwas passiert?«

»Wie Sie wissen, war das Anwesen vor Kurzem noch ein Tatort.«

»Nein, das wusste ich nicht«, antwortete er überrascht. »Was ist …?«

»Wir haben noch Nachuntersuchungen vorzunehmen«, fuhr Lara fort. »Aus diesem Grund möchte ich Sie bitten, die Garage nicht zu betreten, solange ich anwesend bin.«

»Kein Problem, Frau … äh … Kripobeamtin.«

Sie hob einen Daumen und betrat das Haus.

Der Eingangsbereich war Ehrfurcht gebietend. Der Boden war schachbrettartig mit Marmorplatten ausgelegt. Die Wände waren mit hellem Eichenholz vertäfelt, manches davon mit Goldfolie überzogen. Die Fenster spendeten nur wenig Licht, aber zwei Kristallleuchter ließen den Raum taghell erstrahlen. Eine große Treppe führte ins nächste Geschoss, die Stufen waren mit rotem Teppich ausgelegt, das Geländer in der gleichen Farbe wie die Wände gehalten.

Bei normalen Leuten hätte sie einen Schlüsselhalter in der Nähe der Tür gesucht, aber sie konnte sich nicht vorstellen, dass Döhring selbst gefahren war, also streifte sie durch die Räume, bis sie über die Küche in einen kleinen Hinterraum gelangte. Darin stand ein einfacher Tisch mit vier Holzstühlen. Der Boden war aus Laminat und das vergitterte Fenster mit einem billigen Stoff abgehängt. Eine stabile Metalltür führte in einen kleinen Hof mit drei großen Mülltonnen. Abgestellt in einer offenen Garage konnte Lara einen Sitzrasenmäher sehen.

In einem Metallschrank an der Wand fanden sich zahlreiche Schlüssel, unter anderem auch der des Bentley, den sie herausnahm und in die Tasche steckte. Sie verließ das Zimmer, ging einen kleinen gepflasterten Weg zwischen Hibiskushecken hindurch und gelangte auf die Rückseite der Garage, in der ein großer schwarzer SUV von Mercedes, ein rotes Ferrari-Cabriolet und ein dunkelblauer Bentley Continental geparkt waren. Sie öffnete mit dem Schlüssel den Bentley, nahm Handschuhe aus der Tasche und zog sie sich über. Das Auto war von fast klinischer Reinheit. Es roch nach Zitronen-Raumspray. Während die Sitze und das Lenkrad in hellem Beige gehalten waren, bestanden der Fußraum und die Armatur aus dunkelrotem Leder. Mit einer Taschenlampe leuchtete sie die Fahrerseite ab. Der Sitz war sehr weit nach hinten geschoben. Döhring maß 1,75 m, war also nur zwei Zentimeter größer als sie, und Lara hätte in der momentanen Einstellung das Gaspedal nicht mit dem Fuß erreicht, selbst wenn sie sich weit gestreckt hätte. Also war das Auto das letzte Mal von Thomas Ufer gefahren geworden.

Sie legte die Lampe ab, nahm einen Pinsel aus der Tasche und verteilte Rußpulver aus einer kleinen Dose auf dem Lenkrad. Gewissenhaft leuchtete sie alles ab und übertrug erkennbare Spuren auf eine Klebefolie. Dann wiederholte sie den Vorgang am Schaltknüppel und der Armatur, bis sie fünf Abdrücke hatte, mit denen sie zufrieden war.

Sie schloss die Tür, legte den Autoschlüssel auf den Bentley und verließ durch die Vordertür die Garage. Der Umzugsleiter erwiderte ihren Abschiedsgruß mit einem gequälten Lächeln, als hätte er Angst, verhaftet zu werden.

In ihrem Auto zurück wählte sie wieder Simons Nummer. »Ich habe ein paar Fingerabdrücke in Döhrings Auto gesichert, die Thomas Ufer gehören könnten.«

»Eine gute Idee«, erwiderte er. »Wenn es eine Übereinstimmung gibt, dann möglicherweise nicht mit Thomas Ufer.«

»In einer Stunde wissen wir mehr«, erklärte Lara und schlug den Weg zur Dienststelle ein. »Ich bin gespannt, wer Döhrings Leibwächter in Wirklichkeit ist.«

* * *

Lara hatte gerade auf Simons Couch Platz und eine Tasse Kaffee in die Hand genommen, als ihr ehemaliger Kollege den Laptop zu ihr umdrehte. Auf dem Bildschirm erkannte sie ein Foto von Thomas Ufer, nur Jahre jünger und mit Vollbart. Er trug ein Unterhemd, wodurch man seine Tätowierungen am Oberkörper und auf der Schulter sehen konnte. Auffällig war seine große eingedrückte Nase.

»Thomas Ufer heißt tatsächlich Tasso Uggur und hat eine beeindruckendere Akte als sein Alter Ego«, begann er. »Er wird wegen Waffenschmuggels mit internationalem Haftbefehl gesucht. Die sonstigen Anzeigen wegen Körperverletzung und Nötigung sind dagegen eher vernachlässigbar.«

»Wie wird ein gewalttätiger Waffenschmuggler Döhrings Leibwächter?«

»Die Antwort kennst du«, sagte Simon. »Döhring hat jemand Skrupelloses gebraucht, um die Frauen in sein Jagdhaus zu schaffen und ihr Schweigen zu garantieren.«

»Bei seinem Reichtum hätte er beides erkaufen können.«

»Ersteres sicherlich, aber wenn dich ein Mann wie Uggur einschüchtert, hat das eine andere Wirkung als ein Anwalt, der mit einer Klage droht.«

»Skrupellose Schläger gibt es in Frankfurt Hunderte. Warum Uggur?«, entgegnete Lara verwundert. »Er wird mit internationalem Haftbefehl gesucht, sodass ihm Döhring mit großem Aufwand eine falsche Identität besorgen musste.«

»Letzteres wissen wir nicht mit Sicherheit, aber das erste Erscheinen von Thomas Ufer ist zeitlich nahe am Beginn seiner Anstellung bei Döhring«, erklärte Simon. »Um deine Frage zu beantworten, laut der Akte hatte Uggur sehr gute Verbindungen zur Frankfurter Unterwelt. Das ist nicht nur hilfreich bezüglich der Frauen im Jagdhaus, sondern auch für die Immobilienbranche, in der Döhring geschäftlich tätig war. Da geht es sehr rau zu.«

Lara schüttelte den Kopf. »Je tiefer wir in dem Fall graben, umso mehr Dreck wühlen wir auf.«

»Obwohl das eine wichtige Entdeckung ist, wird sie uns wahrscheinlich nicht weiterhelfen«, stellte Simon fest. »Uggur hat Verwandtschaft in der Türkei, daher rechne ich nicht damit, dass er zurückkommt.«

»Was immerhin beweist, dass er involviert war und den Urlaub als perfektes Alibi benutzt hat.«

»Es könnte auch nur Zufall sein, dass Döhring während seiner Abwesenheit ermordet wurde.«

»Ein ziemlich großer Zufall«, bemerkte Lara mit hochgezogener Augenbraue.

»Betrachten wir das Ganze aus Uggurs Sicht. Warum sollte er seinen Arbeitgeber töten? Jenen Mann, der ihn gut bezahlt und ihm eine neue Identität verschafft hat, mit der er sich unbehelligt in Deutschland bewegen konnte.«

»Wegen viel mehr Geld«, vermutete Lara.

Simon schüttelte zweifelnd den Kopf. »Uggur wird klar gewesen sein, dass seine wahre Identität nach Döhrings Tod aufgedeckt werden würde. Es müsste schon sehr viel Geld sein.«

»Was in Döhrings Liga kein großes Problem darstellt.«

»Damit verabschieden wir uns aber von dem Mordmotiv der Rache der vergewaltigten oder belästigten Frauen«, gab Simon zu bedenken. »Dann geht es um große Geschäfte.«

»Das würde erklären, warum der Killer ohne Probleme auf das Anwesen und ungesehen wieder weggekommen ist«, erklärte Lara. »Er war kein Amateur wie Quade, sondern ein Profi.«

»Ein Profi hätte sich nicht so lange auf Döhrings Anwesen aufgehalten, sondern den Job in wenigen Minuten erledigt.«

»Dazu wissen wir zu wenig über den Ablauf des Mordes. Nach den Tatortermittlern ist Döhring seinem Mörder im Gang begegnet und daraufhin weggelaufen, wobei er seinen Schuh verloren hat. Der Täter hat ihn in der Küche eingeholt und erstochen.«

»Warum der Overkill mit 22 Stichen?«

»Um uns glauben zu machen, dass der Mörder eine von Döhrings vergewaltigten Frauen war, die sich an ihm rächen wollte«, antwortete Lara.

»Was aber Insiderwissen über Döhring erfordert.«

»Womit wir wieder bei Uggur wären. Er kannte die geheime Leidenschaft seines Chefs, wusste über die Kameras auf dem Anwesen Bescheid und hatte die Türcodes.«

Simon verschränkte die Arme hinter dem Kopf und lehnte sich auf dem Stuhl zurück. »Von allen Theorien ergibt die mit Uggur als Verräter den meisten Sinn. Leider werden unsere Ermittlungen damit quasi beendet sein, denn unser Verdächtiger ist in der Türkei und wird dort sein neu gewonnenes Vermögen verprassen.«

»Nachdem Döhrings Leibwächter als gesuchter Verbrecher identifiziert wurde, hat sich Utz schon an Nowak gewandt, damit ein Richter einen Durchsuchungsbeschluss für Uggurs Wohnung unterschreibt. Vielleicht findet sich dort eine Spur.« Sie trank einen Schluck Kaffee. »Wobei ich mir nicht vorstellen kann, dass ein Mann mit dieser kriminellen Vergangenheit einen solchen Fehler begeht.«

»Also warten wir auf das Ergebnis der Durchsuchung«, meinte Simon. »Wenigstens wirkt sich das positiv auf deine Gesundheit aus.«

»Mich treiben die vergewaltigten Frauen immer noch um«, erklärte Lara nachdenklich. »Obwohl wir Döhring nicht mehr dafür belangen können, würde ich den noch Unbekannten gern ein Gesicht geben.«

»Was schwebt dir vor?«

»Wir haben ja nicht nur missbrauchte Frauen aus dem Jagdhaus, sondern auch sexuelle Belästigungen wie bei Carla Gläsner.«

»Die dir übel mitgespielt hat.«

»Bei ihr hält sich meine Motivation zugegebenermaßen in Grenzen, aber ein sadistischer Drecksack wie Döhring hat sich nicht nur an Gläsner vergriffen. Es muss mehr Frauen betroffen haben und von diesen Belästigungen ist nichts in der Öffentlichkeit bekannt geworden. Selbst nach all den Enthüllungen.«

»Wobei Uggur eine Rolle gespielt haben könnte.«

»Döhring war nicht über sechzig Jahre der perfekte Gentleman und hat dann mit Uggurs Einstellung als Leibwächter seine sexistische Seite entdeckt«, widersprach Lara. »Da waren vorher schon andere Leute involviert.«

»Anwälte.«

»In erster Linie«, stimmte sie zu.

»Es dürfte nicht schwer herauszufinden zu sein, wer Döhring vertreten hat.« Er wandte sich dem Laptop zu. »Gib mir ein paar Minuten.«

»Ich hole mir noch einen Kaffee.« Lara trank die Tasse in einem Zug leer und ging in die Küche. Der Wassertank der Kaffeemaschine war voll, ebenso die Padhalterung. Die verschiedenen Sorten waren beschriftet und nach Stärke sortiert.

Lara wählte eine dunkle Röstung aus Südamerika und legte das Pad in die Maschine. Während der Kaffee in ihre Tasse lief, nahm sie ihr Handy heraus und browste durch die neusten Nachrichten. Dass Döhrings Leibwächter eine falsche Identität hatte und ein gesuchter Krimineller war, hatte sich noch nicht herumgesprochen. In diesem Fall war es ausnahmsweise sinnvoll, die Information eine Zeit lang unter Verschluss zu halten, zumindest bis Uggurs Wohnung durchsucht worden war.

Simons schnelles Tippen erklang aus dem Wohnzimmer. In solchen Momenten war es am besten, ihren ehemaligen Kollegen in Ruhe zu lassen, denn wenn er etwas suchte, versank er tief in seiner Arbeit, ohne seine Umwelt wahrzunehmen. Das hatte ihn am Ende auch seine Gesundheit gekostet, aber solange sie auf ihn aufpasste, würde das nicht wieder passieren. Sie nahm sich vor, in zwanzig Minuten nach ihm zu sehen, und überflog die anderen Nachrichten des Tages. Sie war noch nicht weit gekommen, als sie Simon rufen hörte.

»Hast du etwas gefunden?«, fragte sie auf dem Weg zurück ins Wohnzimmer.

»Jetzt wird es wirklich verrückt«, antwortete er sichtlich konsterniert und wandte sich vom Laptop ab. »Viele Jahre lang wurde Bernhard Döhring von der renommierten Kanzlei eines gewissen Dr. Hartmut Ingdahlen vertreten, dessen Name bei jeder juristischen Auseinandersetzung auftaucht.«

»Was ist daran so erstaunlich?«

»Hartmut Ingdahlen erlag zwei Wochen vor Döhrings Ermordung einem Herzinfarkt.«

»Ein auffälliges Zusammentreffen«, bemerkte Lara.

»Sehe ich genauso«, bestätigte Simon. »Aber bevor wir spekulieren, lade ich die Akte dazu herunter. Dann schauen wir uns Ingdahlens Ableben mit der Lupe an.«

* * *

Die Kleidung des Toten erinnerte Lara an die Vergewaltiger im Video. Nur war der Latexanzug nicht schwarz, sondern dunkelgrau, und Ingdahlen trug eine Gasmaske auf dem Gesicht, aus der ein Schlauch herausragte. Der Mann lag auf einem Bett, den Kopf zur Seite gedreht. Ein Arm hing schlaff zur Seite hinunter. Der dicke Bauch zeichnete sich unter dem Kostüm ab und der Reißverschluss der Hose war geöffnet.

»Das war kein Herzinfarkt«, bemerkte Lara.

»Laut Obduktion ist Ingdahlen erstickt«, erklärte Simon. »Ursache war eine Überdosis Lachgas, die ließ ihn erst bewusstlos werden und hat dann zu seinem Tod geführt.« Er tippte etwas auf der Tastatur. »Außerdem fanden sich große Mengen an Alkohol und Kokain in seinem Blut.«

»Und was hat das mit einem Herzinfarkt zu tun?«

»Gar nichts. Aber bezüglich der Öffentlichkeit ist das eine bessere Erklärung als ein bizarrer Sexunfall.«

»Bei einem Sexunfall muss es allerdings eine Partnerin oder einen Partner gegeben haben.«

»Davon steht nichts in den Akten. Ingdahlen wurde eines Morgens von seiner Putzfrau gefunden.«

»Meines Wissens erzeugt Lachgas einen Rausch, bei dem Halluzinationen und Glücksgefühle entstehen können.«

»Bei Partys wird das Gas mit Ballons und aus Sahnespenderkapseln inhaliert.«

»Damit hält der Rausch nur kurz an, also ziehen sich manche eine Plastiktüte über den Kopf oder inhalieren das Gas mit einer solchen Maske«, ergänzte Lara.

»Den Hosenschlitz hatte er offen und mit dem Lachgas wollte er sich einen Kick geben«, erklärte Simon. »Warum soll er das nicht allein getan haben?«

»Schau, wo der Gasbehälter neben dem Bett liegt.« Lara deutete auf das Bild. »Zu weit weg, um das selbst zu regulieren.«

»Bei geringer Zufuhr von Lachgas ist das Risiko nicht hoch. Erst bei einem Anteil von neunzig Prozent in der Atemluft droht man zu ersticken.«

»Wenn man bereits Alkohol und Kokain im Blut hat, was an sich eine gefährliche Kombination ist, sollte man nicht noch Lachgas inhalieren, denn bei solch einem Mischkonsum kann es zu unangenehmen Reaktionen kommen. Wenn ich mir Ingdahlens hochwertige Ausrüstung ansehe, scheint er das jedoch nicht zum ersten Mal gemacht zu haben.«

»Bei der Kombination von Alkohol und Kokain kann man den Hahn schon mal zu hoch drehen.«

»Vielleicht sehe ich auch verdächtige Hinweise, wo keine sind«, gab Lara zu. »Mich stört eher, dass der Notarzt seinen Tod gleich als Unfall deklariert und nicht die Möglichkeit eines Selbstmordes in Betracht gezogen hat.«

»Um das zu beurteilen, kennen wir Ingdahlen nicht gut genug, aber unter den befragten Personen aus dem Umfeld war irgendwo auch ein Psychiater.« Er scrollte das Dokument nach unten. »Hier ist es«, sagte er nach einem Moment. »Dr. Vinand

Vonscheidt.« Simon gab den Namen in eine Suchmaschine ein. »Facharzt für Psychiatrie und Psychotherapie mit Praxisschwerpunkten Depressionen und Burn-out.«

»Wie kommt der in die Ermittlung?«

»Er war Ingdahlens Notfallkontakt.«

»Nicht seine Frau?«

Simon schüttelte den Kopf.

»Wurde das Gespräch mit ihm aufgezeichnet?«

»Laut Akte ja.« Simon wechselte auf die Serverstruktur der Kripo und klickte sich durch unterschiedliche Ordner, bis er die gesuchte Datei gefunden hatte.

»Guten Abend, Dr. Vonscheidt«, hörte man die Stimme eines Mannes.

»Das ist Nowak«, stellte Lara überrascht fest. »Seit wann führt er wieder Verhöre durch?«

Simon zuckte die Achseln.

»Ich helfe gern, Hauptkommissar Nowak.«

»Wann haben Sie vom Tod von Hartmut Ingdahlen erfahren?«

»Der hinzugerufene Notarzt rief mich an, weil ich Herrn Ingdahlens Notfallkontakt war.«

»Daher nehme ich an, dass Sie beide befreundet waren, richtig?«

»Nicht im klassischen Sinn, aber Herr Ingdahlen war seit vielen Jahren mein Patient und bat mich eines Tages, mich als seinen Notfallkontakt angeben zu dürfen.«

»Warum nicht seine Frau?«

»Erstens bin ich ausgebildeter Mediziner, und in einem Notfall kann ich aufgrund meiner fachlichen Kompetenz eher ein qualifiziertes Urteil abgeben«, erklärte der Psychiater. »Außerdem schien seine Frau nicht gut mit Stresssituationen umgehen zu können, von daher war seine Wahl verständlich.«

»Haben Sie den Verstorbenen auch privat getroffen?«

»Nur bei größeren Veranstaltungen, zu denen auch Mandanten und andere Geschäftspartner von ihm eingeladen waren. Nie allein. Das hätte meinem professionellen Ethos nicht entsprochen«, antwortete er.

»Ich weiß, dass Sie durch Schweigepflicht auch nach dem Tod Ihres Patienten gebunden sind, aber ich muss wissen, ob diese Art von Praktik normal für Herrn Ingdahlen war.«

Vonscheidt schien zu zögern. »Mein Patient hatte ungewöhnliche sexuelle Vorlieben«, gab er schließlich zu.

»In Verbindung mit Stimulanzien wie Lachgas oder Kokain?«

»Ehrlich gesagt war ich überrascht, als ich davon gehört habe«, sagte der Psychiater nach einem Moment des Nachdenkens. »Herr Ingdahlen hat gern gefeiert und auch Alkohol getrunken, aber von anderen Drogen hat er die Finger gelassen. Er verlor nicht gern die Kontrolle.«

»Woher kommt dann das Kokain in seinem Blut und der Tod durch Lachgas?«

»Das kann ich nur durch einen Kontrollverlust aufgrund von Alkohol erklären.«

»Aus welchem Grund hat er Ihre Praxis aufgesucht?«

»Ich behandle nicht nur Menschen mit Depressionen oder Burn-out, ich coache auch Führungskräfte, damit es gar nicht erst zu besagten Problemen kommt. Wegen der hohen Arbeitsbelastung war mein Patient prädestiniert für solche Risiken.«

»Wie gut kannten Sie Herrn Ingdahlen?«

»Es ist wichtig, ein möglichst umfassendes Bild von einem Patienten zu haben, damit ich ihm besser helfen kann. Weiterhin gebe ich in meinen Sitzungen den Patienten auch die Möglichkeit, mir von allem zu erzählen, was ihnen gerade durch den Kopf geht. Das können Probleme in der Ehe, bei der Kindererziehung oder finanzielle Sorgen sein.«

»Könnte etwas davon dazu geführt haben, dass Herr Ingdahlen bewusst zu viel Lachgas konsumiert hat?«

»Mein Patient verachtete jede Form von Schwäche«, widersprach der Psychiater. »Eine Selbsttötung hätte er als Versagen verstanden. In einer Sitzung hat er mir von seinem Wunsch erzählt, in hohem Alter zu sterben und in einem weißen Eichensarg in die Erde gelassen zu werden.«

Daraufhin bedankte sich Nowak bei Vonscheidt für seine Zeit und beendete das Verhör.

»Gar nicht mal so schlecht«, wandte sich Simon an Lara. »Hätte ich Nowak nicht zugetraut.«

»Zugegeben, er hat den Finger in die Wunde gelegt. Aber hier und da hätte ich mir mehr Details gewünscht.«

»Wenn man berücksichtigt, dass Ingdahlen Vonscheidts Patient war, hat dieser mehr erzählt, als man von Psychiatern gemeinhin erwarten kann.«

»Was ist mit Ingdahlens Frau?«

»Deren Gesprächsprotokoll ist sehr überschaubar«, erklärte Simon. »Zusammenfassend war sie das Wochenende über mit Freundinnen auf einer Schönheitsfarm und hat keine Ahnung, wie das passieren konnte.«

»Auch nicht, woher das Lachgas kam, denn offiziell dürfen das nur die Industrie oder behandelnde Arztpraxen bestellen?«

Simon schüttelte den Kopf. »Dazu hat sie sich nicht geäußert.«

»Irgendwie sind immer alle Familienmitglieder oder Bediensteten weg, wenn jemand stirbt.«

»Obwohl das auffällig ist, wird es bei Ingdahlen schwierig, eine Fremdbeteiligung nachzuweisen«, antwortete Simon. »Sein Haus war allerdings nicht so gut gesichert wie Döhrings Anwesen. Die Kollegen haben nach Spuren für einen Einbruch gesucht, aber keine gefunden.«

»Unter diesen Umständen ist die Ermittlung weniger aufwendig als bei einem offensichtlichen Mordfall.«

»Was auch in Ordnung ist, denn nicht jeder nicht natürliche Tod muss gleich eine Mordermittlung nach sich ziehen.«

»Ich bin ja schon ruhig«, sagte Lara. »Lass mich noch kurz mit Nowak über den Fall reden, dann kümmere ich mich wieder um andere Dinge.« Sie nahm ihr Handy und wählte seine Nummer.

»Hallo, Lara«, begrüßte sie ihr Vorgesetzter.

»Hast du fünf Minuten oder soll ich zu einem anderen Zeitpunkt anrufen?«

»Einen Moment noch.« Nowak schien ein paar Worte mit jemandem zu wechseln. Dann hörte sie, wie eine Tür geschlossen wurde. »Was gibt es?«, meldete er sich wieder.

»Du hast doch zum Tod von Hartmut Ingdahlen mitermittelt, oder?«

»Ermittelt ist etwas zu hoch gegriffen. Der Notarzt hat seinen Tod als nicht natürlich ausgewiesen, und da sein Ableben etwas außergewöhnlich war, haben wir uns für eine Obduktion entschieden.«

»Vordergründig wurde es als Herzinfarkt verkauft.«

»Obwohl Ingdahlen ein bekannter Anwalt war, geht die Art seines Todes eigentlich niemanden etwas an«, erklärte Nowak. »Die Wahrheit hätte nur zu einem Auflauf an Reportern geführt, die wieder etwas ins Blaue vermutet hätten, was dann die Presseabteilung über Wochen beschäftigt hätte.«

»Und nach Döhrings Tod wundert es dich nicht, dass nur zwei Wochen zuvor sein Anwalt auf ungewöhnliche Art gestorben ist?«

»Es ist ja nicht so, dass wir damals die Hände in den Schoß gelegt haben, aber es gab vor Ort keine Hinweise auf eine Fremdbeteiligung. Bei der Obduktion wurde eine besorgniserregende Menge an Alkohol und Kokain festgestellt, aber trotzdem ist der Anwalt am Lachgas erstickt. Ungewöhnlich, aber nicht verdächtig.«

»Bei der Befragung hat sein Psychiater erwähnt, dass Ingdahlen eigentlich keine Drogen konsumiert hat, weil er sich vor Kontrollverlust fürchtete.«

»In diesen Kreisen hätte es mich eher gewundert, wenn er kein Kokain genommen hätte«, erwiderte Nowak. »Natürlich hätte man es ihm auch einführen können, und zusammen mit dem Alkohol hätte ihn das wehrlos gemacht, aber dann kommen wir wieder zurück zur wichtigsten Frage: Cui bono?«

»Bei Döhring haben wir auch tief graben müssen, bis wir einen möglichen Grund für seine Ermordung gefunden haben.«

»Lara, ich will dein Engagement nicht bremsen. Aber deine Kraft ist uns im Fall Döhring mehr von Nutzen.«

»Mich verwundern nur die Kleinigkeiten wie Kokain und Lachgas, die nach Aussagen des Psychiaters überhaupt nicht Ingdahlens Ding waren.«

»Und genau dafür gibt es Obduktionen«, erklärte er. »Diese hat nichts Verdächtiges ergeben, und zusammen mit den fehlenden Hinweisen auf Fremdbeteiligung ist die Einstufung als Sexunfall in Ordnung.«

»Hm«, sagte Lara nachdenklich.

Nowak seufzte. »Obwohl du mit deinem Alleingang bei Gläsner dich und die Kripo ziemlich hineingeritten hast, war die Entdeckung in Döhrings Jagdhaus eine großartige Leistung. Dank dir sind wir auch Quade auf die Spur gekommen, wenngleich das Ende sehr schlimm war. Aber im Fall Ingdahlen weise ich dich ganz offiziell an, die Finger davon zu lassen.«

»Was ist dein Problem damit?«

»Die Familie Ingdahlen ist kaum weniger einflussreich als die Döhrings. Nicht so reich, aber ebenfalls tief in der Frankfurter Geschäftswelt verankert. Wenn die herausbekommt, dass wir die Ermittlungen wieder aufgenommen haben, machen die uns die Hölle heiß.«

»Also genügt Einfluss, damit wir nicht ermitteln?«

»Nein, wir ermitteln nur da, wo es etwas zu ermitteln gibt. Und das ist bei Ingdahlen nicht der Fall.«

»Ja, schon gut. Ich melde mich, wenn ich wieder einsatzfähig bin.« Dann legte sie auf.

»Du hast aber schnell aufgegeben«, wunderte sich Simon.

»Ich habe nur aufgegeben, Nowak von den Ungereimtheiten zu überzeugen«, widersprach Lara. »Sein Widerstand motiviert mich eher.«

Simon schüttelte lachend den Kopf. »Du legst es wirklich auf eine Suspendierung an.«

»Nicht das erste Mal«, bemerkte sie. »Was haben wir noch zu Ingdahlen?« Lara deutete auf den Laptop.

»Bezüglich seines Todes nicht mehr viel«, antwortete Simon. »Für mehr Informationen muss ich mich umsehen.«

»Ich bin dankbar für jede Hilfe auf meinem Weg in die Arbeitslosigkeit.«

»Gib mir den Abend Zeit«, bat Simon. »Wenn Nowak recht hat und die noch lebenden Ingdahlens keine weiteren Ermittlungen wollen, müssen wir vorsichtig vorgehen.«

»Ich wollte mir sowieso den Obduktionsbericht ansehen.«

Simon hob den Daumen.

»Hartmut Ingdahlen«, murmelte sie. »Ich bin gespannt, auf welche Geheimnisse wir bei dir stoßen.«

Kapitel 7

Das Klingeln ihres Handys weckte Lara. Sie saß auf einer Couch voller Ausdrucke und Notizen. Der Laptop stand aufgeklappt auf dem Tisch vor ihr. Daneben eine leere Kaffeetasse und Reste eines Käsebrots. Sie wollte den Kopf zur Seite drehen, dorthin, wo die Klingelgeräusche herkamen, aber ihr steifer Nacken ließ das nicht zu.

»Jaja«, murrte sie und erhob sich schief. »Was gibt es denn so früh?«, fragte Lara, als sie das Gespräch angenommen hatte.

»Es ist 8.30 Uhr«, entgegnete Simon verwundert. »Außerdem hast du mich gebeten, sofort anzurufen, wenn ich etwas Ungewöhnliches zu Ingdahlen gefunden habe.«

»War eine lange Nacht«, sagte sie entschuldigend und ging in die Küche. »Ich habe den Obduktionsbericht und die Notizen über den Fundort mehrfach gelesen, ohne einen Hinweis auf Fremdbeteiligung zu entdecken. Trotz der Ungereimtheiten mit den Drogen und dem Lachgas habe ich keinen Punkt gefunden, an dem ich ansetzen könnte.« Sie massierte sich den Nacken. »Was hast du?«

»Ingdahlen war seit zwölf Jahren verheiratet, kinderlos und trat als Mäzen bei kleineren Projekten auf. Nichts in der Liga von Döhring, aber immer mal wieder liest man von seinem Engagement für soziale Projekte.«

»Langweilig«, sagte Lara.

»Vordergründig ist Ingdahlen sauber«, fuhr er fort. »Natürlich hat seine Kanzlei auch Mandanten vertreten, die Steuern hinterzogen, Bilanzen gefälscht und andere krumme Dinger gemacht haben, aber keiner davon war ein Mafiapate, ein Serienmörder oder irgendetwas anderes in dieser Kategorie.«

»Was bei einer Kanzlei für Wirtschaftsstrafrecht erwartbar war.« Sie unterdrückte ein Gähnen und schaltete die Kaffeemaschine an.

»Ich habe auch die einschlägige Presse durchsucht, ob sich irgendetwas zu seinen ungewöhnlichen sexuellen Leidenschaften ergibt, aber auch da war nichts. Ein paar Fotos von Empfängen, einmal auch mit Döhring, aber das war es auch schon.«

»Also endet unsere Ermittlung hier.«

»Ich habe gestern Abend noch mit einem ehemaligen Kollegen von der Kripo telefoniert, und er hat mich auf eine gewisse Elvira Kaul hingewiesen, die Ingdahlen als Zeitarbeiterin für sechs Monate in der Kanzlei angestellt hatte.«

»Anwälte haben Zeitarbeiter?«

»Bei einem Fall mussten wohl große Mengen an Akten durchgearbeitet werden, daher ergibt ein solches Engagement durchaus Sinn.«

»Und was ist mit der Frau?«, fragte Lara, während sie sich einen Kaffee aus der Maschine ließ. »Woher kennt dein Kollege sie?«

»Sie hat Ingdahlen wegen Körperverletzung angezeigt.«

»Wie kann das sein? Seine Akte ist sauber.«

»Dazu muss ich etwas ausholen«, begann Simon. »Elvira Kaul ist eines Tages mit einem gebrochenen Arm zur Polizei gekommen und hat Ingdahlen der Körperverletzung bezichtigt.

Dem hat er aber widersprochen, denn angeblich ist Kaul ohne sein Zutun die Treppe hinuntergestürzt.«

»Also ein Fall für den Richter.«

»Jetzt wird es interessant«, fuhr Simon fort. »Acht Wochen nach der Anzeige wurde Kaul Opfer eines brutalen Raubüberfalls. Wegen der gebrochenen Knochen und des Schädel-Hirn-Traumas war sie einen Monat im Krankenhaus, danach musste sie sich stationär in psychiatrische Behandlung begeben, wo sie bis heute ist.« Lara hörte Papier rascheln. »Das Gericht war der Meinung, dass Kaul weder an dem Prozess teilnehmen noch vernommen werden konnte, daher wurde die Verhandlung ohne ihr Beisein durchgeführt.«

»Lass mich raten. Ingdahlen wurde freigesprochen.«

»Was unter den Umständen keine Überraschung war«, erklärte Simon. »Es gab keine Zeugen, Ingdahlen ist vorher nicht gewalttätig gewesen und es war seine erste Anzeige wegen Körperverletzung.«

»Erzähl mir mehr von dem Raubüberfall«, bat Lara. »Irgendein Bezug zu Ingdahlen?«

»Der Überfall ereignete sich am 18. März gegen 19.04 Uhr. Kaul war im Martin-Luther-King-Park unterwegs, wo sie nordwestlich des Teichs angegriffen wurde.«

Ihr Handy brummte. Simon hatte ihr eine SMS geschickt. Als sie das Bild darin betrachtete, wandte sie stöhnend den Kopf ab. Darauf war eine Frau mit kurzen braunen Haaren zu sehen, deren Gesicht übel zugerichtet worden war. Beide Augen waren zugeschwollen und die Lippe aufgeplatzt. Blut war um den Mund herum getrocknet. Eine lange Wunde zog sich entlang der rechten Wange und aus der Nase ragte ein Stück Knochen heraus.

»Zu den Verletzungen am Kopf kommen noch zahlreiche Prellungen am Körper, zwei gebrochene Rippen und eine ausgekugelte Schulter hinzu«, erklärte Simon. »Außerdem ein Schädel-Hirn-Trauma und eine gerissene Patellasehne.«

»So brutal geht kein normaler Räuber vor«, stellte Lara fest. »Der Täter hat Kaul bewusst zusammengeschlagen.«

»Da Kauls Handtasche und eine Halskette entwendet wurden, liegt der Verdacht des Raubs nahe«, erklärte Simon. »Aber es gibt quasi keine Zeugen und Kauls Erinnerungen an die Tat sind bestenfalls verschwommen.«

»Was an dem Schädel-Hirn-Trauma liegen dürfte.«

»Nur ein älterer Herr, der mit seinem Hund von der nördlich liegenden Auslauffläche gekommen ist, hat eine Gestalt vom Tatort weglaufen sehen. Die Beschreibung war eher vage. Groß, muskulös und dunkel gekleidet. Von der Statur her das Gegenteil von Ingdahlen, der eher gedrungen mit Bauch ist«, erklärte er. »Weiterhin fanden sich weder DNS-Spuren noch Fingerabdrücke. Und Überwachungskameras gibt es in der Gegend auch nicht.«

»Hat man Ingdahlen im Rahmen der Ermittlungen befragt?«

Simon nickte. »Er befand sich zur fraglichen Zeit auf der Geburtstagsfeier eines Freundes in Königsstein.«

»So ein Glück!«, bemerkte Lara sarkastisch.

»Natürlich könnte der Täter ein bezahlter Schläger gewesen sein«, führte Simon aus. »Laut Kauls Angaben hat sie gern einen Umweg durch den Park genommen, um noch etwas frische Luft zu tanken, bevor sie nach Hause in die Nordweststadt gegangen ist. Ingdahlen hat gewusst, wann sie ihren Arbeitsplatz verließ und wo sie wohnte. Ein erfahrener Täter hätte sie ein paar Tage verfolgen und dann den perfekten Platz für einen Überfall finden können. Dass sie die U-Bahn genommen hat, hat es ihm noch leichter gemacht.«

»Wie war das Wetter an diesem Tag?«

»Ideal für einen Überfall. Kurz nach 19 Uhr war es dunkel, bewölkt und regnerisch, sodass man außerhalb der beleuchteten Wege im Park niemanden sehen konnte und nicht viele Leute unterwegs waren.«

»Versuchen wir, das aus einer neutralen Warte zu betrachten«, schlug Lara vor. »Ingdahlen hat Kaul verletzt und konnte sie nicht von einer Anzeige abbringen. Warum hätte er Kaul einen Schläger auf den Hals schicken sollen, bei dessen Angriff sie vielleicht hätte sterben können? Natürlich ist eine Verurteilung wegen Körperverletzung nicht schön, aber hier stand Aussage gegen Aussage. Da Ingdahlen keine Strafeinträge hatte, bestand nicht das Risiko, dass er ins Gefängnis musste oder seine Zulassung verlieren würde. Wenn er hingegen jemanden engagierte, um Kaul zusammenzuschlagen, konnte er hinter Gitter kommen und nie mehr als Anwalt arbeiten dürfen.«

»Schwierig einzuschätzen«, gab Simon zu. »Natürlich könnte Ingdahlen schon mehrfach gewalttätig geworden sein, aber vielleicht konnte er das bis dahin immer irgendwie bereinigen. Dass sich jemand in diesem Fall nicht bestechen oder überzeugen ließ, hat ihn möglicherweise geängstigt, weil er nicht wusste, was passieren würde. Oder geärgert, weil Kaul sich ihm verweigert hat.«

»Obwohl er Anwalt für Wirtschaftsstrafrecht ist, hätte er einen solchen Fall trotzdem richtig einschätzen können«, erklärte Lara. »Und falls er Kaul wirklich hat zusammenschlagen lassen, wäre trotzdem nicht sicher gewesen, dass sie die Anklage fallen lässt. Ganz im Gegenteil, die Ermittler hätten vielleicht genauer hingesehen.«

»Haben sie auch, aber bei der Zeugen- und Beweislage sind besagte Ermittler nicht weit gekommen«, sagte Simon. »Zusammen mit Ingdahlens Alibi landete der Raubüberfall auf dem großen Stapel ungelöster Fälle, wie schon viele andere zuvor.«

»Dann bleibt als Motiv nur das krankhafte Ego eines Mannes, der sich durch die Anzeige beleidigt fühlte und Satisfaktion verlangte. Er wäre nicht der Erste, aber das allein ist zu mager.« Lara nippte nachdenklich an ihrer Kaffeetasse. »Unser altes Problem. Wir wissen zu wenig über die Beteiligten.«

»Die Informationen über Ingdahlen sind nicht tiefgehend. Und nach seinem Tod werden wir kaum Bekannte finden, die schlecht über ihn reden, selbst wenn er ein Drecksack war. Außerdem besteht bei seinem Umgang das Risiko, dass unsere möglichen Gesprächspartner irgendwie mit dem Polizeipräsidenten respektive Nowak bekannt sind. Wenn die von der angeblichen Wiederaufnahme erfahren, wäre in deiner Abteilung die Hölle los.«

»Bleibt also nur Kaul selbst.«

»Welche gerade in der Psychiatrie ist«, gab Simon zu bedenken. »Und da der Grund wahrscheinlich der Überfall ist, wird sie nicht darüber reden wollen.«

»Vielleicht ihr behandelnder Arzt?«

»Die Schweigepflicht ist kaum zu brechen. Und es fehlt die Spur zum Angreifer.«

»Dass der Besuch meine Idee ist und nicht von meinem Vorgesetzten genehmigt wurde, weiß der Arzt nicht. Und solange ich noch nicht suspendiert bin, kann ich meine Marke vorzeigen und dem einen offiziellen Anstrich geben.« Lara trank einen Schluck Kaffee. »Kannst du mir die Adresse der Einrichtung per SMS zusenden? Ich ziehe mich an und mache einen unverbindlichen Besuch.«

»Das geht irgendwann schief«, murmelte er. »Aber ja. Mache ich.«

»Danke. Ich berichte, wenn ich wieder zurück bin.« Lara beendete das Gespräch. Dann leerte sie die Tasse und ging ins Bad.

Sie war gespannt, was Elvira Kaul ihr von Ingdahlen erzählen konnte.

* * *

Wie in allen Krankenhäusern hatte Lara erst einmal Probleme, sich zurechtzufinden. Das Gebäude war groß und die unterschiedlichen Gänge waren schlecht beschriftet. Die junge Frau am Empfang reagierte nicht überrascht, als sie ihre Marke zeigte und um ein Gespräch mit Elvira Kaul bat. Der Wartebereich war angenehm hell, mit Blick auf eine große Wiese, auf der Tische und Bänke standen. Ein Mann in einer dunklen Regenjacke und Jeans saß im Schneidersitz auf dem Gras und schien den kühlen Tag zu genießen. Sein Kopf war zur Sonne gerichtet und die Hände hatte er vor seinem Bauch gefaltet.

Einen Moment genoss sie die Ruhe, nichts tun zu müssen und einfach nur die Natur beobachten zu können. Dann kam eine Frau auf sie zu und hielt vor ihrem Stuhl inne.

»Dr. Xenia Weiske«, stellte sie sich vor. »Ich bin die behandelnde Ärztin von Elvira Kaul.«

Die Psychiaterin war von kleiner Statur, mit kurzen grauen Haaren und der obligatorischen Lesebrille auf der Nase. Sie hatte ein freundliches Lächeln und helle grüne Augen, die regelrecht zu glänzen schienen.

»Lara Plank.« Sie schüttelte ihr die Hand und zeigte ihren Kripoausweis. »Ich ermittle im Fall des verstorbenen Hartmut Ingdahlen.«

»Inwieweit hat das mit Frau Kaul zu tun?«

»Ihre Patientin hat Herrn Ingdahlen kurz vor dem Raubüberfall im Martin-Luther-King-Park wegen Körperverletzung angezeigt, und daher überprüfe ich eine mögliche Verbindung. Vielleicht hat Frau Kaul in einem vertraulichen Gespräch etwas darüber erwähnt.«

»Seit dem Überfall auf sie und dem damit verbundenen Krankenhausaufenthalt leidet Frau Kaul unter totalem Mutismus«, erklärte Weiske. »Sie kommuniziert nicht mit anderen Personen, obwohl sie körperlich und geistig dazu in der Lage wäre. Sie drückt sich hin und wieder in Bildern aus, die zum Teil aber sehr einfach gezeichnet und manchmal kaum zu deuten sind, was eine Interpretation schwierig macht.«

»Hat das mit ihrem Schädel-Hirn-Trauma zu tun?«

»Totaler Mutismus ist oft bedingt durch Traumata, meist in Kombination mit Depressionen oder anderen psychischen Erkrankungen. Bei Frau Kaul ist das erlittene Trauma in der Gewalt des Raubüberfalls begründet.«

»Und gibt es Hoffnung auf Besserung?«

»Der Heilungserfolg psychischer Erkrankungen dieser Art ist nur schwer vorhersehbar. Wenn wir die fehlende Kommunikation mit der Umwelt außer Acht lassen, geht es Frau Kaul gut. Sie kümmert sich um ihre Körperhygiene, nimmt regelmäßig Mahlzeiten zu sich und spaziert gern an der frischen Luft.«

»Kann ich auf andere Art mit ihr kommunizieren? Könnte sie beispielsweise eine Mail beantworten?«

»Das halte ich für möglich, aber da ich die Ursache des Mutismus in dem Raubüberfall sehe, ist eine Unterhaltung über das Thema hinderlich für die Genesung«, erklärte sie. »Es ist schrecklich, was mit Frau Kaul passiert ist, aber die beste Therapie ist aktuell das Verdrängen, zumindest bis Frau Kaul wieder anfängt, mit ihrer Umwelt zu kommunizieren.« Sie schüttelte bedauernd den Kopf. »Ich würde alles tun, um Sie bei den Ermittlungen zu unterstützen, aber ich fürchte, dass Frau Kaul vorerst nicht für ein Gespräch zur Verfügung stehen kann. Sollte sich daran etwas ändern, melde ich mich gern bei Ihnen.«

»Vielen Dank.« Lara verabschiedete sich von der Ärztin und ging wieder nach draußen. In ihrem Auto angekommen nahm sie ihr Handy und wählte Simons Nummer.

»Das ist nicht gut«, sagte dieser, nachdem sie ihm von Kauls Schicksal berichtet hatte.

»Eigentlich motiviert mich das umso mehr, den angeblichen Raubüberfall aufzuklären, aber mir fehlt eine Idee zum Weitermachen.«

»Elvira Kaul war die einzige Person, die Ingdahlen verklagt hat und es bis zum Ende durchziehen wollte«, erklärte Simon. »Sonst gab es niemanden.«

»Was ist mit Gegnern von Ingdahlen? Also Anwälte der anderen Seite oder Unternehmer, die von ihm verklagt worden sind.«

»Das wird sich finden. Ist eine Menge Suche in den Unterlagen der Gerichte, aber eine solche Liste kann ich erstellen. Vielleicht sticht da jemand heraus.«

»Und die Person kann uns möglicherweise etwas über Ingdahlen sagen, das man nicht in der Zeitung findet.«

»Damit stoßen wir vielleicht auf ein ähnlich dunkles Geheimnis wie bei Döhring«, führte Simon den Gedanken zu Ende.

»Das ist der Plan.«

»Lass mir den Tag für Recherche. Morgen früh melde ich mich wieder. Ich schließe nicht aus, dass ich dann ein weiteres Opfer habe, ähnlich wie es Isaak Heske bei Döhring war.«

»Es würde mich wundern, wenn nicht«, sagte Lara. »Aber das besprechen wir morgen.«

* * *

Dank eines großzügig gemischten Gin Tonics und einer langweiligen Arztserie am Abend war es Lara gelungen, acht

Stunden durchzuschlafen, was für ihre Verhältnisse außergewöhnlich viel war. Sie fühlte sich so gut, dass sie in eine cremefarbene Leinenhose, schwarze Sneaker und eine graue Sweatjacke schlüpfte und sich beim Bäcker um die Ecke zwei mit Schokolade gefüllte Croissants kaufte. Sie war gerade wieder zu Hause, als das Handy klingelte.

»Morgen, Simon«, begrüßte sie ihn und biss in ein Croissant.

»Guten Morgen«, erwiderte er gähnend. »Es war doch mehr Arbeit, als ich gedacht habe.«

»Hat es sich gelohnt?« Lara schaltete die Kaffeemaschine an.

»Ich habe jetzt ein sehr viel besseres Bild von Ingdahlen, daher kann ich die Frage mit Ja beantworten. Ob es jedoch ein Durchbruch wird, weiß ich noch nicht.« Er schien in Unterlagen zu blättern. »Die erste Geschichte geht zurück ins Jahr 2020, als Ingdahlen mit 93 Stundenkilometern in einer Dreißigerzone der Frankfurter Innenstadt geblitzt worden ist.«

»Wird sich nicht gut auf den Besitz des Führerscheins ausgewirkt haben.« Sie ließ sich einen Kaffee aus der Maschine.

»Der war natürlich weg, womit Ingdahlen nicht einverstanden war und wogegen er auch geklagt hat.«

»Mit Erfolg?«

»Glücklicherweise nicht, denn wenn man sich sein Punktekonto ansieht, war es für alle Verkehrsteilnehmer sicherer, dass er nicht mehr hinter dem Steuer saß. Das ist aber nur eine Anekdote, die uns etwas über seinen Charakter sagt. Was ich bei meinen Recherchen noch gefunden habe, ist eine andere Anwältin namens Manja Ohle. Mit ihr hat sich Ingdahlen einige Fehden geleistet. Er hat sie wegen Verleumdung verklagt, sie ihn wiederum wegen Beleidigung. Später auch wegen sexueller Belästigung, worauf er sie wieder wegen Körperverletzung angezeigt hat.«

»Eine Feindschaft zwischen Anwälten?«

»Ich tippe eher auf etwas anderes. Die Klage bezieht sich auf ein Treffen im Anschluss an ein Anwaltssymposium an einem Freitagabend in den Räumlichkeiten des Steigenberger Hotels, welches bekannt für seine gute Bar ist. Laut Schriftsatz hat Ohle ihren Kollegen als inkompetenten Provinzanwalt bezeichnet, der ohne seine Assistenten nicht einmal eine Anspruchsgrundlage schreiben könne. Daraufhin hat er sie mit einem Wort bedacht, das eine vulgäre Bezeichnung des primären weiblichen Geschlechtsorgans ist.«

»Ach, das Wort«, sagte Lara und biss in ihr Croissant. »Und die sexuelle Belästigung?«

»Das war vier Wochen später bei einem anderen Symposium an einer anderen Bar. Dort hat Ingdahlen ihr in den Hintern gekniffen und eine wenig charmante Bemerkung zu ihren Brüsten gemacht. Das wiederum verleitete Ohle zu einem Kung-Fu-Tritt in Ingdahlens primäres Geschlechtsteil, worauf die Anzeige wegen Körperverletzung gründet.«

»Vielleicht sollte ich beim nächsten Anwaltssymposium mal vorbeischauen. Scheint unterhaltsam zu sein.«

»Darüber habe ich keine Informationen, aber trotz aller Anzeigen ist Ohle noch als Anwältin aktiv, und ich glaube, dass ein Gespräch mit ihr lohnenswert wäre.«

»Was ist mit den anderen Fällen, bei denen Ingdahlen als Anwalt aufgetreten ist?«

»Das ist ausschließlich Wirtschaftskram. Nichts, wovon sich etwas ableiten lässt.«

»Bleibt also nur Manja Ohle.«

»Bedauerlicherweise ja, aber ich sende dir die Fallakten per Mail zu, damit du noch ein paar Details zu ihrer Fehde mit Ingdahlen hast.«

Laras Handy brummte. »Nowak versucht gerade, mich zu erreichen«, sagte sie mit Blick auf das Display. »Keine Ahnung, was der von mir will.«

»Ich rufe später wieder an.« Simon legte auf.

»Hallo?«, meldete sie sich, nachdem sie Nowaks Anruf angenommen hatte.

»Du kommst besser gleich auf die Dienststelle«, begann er ohne Begrüßung. »Die Boulevardpresse hat etwas von dir ausgegraben und das könnte übel werden. Also nimm den Hintereingang.«

* * *

Als Lara in die Adickesallee einbog, war der Vorplatz des Polizeipräsidiums nicht von Reportern und Demonstranten belagert, was sie erleichtert ausatmen ließ. Einen weiteren Spießrutenlauf hätte sie nicht durchgehalten. Sie stellte ihr Auto auf der Rückseite des Gebäudes ab und hatte kaum die Dienststelle betreten, als ihr Nowak schon entgegenkam. Ungeduldig zog er sie zur Seite und in einen leeren Besprechungsraum hinein.

»Ich habe mit niemandem geredet«, begann sie entschuldigend. »Auch nicht mit Daniel.«

»Das habe ich auch nicht angenommen.« Er schloss die Tür. »Selbst du würdest deine Karriere nicht auf solche Art schädigen.«

»Und wen habe ich angeblich bedroht oder belästigt?«, fragte sie genervt.

»Es geht nicht um den laufenden Fall mit Döhring, sondern um deine verhängnisvolle Begegnung mit Gabriel Alcide.«

»Das ist schon Jahre her«, rechtfertigte sie sich. »Und die Vorwürfe gegen mich wurden fallen gelassen.«

»Ich klage dich deswegen nicht an.« Nowak zog einen Laptop aus seiner Aktentasche und klappte ihn auf. »Aber zwei investigative Journalisten haben davon erfahren.«

»Wie kann das sein? Die Akten sind unter Verschluss, und Alcide hat sich vor über einem Jahr den goldenen Schuss gesetzt.«

»Sieh selbst.« Er startete ein Video und drehte den Bildschirm zu ihr.

Unheilschwangere Musik erklang. Dann erschien das Foto eines Mannes. Seine Haare fielen ihm weit über die Stirn, er hatte einen ungepflegten Vollbart und in seinem leicht geöffneten Mund konnte man braun verfaulte Zähne sehen. Eine fingerlange Narbe zog sich von der rechten Augenbraue bis zum Ohr hinunter.

»Das ist Gabriel Alcide«, hörte man die dunkle Stimme eines Mannes. »Zum Zeitpunkt der Aufnahme war er zweiunddreißig Jahre alt.« Der Sprecher machte eine Pause, während die Musik im Hintergrund leiser wurde. »An einem Abend im Oktober 2019 geriet der unbescholtene Bürger in eine Polizeikontrolle, nach welcher er mit einem Schädel-Hirn-Trauma ins Krankenhaus eingeliefert wurde.« Die Kamera zoomte näher an die Narbe heran. »Die Wunde in seinem Gesicht musste mit zweiundzwanzig Stichen genäht werden. Wegen der Blutung im Kopf verbrachte er zwei Wochen auf der Intensivstation.«

Lara stöhnte.

»In der nächsten halben Stunde decken wir nicht nur einen weiteren Fall von Polizeigewalt in Frankfurt auf«, fuhr der Sprecher fort. »Wir liefern auch stichhaltige Beweise, dass die Kripo an einer möglichen Vertuschung beteiligt war, um die Karriere der bekannten Kripobeamtin Lara P. nicht zu gefährden.«

Nowak stoppte das Video. »Der Bericht wird heute im Hessischen Rundfunk gesendet. Weder du noch die Kripo Frankfurt kommen dabei gut weg.«

»Woher haben die Journalisten diese Informationen?«

»Jemand hat ihnen die Akten gegeben. Das ist die einzige logische Erklärung, denn in der Sendung finden sich alle Details, vom Ort eures Zusammentreffens bis zum Aschenbecher, mit dem du Alcide geschlagen hast.«

»Kommt in dem Bericht auch vor, dass er mich angegriffen und sich wie ein wildes Tier in meinen Arm verbissen hat?«, fragte sie. »Und dass diese Wunde genäht werden musste?«

»Die Journalisten stellen Alcide als unschuldiges Opfer dar. Es kam zu Handgreiflichkeiten, in deren Verlauf du dir den Aschenbecher genommen und ihm ins Gesicht geschlagen hast.«

»Er lag auf mir, seine Zähne in meinem Arm, während seine Faust auf mein Gesicht eingetrommelt hat. Ich kam nicht an meine Waffen, und der Aschenbecher war als einziges Abwehrinstrument greifbar.« Sie deutete auf ihren linken Arm. »Die Bissnarbe ist heute noch sichtbar.«

»Mir brauchst du das nicht zu erklären, denn ich habe den Fall bearbeitet. Aber es wird schwer, dagegen vorzugehen, weil der Bericht grundsätzlich nicht falsch ist. Nur werden einige Fakten uminterpretiert oder weggelassen.«

»Fakten wie die, dass Alcide nicht unschuldig war, sondern ein Hehler und Dealer, der auch Kids vor einer Schule in Rödelheim mit Drogen versorgt hat?«

Nowak zuckte frustriert die Schultern. »Glücklicherweise habe ich gute Verbindungen zum Hessischen Rundfunk, weswegen wir uns auf den bevorstehenden Shitstorm vorbereiten können. Ich informiere gleich den Polizeipräsidenten und die entsprechenden politischen Würdenträger, was die Empörung auf dieser Seite abmildern wird. Aber du wirst dich auf unangenehme Rückfragen einstellen müssen.«

»Wie die Frage, woher die Journalisten die vertraulichen Unterlagen haben?«

»Der Öffentlichkeit ist das egal. Ich bin auch nicht zuversichtlich, dass sich das aufklären lässt.«

»Das kannst du nicht durchgehen lassen«, fuhr sie auf.

»Wie soll ich den Informanten enttarnen? Das Aufrufen der Akte lässt sich nicht tracken. Die Unterlagen lassen sich dann kopieren, ausdrucken oder abfotografieren. Und wenn das Leck ein Kollege ist, wird er nicht seine Mailadresse der Kripo benutzt haben.«

»Das ist alles?«, erwiderte sie ungläubig. »Jemand aus unseren Reihen begeht Geheimnisverrat und du nimmst das achselzuckend hin?«

»Nein, aber statt meine Zeit mit der erfolglosen Suche nach dem Informanten zu verschwenden, nutze ich diese, um den Schaden im Rahmen der bevorstehenden Ausstrahlung zu begrenzen, was auch in deinem Interesse sein dürfte.«

»Mein Interesse liegt darin, den Drecksack zu finden, der mich fertigmachen will.«

»Vielleicht ergibt sich die Gelegenheit dazu, aber bis dahin muss ich den Ärger gering halten, denn die Öffentlichkeit wird das nicht als Schikane gegenüber einer einzelnen Beamtin auffassen, sondern generell das System dafür verantwortlich machen. Dann gehen wieder Diskussionen los, über Vertuschung, die Unterdrückung des einfachen Mannes und Polizeigewalt.«

»Du lässt mich hängen?«

»Ich lasse dich nicht hängen«, widersprach er. »Ich kann nur aktuell nichts machen, außer dich ein weiteres Mal aus der Schusslinie zu nehmen. Daher nutze den Tag, packe deinen Koffer und verschwinde von zu Hause, denn deine Adresse geistert noch immer durchs Internet. Und es wäre besser für dich, woanders zu sein, wenn die Sendung heute Abend ausgestrahlt wird.«

* * *

Lara sah sich in dem kleinen Zimmer um, das mit Regalen vollgestellt war. Außer dem schmalen Fenster war nur ein zwei

Meter durchmessender Bereich ausgelassen, in dem ein großer Flatscreen hing. Davor standen drei Spielekonsolen und ein PC.

»Was ist das?« Lara ging an ein Regal und zog eine Plastikhülle heraus. »DVDs?«

»Computerspiele«, antwortete Simon lächelnd. »Von Ataris Home-Pong-Konsolen bis hin zu aktuellen Neuerscheinungen von Sony, Microsoft und Nintendo.«

»Und wie viele besitzt du?«

»Über neuntausend.«

»Das sind eine Menge.«

»Seit meiner Frühverrentung habe ich viel Zeit.« Simon deutete auf eine Schlafcouch, die zwar sauber war, aber deren dunkelbrauner Stoff schon einige abgewetzte Stellen aufwies. »Bedauerlicherweise kann ich dir nichts Besseres bieten, denn ich bekomme nicht oft Besuch und schon gar nicht über Nacht.«

»Das genügt völlig«, erwiderte Lara. »Ich bin dankbar, dass ich nicht zu Hause schlafen muss.«

Er ging zur Couch, nahm zwei Kissen herunter und legte sie daneben. »Es tut mir leid, dass du so viel Ungemach erleiden musst.« Er schob ihren Koffer in das Zimmer. »Vielleicht hätten wir doch nicht weitermachen sollen.«

»Mich bestärkt das nur darin, dass wir auf dem richtigen Weg sind.«

»Sind wir das?«

»Nachdem meine erste Wut verflogen war, bin ich analytisch an die Sache herangegangen, und mir sind nur zwei Gründe eingefallen, warum die Unterlagen an die Journalisten weitergeleitet wurden. Die erste Möglichkeit ist, dass besagter Jemand etwas gegen mich persönlich hat. Während mein Ruf innerhalb der Abteilung einigermaßen wiederhergestellt ist, hasst mich die Öffentlichkeit wegen der Geschichte mit Gläsner unverändert. Da noch nachzulegen, ist kaum nötig, auch weil das Weitergeben interner Akten ernste Konsequenzen nach sich ziehen würde und der Verursacher selbst in große Schwierigkeiten geraten könnte.«

»Oder dein feindlich gesinnter Kollege wollte dir damit den ultimativen Todesstoß versetzen.« Simon deutete ins Wohnzimmer und ging mit ihr nach draußen. Dort reichte er Lara eine Tasse mit Kräutertee, den er frisch aufgebrüht hatte.

»Eine plausible Möglichkeit«, gab sie zu und nahm das Getränk entgegen. »Jedoch nicht so wahrscheinlich wie meine zweite Theorie.« Sie trank einen Schluck. »Der Verräter will nicht, dass ich weiterermittle.«

»Wovon will er uns abhalten? Wir fischen bei Ingdahlen im Trüben.«

»Aus unserer Sicht ist das so, aber vielleicht gibt es einen Zusammenhang zwischen Döhrings und Ingdahlens Tod, den besagter Verräter kennt. Und damit dieser weiter unentdeckt bleibt, behindert er uns bei den Ermittlungen.«

»Ehrlich gesagt weiß ich auch nicht, was ich von dem Geheimnisverrat halten soll. Aber muss der Verräter innerhalb der Kripo sein? Könnten die Journalisten ihre Informationen nicht woanders herbekommen haben?«

Sie schüttelte den Kopf. »Erstens stammt das Bild mit den Verletzungen aus den Akten und außerdem waren nur drei Personen involviert. Utz, Alcide und ich.«

»Ihr wart zu zweit, und trotzdem konnte dich Alcide überwältigen?«

Sie nahm auf der Couch Platz und atmete tief durch. »Ich würde den Abend am liebsten für immer vergessen. Aber es ist wichtig, dass du weißt, was passiert ist.« Lara stellte ihre Tasse auf den Couchtisch und faltete die Hände. »Utz und ich erhielten den Auftrag, einen Haftbefehl gegen Gabriel Alcide zu vollstrecken. Grund war der illegale Verkauf von Betäubungsmitteln, also sind wir zu seiner Wohnung gefahren. Kurz bevor wir dort angekommen sind, haben wir ihn jedoch auf der Straße gesehen.

Daher haben wir das Auto abgestellt und sind ihm in einen schäbigen Imbiss gefolgt, der um die späte Zeit fast leer war. Alcide war kein gefährlicher Gewalttäter und körperlich nicht sonderlich beeindruckend, daher hatten wir die Hoffnung, die Verhaftung ohne große Probleme durchführen zu können.«

»Aber es ist eskaliert.«

Lara nickte. »Utz hatte kaum seinen Kripoausweis gezeigt, als Alcide vom Tisch aufgesprungen ist. Er hat meinen Partner mit der Schulter umgerannt und sich wie ein wildes Tier auf mich gestürzt. Wir sind zusammen zu Boden gegangen, und ich bin mit dem Kopf an die Kante eines Tischs geknallt. Noch bevor ich reagieren konnte, hat er seine Zähne in meinen Arm geschlagen und mir mit seiner Rechten ins Gesicht geboxt.«

»Also hast du das Nächstbeste gegriffen, was sich als Waffe geeignet hat«, vermutete Simon. »Einen Aschenbecher.«

Lara nickte. »Und das Frustrierende an dem Artikel ist die darin erhobene Unterstellung unverhältnismäßiger Polizeigewalt. Wenn sich ein Verrückter auf dich stürzt, du dir eine Platzwunde am Hinterkopf holst und der Irre sich mit aller Kraft in deinen Arm verbeißt, nützen dir Verhandlungstaktiken, Pfefferspray und Haltegriffe nicht mehr viel. Dann geht es ums nackte Überleben.«

»Bedauerlicherweise weiß ich, wovon du redest.«

»Aus diesem Grund ist der kommende Fernsehbericht nichts als ein Haufen reißerischer Mist, denn für eine ehrliche Story hätte man meine Sicht der Dinge berücksichtigen müssen, aber niemand hat mich dazu befragt.« Sie schüttelte den Kopf. »Andererseits hätte das die Öffentlichkeit sowieso nicht interessiert.«

»Und deshalb tun wir uns das heute Abend auch nicht an.« Er streckte ihr die Hand hin. »Wie gut bist du in Mario Kart?«

»Ich war zwei Mal auf einer Rennbahn irgendwo am Frankfurter Berg«, antwortete sie verwundert. »Aber da gab es keinen Mario.«

»Offensichtlich leidest du unter einer eklatanten Bildungslücke.« Simon zog sie von der Couch hoch. »Du wirst es lieben.«

»Sollten wir uns nicht um Ingdahlen und die ungewöhnlichen Umstände seines Todes kümmern?«, fragte sie, während sie wieder ins Spielezimmer gingen.

»Manja Ohle wird vor Montag nicht in ihrer Kanzlei sein, und bevor wir nicht mit ihr geredet haben, kommen wir sowieso nicht weiter; daher können wir zur Abwechslung auch etwas Spaß haben.«

»Beim Kartfahren?«, fragte sie ungläubig. »In dem kleinen Zimmer?«

»Setz dich einfach auf die Couch und schaue zu.« Er nahm ein kleines rotes Plastiklenkrad aus einem Regal und reichte es Lara. »Das ist schnell erklärt.«

* * *

Simon konnte sich nicht daran erinnern, wann er das letzte Mal so lange aufgeblieben war. Meist ging er gegen 21 Uhr ins Bett, las noch etwas und schlief dann, bis sein Wecker um 7.30 Uhr klingelte. Aber wie erwartet, hatte Lara schnell an Mario Kart Spaß gefunden, sodass sie bis weit in die Nacht gespielt hatten. Trotz der Müdigkeit und seines Bedürfnisses, sich wieder hinzulegen, dachte er, dass es das wert gewesen war, denn es war wesentlich lustiger, mit jemandem im Raum Rennen zu fahren als mit flüchtigen Bekannten im Internet.

Offensichtlich hätte auch Lara noch etwas mehr Schlaf gebraucht, denn ihre ungekämmten Haare fielen ihr strohig über die Schulter und ihre Augen waren nur halb geöffnet, als hätte sie nicht die Kraft für mehr. Sie nippte müde an ihrem Kaffee.

»Was hast du heute vor?«, fragte er.

»Ich schaue in meiner Wohnung vorbei.« Sie unterdrückte ein Gähnen.

»Hältst du das für eine gute Idee, nur zwölf Stunden nachdem der Bericht im Fernsehen lief?«

»Wenn etwas passiert ist, dann gestern Nacht. Heute früh wird sich die Lage beruhigt haben.«

»Ich weiß nicht, Lara.«

»Ich werde mich nicht den Rest meines Lebens verstecken«, rechtfertigte sie sich.

»Es ist ein Unterschied zwischen Verstecken und die Konfrontation meiden.«

»So schlimm wird es nicht sein, laut Polizeibericht haben gestern Nacht Unbekannte in meinem Vorort nur ein Haus angesprayt und Sachbeschädigungen begangen.«

»Ich ahne, welches Haus damit gemeint sein könnte.«

»Nowak hat die Kollegen von der Polizei über die mögliche Eskalation informiert, daher wird es sich in Grenzen gehalten haben. Aber ich muss nachsehen, was passiert ist.«

»Sei vorsichtig«, mahnte Simon. »Spätestens seit dem Bericht im Fernsehen bist du prominent.«

»Mütze, Schal und Brille machen mich unsichtbar«, beruhigte sie ihn. »Und wenn das nicht hilft, dann klebe ich mir noch einen Bart an.«

»Nimm das ernst«, sagte er besorgt. »Da draußen gibt es verrückte Typen.«

Sie nickte, stellte ihre Tasse in die Spülmaschine und ging zurück in das Spielezimmer, wo sie in der Nacht geschlafen hatte. Fünf Minuten später kam sie umgezogen wieder heraus. Ihre Haare waren zu einem Pferdeschwanz gebunden, sie trug eine blaue Jeans und schlüpfte in einen dicken Parka.

»Ich passe auf mich auf«, versprach sie, während sie sich eine Strickmütze aufzog. Dann verließ sie die Wohnung.

»Das solltest du«, murmelte Simon, nachdem sie gegangen war. »Sonst wird das eine unangenehme Heimkehr.«

* * *

Der kalte Wind und der leichte Regen waren für Laras Pläne perfekt. Sie konnte den Kragen ihres Parkas weiter hochziehen und niemand sah sie wegen der Mütze auf dem Kopf schief an. In diesem Aufzug mit der Brille und dem Schal hätte nicht einmal Nowak sie erkannt, wenn sie an ihm vorbeigegangen wäre. Am Wohnhaus angekommen, seufzte sie frustriert. Die Wände neben dem Eingang waren mit Graffiti übersät, ein Fenster war zersplittert und der Müllcontainer umgeworfen, sodass sich der ganze Unrat auf der kleinen Wiese davor verteilt hatte. Der große Briefkasten war umgebogen worden und lag auf dem gepflasterten Weg zur Eingangstür.

Trotz des Sonntags machte sich Walter mit einer großen Zange daran zu schaffen, um das Metall wieder geradezubiegen. Wie immer trug der Hausmeister einen Blaumann, ein Unterhemd und schwarze Stiefel, nur hatte er heute noch eine Jeansjacke darüber an, an deren rechtem Ärmel der Adler von Eintracht Frankfurt befestigt war. Darunter war mit weißem Faden »UF97« aufgestickt.

Lara sah sich um, aber bis auf ein paar Autos war die Straße leer. Auch an den Fenstern des Wohnhauses konnte sie niemanden sehen.

»Guten Morgen, Walter.« Sie stellte sich neben ihn und lüftete kurz ihre Brille.

»Hi, Lara«, antwortete er mit rauer Stimme, ohne mit der Arbeit aufzuhören. »Hätte dich fast nicht erkannt.«

»Es tut mir leid, dass es wegen mir immer Ärger gibt«, sagte sie mit Bedauern. »Ich bin von dem Fernsehbericht völlig überrascht worden.« Das entsprach nicht ganz der Wahrheit, aber sie hätte sich geschämt, zugeben zu müssen, Walter nicht vor dem zu erwartenden Chaos gewarnt zu haben. Sie hatte kaum noch Freunde und wollte nicht einen weiteren verlieren. »Glücklicherweise habe ich gestern bei einer Kollegin übernachtet, weil die Party etwas aus dem Ruder gelaufen ist«, fuhr sie fort. »Wie schlimm ist es?«

»Da ging es gestern nach dem Spiel gegen Leverkusen vorm Stadion heftiger her, obwohl die Eintracht 5 zu 1 gewonnen hat«, antwortete Walter ruhig. »Die Farbe an der Wand kriege ich übermalt, die Fensterscheibe wird nächste Woche erneuert und beim Briefkasten ist nur eine Stütze verbogen.« Er hörte kurz mit dem Arbeiten auf und wischte sich den Schweiß von der Stirn. »Dagegen ist die Eingangstür zu deiner Wohnung übel zugerichtet. Ich habe schon einen Kumpel angerufen, der mir beim Rausmachen des Rahmens hilft.«

»Die Krawallmacher sind ins Haus gekommen?«

Walter schüttelte den Kopf. »Laut Angaben der Polizei kamen sie nicht hinein.«

»Und wer hat meine Tür kaputt gemacht?«

Er trat einen Schritt näher. »Es muss jemand von den Hausbewohnern gewesen sein«, antwortete er leise. »Ich kann noch nicht sagen, wer, aber bis ich es weiß, bist du hier nicht mehr sicher. Vor allem, wenn du die Tür nicht abschließen kannst.«

Lara starrte ihn verblüfft an. Walter vermochte kaum etwas aus der Ruhe zu bringen, aber aus seiner Stimme konnte man die Sorge heraushören.

»Die Tür ist heute Abend wieder in Ordnung«, fuhr er fort. »Morgen baue ich dir noch einen Querriegel ein, aber bis dahin würde ich dir empfehlen, bei deiner Kollegin zu bleiben.

Kripobeamtin hin oder her, wenn der Irre die gleiche Wut an dir auslässt wie an der Tür, hilft dir selbst deine Dienstwaffe nichts mehr.«

* * *

Simon atmete erleichtert aus, als er Lara unversehrt in die Wohnung kommen sah. Offensichtlich war es keine schöne Rückkehr gewesen, denn sie wirkte niedergeschlagen.

»Alles in Ordnung?«, fragte er besorgt.

»Es geht«, antwortete sie und erzählte ihm von den Beschädigungen.

»Während du unterwegs warst, habe ich mir den Bericht in der Mediathek angesehen. Angesichts der einseitigen Berichterstattung ist es ein Wunder, dass nicht noch mehr passiert ist.«

»Das muss doch mal ein Ende nehmen«, sagte sie frustriert und zog ihre Jacke aus.

»Wenn du nicht noch mehr Leichen im Keller hast, wird auch der Fernsehbericht irgendwann vergessen sein«, versuchte er sie aufzumuntern. »Dann können wir ungestört weiterermitteln.«

»Ich habe heute nicht mehr die Kraft dazu. Ich nehme eine Schlaftablette und lege mich für den Rest des Tages hin. Bis dahin wird die Welt ohne mich auskommen müssen.« Sie hob die Hand, ging ins Spielezimmer und schloss die Tür.

Simon blieb noch eine Zeit lang davor stehen. Er hätte sie gern aufgemuntert, aber er wusste nicht, was er sagen oder tun sollte. Vielleicht war es das Beste, Lara einfach in Ruhe zu lassen. Etwas Erholung würde ihr guttun. Und bis dahin würde er mehr über die Anwältin herausfinden, die sich mit Hartmut Ingdahlen angelegt hatte. Denn besagte Manja Ohle war ihre beste Spur.

* * *

Simons Haare waren nach dem Duschen feucht, aber noch mehr als das hasste er Föhnen. Die Tür zum Spielezimmer ging auf und Lara kam heraus. Sie trug eine leichte Stoffhose, ein langarmiges Shirt und eine Sweatjacke darüber. Seine ehemalige Kollegin wirkte matt. Die Tablette hatte sie zwar schlafen lassen, aber erholsam war die Ruhe offensichtlich nicht gewesen. Ihre gute Laune war verflogen, ebenso wie das Feuer in ihren Augen. Der Fernsehbericht und die damit verbundene wiederholte Attacke auf ihre Wohnung waren zu viel gewesen. Zum Aufhören würde er sie nicht überreden können, daher musste er etwas finden, das ihren Jagdtrieb wieder erwecken und ihre Sorgen vertreiben würde.

»Du musst das nicht tun.«

»Nach den Reaktionen auf den gestrigen Fernsehbericht wäre es nicht ratsam, wenn du das Haus erneut verlässt.« Simon betrachtete sich im Spiegel. Der dunkle Anzug stand ihm noch wie an dem Tag, als er ihn gekauft hatte. Damit hätten seine weiß-rot quer gestreifte Krawatte und das Einstecktuch gut harmoniert, aber das wäre zu viel des Guten gewesen. Er trat als Kripobeamter auf und nicht als Geschäftsmann.

»Als ich dich um Hilfe gebeten habe, dachte ich an eine Besprechung. Nicht, dass du wieder in die Mühle zurückkehrst, die dich fast um den Verstand gebracht hätte.«

»Ein Gespräch mit einer Anwältin treibt mich nicht in die Psychiatrie«, widersprach er. »Ich kehre nicht zur Kripo zurück, außerdem hat Döhrings Fall meinem Gehirn einen positiven Schub verpasst.« Und es fühlte sich gut an, wieder regelmäßig mit jemandem zu reden und den Tisch zu teilen, dachte er noch, sprach es aber nicht aus.

»Wie willst du es in der Kanzlei angehen?«

»Ich nehme deine Kripomarke samt nachgemachtem Ausweis und stelle mich als Ermittler im Fall Ingdahlen vor.«

»Du hast einen falschen Ausweis?«

»Habe ich heute Morgen noch schnell angefertigt. Dazu eine gefälschte Visitenkarte mit meiner Handynummer.«

Lara zog überrascht die Augenbrauen hoch. Wahrscheinlich hatte sie ihm eine solche Tat nicht zugetraut. Ehrlich gesagt war Simon selbst von sich überrascht gewesen, immerhin hatte er sich in der Zeit bei der Kripo zu keinem Vergehen hinreißen lassen. Vermutlich war das Laras schlechter Einfluss, doch auf eine eigenartige Art gefiel ihm das. Es hatte etwas von Robin Hood, der schon seit seiner Kindheit seine Lieblingsfigur gewesen war.

»Ich werde behaupten, dass wir einer neuen Spur nachgehen und deshalb mehr Informationen über Ingdahlen benötigen.« Er strich sich über das Jackett. »Das lasse ich bewusst vage, dann wird auch eine erfahrene Anwältin wie Ohle keinen Verdacht schöpfen.«

»Mir wäre wohler, wenn ich das Gespräch führen würde.«

»Nur weil ich seit vier Jahren nicht mehr bei der Kripo bin, habe ich bestimmt nicht alles vergessen.« Er nahm sein Handy von der Ablage neben dem Spiegel und zeigte es ihr. »Bevor ich in die Kanzlei gehe, schalte ich das Telefon an und aktiviere das Freisprechen. Dann kannst du mithören.« Er hob den Daumen und verließ lächelnd die Wohnung.

Kapitel 8

Lara ging unruhig durch das Wohnzimmer und beobachtete ihr Handy auf dem Couchtisch. Obwohl es unklug gewesen wäre, sich in der Öffentlichkeit zu zeigen, war sie nicht sicher, ob sie Simon einen großen Gefallen damit getan hatte, ihn in die Ermittlungen einzubeziehen. Sein Zusammenbruch war zwar schon Jahre her und er machte körperlich einen guten Eindruck. Zu seiner aktiven Zeit hatte er fünf solcher Gespräche an einem Tag geführt, aber sie konnte nicht in seinen Kopf sehen und wusste nicht, wie stark er mental noch war.

Als sie sich nach seinem Weggang im Bad frisch gemacht hatte, war ihr der Blister mit Paroxetin in einem Regal aufgefallen, einer Arznei gegen Depressionen und Angststörungen. Einem ersten Impuls folgend hätte sie Simon am liebsten wieder zurückgeholt, aber sosehr sie ihn auch schätzte, sie war nicht seine Schwester, seine Frau oder irgendjemand anderes, der sich in sein Leben einmischen durfte.

»Es ist nur ein harmloses Gespräch«, versuchte sie sich selbst zu beruhigen, indem sie es aussprach. Aber tief in ihrem Inneren war sie nicht sicher, ob sie recht behalten würde.

* * *

Die Kanzlei lag in einem Bürokomplex im Frankfurter Westend. Das Gebäude schien nur aus bodentiefen Fenstern gebaut zu sein, die zu zwei Dritteln aus durchsichtigem und im unteren Teil aus schwarzem Glas bestanden. Neben der Tür hingen zahlreiche Firmenschilder mit Geschossangabe. Nach kurzem Suchen fand Simon die Kanzlei von Manja Ohle. Da gerade eine junge Frau aus dem Gebäude kam, nutzte er die offene Tür und ging hinein. Er bestieg den Fahrstuhl und fuhr in den zweiten Stock, wo die Kanzlei ansässig war. Der Boden davor war mit weißen Steinfliesen ausgelegt, während die Wände in einem hellen Beige gehalten waren. Ein Kübel mit einer Grünpflanze war der einzige Schmuck in dem sonst kahlen Gang. An einer silberfarbenen Tür hing ein weißes Emailschild, das auf die Kanzlei hinwies.

Simon nahm sein Handy aus der Tasche und wählte Laras Nummer. »Ich gehe jetzt hinein.«

Einen Augenblick war es leise in der Leitung, als überlege sie, was sie darauf erwidern sollte, aber schließlich sagte sie nur: »Viel Erfolg!«

Simon steckte das Handy in die Brusttasche seines Jacketts. Als er klingelte, ertönte sofort ein elektronischer Summton. Die Kanzlei wirkte einladend, mit hellbraunen Teppichen, modernen Gemälden an der Wand und einer gemütlichen Sitzecke gegenüber einem Empfangsschalter.

»Guten Morgen«, begrüßte ihn eine Frau um die vierzig mit freundlichem Lächeln. Ihre langen braunen Haare waren hochgesteckt. Sie trug eine weiße Bluse und die obligatorische Perlenkette. Sie war attraktiv, mit schmalen Augenbrauen und hohen Wangenknochen, die mit Rouge gut betont wurden. Einzig ihre Lippen waren Simons Meinung nach eine Spur zu rot, was ihrer Seriosität jedoch keinen Abbruch tat. Vor ihr auf dem Schreibtisch lag ein Stapel Akten.

»Simon Franke von der Kripo Frankfurt«, stellte er sich vor. Dabei zeigte er kurz Laras Marke und seinen gefälschten Ausweis. »Entschuldigen Sie meinen unangekündigten Besuch, aber wir ermitteln im Fall eines verstorbenen Kollegen von Frau Ohle. Vielleicht kann sie mir ein paar Fragen dazu beantworten. Es dauert nicht lange«, fügte er noch hinzu.

»Ich erkundige mich, ob Frau Ohle Zeit hat«, erwiderte sie und deutete auf den Wartebereich. Ihr Lächeln war unverändert freundlich und seine Vorstellung als Kripobeamter schien sie nicht zu irritieren. Wahrscheinlich war Besuch dieser Art für sie nicht ungewöhnlich.

Es dauerte keine Minute, ehe die Empfangsdame mit einer weiteren Frau zurückkam. Simon kannte Ohle von Fotos, daher wusste er, dass sie ebenfalls attraktiv war. Was man auf den Bildern aber nicht erkennen konnte, war ihre beeindruckende Größe. Sie war nur eine Handbreit kleiner als er, also etwa 1,85 Meter. Im Gegensatz zur Frau am Empfang trug sie keinen Rock, sondern einen blauen Hosenanzug. Um ihren Hals lag ebenfalls eine Perlenkette und erfreulicherweise hatte sie auf Lippenstift verzichtet. Mit einem angedeuteten Lächeln musterte sie Simon, als wägte sie ab, wie sie mit ihm umzugehen hatte. Ihr Gang war selbstbewusst und ihre dunkelgrünen Augen strahlten eine Intelligenz aus, die Simon noch anziehender fand als ihre schlanke Figur.

»Manja Ohle«, stellte sie sich vor und schüttelte ihm die Hand.

»Hauptkommissar Simon Franke.« Er erwiderte die Geste. »Danke, dass Sie Zeit für mich haben. Ich verspreche, Sie nicht lange aufzuhalten.« Er legte seine Visitenkarte auf den Tisch. Diese war identisch mit jener zu Kripozeiten, nur war darauf keine behördliche Nummer, sondern die seines Handys angegeben. Die E-Mail-Adresse war längst stillgelegt; er hoffte, dass

Ohle ihn eher anrufen als ihm schreiben würde. Wenn nicht, wäre der Bluff schnell aufgeflogen.

Die Anwältin deutete in einen Besprechungsraum. »Um welchen Kollegen geht es?«

Als er den Raum betrat, betrachtete Simon kurz ein surrealistisches Gemälde, das vom Stil her an Joan Miró erinnerte. Verrückte Formen in bunten Farben, scheinbar willkürlich angeordnet. »Hartmut Ingdahlen«, antwortete er.

Ohle verzog das Gesicht in Missbilligung. Nur einen Moment, kaum lange genug, dass es einem flüchtigen Betrachter aufgefallen wäre, aber bei Befragungen waren Simons Sinne immer bis zum Äußersten geschärft, daher hatte er diese kurze Entgleisung bemerkt.

»Hartmut ist vor einigen Wochen an einem Herzinfarkt verstorben«, antwortete sie mit Verwunderung in der Stimme. »Wozu ermittelt die Kripo noch?« Sie setzte sich auf einen Stuhl. Simon nahm einen leichten Hauch von Chanel No. 5 wahr, dem einzig wahren Parfüm für eine Frau. Er schüttelte den Kopf, um die damit verbundenen Eindrücke zu vertreiben.

»Wir interessieren uns für mögliche Straftaten, die er vor seinem Tod begangen haben könnte.« Er setzte sich ihr gegenüber.

»Mit Straftaten meinen Sie sicherlich nicht sexuelle Belästigung oder Beleidigung. Denn über die dazu von mir erstatteten Anzeigen sind Sie wahrscheinlich auf mich gekommen.«

Simon unterdrückte ein zufriedenes Seufzen. In seiner Kripozeit hatte er erschreckend viele Befragungen mit dummen und ungebildeten Menschen durchführen müssen, sodass ein Gespräch mit einer Frau wie Ohle eine Erfrischung war.

»Ihre Schlussfolgerung ist richtig«, gab er zu. »Aber bevor ich konkreter werde, möchte ich Sie bitten, mir mehr über Herrn Ingdahlen zu erzählen.« Er nahm einen Block samt

Stift aus der Innentasche seines Sakkos. Dabei versuchte er, die Brusttasche auf der rechten Seite so wenig wie möglich zu bewegen, damit Lara ohne Raschelgeräusche der Unterhaltung gut folgen konnte.

»Hartmut war ein … eigenartiger Mensch. Einerseits asketisch mit Ernährungsberater, Entschlackungskuren und einem privaten Fitnesstrainer, aber am Wochenende als Erster an der Bar, was sein ohnehin schon hohes Idiotenlevel auf Maximum hochschraubte. Beim Genuss von Alkohol wurde er vulgär, beleidigend und sexistisch.«

»Nach den Anzeigen zu schließen auch Ihnen gegenüber.«

»Das hat er mit allen Frauen in seiner Nähe gemacht«, wiegelte sie ab. »Nur habe ich es zur Anzeige gebracht.«

»An den Seminaren haben doch auch andere Anwältinnen teilgenommen«, wandte er verwundert ein. »Warum sind die Ihrem Beispiel nicht gefolgt?«

»Es war den meisten die Mühe nicht wert. Eine Kollegin aus Idar-Oberstein hat an einem Abend heimlich Videos gemacht und auf Youtube veröffentlicht.« Sie lächelte kurz. »Das hat für viel Erheiterung in unseren Kreisen gesorgt, führte aber nicht zur Besserung seiner Manieren, daher wollte ich etwas Wirksameres. Bedauerlicherweise hat sein Tod dem einen Riegel vorgeschoben. Ich hätte gern sein Gesicht gesehen, wenn er mich für die Beleidigungen finanziell hätte entschädigen müssen.«

»Wie war Herr Ingdahlen als Anwalt?«

»Bestenfalls Durchschnitt. Seine Kanzlei leistete sich viele Assistenten, Zuarbeiter und junge, aufstrebende Anwälte, welche die Hauptarbeit erledigt haben, während er am Ende die Lorbeeren erhielt.«

»Ist es nicht teuer, so viele Helfer zu beschäftigen?«

»Ist es, aber Hartmuts Mandanten waren äußerst zahlungskräftig, und wegen seiner Erfolgsquote wurden diese nach und nach zahlreicher.«

»Besaß er ein großes Vermögen?«

»Höchstwahrscheinlich, denn seine Frau Oxana war gut darin, Geld auszugeben und es entsprechend in der Öffentlichkeit zu präsentieren. Meist in Form von Schmuck und Kleidern, gern auch als Paradebeispiel dafür, dass Botox nicht für jeden geeignet ist.« Sie kicherte leise. »Aber nun in medias res. Warum sind Sie hier, Herr Hauptkommissar? Sicherlich nicht, um mich über den Charakter eines Verstorbenen zu befragen.«

»Konkret geht es um eine Frau namens Elvira Kaul, die Herrn Ingdahlen verklagt hatte und die zwei Monate später Opfer eines brutalen Raubüberfalls im Martin-Luther-King-Park geworden ist. Das war im März dieses Jahres.«

»Davon habe ich gehört«, erwiderte Ohle. »Sie glauben, dass Hartmut hinter dem Raubüberfall steckte?«

»Um das zu überprüfen, bin ich hier. Wäre Herr Ingdahlen zu einer solchen Tat imstande gewesen?«

»Für eine direkte körperliche Konfrontation fehlte ihm der Mut«, erklärte sie kopfschüttelnd.

»Und als Auftraggeber?«, hakte Simon nach.

»Bei einer Mittäterschaft wäre er ins Gefängnis marschiert. Warum hätte er das tun sollen? Wer ist diese Elvira Kaul?«

»Sie war seine Assistentin«, erklärte Simon. »Sie hat Ingdahlen wegen Körperverletzung angezeigt. Es gab wohl noch einen Vermittlungsversuch von ihm, den sie aber abgelehnt hat. Acht Wochen später kam es zu dem Angriff auf sie.«

Er zog Kauls Aufnahme aus seinen Akten, auf denen die zahlreichen Verletzungen zu sehen waren. Ohle nahm ihm das Foto ab und betrachtete es genauer. Ihre Augen wurden größer, als würde ihr irgendetwas klar werden.

»Ist alles in Ordnung mit Ihnen?«

Sie starrte noch einen Moment wie gebannt auf das Bild. Dann stand sie ruckartig auf, ging zur Tür und deutete nach draußen. »Es tut mir leid, Herr Hauptkommissar Franke, aber mir ist gerade eingefallen, dass ich gleich einen wichtigen Termin vor Gericht habe.«

Simon war überrascht. Ohle wirkte aufgeregt. Ihre Lässigkeit war verflogen.

»Was ist mit Ihnen?«, fragte er nach.

»Ich muss weg.« Sie verließ das Zimmer. »Louise, würdest du den Herrn von der Kripo bitte nach draußen begleiten?«, rief sie noch in den Gang. Einen Augenblick später knallte eine Tür.

Simon blieb verwundert stehen. Schließlich packte er Block samt Stift ein und verließ die Kanzlei. Dem Gesichtsausdruck der Empfangsdame nach zu schließen, war diese ebenso verwirrt über das Verhalten ihrer Chefin wie er.

»Einen schönen Tag noch«, sagte er, bevor er die Tür schloss. Am Fahrstuhl angekommen nahm er das Handy aus der Tasche und hielt es an sein Ohr. »Hast du das mitbekommen?«

»Was ist in Ohle gefahren?«, fragte Lara verwundert.

»Ich habe keine Ahnung, denn so etwas ist mir in meiner Laufbahn noch nicht passiert«, antwortete Simon. »In einer halben Stunde bin ich zu Hause. Dann sollten wir überlegen, was bei einer erfahrenen Anwältin wie Ohle zu einer solchen Reaktion geführt haben kann.«

* * *

Simons Gesichtsausdruck verriet Lara, dass ihr Freund sogar eine halbe Stunde nach dem Gespräch noch immer verwirrt war. »Ich verstehe es nicht«, sagte er beim Hereinkommen.

»Was hast du gemacht?«

»Ich habe ihr Kauls Foto gezeigt, auf dem man die Folgen des Angriffs sieht.«

»Ohle ist Anwältin für Strafrecht in Fällen wie Stalking, Gewaltschutzverfahren oder Körperverletzung«, erklärte Lara.

»Sie wird Gewalt an Frauen aus erster Hand kennen. Nicht nur von Fotos.«

»Sie wirkte abgeklärt und clever auf mich.« Er zog sein Sakko aus und hängte es auf einen Haken im Flur. »Sie ist nicht jemand, der sich bei einer unangenehmen Situation zurückzieht.«

»Das war unsere einzige Möglichkeit, mehr über Ingdahlen zu erfahren.« Lara ging ins Wohnzimmer und ließ sich auf die Couch fallen. »Die paar Infos über ihn passen zwar ins Bild, bringen uns aber nicht weiter.«

»So ein Gesprächsende hatte ich auch noch nicht.« Simon setzte sich neben sie. Der Enthusiasmus vom Morgen war Enttäuschung gewichen.

Lara setzte gerade zu einer Erwiderung an, als Simons Handy in der Sakkotasche klingelte.

»Nur eine sehr überschaubare Anzahl von Leuten hat meine Nummer«, bemerkte er verwundert, als er sich wieder erhob. »Und die rufen normalerweise nicht um diese Zeit an.« Er ging in den Flur und holte das Gerät aus dem Sakko.

»Es ist Ohles Kanzlei!«, rief er. Simon nahm das Gespräch entgegen, kam zurück ins Wohnzimmer und legte das Telefon auf den Couchtisch.

»Entschuldigen Sie die abrupte Verabschiedung, Hauptkommissar Franke«, begann Ohle, nachdem Simon das Freisprechen aktiviert hatte. »Aber die Vorkommnisse mit Frau Kaul haben mich … verunsichert.«

»Sollte ich Sie mit dem Bild schockiert oder anderweitig beleidigt haben, bitte ich Sie um Entschuldigung.«

»Ich habe in meiner Zeit als Anwältin bedauerlicherweise schon Schlimmeres gesehen. Das war es nicht, aber der Konflikt zwischen Hartmut und Frau Kaul hat zu einer schockierenden Erkenntnis geführt. Es gibt Parallelen zwischen mir und ihr.«

»Sie sind ebenfalls Opfer eines Raubüberfalls geworden?«, fragte Simon.

»Beinahe, aber erst jetzt habe ich das realisiert«, antwortete sie. »Lassen Sie mich von vorn beginnen.« Ohle atmete hörbar aus. »Wie Sie aus der Akte wissen, hat mich Hartmut am Abend nach einem Symposium in den Hintern gekniffen und eine wenig charmante Bemerkung zu meinen Brüsten gemacht.«

»Davon habe ich gelesen.«

»Ich habe das angezeigt und Hartmut auch mit einer privaten Klage Dampf gemacht«, fuhr sie fort. »Daraufhin hat er mich angerufen und gefragt, ob wir die Sache irgendwie regeln können. Ich habe ihm angeboten, alles fallen zu lassen, wenn er beim nächsten Symposium auf die Bühne geht und zugibt, dass er ein sexistischer Drecksack ist.«

»Was er wahrscheinlich abgelehnt hat«, vermutete Simon.

»Seine ausgesprochenen Beleidigungen will ich hier nicht wiedergeben. Deswegen habe ich das Gespräch beendet, ohne meine Anzeige zurückzuziehen. Etwa drei Wochen später wurde in mein Haus eingebrochen und einige Dinge wurden gestohlen.«

»Sie vermuten Herrn Ingdahlen dahinter?«

»Im Nachhinein betrachtet war es nur scheinbar ein Einbruch. Der Täter ist zwar in mein Haus eingedrungen und hat Dinge gestohlen, aber dabei kam es zu einigen Ungereimtheiten, die sich selbst Ihre Kollegen von der Kripo nicht erklären konnten.« Sie atmete tief durch. »Zuerst einmal war der Täter fast neunzig Minuten in meinem Haus.«

»Das ist ungewöhnlich«, stimmte Simon zu. »Kein Einbrecher lässt sich so viel Zeit, außer er ist sich völlig sicher, dass er ungestört ist.«

»Das konnte er in meinem Fall nicht sein, denn ich komme jeden Tag etwa um 19.30 Uhr nach Hause. Dann dusche ich mich und schaue die Nachrichten. Ein kluger Einbrecher hätte das durch Beobachten meiner Routinen gewusst, daher ist das erste Ungewöhnliche an der Sache, dass der Einbruch um 19.21 Uhr erfolgt ist.«

»Kein guter Zeitpunkt, denn das wäre kurz vor ihrer zu erwartenden Ankunft gewesen«, stellte Simon fest.

»Dass ich den genauen Zeitpunkt des Einbruchs weiß, verdanke ich den Kameras am Vorder- und Hintereingang meines Hauses«, erklärte sie. »Damals nicht das Neuste, daher wurde der Einbruch nur aufgezeichnet und das Gerät hat mich nicht per App gewarnt. Aber zumindest waren die Linsen so gut versteckt, dass sie nicht zu sehen waren, daher erhielt ich eine gute Aufnahme von ihm.«

»Konnte der Täter anhand der Bilder ermittelt werden?«

»Er war maskiert und hat weder DNS noch Fingerabdrücke hinterlassen«, erklärte sie. »Aber neben der langen Verweildauer und dem ungünstigen Einbruchsmoment war auch sonderbar, dass er zudem nur vordergründig wertvolle Dinge gestohlen hat. Dazu gehörten eine Kette mit falschen Perlen und ein Collier mit geschliffenen Olivinsteinen aus Lanzarote, die nur ein Amateur mit Smaragden verwechselt.«

»Also war der Schaden durch den Einbruch verkraftbar?«

»Sagen wir es mal so, die kaputte Eingangstür hat meine Hausratversicherung mehr gekostet als die gestohlenen Sachen. Den ideellen Wert einmal ausgenommen.«

»Ungewöhnlich«, stimmte Simon zu. »Erfahrene Einbrecher können in Sekunden sehen, was sich zu stehlen lohnt.«

»Und jetzt kommen wir zu der neuen Erkenntnis, denn wenn ich das alles zusammennehme, war das vordergründig kein Einbruch …«

»… sondern der Täter hat auf Sie gewartet«, beendete Simon den Gedanken.

»Es war Riesenglück, dass ich an diesem Tag auf die Geburtstagsfeier einer Freundin eingeladen war, zu der ich direkt nach der Arbeit gegangen bin.«

»Und dass der Täter nach neunzig Minuten die Lust verloren hat, auf Sie zu warten.«

»Da bin ich mir nicht sicher, denn gegen 20.45 Uhr wurde ein Feuer in einer Lackiererei zwei Straßen weiter gemeldet. Daran erinnere ich mich gut, denn bei meiner Rückkehr in der Nacht war die Straße noch immer von Löschfahrzeugen gesäumt. Die ganze Gegend leuchtete von Blaulichtern.«

»Der Trubel und die Sirenen werden dem Einbrecher zu viel gewesen sein, weswegen er ihr Haus verlassen hat«, stimmte Simon zu. »Gab es noch andere Vorfälle dieser Art, die man als missglückten Angriff auf Sie deuten könnte?«

»Nicht mehr, denn nach dem Einbruch habe ich aufgerüstet«, erklärte sie. »Die Türen wurden den neusten Sicherheitsstandards angepasst und die Fenster vergittert. Ich investierte viel Geld in eine umfassende Überwachungsanlage und habe das Tor zu meiner Einfahrt mit einem elektronischen Öffner versehen, sodass ich vor dem Haus nicht mehr aus dem Auto aussteigen muss. Abschließend habe ich im Parkhaus meiner Kanzlei noch einen kameraüberwachten Stellplatz gemietet. Der Einbruch hat mich auch nachhaltig verunsichert, sodass ich in den nächsten zwei Monaten kaum noch ausgegangen bin, daher konnte der Schläger ebenfalls nicht mehr an mich herankommen. Und bald darauf war Hartmut tot, womit sich das Problem erledigt hat.« Sie seufzte. »Die Parallelität zwischen mir und Frau Kaul ist offensichtlich. Auch ich habe Hartmut wegen sexueller Belästigung verklagt und habe sein Vermittlungsangebot abgewiesen. Und wäre ich an dem Abend wie immer nach Hause gegangen, hätte mich der vermeintliche Einbrecher krankenhausreif geschlagen.«

Lara lehnte sich kopfschüttelnd zurück. Es war ihr schwergefallen, die ganze Zeit zu schweigen, daher drückte sie das Handy kurz stumm.

»Zwei sind eine Serie«, sagte sie. »Es könnte noch mehr Opfer wie Kaul geben.«

»Und es liefert uns nicht nur ein Mordmotiv, sondern auch den Grund, warum die Familie Ingdahlen kein Interesse an weiteren Ermittlungen hat«, stimmte er zu.

»Sind Sie noch dran?«, fragte Ohle.

Simon hob die Stummschaltung wieder auf. »Entschuldigen Sie, aber ich wollte gerade etwas im System nachsehen«, redete er sich heraus. »Haben Sie die Videos des Einbruchs meinen Kollegen gegeben?«

»Sogar die Original-SD-Karten«, bestätigte sie.

»Ich werde mir die Aufzeichnungen gleich ansehen«, erklärte Simon. »Denn ich habe eine Vermutung, wer die Person in Ihrem Haus gewesen sein könnte.«

* * *

Auf dem Bildschirm war links das Foto von Tasso Uggur und daneben ein Screenshot des Einbrechers von dem Video.

»Könnte passen«, meinte Lara, als sie die beiden Bilder verglich. »Warum glaubst du, dass es Uggur und kein anderer Schläger mit den gleichen Körpermaßen war?«

»Weil sich Ingdahlen nicht in Kreisen bewegt hat, in denen man solche Menschen kennenlernt«, erklärte Simon. »Er war kein Verteidiger für Gewalttäter, sondern für Wirtschaftsstrafsachen. Seine Klienten waren wohlhabende Menschen wie Bernhard Döhring, dem er wahrscheinlich sein Leid geklagt hat.«

»Und dann hat Döhring ihm einfach seinen Leibwächter überlassen, damit dieser Leute zusammenschlug?«, fragte Lara zweifelnd.

»Unter normalen Umständen wäre deine Skepsis berechtigt, aber da wir inzwischen wissen, welch ein schrecklicher Mensch Döhring war, ist die Vorstellung nicht so abwegig. Vor allem, wenn man das Verhältnis zwischen den beiden Männern berücksichtigt.« Er lehnte sich auf der Couch zurück. »Das Bild ist stimmig. Uggur hat eine Zeit lang als Geldeintreiber gearbeitet und wurde wegen Körperverletzung verurteilt. Ingdahlen hatte Gewaltfantasien, besaß aber nicht die Courage, um selbst aktiv zu werden, daher hat er Uggur diese Arbeit machen lassen.«

»Wenn Kaul und Ohle nicht die einzigen Opfer waren, hätten wir ein Mordmotiv für Ingdahlens Tod«, schloss Lara. »Jedoch passt die Todesart nicht als Rache für eine brutale Gewalttat.«

»Wenn es sich um eine Mörderin handelt, vielleicht doch«, widersprach Simon. »Frauen sind beim Morden subtiler, mit weniger Blut und Gewalt.«

»Dazu müssen wir erst weitere Opfer von Ingdahlen finden.«

»Ich erstelle eine Liste aller Gewalttaten, die ähnliche Umstände hatten wie jene von Kaul und Ohle.«

»Und ich schaue mir diese Akten genauer an und versuche, einen Zusammenhang zu Ingdahlen herzustellen«, ergänzte Lara.

»Klingt nach einem Plan.« Simon wandte sich wieder dem Laptop zu. »Füll dir noch einmal deine Kaffeetasse auf«, sagte er zu Lara. »Der erste Treffer wird nicht lange auf sich warten lassen.«

* * *

Als Simon aufstand und sich ausgiebig streckte, unterbrach er damit Laras Konzentration. Bisher hatte er nur aufmerksam auf den Bildschirm gestarrt, manchmal etwas getippt und Seiten ausgedruckt.

Bei seinen Worten »Ich bin durch« wurde ihr bewusst, dass es draußen schon dunkel geworden war. Als hätte die

Konzentration auf die Arbeit ihren Körper in einen Ruhemodus versetzt gehabt, meldete sich jetzt ihr Magen und erinnerte sie an das magere Frühstück, das bisher ihre einzige Mahlzeit des Tages gewesen war. Sie stopfte sich die Reste ihrer Vollmilchschokolade in den Mund und trank einen Schluck längst erkalteten Kaffee.

»Wie sieht es mit den Zusammenhängen mit Ingdahlen aus?«, wandte sich Simon an sie.

»Mäßig«, gab sie kauend zu. »Von den dreiundzwanzig Fällen, die du in den letzten Stunden aus dem System herausgefischt hast, habe ich nur einmal jemanden Ingdahlen zuordnen können. Und bei einem zweiten bin ich nicht sicher.« Sie reichte ihm einen Ausdruck. »Das mögliche erste Opfer ist Nadine Liss. Sie war in der Kanzlei angestellt und dort eine Art Ansprechpartnerin für alle Anfragen, die nicht von Ingdahlens Mandanten kamen. Das reichte von der Presse über Bewerbungen bis zu anwaltlichen Auskünften.«

Simon tippte etwas auf seinem Laptop. »Die Tat erfolgte im Jahr 2020 und wurde nicht aufgeklärt, ebenso wie bei Kaul.« Er drehte sich zu Lara um. »Nadine Liss wurde am 16. November 2020 um 6.54 Uhr im Niddapark Opfer eines Raubüberfalls.«

»Mitte November ist es um diese Zeit noch stockdunkel«, erwiderte Lara verwundert. »Was hat sie dort gemacht?«

»Ihren Angaben zufolge ging sie vor der Arbeit immer noch joggen. Da sie in Heddernheim wohnt, bietet sich der Park an, weil sie dazu nur die Nidda überqueren muss, wahrscheinlich über die Römerbrücke.«

»Gab es Zeugen?«

Simon schüttelte den Kopf. »Bei der Befragung konnte sie sich kaum noch an etwas erinnern. Sie wurde orientierungslos von einem Spaziergänger westlich vom Kleingärtnerverein gefunden. Der Mann kam gerade mit seinem Hund von der nahen Auslauffläche, hat aber weder die Tat bezeugen können noch jemanden vom Tatort fliehen sehen.« Simon blickte auf den Laptop. »Die daraufhin eingeleitete Fahndung war erfolglos. Es fanden sich weder Fingerabdrücke noch DNS, und die geraubten Wertgegenstände sind auch nie wieder aufgetaucht.«

»Dinge von großem Wert?«

Simon scrollte den Bericht weiter. »Ein iPhone und eine entsprechende Sportuhr.«

»Ist man der Spur des Telefons gefolgt?«

»Versucht hat man es, aber das Signal ist in Höhe der nahen S-Bahn-Gleise abgebrochen.«

»Also ist der Täter in südliche Richtung geflohen.«

»In dieser Gegend ist um diese frühe Zeit wenig los«, sagte Simon. »Dort befinden sich ein Spielplatz und eine Sportanlage. Wenn er die Gleise überquert hat und nach Ginnheim gelaufen ist, hatte er alle Möglichkeiten, ungesehen zu verschwinden.«

»Wie schlimm waren die Verletzungen?«

»Der erste Schlag ist ins Gesicht erfolgt. Das hat Liss kurz ohnmächtig werden lassen, wobei sie seitlich ins Gras gefallen ist, was sie wohl vor einem Schädel-Hirn-Trauma bewahrt hat. Trotzdem hat der Täter wohl noch mit schweren Schuhen auf sie eingetreten und ihr vier Rippen gebrochen.« Simon scrollte weiter. »Der Schlag ins Gesicht hatte langwierige Verletzungen zur Folge. Die Fraktur des Unterkiefers und des Wangenknochens erforderten zahlreiche Operationen.«

»Was für ein perverses Dreckschwein«, sagte Lara kopfschüttelnd.

»Auch hier haben wir eine Parallelität zu Kaul, denn Liss war schon nach dem ersten Schlag wehrlos, was einem Räuber gereicht hätte. Das Nachtreten war unter diesem Aspekt unnötig.«

»Und der Spaziergänger hat sie im Gras gefunden?«

»Liss ist ihm blutend auf allen vieren entgegengekrochen. Der Mann hat sofort reagiert und die Polizei samt Krankenwagen gerufen.«

»Kaul und Ohle haben Ingdahlen wegen sexueller Belästigung und anderen Taten verklagt. Gab es so etwas auch bei Liss?«

»Laut dem Bericht nicht«, antwortete Simon. »Liss war weiterhin in Ingdahlens Kanzlei angestellt, was sie im Falle einer Anzeige nicht gewesen wäre.«

»Damit entfernen wir uns von dem Muster.«

»Liss hat auch nach dem Angriff keine Anzeige gegen Ingdahlen erstattet, was aber nicht bedeuten muss, dass nichts vorgefallen ist.«

»Es bleibt also nur eine persönliche Befragung.«

»Im Gegensatz zu Kaul scheint Liss keine psychiatrische Hilfe in Anspruch genommen zu haben«, erklärte Simon. »Aber sie ist nach ihrer Genesung von Frankfurt nach Schleswig-Holstein umgezogen, was einen spontanen Besuch unmöglich macht.«

»Kannst du ihre Nummer herausfinden?«

»Das dürfte kein großes Problem sein.« Simon wandte sich dem Laptop zu. Einen Augenblick später notierte er etwas auf einem Zettel, den er dann Lara reichte.

Sie nahm ihr Handy und wählte die Nummer.

»Hallo?«, meldete sich eine Frauenstimme. Im Hintergrund rauschte es laut.

»Mein Name ist Plank von der Kripo Frankfurt«, stellte sich Lara vor. »Haben Sie einen Moment Zeit für mich?«

»Um was geht es?«, fragte sie unsicher.

»Vor ein paar Tagen kam es zu einem weiteren Raubüberfall im Niddapark, unweit der Stelle, an der Sie überfallen worden sind«, log Lara. »Wir möchten eine mögliche Verbindung zu Ihrem Fall überprüfen.« Eine Zeit lang war nur das Rauschen in der Leitung zu hören. »Frau Liss? Sind Sie noch da?«

»Der Überfall auf mich ist über zwei Jahre her«, sagte sie schließlich. »Wie kann ich Ihnen helfen?«

»Solche Gewalttaten führen oft zu einer Art Amnesie. Das Opfer hat keine Erinnerungen an das Geschehen, aber manchmal stellen sich diese wieder ein, wenn auch Monate oder Jahre später.«

»Vergessen habe ich nichts, ich war nur von dem Schlag ohnmächtig. Ich habe die Gestalt aus dem Unterholz springen sehen und dann wurde ich ins Gesicht getroffen. Als ich wieder zu mir gekommen bin, lag ich neben dem Weg auf der Wiese. Da hatte mir der Täter schon das Handy und meine Uhr gestohlen. Die Schmerzen in meinem Gesicht waren unerträglich und ich habe kaum Luft bekommen. Wegen dem Wetterleuchten konnte ich noch kurz die schweren Stiefel sehen, dann verschwand der Angreifer in dem kleinen Waldstück.« Im Hintergrund ertönte ein Hupen. »Das alles habe ich vor zwei Jahren schon ausgesagt.«

»Von dem Wetterleuchten habe ich nichts im Bericht gelesen.« Lara sah zu Simon, der mit den Achseln zuckte.

»Wie sonst hätte ich bei der Dunkelheit seine Stiefel sehen können?«, fragte sie genervt. »Der Weg im Niddapark ist sehr schlecht beleuchtet, vor allem bei einer nebligen Wetterlage. Ich habe Ihre Kollegen darauf hingewiesen, dass es deswegen ein perfekter Ort für einen Hinterhalt war, aber offensichtlich hat sich seitdem wenig getan, sonst wäre nicht ein weiterer Überfall geschehen.«

»Hatten Sie zuvor Drohungen erhalten, von Nachbarn, Kollegen oder anderen Personen in Ihrem Umfeld? Wurden Sie von einem Stalker verfolgt?«

»Manchmal erinnern mich die Schmerzen in meinem Kiefer noch an die Tortur der Operationen, die endlosen Wochen, in denen ich nicht vor die Tür gehen konnte, weil mein Gesicht geschwollen und voller Narben war«, erklärte sie. »Aber seit ich dieser Scheißstadt den Rücken gekehrt habe, ist die Erinnerung von Tag zu Tag mehr verblasst und daher möchte ich nicht mehr darüber reden. Am Ende haben alle das bekommen, was sie verdient haben. Guten Tag, Frau Plank«, sagte sie noch und legte auf.

Lara sah auf das Display ihres Handys, um sich zu vergewissern, dass das Gespräch beendet war. »War ihr letzter Satz das, was ich glaube?«, wandte sie sich an Simon.

»Am Ende haben alle das bekommen, was sie verdient haben«, wiederholte er. »Die Worte könnten eine Anspielung auf Ingdahlens Tod sein.«

»Warum will keiner mit uns zusammenarbeiten?«, fragte Lara verärgert. »Wenn Liss hinter dem Angriff auf sie Ingdahlen vermutet, warum sagt sie das nicht? Ingdahlen ist tot.«

»Erinnere dich an Nowaks Worte. Auch nach Hartmuts Tod ist die Familie Ingdahlen auf ihren Ruf bedacht. Und wenn Liss weiß, dass ihr ehemaliger Chef hinter dem Angriff steckte, wird sie diese Familie nicht ein weiteres Mal reizen wollen.«

»Was bedeuten würde, dass auch andere eingeweiht waren.«

»Schwer zu sagen. Dazu müssten wir mehr über die Ingdahlens wissen. Aber bei all dem Wahnsinn in den letzten Tagen würde mich das auch nicht mehr überraschen.«

»Also haben wir ein neues Ziel: mehr über Hartmut Ingdahlens Familie herauszufinden.« Sie blätterte kurz in den Akten. »Hartmut war verheiratet, hatte aber keine Kinder. Der Name seiner Frau ist Oxana. An sie müssen wir herankommen.«

»Das ist unmöglich hinter dem Rücken von Nowak zu bewerkstelligen«, mahnte Simon. »Sobald wir den offiziellen Weg gehen, wird sie mit ihm Rücksprache halten.«

»Wir müssen mit Leuten reden, die viel über die Ingdahlens wissen. Am besten eng mit ihnen verbundene Angestellte.«

»Die werden aber ohne Nachfrage bei Oxana nicht den Mund aufmachen.«

»Es sei denn, ich passe sie unerwartet ab«, widersprach Lara. »Ein Kripoausweis und ein ernstes Gesicht können Wunder bewirken.«

»Oder sie ignorieren dich, weil du keine Handhabe gegen sie hast.«

»Das ist momentan meine beste Idee.«

»Dann lass uns hoffen, dass Oxana in den sozialen Medien präsent ist, denn sonst werden wir kaum an Namen möglicher Angestellter herankommen.«

»Ich rufe Daniel an«, schlug Lara vor. »Vielleicht hat er schon mit ihr zu tun gehabt.«

»Und ich tauche in die sozialen Medien ab.«

»Klingt nach einem Plan.« Lara nahm ihr Handy und wählte Daniels Nummer.

* * *

Daniel war gerade auf dem Rückweg von der Bäckerei in die Redaktion, als Lara bei ihm anrief. Er stopfte sich die Reste seines Salamibrötchens in die Jackentasche und nahm den Anruf entgegen.

»Weißt du, wie oft ich dich angerufen habe?«, meldete er sich empört.

»Mein Telefon zeigt sieben Versuche an«, antwortete sie ungerührt.

»Du willst nichts über den Bericht im Fernsehen sagen?«, empörte er sich.

»Offensichtlich waren die Reporter nicht an der Wahrheit interessiert, sonst hätten sie es nicht so einseitig dargestellt oder mich befragt. Die Wogen werden sich wieder glätten, und es ist ja nicht das erste Mal, dass ich verleumdet werde.«

»Du lässt das so stehen?«

»Ich habe Wichtigeres zu tun.«

»Wichtigeres als deinen Ruf?«

»Was kannst du mir zu Hartmut Ingdahlens Frau sagen?«, wechselte sie das Thema.

»Zu Oxana?«, fragte Daniel verwundert. »Darf ich wissen, warum?«

»Darfst du nicht, aber ich verspreche dir exklusive Infos, wenn die Ermittlung etwas ergibt.«

»Ich dachte, der Anwalt ist an einem Herzinfarkt gestorben?«, hakte er nach.

»Ich will mehr zu Oxana«, wiederholte sie. »Nicht mit dir über Hartmuts Tod sprechen.«

»Also war es kein Herzinfarkt?«

»Oxana Ingdahlen«, drängte sie erneut.

»Ist ja schon gut. Was willst du wissen?«

»Alles, was du hast.«

»Zu ihr gibt es viel oberflächlichen Kram, weil sie immer wieder durch wohltätige Spenden auf sich aufmerksam gemacht hat. Wie das so ist mit Frauen, die nichts arbeiten und das Geld ihres wohlhabenden Mannes durchbringen müssen.«

»Geht es etwas tiefgreifender?«

»Solche Sachen interessieren mich nicht«, rechtfertigte sich Daniel. »Ich schreibe in anderen Ressorts.«

»Kennst du jemanden, der mit ihr zu tun hatte?«

»Kultur und der Kram sitzt zwei Türen weiter«, erklärte er. »Dazu müsste ich wissen, in welche Richtung du ermittelst.«

»Es ist noch zu früh für Spekulationen, aber ich verspreche, dass es sich lohnen wird.«

»Das klingt mager.«

»Nimm es oder lass es, Daniel. Ich finde einen anderen Reporter, der mit der Aussicht auf exklusive Informationen hilfsbereiter ist.«

»Ist ja gut«, wiegelte er ab. »Ich schaue, was ich herausbekomme, und melde mich nach Redaktionsschluss.«

»Vielen Dank«, sagte Lara und legte auf.

Daniel betrachtete das Handy nachdenklich. »Hartmut Ingdahlen«, murmelte er. »Wenn sich Lara für dich interessiert, bist du vielleicht doch nicht im Schlaf gestorben.« Er steckte das Telefon wieder ein. »Schauen wir doch mal, was wir über dich haben.« Eilig warf er das Salamibrötchen in einen Mülleimer und rannte in die Redaktion.

* * *

Lara war wieder über ihren Ausdrucken eingeschlafen. Doch mit dem Laptop auf dem Schoß hatte sie eine ungünstige Liegeposition, sodass ihr Nacken knackte, als sie sich zur Seite drehte, wodurch sie aufwachte. Die Schmerzen im Rücken gestalteten das Aufstehen schwieriger als sonst.

Als sie das Spielezimmer verließ, wurde sie von Kaffeeduft empfangen. Der kleine Tisch in der Küche war gedeckt und ein Vollkornbrötchen lag auf einem Teller. Daneben standen Butter und ein Glas mit Kirschmarmelade.

»Wie kommst du nur mit so wenig Schlaf aus?«, fragte sie Simon, der am Herd stand und zwei Spiegeleier briet.

»Das hat schon meine Eltern zu Kindeszeiten in den Wahnsinn getrieben«, sagte er achselzuckend. »Ist quasi angeboren.«

»Diese genetische Besonderheit hätte ich auch gern«, murmelte sie und trank einen Schluck Kaffee. »Um dir nicht den Appetit zu verderben, steige ich schnell unter die Dusche und bändige meine Haare.«

»Das Frühstück läuft nicht weg.«

Als das heiße Wasser über ihren verspannten Nacken lief, stöhnte sie erleichtert. Zehn Minuten später hatte die Müdigkeit nachgelassen und sie verließ zufrieden das Bad.

»Irgendwelche Neuigkeiten?« Sie setzte sich an den Küchentisch.

»Ich habe einige interessante Zeitungsberichte zu Oxana und ihrer Familie gefunden.« Simon nippte an seinem Kaffee.

»Die sozialen Medien waren nicht ganz so ergiebig, haben die Informationen jedoch gut ergänzt.«

»Gestern gegen 23 Uhr hat mir Daniel noch eine ausführliche Mail mit Anhängen geschickt.« Lara unterdrückte ein Gähnen. »Ich habe sie durchgelesen, bin aber beim letzten eingeschlafen, daher solltest du anfangen, während ich meinen Kaffee trinke.«

»Hartmut Ingdahlen hat als Anwalt Oxanas Vater bei einem Wirtschaftsfall vertreten«, begann Simon. »So haben sie sich kennengelernt, und nur ein Jahr später waren sie verheiratet. Und vorher gab es keine gemeinsamen Bilder.«

»Leonhard ... irgendwas heißt der Vater.« Lara schnitt sich das Brötchen auf und griff nach der Butter.

»Leonhard Jurdhoven«, ergänzte Simon. »Laut den Unterlagen hat Ingdahlen seinen Schwiegervater vor dem Gefängnis bewahren können, aber dessen Unternehmen ging in die Insolvenz. Der Insolvenzverwalter verkaufte die Sahnestücke und den Mitarbeitern wurde gekündigt.«

»Die Pleite des Vaters dürfte Oxanas Entscheidung für die Heirat beschleunigt haben, denn wie aus Daniels Informationen hervorgeht, liebt sie das Luxusleben. Vordergründig macht sie auf Charity, aber auf den Fotos fährt sie einen Porsche Cabrio, hat immer das neuste Hermès-Handtaschen-Modell, und die Rolex an ihrem Handgelenk wird auch nicht gefälscht sein. Daher können wir das Motiv der Geldgier vernachlässigen, denn sie war schon vor Hartmuts Tod gut versorgt.«

»Nach meinen Recherchen hat Oxana weder eine Anstellung noch ein Unternehmen gegründet«, fuhr Simon fort. »Es ist schwer, etwas über ihre Zeit vor der Hochzeit herauszufinden. Sie war wohl auf einem Internat und hat studiert. Was, kann ich dir nicht sagen, aber in den Artikeln wird immer wieder ihr umfassendes Kunstverständnis erwähnt. Vordergründig ist sie harmlos.«

»Auch Daniel hat keine Leiche in ihrem Keller gefunden. Sie hat sich wohl auf einer Vernissage in der Schirn Kunsthalle mal unfreundlich gegenüber den Bediensteten benommen, aber das war es auch schon. Nach außen hin hat sich Oxana nie eine Blöße gegeben, daher bleibt nur, bei Leuten nachzufragen, die sie gut kannten.«

»Da ist die Liste lang, gerade wegen ihres Charity-Engagements, aber ich kann mir nur schwer vorstellen, dass einer dieser Freunde etwas Verwerfliches über sie sagen würde. Wenn es überhaupt etwas Verwerfliches gibt.«

»Daniel könnte mich mit einem Redakteur zusammenbringen, der bei vielen ihrer Events war«, erklärte Lara. »Das wird aber wenig ergiebig sein.«

»Ich habe eine Person identifiziert, die vielleicht etwas zugänglicher sein könnte, aber das ›vielleicht‹ ist dabei groß.«

Lara hob interessiert eine Augenbraue.

»Aus den Jahren 2016 bis 2021 fand ich Fotos von Oxana, auf denen auch eine schmal gebaute, ständig lächelnde Blondine namens Renate Tiemann zu sehen ist. Offensichtlich eine Art Assistentin.«

»Nur bis 2021?«

»Auf den neueren Fotos nimmt ein dunkelhaariger Mann jüngeren Alters diesen Platz ein.«

»Du vermutest, dass Tiemann entlassen wurde?«

»Daher das ›vielleicht‹. Möglicherweise haben sie sich auch in gegenseitigem Einvernehmen getrennt und sind noch freundschaftlich verbunden. Dann wäre eine Befragung kontraproduktiv.«

»Hast du sonst noch jemanden, mit dem man reden könnte?«

Simon schüttelte den Kopf.

»Dann wird uns nichts anderes übrig bleiben, als bei Renate Tiemann anzuklopfen.«

»Dank deiner Berechtigungen auf dem Kriposystem habe ich ihre aktuelle Adresse herausfinden können. Sie wohnt im Westend, nicht weit von der Alten Oper mit Blick auf den Rothschildpark.«

»Es gibt schlimmere Orte in Frankfurt«, bemerkte Lara. »Ich rufe sie an und bitte um ein Treffen.«

»Aber nicht ohne Frühstück.« Simon stand auf und stellte die Pfanne wieder auf den Herd. »Denn wenn Oxana einen ähnlich schwierigen Charakter wie ihr Mann hat, könnte das ein langes Gespräch werden.«

* * *

Lara wählte Tiemanns Nummer und schaltete das Handy auf Freisprechen, damit Simon mithören konnte. Sie setzte sich auf die Couch und legte das Gerät auf den Tisch.

»Renate hier«, flötete eine fröhliche Stimme.

»Guten Tag, Frau Tiemann«, sagte Lara. »Hier spricht Plank von der Kripo Frankfurt. Hätten Sie einen Moment Zeit für mich?«

»Ist etwas passiert?«, fragte sie besorgt.

»Wie Sie sicherlich gelesen haben, beschäftigt sich ein Großaufgebot der Kripo mit dem Fall Bernhard Döhring.«

»Ich dachte, die Mörderin wurde gefunden.«

Lara unterdrückte einen Fluch. In solchen Befragungen war es ungünstig, wenn das Gegenüber genauso gut informiert war wie sie selbst. Vielleicht hätte sie sich eine bessere Lüge einfallen lassen sollen, um an ein Gespräch zu kommen. »Das ist richtig, aber es gibt noch einige offene Punkte, die wir klären müssen, bevor wir den Fall vollständig abschließen können.«

»Aha«, sagte Tiemann.

»Dazu gehört das Verhältnis zwischen Herrn Döhring und der Familie Ingdahlen.«

»Dass Hartmut tot ist, wissen Sie?«

»Wir müssen diesen Aspekt vervollständigen«, antwortete Lara mit schiefem Grinsen.

»Aha.«

Simon lächelte amüsiert.

»Ich hatte nur wenig mit Hartmut zu tun. Ich war die Assistentin von Oxana«, klärte sie auf.

»Es ist schwer vorstellbar, dass Frau Ingdahlen nichts mit Herrn Döhring zu tun hatte, daher wären mehr Informationen über ihre ehemalige Chefin hilfreich.«

»Aha«, sagte sie zum dritten Mal.

Lara zwang sich, ihre Professionalität aufrechtzuerhalten, und ballte die Fäuste.

»Und warum fragen Sie nicht Oxana selbst?«

»Das haben wir bereits, aber für ein vollständiges Bild müssen wir auch andere Personen befragen. Und wegen Ihrer engen Zusammenarbeit werden Sie Frau Ingdahlen sehr gut kennen.«

»Ich kann Ihnen Dinge über die Bitch sagen, dass Ihnen die Ohren glühen.«

Lara zog verwundert die Augenbrauen hoch und Simon hob den Daumen. Zumindest konnten sie jetzt sicher sein, dass sich Tiemann nach dem Anruf nicht an Oxana wenden würde.

»Dafür würde ich Ihnen ein persönliches Gespräch …«

»Für meine Hilfe brauche ich erst einen Namen zu einem Nummernschild«, unterbrach sie.

»Bitte was?«, fragte Lara verwirrt.

»Irgend so ein Penner parkt immer auf meinem Platz, und ich will wissen, wer das ist.«

»Wenn es Ihr Platz ist, können Sie ihn abschleppen lassen.«

»Na ja, offiziell ist es nicht meiner, aber ich war vor ihm da, daher soll er seine Protzkarre woanders hinstellen.« Sie nannte Lara das Kennzeichen.

»Diese sensiblen Daten kann ich nicht einfach herausgeben.«

»Das ist der Deal«, beharrte Tiemann. »Sie geben mir einen Namen und dafür kriegen Sie ein paar nette Geschichten von Oxana, dem Drachen.«

»Frau Tiemann. Im Rahmen der Ermittlungen wäre es wichtig …«

»Ich bin in einer Stunde zum Frühstück im *Herz*«, unterbrach sie wieder. »Mein Stammplatz ist die blaue Couch am Fenster.« Dann legte sie auf.

»Die hat Feuer«, stellte Simon belustigt fest.

»Ich hätte ein anderes Wort benutzt, aber gut«, erwiderte Lara. »Irgendwelche Vorschläge, was ich machen soll?«

»Den Halter des Fahrzeugs ausfindig machen und im *Herz* ein zweites Frühstück einnehmen.«

Lara sah ihn überrascht an. »Bin ich hier in der Wohnung von Simon Franke und sind Sie besagte Person mit diesem Namen?«

»Als ich das letzte Mal in den Spiegel geschaut habe, sah ich ganz danach aus.«

»Und wo sind deine Korrektheit und deine Liebe zu Vorschriften hin?«

»Die haben sich an dem Tag verabschiedet, an dem du mich um Hilfe gebeten hast.« Er lächelte. »Ist dein schlechter Einfluss.«

»Du weißt schon, welche Folgen eine solche Auskunft an Tiemann hätte?«

»Dass wir in dem Fall Ingdahlen ermitteln, könnte dich deinen Job kosten. Die Weitergabe einer solchen Information macht da keinen Unterschied mehr.«

Lara brummte missmutig, stand auf und ging wieder ins Bad.

»Ich überprüfe das Kennzeichen«, rief er ihr noch hinterher. »Und schalte dein Handy an. Ich will keine Geschichte über Oxana verpassen.«

Kapitel 9

Als Lara die Kneipe betrat, war sie von der Einrichtung überwältigt. Über der Bar und der Theke hing ein Dschungel an Pflanzen, als hätte sich der Regenwald durch die Decke gearbeitet und versuchte nun, bis zum Boden zu wuchern. Die Wände setzten das Urwaldthema fort, sodass die Deko den ganzen Raum vereinnahmte und sich sogar auf den Tischen spiegelte. Die stoffbezogenen Polster der Stühle passten farblich ebenso dazu wie die Kissen auf den Sitzflächen vor den Fenstern.

Für einen Moment fühlte es sich wie eine Reise in eine andere Welt an, bis das laute Zischen eines Milchaufschäumers Lara zurück nach Frankfurt holte. Sie rief schnell bei Simon an, der nach dem ersten Klingeln abnahm, und steckte das Handy in die Brusttasche ihrer Bluse.

Auf einer eleganten blauen Couch saß eine Frau um die fünfzig, deren hellgrauen Haare lockig von ihrem Kopf abstanden. Die Farbe war zu gleichmäßig, als dass sie natürlich hätte sein können, aber sie passte besser zu ihr als das Blond, ohne sie älter zu machen. Die Frau trug einen hellen Strickpullover, auf dem eine lange Kette mit schwarzen Perlen gut zur Geltung kam. Konzentriert waren ihre Augen auf ein Buch vor ihr gerichtet. Den Zeigefinger ihrer rechten Hand hatte sie in den Henkel einer Tasse verhakt, die sie soeben abwesend zum Mund führte, ohne den Blick vom Buch zu nehmen.

»Frau Tiemann?«, fragte Lara, nachdem sie an den Tisch getreten war. »Plank von der Kripo Frankfurt.«

Die Angesprochene nickte und deutete auf den Stuhl ihr gegenüber.

»Haben Sie sich mein Angebot durch den Kopf gehen lassen?«

Lara schob ihr einen Zettel über den Tisch.

»Ich wusste es«, fluchte sie, nachdem sie die Notiz gelesen hatte. »Dieser Mercedes fahrende Wi…« Sie räusperte sich, als ihr bewusst wurde, dass auch andere Leute sie hören konnten.

Tiemann schob das Buch zur Seite und trank einen Schluck Kaffee. »Was wollen Sie über Oxana wissen?«

»Sachverhalte, die der Öffentlichkeit nicht bekannt sind«, antwortete Lara. »Vordergründig kennt man sie nur als Charity-Lady aus einer wohlhabenden und einflussreichen Familie.«

»Nicht so wohlhabend und einflussreich, wie sie es gern wäre«, widersprach Tiemann. »Die Ingdahlens haben immer am Limit gelebt, damit sie mit Leuten wie Döhring mithalten konnten. Das gilt auch für Oxanas Engagement.«

»Generell spricht nichts gegen die Unterstützung sozialer Projekte.«

»Seien Sie nicht so naiv«, wiegelte Tiemann ab. »Der Zweck dieses Engagements war immer die Selbstdarstellung, nie die damit verbundene Spende.« Sie trank wieder einen Schluck Kaffee. »Vor einem solchen Event haben wir uns mehr über die Gästeliste und Oxanas Outfit unterhalten als über den Zweck der Veranstaltung. Sie liebte den Luxus.«

»Und diesen hat sie gern in den entsprechenden Kreisen gezeigt?«

Tiemann nickte. »Und da ihr Vater ihre Lebensweise nicht mehr bezahlen konnte, kam ihr sein Anwalt gerade recht.«

»Es war keine Ehe aus Liebe?«

Tiemann gluckste kurz. »Es war von Anfang an ein Arrangement. Hartmut war ein cleverer Anwalt, der Leute für sich einnehmen konnte, und über ihren Vater hatte Oxana Zugang zur besseren Gesellschaft. Das brachte Hartmut solvente Klienten ein und sicherte gleichzeitig Oxanas Lebensstil.«

»Hätte sie nicht selbst für sich sorgen können?«

»Oxana hat Kunst und Sinologie studiert und nicht einmal einen Abschluss hinbekommen. Für mehr als eine Society-Lady hat es nicht gereicht.«

»Was können Sie mir zu ihrem Charakter sagen?«

»Egozentrisch, eitel, kontrollsüchtig und skrupellos«, antwortete Tiemann. »Dazu noch mit einem sehr kleinen Selbstbewusstsein ausgestattet.«

»Wie zeigte sich das?«

Sie lehnte sich auf der Couch zurück. »Wenn man weiß, was man kann, kann man auch mit Kritik umgehen und über unangemessene Beleidigungen hinwegsehen«, erklärte sie. »Das ist einer der Vorteile des Alters. Die Zahl der Leute, die einem am Hintern vorbeigehen, wächst.«

»Und Frau Ingdahlen kann das nicht?«

Tiemann schüttelte den Kopf. »›Nein‹ und ›aber‹ wollte sie nicht hören. Sie brauchte Jasager um sich. Wer sie kritisierte, hatte kein schönes Leben.«

»Was meinen Sie?«

»Oxana ist cholerisch und unglaublich nachtragend. Wenn sie jemanden nicht mag, nutzt sie jede Gelegenheit, ihn zu diskreditieren oder ihm anderweitig zu schaden.«

»Wie weit würde sie dabei gehen?«

»So weit es ihr möglich ist, ohne die Fassade der engagierten Charity-Lady zu beschädigen«, erwiderte sie. »Da ist sie ihrem Mann sehr ähnlich.«

»Hartmut war genauso?«

»Schlagen Sie im Duden unter dem Wort ›cholerisch‹ nach. Dort finden Sie einen direkten Verweis zu ihm.«

»Können Sie mir ein Beispiel nennen?«

Sie richtete ihren Blick nachdenklich zu den Pflanzen an der Decke. »Dr. Konstantin Engers.«

»Wer ist das?«

»Ein wohlhabender und herzensguter Radiologe, der sich für sozial Schwache einsetzt«, erklärte Tiemann. »Sie trafen sich auf einem Event zugunsten eines Projektes, das sich um die medizinische Versorgung für Obdachlose in Frankfurt kümmert. Oxana war sofort Feuer und Flamme für den sehr attraktiven Mann, der sich aber nicht auf ihre Spielchen einließ, obwohl Oxana wirklich alles in die Waagschale warf, inklusive ihrer künstlich aufgepumpten Brüste.«

»Was war die Folge dieser Abweisung?«

»Oxana hat ihre Spende zurückgezogen, bei ihren Society-Damen über Engers hergezogen und sich beim Organisator der Gala über ihn beschwert.« Sie seufzte. »Eben das, was ein kleines, schlecht erzogenes Kind macht, wenn es sein Spielzeug nicht bekommt.«

»Störte es Herrn Ingdahlen nicht, dass seine Frau sich mit anderen Männern einließ?«

»Oxana ging immer sehr diskret vor, und Hartmut war viel zu beschäftigt, um es zu bemerken.«

»Und wenn er es bemerkt hätte?«

»Hätte es nicht gut geendet. Nicht für Oxana und nicht für den Liebhaber.«

»Wie weit wäre Herr Ingdahlen gegangen?«

»Ähnlich wie Oxana kannte auch Hartmut keine Grenzen, aber beide waren zu clever, um wegen ihres Zorns ihre Karriere oder ihren Ruf zu riskieren. Wenn sie etwas unternommen haben, dann nur vom sicheren Ufer aus.«

»Hat Frau Ingdahlen einmal etwas gegen Sie unternommen?«

»Außer ständigem Schreien, Beleidigen und Herumkommandieren nicht.«

»Wieso haben Sie sich das so lange gefallen lassen?«

»Wegen der guten Bezahlung, denn Oxana war berüchtigt, daher musste sie was auf den Tisch legen, damit sie fähiges Personal bekam.«

»Aber letztes Jahr hatten Sie genug und haben gekündigt?«

»Sie hat mich durch einen jüngeren Mann ihres Beuteschemas ersetzt«, widersprach Tiemann. »Aber dank der Abfindung habe ich jetzt ein gutes Leben und arbeite nur noch, wenn ich Lust habe.«

»Zurück zu Dr. Engers. Wo praktiziert er?«

»In Unterliederbach. Aber ich weiß nicht, ob er schon wieder auf dem Damm ist.«

»Was ist passiert?«

»Wissen Sie das nicht? Sie sind doch von der Kripo.«

»Ich bearbeite nicht alle Fälle«, rechtfertigte sich Lara.

»Vor einem halben Jahr wurde Dr. Engers' Praxis überfallen«, erklärte Tiemann. »Dabei wurde er schwer verletzt.«

* * *

»Das kann doch nicht wahr sein«, empörte sich Lara am Telefon, als sie das Café verlassen hatte. »Wir haben mindestens drei Opfer, die unmittelbar mit Ingdahlen zu tun hatten. Mit Ohle wären es beinahe vier geworden, und niemandem ist etwas aufgefallen?«

»Da wir das ganze Bild sehen, mag deine Empörung berechtigt sein, aber bei einzelner Betrachtung konnten die Kollegen kaum auf einen Zusammenhang kommen«, erwiderte Simon. »Die drei Opfer sind zeitlich und räumlich weit auseinander, ohne persönliche Beziehung. Kaul und Liss wurden im Dunkeln in einem Park überfallen. Engers in seiner Praxis.

Ohle hat nur mit unserer Hilfe den Einbruch mit Ingdahlen in Verbindung bringen können. Es gibt kaum Zeugen, und die wenigen lieferten nur vage Hinweise. Außerdem sind es vordergründig Raubüberfälle. Hätte der Täter Kaul, Liss und Engers nur zusammengeschlagen und nicht ausgeraubt, hätte man ein anderes Motiv gesucht und wäre auf eine Serie gekommen. Im letzten Jahr wurden in Frankfurt über achthundert Raubdelikte begangen, und da ist der Straßenraub nicht eingeschlossen. Das ist eine ziemliche Menge, und davon wurde nur gut die Hälfte aufgeklärt.«

Sie stieg in ihr Auto und knallte die Tür zu. »Erst Döhring, dann Ingdahlen. Ist die Frankfurter High Society völlig am Durchdrehen?«

»Viel interessanter ist die Frage nach deren Mörder«, sagte Simon. »War es dieselbe Person oder haben die Fälle nichts miteinander zu tun?«

»Offiziell ist Döhrings Mörderin gefasst und Ingdahlen verstarb an einem Sexunfall.«

»Herzinfarkt«, korrigierte er, was Lara zu einem mürrischen Brummen verleitete. »So makaber das jetzt klingen mag, wenigstens haben wir in Dr. Engers ein neues Opfer, das uns neue Hinweise liefern könnte. Von daher hat sich dein Gespräch mit Tiemann gelohnt.«

»Außerdem kennen wir den Grund, warum Oxana den Fall ihres toten Mannes ruhen lassen will. Sie hat Angst, dass wir die wahren Hintergründe der Überfälle aufdecken könnten.« Lara startete den Motor. »Hast du die Akte von Dr. Engers vorliegen?«

»Habe ich gleich aufgerufen, nachdem Tiemann darüber geredet hatte. Obwohl sich dieser Überfall von den beiden anderen in den Parks unterscheidet, passt er in unsere Serie. Es wurden ein paar Dinge gestohlen, und auch hier fällt auf, dass der Räuber sehr brutal vorgegangen ist.«

»Wurden noch andere Personen verletzt?«

»Dr. Engers war um die späte Zeit allein in der Praxis. Die Sprechstunde war längst vorbei und seine Angestellten auf dem Weg nach Hause.«

»Also kein zufälliger Angriff«, vermutete Lara. »Der Täter wird diesen Moment abgewartet haben.«

»Neben einem teuren Röntgengerät gingen Möbel, zwei LED-Fernseher und ein Computermonitor kaputt. Außerdem wurden Schränke mit Akten umgeworfen, vorgeblich auf der Suche nach Bargeld.«

»Und Dr. Engers?«

»Bruch des rechten Arms, der rechten Hand und des Nasenbeins. Dazu eine gerissene Lippe und zahlreiche Blessuren im Bauch- und Genitalbereich, die durch Tritte entstanden sind. Keine schönen Fotos«, fügte Simon noch hinzu.

»Ein Wahnsinn«, sagte Lara kopfschüttelnd.

»Die einzig gute Nachricht ist, dass Ingdahlen tot ist und Uggur als mutmaßlicher Täter das Land verlassen hat.«

»Völlig sicher können wir nicht sein, denn nach Tiemann zu schließen, hat Oxana das Wutpotenzial, um diese Serie fortzuführen, sollte sie einen anderen Schläger von Uggurs Charakter finden. Außerdem interessiert es mich nach wie vor, wer Hartmut Ingdahlen ermordet hat.«

»Die Anzahl der Menschen mit einem Mordmotiv wächst stetig.«

»Alles, was ich über die vier Opfer gelesen habe, macht es mir schwer zu glauben, dass eines davon der Mörder gewesen sein könnte.«

»Kaul können wir ausschließen und Liss meidet Frankfurt wie der sprichwörtliche Teufel das Weihwasser«, warf Simon ein. »Ohle wäre clever genug dafür, aber die weiß erst seit gestern, dass Ingdahlen sie zusammenschlagen lassen wollte.«

»Bleibt noch Dr. Engers, dessen medizinische Kompetenz bei einem Mord mit Lachgas hilfreich wäre.«

»Die Akte gibt nicht viel Persönliches her, aber ich tue mich schwer damit, zu glauben, dass ein Mann ein kaltblütiger Mörder sein soll, der sich freiwillig für die Versorgung von Obdachlosen einsetzt. Außerdem steht unsere Theorie, die Opfer hätten gewusst, dass Ingdahlen hinter den Angriffen steckte, auf wackligen Beinen.«

»Die ganze Spekulation hilft nichts«, meinte Lara. »Ich werde Dr. Engers persönlich befragen müssen.«

»Laut Internetseite ist seine Praxis wieder geöffnet. Ich kann dir die Adresse zuschicken.«

»Mach das«, sagte Lara. »Vielleicht hat er spontan etwas Zeit für mich.«

* * *

Als Lara in die Praxis trat, stand ein stattlicher Mann an der Rezeption und redete mit einer Angestellten. Er hatte breite Schultern und lockige braune Haare, die mit seinem gepflegten Vollbart harmonierten. Seine Augen waren von einem tiefen Blau.

»Guten Morgen«, sagte er mit dunkler Stimme, als er an Lara vorbei in einen Raum ging. Sein Lächeln war bezaubernd und Lara musste ein wohliges Seufzen unterdrücken, als sie den leichten Duft eines herben Aftershaves wahrnahm. Jetzt verstand sie, warum Oxana Ingdahlen so hinter dem Arzt her gewesen war.

Sie starrte ihm nach, bis er in dem Raum verschwunden war.

»Kann ich Ihnen helfen?«, vernahm sie die Stimme einer Frau.

»Lara, mein Name. Also Plank«, sagte sie stotternd, als sie zur Theke ging. »Von der Kripo. Hier in Frankfurt.« Sie nahm ihre Marke aus der Tasche, zog dabei aber ihren Geldbeutel mit heraus, der zu Boden fiel. Das Münzfach öffnete sich und ihr Kleingeld rollte umher.

»Sie sind von der Kripo?«, fragte die Frau, während Lara die Münzen aufhob. »Haben Sie einen Termin?«

»Das ist ein … spontaner Besuch.« Sie steckte das Kleingeld in die Tasche und versuchte sich an einem Lächeln, um ihren wenig beeindruckenden Auftritt zu überspielen. »Wir haben noch Fragen zu dem Überfall auf die Praxis.«

»Wir?«, fragte die Frau verwundert und sah sich um.

»Wir. Die Kripo«, bemühte sich Lara um eine Erklärung, nur um kurz danach festzustellen, wie eigenartig das klingen musste. Sie legte die Kripomarke auf den Tresen.

»Ich frage kurz nach, ob Dr. Engers heute noch Zeit für Sie hat.« Die Frau stand auf und ging in das Zimmer. Eine Minute später kam sie wieder heraus. »Würden Sie kurz im Wartezimmer Platz nehmen«, bat sie. »Dr. Engers schiebt Sie zwischen zwei Terminen ein.«

Der Wartebereich war erfreulich leer. Ein älteres Paar saß auf einer Couch. Sie nickte den beiden freundlich zu, ließ sich auf einem Stuhl in der Ecke nieder und wählte Simons Nummer. »Ich habe gleich einen Termin bei Dr. Engers«, sagte sie leise mit verlegenem Blick auf das Handyverbotsschild an der Tür. »Wir reden später«, fügte sie noch hinzu. Dann steckte sie das Gerät in die Tasche ihrer Bluse, nahm sich eine Zeitschrift vom Stapel und las einen Bericht über Deutschlands industrielles Erbe in Bildern.

Nachdem das Paar aufgerufen worden war, dauerte es nur weitere fünf Minuten, bis die Sprechstundenhilfe ins Zimmer kam.

»Dr. Engers hat jetzt Zeit für Sie.«

Lara straffte die Schultern und setzte ein feines Lächeln auf, nur eine freundliche Andeutung, schließlich war sie beruflich hier.

»Guten Morgen, Frau Plank«, begrüßte er sie mit Handschlag. Der Druck war fest, aber nicht so fest, dass es unangenehm war. Erneut stieg ihr der Duft des Aftershaves in die Nase. Es kostete sie alle Mühe, den Blick schnell wieder von den tiefblauen Augen zu nehmen. Um ihre Hormone in den Griff zu bekommen, ballte sie die linke Hand und krallte ihre Fingernägel schmerzhaft in die Haut.

»Meine Assistentin hat mir erzählt, es geht um den Überfall«, sagte er, als er sich hinter seinen Schreibtisch gesetzt hatte.

»Wir haben möglicherweise eine Verbindung zu einer ähnlichen Tat im Martin-Luther-King-Park«, erklärte sie, während sie auf einem der beiden Stühle ihm gegenüber Platz nahm.

»Das ist aber ein gutes Stück von hier.«

»Die Beschreibung des Täters ist ähnlich, daher wollte ich diesen Aspekt noch einmal mit Ihnen durchgehen. Es sei denn, die Erinnerung ist noch zu schmerzhaft«, fügte sie hinzu.

»Der Alltag hat mir geholfen, die Geschehnisse zu verdrängen«, antwortete er ernst. »Der Arm und meine Hand sind gut verheilt. Meine Nase ist gerichtet und die Narben über meiner Lippe werden von meinem Bart verdeckt.« Er deutete nach draußen. »Auch die Inneneinrichtung ist wiederhergestellt und die Akten sind eingeräumt. Allerdings muss ich zugeben, dass es mich immer noch belastet, dass der Täter nicht gefunden wurde.«

»Deshalb bin ich hier«, versuchte sie ihn aufzumuntern, was ihm aber nur ein kurzes Lächeln entlocken konnte. »Beginnen wir mit dem Täter.« Sie nahm ihr Handy aus der Tasche und startete die Notiz-App. »Sie haben ihn als kräftigen, breitschultrigen Mann beschrieben. Etwa zehn Zentimeter größer als Sie, gekleidet in schwarze Motorradkluft samt Handschuhen und einem ebenso dunklen Helm.«

Engers nickte. »Ich hatte gerade das Licht ausgemacht, daher erkannte ich keine Details, aber der Schein der Straßenlaterne erhellte den Raum ausreichend, um diese Beschreibung zu geben.«

»Hat er während des Überfalls etwas zu Ihnen gesagt?«

»Kein Wort. Er kam herein und hat mich ins Gesicht geschlagen.« Er rieb sich abwesend über den Bart. »Da ich zu Studienzeiten geboxt habe, hätte mich so ein Treffer normalerweise nicht aus der Bahn geworfen. Aber er hatte einen Schlagring über den Fingern, daher war ich kurz orientierungslos, was der Mann dazu genutzt hat, noch auf mich einzutreten.« Engers atmete hörbar aus, als würde ihm die Erinnerung an den Abend immer noch zusetzen. »Dann ist er hinter den Empfang, hat die Schubladen durchwühlt und die Aktenschränke umgeworfen. Offensichtlich war er mit der Beute nicht zufrieden, daher ist er in das Röntgenzimmer und hat das Gerät zerstört. Das Ganze hat kaum eine Minute gedauert. Als ich den Schmerz einigermaßen abschütteln konnte, habe ich die Polizei gerufen, doch bis zu ihrem Eintreffen war der Täter längst verschwunden.« Er sah nachdenklich auf den Schreibtisch vor sich. »Es hat vier Monate gedauert, bis das Röntgengerät ersetzt war, die kaputte Einrichtung wiederaufgebaut und die Brüche so weit verheilt waren, dass ich wieder arbeiten konnte.«

»Haben Sie vor dem Angriff irgendwelche Drohungen bekommen? Von genervten Nachbarn, Konkurrenten oder frustrierten Patienten, die mit Ihrer Therapie unzufrieden waren?«

»Ich behandle niemanden«, erklärte Engers. »Die Leute kommen mit einer Überweisung zu mir, ich röntge sie und schicke die Bilder mit meinem Kommentar zu ihrem Arzt. Ich habe keinen Einfluss darauf, was danach passiert.«

Lara überlegte einen Moment, ob sie ihn zu Oxana Ingdahlen befragen sollte, aber dazu hätte sie ihm die Ergebnisse der Ermittlungen präsentieren müssen, was sie nicht wollte. »Ist Ihnen während des inzwischen sechsmonatigen zeitlichen Abstands nachträglich etwas eingefallen, was Sie meinen Kollegen nicht gesagt haben?«

»Was meinen Sie?«

»Ein neues Bild, ein Geräusch oder irgendetwas, das Ihnen ungewöhnlich vorgekommen ist.«

Engers lehnte sich auf seinem Stuhl zurück. »Kurz bevor der Täter die Praxis verlassen hat, wurde der Raum kurz erhellt.«

»Wie bei einem Wetterleuchten?«

»Eher wie durch eine Taschenlampe, die nicht richtig funktionierte.«

Lara hielt einen Moment die Luft an. »Haben Sie eine Idee, woher dieses Licht gekommen sein könnte?«, fragte sie fast atemlos.

»Ich war noch immer orientierungslos und hatte mit den Schmerzen wegen meiner gebrochenen Knochen zu kämpfen«, sagte er kopfschüttelnd.

»Vielen Dank für Ihre Zeit, Dr. Engers.« Lara erhob sich vom Stuhl. »Sie haben mir sehr geholfen.«

* * *

Auf dem Weg zum Auto nahm sie das Handy aus der Tasche ihrer Bluse. »Hast du das gehört?«, fragte sie aufgeregt.

»Das mit dem Licht?«, antwortete Simon mit einer Gegenfrage.

»Etwas Ähnliches hat Liss auch gesehen. Sie hat es nur als Wetterleuchten beschrieben.«

»Was vermutest du?«

»Ich habe einen starken Verdacht, aber dazu muss ich erst noch Kauls Ärztin befragen. Ich melde mich gleich wieder«, sagte sie und beendete das Gespräch. Sie scrollte durch die Liste der Anrufe, bis sie die Nummer der Psychiatrie gefunden hatte. Glücklicherweise schien Dr. Weiske nicht in einer Therapie zu sein, denn sie nahm nach dem dritten Klingeln ab.

»Xenia Weiske«, meldete sie sich.

»Hier spricht Plank von der Kripo Frankfurt.« Lara hatte Mühe, sich zu zügeln und langsam zu sprechen.

»Guten Tag, Frau Kommissarin.«

»Entschuldigen Sie die Störung, aber Sie haben bei unserem Gespräch erwähnt, dass Frau Kaul unter totalem Mutismus leidet und sich nur mithilfe von Zeichnungen gegenüber ihrer Umwelt äußert.«

»Es ist ihr Weg, Dinge zu verarbeiten«, stimmte Weiske zu.

»Sind darunter auch Zeichnungen von dem Überfall?«

»Nicht unmittelbar«, erklärte die Psychiaterin. »Das Umfeld, die Verwundungen oder andere Dinge finden sich nicht. Einzig der Angreifer ist sehr präsent, als übergroße bedrohliche Gestalt, ohne Gesicht.«

»Hat Frau Kaul bei einer Zeichnung auch Licht dargestellt?«

»Inwiefern Licht?«, fragte sie nach.

»Wie von einem Blitz, einer Taschenlampe oder einem Wetterleuchten.«

»Warten Sie einen Moment.« Weiske schien den Hörer hinzulegen. Dann hörte Lara ein Blättern. »Bei einem Bild hat Frau Kaul das Weiß mit Gelb ausgemalt«, erklärte sie dann. »Es wirkt wie ein blendender, allumfassender Heiligenschein, aber es könnte auch Licht sein.«

»Vielen Dank, Dr. Weiske«, erwiderte Lara. »Das war sehr hilfreich.«

»Gerne, sagte die Psychiaterin und beendete das Gespräch.

Lara riss die Hände jubelnd nach oben. »Das war der Hinweis, der uns noch gefehlt hat«, sagte sie begeistert und rannte zum Auto. Sie musste, so schnell es ging, zu Simon.

* * *

»Es ist kein Wetterleuchten, keine Taschenlampe oder irgendein anderes Licht, sondern der Blitz einer Kamera«, erklärte sie aufgeregt, als sie wieder bei Simon war. »Der Täter hat eine Aufnahme des Opfers gemacht.« Sie schloss die Tür hinter sich.

»Das machen nur die kranken Typen.«

»Oder diejenigen, die einen Beweis für ihre Arbeit benötigen.«

»Also waren es keine Raubüberfälle, sondern Gewalttaten, die sich ausschließlich gegen das Opfer gerichtet haben.«

»Was wir von Anfang an vermutet haben. Jetzt müssen wir es nur noch aufarbeiten, damit Nowak weitere Maßnahmen ergreift.«

»Das halte ich für keine gute Idee«, widersprach Simon.

»Wir sollen nicht weiterermitteln?«, fragte Lara irritiert.

»Ich würde einen anderen Weg gehen.«

»Einen anderen Weg als über die Kripo?«

»Du hast Nowak und die Kripo schon einmal beschämt, als du Döhrings Versteck im Jagdhaus gefunden hast, was die ganzen Ermittlungen durcheinandergebracht hat. Dann hast du es mit dem Begräbnis von Tamara Welp geschafft, Susen Quade aus ihrem Versteck zu locken. Und jetzt brüskierst du Nowak und deine Kollegen ein weiteres Mal, indem du neue Fakten zu Ingdahlen ausgräbst, obwohl dir Nowak verboten hat, in diese Richtung zu ermitteln.«

»Es geht hier um die Wahrheit, nicht um Nowaks Ego oder das meiner Kollegen.«

»Diese Einstellung ehrt dich, und sie dürfte auch der Grund sein, warum du so gut bist, aber sie ist auch etwas naiv«, erklärte Simon. »Nowak ist Karrierist erster Garnitur. Das mit Döhring hat ihm eine gewaltige Delle verpasst. Eine zweite wird er nicht tolerieren.«

»Was soll ich sonst machen?«, fragte Lara. »Die Informationen an Daniel weiterreichen, damit er einen Artikel schreibt?«

»Das wäre die dümmste aller Optionen, denn dann gibst du Nowak alle Mittel, dich zu feuern und zu diskreditieren. Wir müssen die Informationen in andere Kanäle überführen.«

»Welche Kanäle gibt es noch?«

»Ich habe einen Freund bei der Staatsanwaltschaft«, erklärte Simon. »Wir kennen uns schon seit Schulzeiten, und während ich in Wiesbaden das duale Studium angefangen habe, hat er in Frankfurt mit Jura begonnen. In den Jahren haben wir uns nie aus den Augen verloren und haben sogar zwei Mal zusammengearbeitet.« Er griff nach seinem Handy. »Es wäre an der Zeit für ein gemeinsames Mittagessen.«

»Du willst die Informationen über die Staatsanwaltschaft ins System bringen?«

Simon nickte. »Dann bist du fein raus aus der Nummer und Nowak muss ermitteln.«

* * *

Als Jan-Niklas das Restaurant betrat, wurde Simon bewusst, dass sie sich vor vier Jahren das letzte Mal gesehen hatten. Nach seinem Ausscheiden aus der Kripo waren sie noch per Mail in Kontakt geblieben und hatten gelegentlich telefoniert, aber persönlich getroffen hatten sie sich nicht.

Sein alter Schulkamerad hatte sich kaum verändert. Die braunen Haare waren weniger geworden, der Bauch wölbte sich etwas über dem Hosenbund, aber auf seinem Gesicht lag immer noch dieses leichte Lächeln, als hätte er dem Lehrer gerade wieder einen Reißnagel auf den Stuhl geschmuggelt, in der Erwartung, dass er sich daraufsetzte.

Simon stand auf und begrüßte Jan-Niklas mit einer herzlichen Umarmung.

»Simon, alter Streber«, sagte sein ehemaliger Klassenkamerad, wobei er den Namen auf Englisch aussprach, in Anspielung auf Simon Templar, die Hauptfigur ihrer Lieblingskrimiserie zu Schulzeiten.

»Janni, schön, dich zu sehen.« Simon nahm wieder Platz.

»Viel zu lange her«, sagte sein Freund, während er sich ihm gegenübersetzte und sein Jackett richtete.

»Seit meinem Ausstieg«, erwiderte Simon.

»Vier Jahre. Alter, wie die Zeit vergeht«, murmelte Jan-Niklas nachdenklich. »Die Rente scheint dir gutzutun. Du hast zugenommen.«

»Fünfeinhalb Kilo«, stimmte Simon zu. »Auf Wunsch des Arztes.«

Sein Freund lachte. »Gibt es irgendetwas in deinem Leben, das du nicht mit äußerster Präzision kontrollierst?«

»Was soll ich sonst den ganzen Tag machen?«

Jan-Niklas griff nach einer Speisekarte. »Ich bin nicht sicher, ob dich meine Assistentin richtig verstanden hat. Du hast Informationen zu einem abgeschlossenen Fall?«

Simon nickte.

»Mann, warum lässt du dich wieder auf den Kram ein?«, fragte sein Freund. »Letztes Mal hättest du fast deinen Verstand darüber verloren.«

»Eine Freundin hat mich um Hilfe gebeten.«

»Du warst sechs Monate in stationärer Behandlung.«

»Damals war ich massiv überarbeitet und körperlich am Ende«, rechtfertigte sich Simon. »Und als wir den Meth-abhängigen Schläger festgenommen und dabei seine in Stücke geschnittene Freundin gefunden haben, hat sich mein Verstand … abgeschaltet.« Er schüttelte sich, als ihm das Bild der Körperteile auf dem Bett wieder ins Gedächtnis kam.

»Die Welt da draußen ist nicht besser geworden.«

»Ich weiß, wie die Welt ist, denn ich habe meiner Freundin im Fall Bernhard Döhring geholfen.«

»Da hast du dir gleich was ausgesucht.«

»Und diese Hilfe hat es möglich gemacht, dass die Kripo die geheimen Räume in Döhrings Jagdhaus gefunden hat.«

»Bitte sag mir, dass deine Freundin nicht Lara Plank ist.«

Simon lächelte nur, anstatt zu antworten.

Jan-Niklas stöhnte. »Ich kann mich in meiner Zeit bei der Staatsanwaltschaft an keine Kripobeamtin erinnern, die mehr Ärger gemacht hat als Plank.«

»Ohne sie wären wir nie hinter Döhrings Geheimnis gekommen.«

»Das rechne ich ihr hoch an, aber allein die Klage von Carla Gläsner …«

»… war erlogen«, unterbrach ihn Simon.

»Dann Susen Quades Tod.«

»War ein Unfall. Ohne Lara wäre Quade nie gefunden worden. Und damit auch nicht die Mordwaffe.«

»Und schließlich noch ihre Aussetzer bei Gabriel Alcide, was in einer unschönen Fernsehsendung endete, die noch mehr Ärger erzeugt hat als die Geschichte mit Gläsner.«

»Ach komm, Janni«, sagte Simon. »Du hast sicherlich durch die Akte mit Alcide geblättert. Das war ein reißerischer Bericht, der an den falschen Stellen aufgebläht wurde, um Lara in ein schlechtes Licht zu rücken.«

»Ich kenne die Journalisten«, erklärte er. »Das ist nicht ihr Stil.«

»Es kommt darauf an, welche Informationen sie erhalten haben. Denn die Quelle lag in der Kripo oder bei der Staatsanwaltschaft. Sonst kommt niemand an die Akten.«

»Jemand will Plank schaden?«

Simons Freund hatte schon immer schnell seinen Gedanken folgen können. »Nach den falschen Beschuldigungen von Gläsner war ihre Integrität in Zweifel gezogen. Mit der einseitigen Darstellung der Auseinandersetzung mit Alcide ist sie eigentlich am Ende«, erwiderte Simon.

»Aber wozu?«, fragte Jan-Niklas. »Sie ist eine junge Kommissarin ohne große Verantwortung.«

»Weil sie eine der besten Ermittlerinnen ist und jemand nicht mag, dass sie weiterermittelt. Denn ohne sie wäre Döhring als Ehrenmann abgetreten.«

»Der Ruf der Familie Döhring ist für alle Zeiten ruiniert. Da lässt sich nichts mehr retten. Sie jetzt zu diskreditieren ändert nichts.«

»Wir haben Zweifel, ob Quade wirklich die Mörderin war. Der wahre Täter könnte dahinterstecken.«

»Die Beweise in Quades Wohnung waren erdrückend. Die Mordwaffe wurde dort gefunden und ein Mordmotiv hatte sie auch.«

»Darüber können wir ein anderes Mal reden«, erwiderte Simon. »Der Grund meines Treffens ist Hartmut Ingdahlen.«

»Der Anwalt, der vor ein paar Wochen an einem Herzinfarkt verstorben ist?«

»Ein Herzinfarkt war nicht der Grund seines Todes.«

»Spielt keine Rolle, denn es gab keine Anzeichen für Fremdbeteiligung.«

»Da bin ich anderer Meinung, aber jetzt geht es eher darum, welche unschönen Taten Ingdahlen vor seinem Tod begangen hat. Und möglicherweise auch seine Frau. Vielleicht auch in Absprache mit Döhring.«

»Alter, du willst es wirklich wissen«, bemerkte sein Freund.

»Wenn schon, dann richtig«, stimmte Simon zu. Er wandte sich zur Theke und winkte der Bedienung. »Aber zuerst sollten wir bestellen, denn meine Ausführungen könnten dauern.«

Es gelang ihnen, das Berufliche für eine Zeit zu vergessen und über Privates zu reden, aber als die Bedienung ihr Essen gebracht hatte, kehrten sie zu dem Fall zurück.

Simon biss in eine gebackene Wan Tan und legte die Stäbchen auf den Teller, um sich den Mund abzuwischen. »Wir stochern noch etwas im Dunkeln«, gab er zu. »Aber wir glauben weder, dass Döhring von Quade ermordet wurde noch dass Ingdahlen eines natürlichen Todes gestorben ist.«

»Was führt euch zu der Annahme?«, fragte Jan-Niklas, während er Mie-Nudeln auf eine Gabel drehte.

»Das Anwesen war zu gut gesichert, als dass eine Frau wie Quade einfach reingekommen wäre, das Sicherheitsschloss überwunden und Döhring mal eben ermordet hätte. Außerdem ist das mit dem Messer zu plump. Kein halbwegs intelligenter Mensch würde die Mordwaffe mit dem Blut bei sich zu Hause lassen.«

»Es gab Serienmörder, die solche Dinge als Fetisch aufbewahrt haben.«

»Das ist eine überschaubare Gruppe, und außerdem wurden diese ehrfürchtig gelagert und nicht auf den Boden neben dem Bett gestellt.«

»Dann erkläre mir die Fotos in ihrer Wohnung.« Jan-Niklas trank einen Schluck Sake.

»Dass Quade sich an Döhring rächen wollte, zweifle ich nicht an. Nur hat sie ihn nicht ermordet.«

»Gib mir einen anderen Verdächtigen«, bat sein Freund, als er den Becher wieder abstellte.

»Da sind wir wieder beim Stochern im Dunkeln, aber es war jemand mit Zugang zu Döhrings internem Zirkel. Mein erster Verdächtiger wäre der Leibwächter Tasso Uggur, ein mehrfach vorbestrafter Gewalttäter, der alles über Döhrings Anwesen wusste, wie zum Beispiel die Codes der Hintertür.«

»Und wem hat er diese gegeben? Und was war das Motiv des Täters?«

»Wissen wir nicht«, gab Simon zu. »Aus dem Grund haben wir die Ermittlungen auf das Umfeld von Döhring erweitert und sind auf Hartmut Ingdahlen gestoßen.«

»Seinen Anwalt.«

»Wir haben mehrere Personen aus Ingdahlens Umfeld identifiziert, die ihm auf die eine oder andere Weise Ärger gemacht haben und Wochen später Opfer eines brutalen Raubüberfalls geworden sind.«

»Von wie vielen Opfern sprechen wir?«

»Von vieren, wobei eines nur durch Glück verschont geblieben ist. Und wir glauben, dass der Täter Döhrings Leibwächter Tasso Uggur war.«

»Dass die beiden eine enge Verbindung hatten, ist bekannt. Aber dass Döhring seinen Bodyguard an Ingdahlen verliehen hat, damit sich dieser an Leuten rächen konnte, ist eine ernste Anschuldigung.«

»Nicht, wenn es wirklich gute Freunde waren.«

»Aber das Risiko für Döhring war immens«, bemerkte Jan-Niklas. »Wären die Behörden dahintergekommen, hätte er mit dringehangen. Und das für eine Sache, mit der er nichts zu tun hatte.«

»Wir sind nicht völlig sicher, ob er nicht vielleicht doch in die Sache verwickelt war«, warf Simon ein. »Hast du den Obduktionsbericht von der Frau aus Döhrings Jagdhaus gelesen, die tot im Main gefunden wurde?«

»Zaida Kueri?« Er nickte. »Sie wurde zu Tode geprügelt.«

»Und zwar mit einem Schlagring und damit der gleichen Waffe, mit der auch die Opfer von Ingdahlen zusammengeschlagen wurden.«

»Schlagringe gibt es auf Frankfurts Straßen mehr, als ich noch Haare auf dem Kopf habe«, meinte Jan-Niklas. »Das ist keine klare Verbindung.«

»Wissen wir. Aber es ist ein Hinweis, dem wir nachgehen können.«

»Und wie soll ich das machen?«

»Ich gebe dir alle unsere Unterlagen und du verkaufst es als deine Ermittlungen.«

»Du willst Nowak umgehen?«

»Nowak hat Lara explizit verboten, im Fall Ingdahlen zu ermitteln«, erklärte Simon. »Wenn du es an dich nimmst, kommt alles auf den Tisch. Und Lara ist fein raus.«

Jan-Niklas trank wieder einen Schluck Sake. Nach seinem Gesichtsausdruck zu schließen war er nicht überzeugt, aber für völlig abwegig schien er die Theorie ebenfalls nicht zu halten. »Dafür benötige ich mehr als die Sache mit den Schlagringen.«

»Haben wir.«

»Und was versprichst du dir davon?«

»Einen Durchsuchungsbeschluss für Hartmut Ingdahlens Haus«, antwortete Simon. »Der Täter hat vermutlich von jedem Opfer Aufnahmen gemacht. Wenn wir diese finden, klären wir nicht nur einige offene Raubüberfälle, sondern kommen den vermeintlichen Mördern von Döhring und Ingdahlen näher. Denn wie gesagt, irgendjemand will verhindern, dass Lara weiterermittelt. Und dieser Jemand muss einen guten Grund dafür haben.«

»Nur weil jemand keine weiteren Ermittlungen will, ist er nicht gleich in den Mord verwickelt. Leute wie Döhring haben Einfluss in allen Teilen der Gesellschaft. Diesen nutzen sie nicht nur, um Geschäfte zu machen, sondern auch, um den Imageschaden bei Fehlverhalten gering zu halten.«

»Döhring ist tot.«

»Aber nur der Patriarch, nicht die Familie. Ebenso bei Ingdahlen. Der Reflex der Schadensminimierung ist noch da.« Jan-Niklas rollte wieder Nudeln auf die Gabel. »Das ist ähnlich wie bei der katholischen Kirche und den Missbrauchsopfern oder bei Parteien und deren Spendenskandalen. Am Ende ist der Whistleblower nicht der Gute, sondern der Böse, denn hätte er den Missbrauch oder die Unterschlagung nicht an die Öffentlichkeit gebracht, wäre der Ruf der Institution nicht beschädigt. Und hätte Lara nicht weiterermittelt, wäre Döhring als Heiliger bestattet worden.«

»Dieses Moralverständnis ist mir Gott sei Dank fremd. Aber worauf willst du hinaus?«

»Es muss nicht sein, dass die Personen im Hintergrund Angst vor Lara haben, weil sie Döhrings Mörder sind; sie wollen das vielleicht nur schnell begraben und nichts mehr in der Presse darüber lesen. Daher kommt die mögliche Schikane.«

»Kein abwegiger Gedanke«, stimmte Simon zu. »Aber so oder so muss im Fall Ingdahlen etwas unternommen werden. Und wenn sich in seinem Haus Beweise finden, werden wir wissen, wer von uns recht hat.«

Kapitel 10

Offensichtlich war es Oxana Ingdahlen nicht gewohnt, um diese frühe Uhrzeit aufzustehen, denn sie trug einen Morgenmantel über ihrem seidenen Pyjama, und ihre dunklen Haare waren ungekämmt. Ohne Schminke sah sie wesentlich älter aus als auf den Fotos, mit Ringen unter den Augen und Falten um den Mund.

»Was soll dieser Zirkus?« Sie blickte an Nowak vorbei zu dem großen Aufgebot an Kripobeamten und Kriminaltechnikern, die vor ihrem Haus standen. Die Straße war zugeparkt von Dienstwagen.

»Das ist kein Zirkus, sondern eine Hausdurchsuchung.«

Es kostete Lara all ihre Disziplin, nicht breit zu grinsen, als er Oxana den Durchsuchungsbeschluss zeigte.

»Das erlaube ich nicht«, sagte sie mit hoher, herrischer Stimme.

»Wir benötigen Ihre Erlaubnis nicht, Frau Ingdahlen«, erwiderte Nowak ruhig. »Ich möchte Sie bitten, das Haus zu verlassen, bis wir die Durchsuchung abgeschlossen haben.«

»In diesem Zustand?«

»Eine Beamtin wird Sie in Ihr Zimmer begleiten, sodass Sie sich ankleiden können. Ich möchte Sie aber bitten, auf Duschen und andere Reinlichkeitsmaßnahmen zu verzichten. Ebenso dürfen Sie das Bad nicht ohne Begleitung betreten oder gar die Tür abschließen. Weiterhin dürfen Sie keine Gegenstände mit aus dem Haus nehmen, dazu gehören auch Handy, Handtasche und Geldbeutel.«

»Das wird Sie Ihren Job kosten«, sagte sie noch. Dann drehte sie sich ruckartig um und ging nach oben.

Nowak wandte sich zu den wartenden Kripobeamten. Einen Augenblick trafen sich seine und Laras Augen, als erwöge er, sie als Oxanas Schoßhündchen abzustellen. Aber dann nickte er der Kollegin neben ihr zu.

»Wie besprochen gehen wir systematisch vor«, wandte er sich an die restlichen Anwesenden. »Versucht, so wenig Unordnung wie möglich zu verursachen, aber seid gewissenhaft.« Er nickte und betrat das Haus. Lara und ihre Kollegen folgten ihm.

Während das Anwesen von Bernhard Döhring noch stilvoll eingerichtet war, fühlte sich Lara von Ingdahlens Geschmack eher abgestoßen. Die Wände waren bis zur stuckverkleideten Decke mit beigefarbenen Fliesen bedeckt. Daran hingen zahlreiche moderne Kunstwerke, meist eigenartig angeordnete Farbkleckse auf Leinwänden, dazwischen auf Holzplatten gemalte rosa Bäume mit Luftballons statt Blättern, Graslandschaften in Türkis und Häuser in Neongelb. Als wäre das nicht bereits geschmacklos genug, hingen in einer langen Reihe über den Bildern Hirschgeweihe unterschiedlicher Größe.

»Oh Mann«, sagte ein Kollege neben ihr und starrte kopfschüttelnd auf die Bleistiftzeichnung einer halb nackten Frau, die neben einer hechelnden Bulldogge saß.

»Bin ich froh, dass ich für die Küche eingeteilt bin«, murmelte ein anderer und winkte Lara, ihm zu folgen.

Obwohl dieser Raum eher normal wirkte, erkannte man auch hier eine gewisse Exzentrik. Die Küche wurde von einem riesigen weißen Marmorblock in der Raummitte dominiert, bei dem Lara sich fragte, wie dieser große Stein in die Wohnung geschafft worden war. Auf dem Boden waren schwarze Fliesen, passend zu den ebenfalls schwarzen Schrankelementen an den Wänden. Nur durch ein einziges breites Fenster konnte natürliches Licht in den Raum fallen.

»Immer wenn man glaubt, schon alles gesehen zu haben, wird man eines Besseren belehrt«, murmelte ihr Kollege und zog sich Handschuhe über.

Lara tat es ihm nach und begann, die Schubladen zu durchsuchen. »Obwohl allein der Backofen mehr kostet, als ich im Jahr verdiene, ist das die hässlichste Küche, die ich je gesehen habe.« Es dauerte dreißig Minuten, bis sie einen ungefähren Eindruck hatte, nach welchem System die Küche aufgebaut war. Eine weitere Stunde später konnte sie sicher sein, dass es nirgends Geheimverstecke gab.

Gerade als sie den Inhalt des Kühlschranks inspizieren wollte, hörte sie das aufgeregte Rufen eines Kollegen.

Sie lief los und kam gleichzeitig mit Nowak ins Schlafzimmer.

Ihr Kollege stand vor einem großen aufgeschlagenen Fotoalbum auf dem Boden. »Das haben wir in einer Ablage hinter dem Bett gefunden.« Er deutete auf ein mit Satinlaken bezogenes Bett, ebenjenen Ort, an dem Ingdahlen den Tod durch eine Überdosis Lachgas gefunden hatte. Die Laken sahen unbenutzt aus, daher war es für Oxana wohl zu viel gewesen, hier noch zu übernachten.

Laras Aufmerksamkeit kehrte zurück zu dem Album. Auf jeder Seite befand sich ein Bild einer verprügelten Frau oder eines misshandelten Mannes. Eine Aufnahme davon zeigte Nadine Liss mit schmerzverzerrtem Gesicht im Gras. Blut war ihr über den Mund gelaufen und ihre Nase unnatürlich verformt.

»Kranke Dreckschweine«, murmelte Lara leise. Der Abscheu angesichts der Fotos überwog den Triumph, den sie eigentlich in dem Moment hätte verspüren sollen.

Nowak schien davon nicht beeindruckt zu sein. »Den Fundort markieren und dokumentieren«, sagte er geschäftsmäßig. »Übergebt das Album der KTI. Die soll sich darum kümmern und mir, so schnell es geht, berichten.«

* * *

»Eine rasante Mischung«, bemerkte Lara hustend, nachdem sie einen Schluck vom Gin Tonic getrunken hatte.

»Tonic wird überbewertet«, winkte Simon ab und nippte an seinem Glas.

»Nach deinem Kühlschrank zu schließen, habe ich dich immer für einen Gesundheitsapostel gehalten.«

»Bin ich auch. Aber man muss auch feiern können und der heutige Fund ist wahrlich ein Grund dafür.« Er prostete ihr zu.

»Elf Opfer«, sagte Lara kopfschüttelnd. »Ich weiß nicht, was mich wütender macht – dass Ingdahlen so etwas Abscheuliches getan hat oder dass die Behörden keinen Zusammenhang hergestellt haben.«

»Von den elf Angriffen konnte man sieben Ingdahlens Umfeld zuordnen und drei Döhrings. Die jährlich dreistellige Anzahl von Raubüberfällen in Frankfurt und die Verteilung über einen Zeitraum von fünf Jahren berücksichtigend, wäre es selbst uns schwergefallen, eine Verbindung festzustellen.«

Lara brummte mürrisch. »Ja, vielleicht«, gab sie schließlich zu.

»Außerdem hat sich Uggur bei den Taten geschickt angestellt und quasi keine Spuren hinterlassen. Die Fälle werden sich aufklären, aber mich interessiert, was es mit dem elften Opfer auf sich hat, das keinem der beiden zuzuordnen ist.«

»Dieser Nikolai?«

»Nikolai Samp. Ein investigativer Journalist, der auf dem Weg nach Hause nahe der U-Bahn-Station Schweizer Platz angegriffen wurde. Das gleiche Schema wie bei den anderen. Vordergründig ausgeraubt, wobei der Täter sehr brutal vorgegangen ist. Zahlreiche Verletzungen im Gesicht, eine ausgerenkte Schulter und vier gebrochene Finger der rechten Hand. Dabei wurden ihm sein Geldbeutel, sein Handy und sein Laptop weggenommen.«

»Als Journalist hat er vielleicht einen unangenehmen Artikel über Döhring oder Ingdahlen verfasst.«

Simon schüttelte den Kopf. »Habe ich vorhin überprüft. Es muss einen anderen Zusammenhang geben.«

»Wir kennen jemanden, der uns dabei helfen kann.« Lara erhob sich von der Couch und wollte zu ihrem Handy auf dem Tisch gehen, hatte aber Probleme, das Gleichgewicht zu halten.

»Was ist los mit dir? Du hattest ein halbes Glas.«

»Obwohl es manche Aspekte meines Lebens vermutlich leichter machen würde, trinke ich nicht viel«, rechtfertigte sie sich. »Außerdem wiege ich mindestens fünfundzwanzig Kilo weniger als du, daher ist die Voraussetzung nicht gerade fair.«

»Die Kripobeamten sind auch nicht mehr das, was sie mal waren«, murmelte er kopfschüttelnd. Er trank sein Glas aus, während Lara durch ihre Kontakte scrollte. Es dauerte einen Moment, bis sie Daniels Nummer gefunden hatte. Sie drückte auf die grüne Taste und stellte auf Freisprechen.

»Was ist bei Ingdahlens Haus heute Morgen vorgefallen?«, fragte er ohne Begrüßung.

»Sag ich nicht«, erwiderte Lara grinsend.

»Du hast es versprochen«, empörte er sich. »Eure Pressestelle mauert und will erst morgen früh eine Konferenz ansetzen.«

»Einen Tag Zeit sollte man den Behörden schon geben.«

»Das war eine Hausdurchsuchung«, widersprach Daniel. »Das fußt auf irgendeinem Verdacht, also gibt es schon Hinweise, ganz im Gegensatz zu dem überraschenden Fund von Döhrings Geheimraum.«

»Ist ja gut. Gib mir noch einen letzten Tipp, dann bekommst du einen Hinweis.«

»Ich habe noch einen gut bei dir. Daher fängst du an.«

Sie ließ sich seufzend auf die Couch fallen. »Die Kripo ist einem Hinweis der Staatsanwaltschaft nachgegangen, demzufolge Hartmut Ingdahlen einen bezahlten Schläger auf Personen angesetzt hat, die ihm schaden wollten oder irgendwie anders lästig waren.«

»Und was ist an den Vorwürfen dran?«

»Wenn ein Richter einen Durchsuchungsbeschluss für das Anwesen einer prominenten Familie wie den Ingdahlens ausstellt, ist immer etwas dran.«

»Verdammt!«, rief Daniel atemlos. »Und wer waren die Opfer?«

»Du bist an der Reihe.« Sie nahm ihr Glas in die Hand und trank einen Schluck. »Wer ist Nikolai Samp?«

»Sampi?«, fragte Daniel. »Er ist ein freier Journalist, der für seine besessene Akribie bekannt ist. Ich habe ihm bei einem Artikel über die Zustände am Frankfurter Bahnhof geholfen. Das war zwei Monate bevor er … verdammte Scheiße!«

»Bitte was?«

»Zwei Monate bevor er überfallen und brutal zusammengeschlagen wurde«, fuhr er fort. »Geschah das auf Ingdahlens Geheiß?«

»Weiß ich nicht«, gab Lara zu. »Deswegen rufe ich an.«

»Ich habe keinen vollständigen Überblick über Sampis Veröffentlichungen, aber spontan fällt mir nichts ein, was sich mit Ingdahlen oder einem seiner Klienten gekreuzt hat.«

»Kannst du recherchieren?«

»Sicherlich, aber das wird dauern. Ich muss zuerst die neusten Entwicklungen mit meinem Redakteur besprechen und einen Artikel über die Durchsuchung schreiben.«

»Dann morgen Mittag.«

»Unmöglich. Das sind gerade mal 16 Stunden. Den Schlaf nicht eingerechnet.«

»Als ob du es nicht gewohnt wärst, durchzuarbeiten.«

»Für einen Artikel gern, aber nicht kostenlos für die Kripo.«

»Du arbeitest nicht für die Kripo, sondern für mich«, korrigierte Lara. »Deine bezaubernde Ex-Freundin, die noch eine ganze Menge mehr Informationen über den Fall hat, von denen nicht einmal die Hälfte bei der morgigen Pressekonferenz erwähnt werden wird.« Ehrlich gesagt hatte Lara nicht die geringste Ahnung, was in der Presseerklärung stehen würde und wie sich Nowak oder der Polizeipräsident dazu äußern würden, aber es war das perfekte Druckmittel.

Wie erwartet fluchte Daniel unziemlich, was quasi ein Eingeständnis seiner Niederlage war. »13 Uhr. Keine Minute früher.«

»Bis dann.« Lara legte auf.

»Gut gepokert, Frau Kommissarin«, bemerkte Simon anerkennend. »Dir ist aber klar, dass Nowak deinen Hintern grillen wird, weil offensichtlich ist, von wem Daniel die Informationen hat.«

»Heute war so ein ekelhafter, regnerischer Tag, dass meinem Hintern Wärme guttun wird«, erwiderte sie lächelnd. »Außerdem wird Nowak genug mit der Presse und der Öffentlichkeit zu tun haben, sodass er kaum Zeit für mich finden dürfte.«

»Dann lass uns das Fest heute noch feiern, denn morgen früh beginnt wieder der Ernst des Lebens.« Er prostete ihr mit einem bereits wieder gefüllten Glas zu.

»Ich bin gespannt, was Nikolai Samp getan hat, um Ingdahlen oder Döhring zu verärgern«, bemerkte sie und erwiderte den Gruß. »Eine Kleinigkeit wird es jedenfalls nicht gewesen sein.«

* * *

Das Geräusch des laufenden Fernsehers weckte sie. Sie hob kurz den Kopf und bereute es sofort, als mehrere Dolche in ihr Gehirn stachen.

»Verflucht!«, murmelte sie und ließ sich zurück ins Kissen fallen. Tatsächlich hatte sie nur zwei Gläser mit Alkohol getrunken, jedoch eindeutig zu viel, denn ihr fehlte ein Stück des gestrigen Abends. Sie konnte sich noch erinnern, dass sie mit Simon eine Krankenhausserie angesehen hatte. Die restliche Zeit bis zum Aufwachen war ausgelöscht.

Offensichtlich hatte sie nicht mehr die Kraft zum Umziehen gehabt, denn sie lag in ihren Kleidern vom Vortag auf der Schlafcouch. Sie drehte sich etwas zur Seite, was sie ebenfalls umgehend bereute, als sich ihr Rücken über die viel zu weiche Unterlage beschwerte.

»Es wird Zeit, nach Hause zu gehen«, murmelte sie.

Als sich das sanfte Brummen der Kaffeemaschine in das leise Gemurmel des Nachrichtensprechers mischte, siegte ihr Drang nach Koffein über die Schmerzen und sie stand auf. Das Licht im Wohnzimmer war viel zu grell, also hielt sie sich die Hand vor die Augen und ging mit gesenktem Kopf in die Küche weiter.

»Guten Morgen«, sagte Simon lächelnd und reichte ihr eine Tasse. Lara trank einen Schluck, bevor sie den Gruß erwiderte.

»Nie mehr Gin Tonic.« Sie setzte sich an den Küchentisch, wo bereits ein Teller mit einem Kornbrötchen auf sie wartete. Daneben ein Messer und ungesalzene Butter.

Ihr Magen knurrte, denn sie hatte wegen der langen Hausdurchsuchung gestern eigentlich nur ein Käsebrot und eine Packung Salzbrezeln gegessen.

»Von einem Besuch im Präsidium würde ich in deinem Zustand vielleicht absehen«, bemerkte Simon, als sie sich beim Trinken etwas Kaffee auf das T-Shirt schüttete.

»Wegen der Presseerklärung und des damit verbundenen Aufmarsches an Journalisten hatte ich das sowieso nicht vor.« Sie drehte ihren Kopf zur Uhr, wobei es bedenklich in ihrem Genick knackte. »Viertel nach elf?«, fuhr sie auf. »Ich kann mich nicht erinnern, wann ich das letzte Mal so lange geschlafen habe.«

»Wir haben bis ein Uhr alte Folgen von ›Dr. House‹ gesehen«, erklärte Simon. »Dann bist du ins Zimmer gewankt und auf der Couch direkt eingeschlafen.«

»Eigentlich wollte ich um zehn Uhr die Pressekonferenz verfolgen.«

»Viele allgemein gehaltene Aussagen und wenig Neues«, erklärte Simon. »Das einzig Interessante war der Haftbefehl gegen Oxana Ingdahlen, der heute Morgen ausgestellt wurde, weil auf dem Album ihre Fingerabdrücke gefunden wurden.«

»Wenn das keine guten Nachrichten sind.« Sie nahm das Messer und schnitt ihr Brötchen auf.

»Trotzdem sollten wir uns nicht zu früh freuen, denn die Fotos sind zwar belastend, aber kein eindeutiger Hinweis darauf, dass Hartmut oder Oxana den Schläger beauftragt haben.«

»Vor allem, wenn Uggur weiter im Ausland bleibt.«

»Auch diese Anschuldigung wird vor Gericht kaum Bestand haben. Der Täter war immer vermummt. Außerdem hat er weder Fingerabdrücke noch DNS hinterlassen.«

»Darum sollen sich andere kümmern. Mich interessieren die potenziellen Mörder von Döhring und Ingdahlen.«

»Diesbezüglich hat mir Jan-Niklas heute bereits eine SMS geschrieben.«

»Dein Staatsanwaltfreund?«

Simon nickte. »Im Rahmen der Ermittlungen wird er den Tod von Hartmut Ingdahlen noch einmal aufrollen. Weil der Leichnam eingeäschert wurde, ist er allerdings nicht optimistisch, etwas Neues zu entdecken.«

»Dadurch wird Ingdahlens Mörder nicht gefunden«, stimmte Lara zu. »Aber bisher waren es die kleinen Dinge, die uns die entscheidenden Hinweise gegeben haben, sei es der Kartenleser neben dem Schloss oder das angebliche Wetterleuchten nach dem Angriff des Unbekannten.« Sie schmierte sich Butter auf das Brötchen.

»Was hast du heute vor?«

»Mich ins System einloggen und die neusten Berichte lesen«, erklärte Lara. »Und um 13 Uhr meldet sich Daniel hoffentlich mit neuen Informationen.«

»Ich habe mir einige von Samps Artikeln besorgt und aufmerksam durchgelesen, jedoch nach wie vor keine Verbindung zu Ingdahlen oder Döhring gefunden. Auch nicht um zwei Ecken bei Stiftungen oder anderen Engagements.«

»Es muss etwas geben. Wenn der Angriff auf ihn ein Versehen gewesen wäre, hätten sich die Ingdahlens nicht sein Bild ins Album geklebt.«

»Oder sie waren noch kaputter, als wir annehmen, und haben Uggur ein zufälliges Opfer auswählen lassen.«

»Das würde unsere Ermittlungen extrem erschweren.« Lara griff gerade nach ihrer Tasse, als ihr Handy klingelte. Sie hielt in der Bewegung inne, stand auf und ging ins Wohnzimmer, wo das Gerät auf dem Tisch lag. »Es ist Daniel«, sagte sie mit Blick aufs Display.

»Deutlich vor der Zeit«, bemerkte Simon, der ihr gefolgt war.

»Guten Morgen«, begrüßte Lara Daniel und unterdrückte ein Gähnen.

»Sag mir nicht, dass du gerade erst aufgestanden bist, während ich die Nacht durcharbeiten musste.«

»Natürlich nicht«, erwiderte sie mit gespielter Empörung. »Das mit Sampi ist unverändert eine Sackgasse. Ich habe nichts gefunden, was auf Ingdahlen oder Döhring hindeutet.«

»Hast du ihn persönlich dazu befragt?«

»Ist im Moment schwierig, weil er in Katar abgetaucht ist, um von den Zuständen rund um die bevorstehende Fußball-WM zu berichten«, antwortete Daniel. »Sein Handy ist tot, daher habe ich ihm eine E-Mail geschrieben, gehe aber nicht davon aus, dass er zeitnah antwortet, weil er sich in jedes Projekt voll reinhängt und seine Umwelt darüber vergisst.«

»Der Angriff auf ihn war kein Zufall«, beharrte Lara.

»Das kann ich nicht beurteilen, daher kann nur er uns damit weiterhelfen.«

»Ich hatte nicht vor, im Rahmen der Ermittlungen nach Katar zu fliegen.«

»Möglicherweise habe ich noch einen anderen Hinweis gefunden.«

»Möglicherweise?«

»Einer seiner Artikel handelte von einem Unternehmer namens Ludger Jungbluth, der mit einigen dubiosen Geschäften den Sprung in den Frankfurter Geldadel geschafft hat«, erklärte er. »Keine Ahnung, wie eng er mit Döhring oder Ingdahlen befreundet war, aber er hat sich in ähnlichen Kreisen herumgetrieben.«

»Wie dubios ist dieser Jungbluth?«

»Er saß wegen Anlagebetrugs und Erpressung im Gefängnis, obwohl er alles leugnet und sich als unschuldiges Opfer darstellt.«

»Würdest du ihm zutrauen, hinter dem Angriff auf deinen Kollegen zu stecken?«

»Nach dem wenig schmeichelhaften Artikel über ihn auf jeden Fall.«

Lara wandte sich zu Simon, der den Daumen hob.

»Vielen Dank für den Schubs in diese Richtung«, sagte sie zu Daniel.

»Gern geschehen. Ich muss nicht erwähnen, wem du neue Informationen zu Ingdahlen als Erstes zu geben hast ...«

»Ist ja gut«, wiegelte Lara ab. »Ich mache mich gleich an die Arbeit.« Damit beendete sie das Gespräch.

»Ich habe den Artikel gelesen.« Simon ging zu seinem Laptop. »Wie Daniel schon gesagt hat, war er wenig schmeichelhaft, denn er führt eine ganze Liste von Vergehen auf, die zu Jungbluths Verurteilung geführt haben.«

»Wie kann ein wegen Anlagebetrugs und Erpressung vorbestrafter Mann eine wichtige Persönlichkeit in der Frankfurter Gesellschaft werden?«

Simon zog eine Augenbraue hoch. »Wenn du dir besagte Gesellschaft genauer ansiehst, kommen Anklagen dieser Art durchaus vor.«

»Können wir mithilfe des Artikels ein Profil von Jungbluth erstellen?«

»Eher schwierig«, meinte Simon. »Der Fokus liegt sehr stark auf den illegalen Geschäften, die ihn ins Gefängnis gebracht haben. Das ist fast acht Jahre her. Über seine Entwicklung zum erfolgreichen Businessmann nach der Entlassung findet sich nichts.«

»Dann zurück zur Ochsentour.«

»Ich betreibe Recherche im Internet und du schaust dir die Akte zu seiner Verurteilung an«, bestätigte Simon. »Nachher führen wir die beiden Dinge zusammen und schauen, was rauskommt.«

* * *

Als Simon den Teller mit einem dampfenden Reisgericht neben ihr abstellte, wurde Lara wie aus einer Trance herausgerissen.

»Es ist faszinierend, wie tief du dich in Ermittlungen hineinsteigern kannst«, sagte er lächelnd.

»Wie spät ist es?«, fragte sie.

»Halb vier«, antwortete er. »Zeit für eine Pause mit Nasi Goreng.« Er reichte ihr eine Gabel und setzte sich mit einem weiteren Teller neben sie.

»Fantastisch«, bemerkte Lara, nachdem sie davon gekostet hatte.

»Ich könnte die Lorbeeren dafür kassieren, aber das Essen habe ich vom indonesischen Imbiss auf der gegenüberliegenden Straßenseite«, erklärte er. »Mein Kühlschrank hat nicht mehr genug für eine Mahlzeit hergegeben.«

»Was machen deine Recherchen?«, fragte sie kauend.

»Ich bin so weit fertig. Gerade die Wirtschaftsseiten waren sehr ergiebig. Aber am besten fangen wir mit der Verurteilung an.«

»Diese Geschichte ist schnell erzählt«, begann Lara. »Jungbluth hat mit großem Aufwand Investment in Schiffscontainer angeboten und von zweistelligen Renditen geschwärmt. Seine Zielgruppe waren vor allem einfache Leute mit wenig Ahnung vom Geschäft, die dann ein siebzehnseitiges Dokument unterschrieben haben, welches im Text versteckt Klauseln zu ihren Ungunsten enthielt.«

»Und diese Klauseln waren legal?«

»Meist in einer Art Grauzone, daher war Jungbluth nur schwer kriminelle Absicht nachzuweisen, aber schließlich hat das Gericht gegen ihn entschieden und ihn zur Rückzahlung des Geldes gezwungen.« Sie machte eine kurze Pause und aß.

»Bedauerlicherweise für die Anleger hatte er einen beträchtlichen Teil davon schon verprasst.«

»Und die Erpressung?«

»Jungbluth hat seine Mitstreiter gezwungen, seine krummen Geschäfte mitzumachen, sonst wollte er intime Videos von ihnen verbreiten.«

»Inwieweit intim?«, erkundigte sich Simon.

»Das blieb sein Geheimnis, denn diese Aufnahmen wurden weder in seinen Geschäftsräumen noch in seiner Wohnung gefunden. Wahrscheinlich haben sie nie existiert, aber den Tatbestand der Erpressung hat es trotzdem erfüllt.«

»Wie lange war er in Haft?«

»Im Dezember 2014 wurde er zu 24 Monaten ohne Bewährung verurteilt. Davon hat er zwei Drittel verbüßt. Im Mai 2016 war er wieder auf freiem Fuß. Seitdem hat er sich nichts mehr zuschulden kommen lassen.« Sie legte ihre Gabel ab und trank einen Schluck Wasser. »Mehr gibt die Akte nicht her, vor allem keine Verbindung zu Döhring oder Ingdahlen.«

»Diesbezüglich sieht es bei mir besser aus«, erwiderte Simon. »Jungbluth wurde im Februar 2017 Teilhaber einer GmbH, die in Immobilien investierte. Die anderen Gesellschafter sind unbeschriebene Blätter und die Firma spielte nicht bei den großen Jungs mit, sondern kümmerte sich um kleine Bauprojekte. Interessant wird es erst wieder im November 2018, denn da wurde Jungbluth aus dem Nichts in den Aufsichtsrat einer großen Privatbank berufen.«

»Woher kam der plötzliche Aufstieg?«

»Das würde mich auch interessieren, da weder Jungbluth noch seine Firma irgendeine sichtbare Rolle in der Frankfurter Wirtschaft gespielt haben. Weiterhin gilt das Aufsichtsratsmandat der Privatbank zu den renommiertesten und bestbezahlten überhaupt. Die Mitglieder sind erlesen.«

»Ich kann mir nicht vorstellen, dass es da mit rechten Dingen zugegangen ist, gerade wenn man Jungbluths Vergangenheit berücksichtigt.«

»Die Wirtschaftspresse war ebenfalls verwundert über diese Nominierung, aber niemand hat einen Verdacht irgendwelcher Art geäußert. Von da an ging es mit Jungbluths Karriere steil bergauf, sowohl wirtschaftlich als auch von seiner Person her. Die Firma ist in Großbauprojekte eingestiegen und auf den wichtigen Events in Frankfurt war sein Gesicht zu sehen. Und bevor du fragst, ja, auch in Gesellschaft von Döhring und Ingdahlen.«

»Und wann wurde Samps Artikel über ihn veröffentlicht?«

»Im Januar 2020. Aus Sicht von Jungbluth zur Unzeit, denn er war endlich oben angekommen.«

»Gab es eine Reaktion von seiner Seite?«

»Viele Dementi und eine Klage auf Unterlassung, aber das Kind war längst in den Brunnen gefallen«, erklärte Simon. »Drei Monate später wurde Samp überfallen und zusammengeschlagen.«

»Es passt alles ins Muster«, bemerkte Lara.

»Im Gegensatz zu Döhring und Ingdahlen ist Jungbluth noch am Leben, was uns mehr Möglichkeiten zum Ermitteln gibt.«

»Von offizieller Seite kommen wir ohne triftigen Grund nicht an ihn heran. Nowak wird sich nicht darauf einlassen und selbst deinem Staatsanwaltfreund wird es nicht genug sein.«

»Die mögliche Beteiligung am Überfall ist zu wenig«, stimmte Simon zu. »Das hauen uns seine Anwälte um die Ohren. Auch weil die Verbindung zu Ingdahlen schwach ist.«

»Wir müssen uns an das Umfeld des Verdächtigen wenden.«

»Da habe ich wenig zu bieten, denn die GmbH hat nicht einmal eine Homepage und ist auch ansonsten sehr verschwiegen«, erwiderte Simon. »Die Fotos von den offiziellen

Empfängen sind zu wenig, um gute Bekannte zu ermitteln. Schließlich ist Jungbluth unverheiratet und hat keine Geschwister, daher fällt der familiäre Aspekt ebenfalls raus.«

»Seine Firma wird eine Geschäftsadresse haben. Da kann ich ja mal vorbeischauen.«

»Ich hätte vielleicht einen anderen Vorschlag«, erwiderte Simon.

Lara hörte kurz mit dem Essen auf. »Ich höre.«

»Als Jungbluth im November 2018 in den Aufsichtsrat der Privatbank gewählt wurde, geschah das nicht im Rahmen einer Neuaufstellung des Gremiums. Tatsächlich hat der Industrielle Gisbert Auerswald zu seinen Gunsten verzichtet. Mitten in seiner Amtszeit.«

»Auerswald«, murmelte Lara. »Der Name sagt mir etwas.«

»Ein Zulieferer für Förderfahrzeuge. Seine Firma macht Umsatz im dreistelligen Millionenbereich. Er veranstaltet regelmäßig ein Happening für die Kunsthalle Frankfurt, bei dem er neue Mäzene und Mitglieder wirbt. Das Treffen trägt seinen Namen, daher ist Auerswald ein Begriff in Frankfurt.«

»Hat er einen Grund für seinen Rücktritt genannt?«

»Offiziell altersbedingt, was mir bei einem gesunden einundsechzigjährigen Mann schwerfällt zu glauben, vor allem weil sein Engagement seit 2018 eher zugenommen hat.«

»Du vermutest anderes?«

Simon nickte. »Wie schon erwähnt, der Aufsichtsratsposten in der Privatbank ist äußerst renommiert. Ein Mann wie Auerswald hat den nicht einfach geräumt.«

»Jungbluth wird ein Druckmittel gehabt haben«, vermutete Lara.

»Das muss aber ein mächtiges Druckmittel gewesen sein, denn Auerswald ist kein Leichtgewicht.«

»Aus diesem Grund sollten wir mit ihm darüber reden.«

»Das wäre auch mein Vorschlag.«

»Sicherlich weißt du auch, wie ich an ihn herankomme.«

»Natürlich.« Simon grinste. »Am morgigen Sonntagabend findet ein Treffen der Mitglieder des Frankfurter Kunstvereins statt. Sie erhalten eine exklusive Führung des Malers, dessen Ausstellung vor Kurzem eröffnet worden ist. Und du darfst drei Mal raten, wer bei den Mitgliedern einen wichtigen Posten innehat.«

* * *

Das letzte Mal hatte Lara den Frankfurter Kunstverein noch mit ihrer Schulklasse besucht. Schon damals war sie über die Schlichtheit des dreistöckigen Gebäudes enttäuscht gewesen. Sie hätte etwas Exzentrischeres erwartet, keine Fassade mit beigen Steinplatten, einer rostigen Regenrinne und langweiligen Fenstern. Einzig die Gaslaterne rechts neben dem Eingang war ihr damals positiv aufgefallen.

Anders als beim Schulausflug war der Vorraum dieses Mal voll mit Kunstinteressierten. Offensichtlich war die Führung schon vorbei, denn jeder von ihnen hielt ein Glas Sekt, Wein oder Orangensaft in der Hand. Bedienstete mit weißen Schürzen verteilten Häppchen auf kleinen Tellern. Das Publikum bestand aus Anzugträgern und Frauen in eleganten Kleidern, sodass sich Lara nicht sicher war, ob die Veranstaltung nicht doch ein Treffen der Wirtschaftsbosse sein sollte. Nur ein großer, hagerer Mann in einem hüftlangen roten Hemd, dunkelbrauner Cordhose und schwarzen Doc Martens stach aus der einheitlichen Gruppe der Besucher heraus. Vor einer weißen Wand stehend erläuterte er gestenreich etwas, das Lara von ihrem Platz aus nicht sehen konnte.

Sie wählte Simons Nummer und steckte das Handy ein. Obwohl sie in ihrer Stoffhose und dem langen Mantel nicht zu der Gruppe passte, schien sich niemand an ihrer Anwesenheit zu stören, als sie den Raum mit den Exponaten betrat. Sie lehnte freundlich ein Glas Sekt ab und schob sich an der Gruppe der Zuhörer vorbei, bis sie bei dem Mann ankam, der demjenigen auf dem Foto ähnelte, das Simon ihr von Gisbert Auerswald gegeben hatte. Ein Mann Mitte sechzig, mit ergrautem Haar, etwas längeren Koteletten und einer großen Nase, deren Spitze einen kleinen Bogen nach unten machte. Seine Augenbrauen waren gleichmäßig gezupft und er war leicht gebräunt, der Bronzeton seiner Haut sah allerdings zu künstlich aus, als dass er von der Sonne hervorgerufen sein konnte. Auerswald trug einen perfekt sitzenden dunkelblauen Anzug mit roter Krawatte und unterhielt sich gerade leise mit einem Mann seines Alters, der statt eines Sektglases einen halb leeren Bierkrug in der Hand hielt.

Lara stellte sich den Männern gegenüber und lächelte. Das Gespräch endete abrupt.

»Kann ich Ihnen helfen?«, fragte Auerswald. Seiner Stimme war anzuhören, dass er über die Störung nicht glücklich war.

»Schmitt von der Kripo Frankfurt.« Lara zeigte ihre Marke. Da der Fernsehbericht über ihren Angriff auf Gabriel Alcide wahrscheinlich auch in diesen Kreisen Gesprächsthema gewesen war, hatte sie sicherheitshalber ihre langen Haare zu einem strengen Zopf geflochten, eine Brille aufgesetzt und entschieden, sich nicht mit ihrem richtigen Namen vorzustellen. Schließlich wusste sie nicht, wie eng Auerswalds Verbindungen zur Kripo waren. »Hätten Sie einen Augenblick für mich?«

Einen Moment wirkte er von ihrem Besuch überrascht. Dann wurde seine Miene wieder geschäftig. Er nickte seinem Gesprächspartner zu, der sich schnell verabschiedete und sich der Gruppe der Zuhörer anschloss.

»Hätten Sie nicht einen Termin mit meiner Assistentin machen können?«, wandte er sich ungehalten an Lara. »Dies ist kein guter Zeitpunkt, mich aufzusuchen.«

»Ich entschuldige mich für dieses Vorgehen. Unter normalen Umständen hätte ich Sie in Ihren Geschäftsräumen aufgesucht, aber neuere Entwicklungen zwingen uns zum schnellen Handeln«, redete sie sich mit einer allgemeinen, nichtssagenden Plattitüde heraus.

»Sprechen Sie von der Durchsuchung im Haus Ingdahlen?« Sein Ärger hatte sich binnen einer Sekunde in Neugier verwandelt.

»Ich darf Ihnen keine Details zu laufenden Ermittlungen geben, aber aktuell hat dieser Fall unsere höchste Priorität.«

Auerswald kniff nachdenklich die Augen zusammen, trank einen Schluck Sekt und stellte das Glas auf einen Stehtisch. Der kleine Hinweis hatte offensichtlich genügt, um seine Neugier zu wecken. »Ich hatte nur wenig mit Hartmut Ingdahlen zu tun«, bemerkte er. »Wie kann ich Ihnen helfen?«

»Meine Frage bezieht sich nicht auf Herrn Ingdahlen, sondern einen Bekannten von ihm. Ludger Jungbluth.«

Auerswald versteifte sich merklich. Wäre das Sektglas noch in seinen Händen gewesen, hätte er es wahrscheinlich zerdrückt. Er presste die Lippen zusammen. »Mit Herrn Jungbluth habe ich ebenfalls nichts zu tun.«

Es brauchte keinen ausgebildeten Psychologen, um die Lüge zu bemerken, aber es war ja schon Simons und ihre Vermutung gewesen, dass Auerswald damals nicht freiwillig zurückgetreten war. »Sie haben im November 2018 auf Ihren Sitz im Aufsichtsrat einer Privatbank verzichtet. Zugunsten von Herrn Jungbluth.«

»Da war nichts Persönliches zwischen uns«, winkte er ab. »Ich wollte mehr Zeit für andere Dinge haben und hielt Herrn Jungbluth für einen zweckmäßigen Nachfolger.«

»Inwiefern zweckmäßig?«

»Wegen seiner Kompetenz im Immobilienmarkt.« Sein Blick ging an Lara vorbei zu der Gruppe von Zuhörern, als hätte er Angst, dass jemand das Gespräch belauschen könnte.

»Also kannten Sie seine Qualifikation?«

»Das können Sie in jedem Wirtschaftsblatt nachlesen.«

Ein Schweißfilm bildete sich auf Auerswalds Stirn. Lara war überrascht, wie schnell ihn dieses Thema aus der Fassung gebracht hatte; immerhin war der Wechsel im Aufsichtsrat fast vier Jahre her.

»Um ein vollständiges Bild von Herrn Jungbluth zu bekommen, wäre uns jeder Hinweis in Bezug auf seine Person wichtig«, hakte Lara nach.

Applaus brandete auf. Offensichtlich war die Erläuterung des Künstlers vorbei.

»Nicht hier und nicht heute.« Auerswalds Blick ging wieder an Lara vorbei. »Rufen Sie meine Sekretärin an. Dann machen wir einen Termin.«

»Wie schon erwähnt ist die Information dringend, daher …«

»Nicht jetzt.« Er wedelte hektisch mit den Händen.

»In Ordnung«, gab Lara schließlich auf. Aus diesem Mann würde sie heute nichts mehr herausbekommen. »Dann ein anderes Mal.«

Sie drehte sich zum Ausgang um, um den Kunstverein zu verlassen, als Auerswald sie plötzlich am Arm packte.

»Seien Sie vorsichtig mit Jungbluth«, sagte er eindringlich. Einen Moment schien er mit sich zu ringen, ob er sich konkreter äußern sollte. Dann wandte er sich ab und tauchte in der Menge der Besucher unter.

* * *

Simons Gesichtsausdruck verriet, dass auch er nicht wusste, was von Laras Gespräch mit Auerswald zu halten war.

»Besteht die Frankfurter Geschäftswelt nur aus verrückten Psychopathen und wir haben es nicht mitbekommen?«, meinte er. »Oder woher kommt Auerswalds Angst vor Jungbluth?«

Lara zog ihren Mantel aus und zuckte die Schultern.

»Gisbert Auerswald ist ein millionenschwerer Unternehmer mit sicherlich guten Verbindungen zu den Strafverfolgungsbehörden. Was kann ein mieser kleiner Betrüger wie Jungbluth über diesen Mann in der Hand haben, dass allein das Aussprechen des Namens ihn schon nervös werden lässt?«

»Du hättest sein Gesicht sehen sollen.« Lara setzte sich auf die Couch. »Eine Verwandlung vom ungehaltenen Businessmann in ein kleines verängstigtes Kind binnen eines Augenblicks.« Sie schnippte mit den Fingern.

»Zumindest wissen wir jetzt, dass wir auf der richtigen Spur sind«, warf Simon ein.

»Und dass Jungbluth kein Problem damit hätte, einen lästigen Journalisten zusammenschlagen zu lassen«, ergänzte sie.

»Wenn schon Auerswald dich vor ihm warnt, müssen wir vorsichtig vorgehen«, stellte Simon fest. »Eine direkte Befragung entfällt, weil das zu keinem Ergebnis führen und Jungbluth aufschrecken würde.«

»Wie sollen wir dann weiter vorgehen? Die Akten zu seiner Verurteilung geben nicht mehr her und sämtliche Artikel über ihn kennen wir. Die einzige Person, die uns weiterhelfen könnte, wäre Nikolai Samp, der jedoch in Katar abgetaucht ist.« Sie nahm ihr Handy aus der Tasche und legte es auf den Couchtisch. »Wenn Daniels Kollege auf die Mail reagiert hätte, hätte er sich längst gemeldet.«

»Vorschläge?« Simon setzte sich neben sie auf die Couch.

»Ähnlich wie bei Oxana Ingdahlen müssen wir an jemanden aus dem inneren Zirkel ran«, meinte Lara.

»Ich habe den Aufsichtsrat der Privatbank überprüft«, erklärte Simon. »Das sind alles Leute in der Liga von Auerswald.

Ich kann mir nicht vorstellen, dass jemand uns ein Geheimnis verrät, solange wir keine konkreten Anschuldigungen gegen Jungbluth vorweisen können.«

»Wenn ich die Erpressung gegenüber seinen Kollegen beim Anlagebetrug betrachte, liegt die Vermutung nahe, dass er Ähnliches auch bei seinen jetzigen Mitarbeitern machen wird.«

»Bleibt noch die Zeit im Gefängnis«, sagte Simon.

»Darüber gibt es quasi nichts, oder hast du Verbindungen zur JVA?«

»Vielleicht«, sagte Simon gedehnt.

»Du kennst Knastkumpel?«

»Jan-Niklas war mit einem Wärter von der JVA bekannt«, korrigierte er. »Vor Jahren hat er uns Interna zu einem Dealer aus dem organisierten Milieu gegeben. Aber besagter Wärter wurde kurz vor meinem Ausstieg vom aktiven Dienst bei den Insassen in die Verwaltung versetzt. Aus gesundheitlichen Gründen«, fügte Simon noch hinzu. »Daher kann ich nicht versprechen, dass er überhaupt noch in der JVA arbeitet. Und selbst dann wird er uns nichts über Jungbluth sagen können, aber vielleicht kennt er jemanden, der jemanden kennt.«

»Eine Menge Umwege und Wenns«, bemerkte Lara.

»Was Besseres habe ich nicht«, erwiderte Simon. »Ich muss herumtelefonieren. Wie gesagt, mit etwas Glück arbeitet besagter Gerd Schneider noch in der JVA. Dann weiß ich auch, wo ich ihn morgen Abend finde.«

* * *

Der Kiosk in Preungesheim hatte sich in den vielen Jahren nicht verändert. Ein weißer, wenig einladender Betonblock an einer viel befahrenen Straße inmitten eines eng bebauten Wohngebiets voller Hochhäuser. Die große Fensterscheibe des Kiosks war zur Hälfte mit blauer Folie abgeklebt. Die Leuchtreklame über dem

Sichtschutz stammte von Biermarken, die es längst nicht mehr gab. Die Tür war vergittert und der Aschenbecher auf dem kleinen silberfarbenen Mülleimer quoll über vor Zigarettenkippen. Das Wetter war stürmisch und regnerisch, sodass die schiefen Plastikstehtische auf dem Gehweg verwaist waren. Drinnen hörte man das raue Gelächter von Männern, ab und zu unterbrochen von klirrendem Glas, wenn sie ihre Bierflaschen aneinanderstießen.

Obwohl Simon heute keinen Anzug trug, wusste er, dass er mit seiner Stoffhose, dem Hemd und der Fleecejacke sofort Argwohn erregen würde, auch weil er nicht aus der Gegend stammte. Aus diesem Grund wartete er zehn Meter weiter an den Zaun gelehnt.

Als Jan-Niklas ihn während der Ermittlungen zu Schneider mitgenommen hatte, war dies immer ihr bevorzugter Treffpunkt gewesen. 17.15 Uhr. Direkt nach dessen Schicht in der JVA.

Simon sah auf die Uhr. Es war kurz vor halb sechs. Sein Freund hatte ihm versichert, dass Schneider noch immer dort arbeitete, wenn auch nur in der Verwaltung.

»Komm schon«, murmelte er. Er trippelte auf der Stelle, wurde es ihm nach zwanzig Minuten Wartezeit doch langsam zu kalt. Ein hochgetunter BMW fuhr mit dröhnenden Bässen an ihm vorbei, gefolgt vom Fluchen eines älteren Fahrradfahrers.

Simon überlegte gerade, wieder zu seinem Auto zurückzukehren, als ein kleiner, dicklicher Mann den Gehweg entlanggelaufen kam. Im ersten Augenblick erkannte er Schneider fast nicht, da dieser anstelle des Haarkranzes inzwischen eine Glatze hatte und damals noch nicht so dick gewesen war. Die lässige Art, wie er seine Zigarette im Mundwinkel hängen hatte, beseitigte schließlich Simons letzte Zweifel.

»Herr Schneider?«, sprach Simon ihn an. »Mein Name ist Franke von der Kripo Frankfurt. Vor einigen Jahren haben Sie Herrn Staatsanwalt Zieth und mir bei Ermittlungen geholfen.«

Schneider inhalierte kurz, ohne die Stabilität seiner Kippe im Mundwinkel zu gefährden. Er betrachtete Simon von oben bis unten und kniff nachdenklich die Augen zusammen. Dann atmete er hörbar den Rauch aus.

»Hast dich nicht verändert«, sagte er schließlich mit seiner rauen Stimme. »Genauso groß und dürr wie damals.«

Simon fiel auf diese Bemerkung keine adäquate Erwiderung ein, daher sagte er nur: »Danke.«

»Willst 'n Bier?« Schneider deutete auf den Kiosk und ging weiter.

Eigentlich hasste Simon Bier, aber schon bei seinem Treffen mit Jan-Niklas hatte er sich auf eine Flasche eingelassen, da dieses gemeinsame Trinken in gewissen Kreisen doch eine Art gesellschaftliches Ritual war. »Gern«, antwortete er mit einem gequälten Lächeln.

Als Schneider die Tür zum Kiosk öffnete, hatte Simon Mühe, weiterzugehen, denn die stinkige Mischung aus Zigarettenrauch, Fritteusenfett und Alkohol ließ ihn beinahe würgen.

»Der Lulatsch gehört zu mir«, sagte Schneider, als sich alle Köpfe zu den Neuankömmlingen drehten. »Also labert ihn nicht voll.«

Die Bemerkung schien die Anwesenden zufriedenzustellen, denn sie wandten die Blicke ab und nahmen ihr Gespräch wieder auf. Nach dem, was Simon aufschnappen konnte, ging es um den mäßigen Saisonstart der Eintracht im Vergleich zum Vorjahr, in dem man die Europa-League gewonnen hatte, wobei die meisten sie immer noch UEFA-Cup nannten.

»Zwei Export«, rief er dem Mann hinter der schmuddeligen Theke zu.

»Also Frankie-Boy, was kann ich für dich tun?«, fragte Schneider, nachdem der Kioskbesitzer das Bier vor sie hingestellt hatte.

Simon verkniff sich die Bemerkung, dass Franke sein Nachname war und sein Vorname Simon lautete. »Ich brauche Informationen zu einem ehemaligen Insassen.«

»Wie ehemalig ist der?« Schneider drückte seinen Zigarettenstummel im Aschenbecher aus. »Ich bin seit neun Jahren in der Verwaltung.«

»Er kam 2014 in die JVA.«

»Dann weiß ich von nix.« Er prostete Simon zu und trank einen Schluck.

»Das ist mir klar, aber Sie haben sicherlich noch Kontakt zu Kollegen, die näher an den Insassen sind.«

»Zu ein paar«, stimmte er zu.

»Hundert für Sie und noch mal hundert für den Kollegen, der mir Informationen geben kann.« Simon hatte wenig Erfahrung mit Bestechung, aber Jan-Niklas hatte Schneider immer Geld zugesteckt, daher erwartete er das wahrscheinlich.

Der ehemalige Wärter stellte die Flasche auf den Tisch und betrachtete Simon mit zusammengekniffenen Augen, als würde er darüber nachdenken, ob mehr herauszuschlagen war.

»Leg noch ’n Fuffi drauf und wir sind im Geschäft«, sagte er leise mit misstrauischem Seitenblick zu den anderen Anwesenden, bei denen gerade ein Streit über die optimale Aufstellung der Eintracht entbrannte.

Simon hob seine Flasche. »Deal.«

Schneider stieß das Bier dagegen und lächelte.

Simon griff in seine Tasche, holte den Geldbeutel heraus und entnahm unter dem Tisch zweihundertfünfzig Euro, die er Schneider reichte. Dieser nahm das Geld mit der Rechten, während er sich mit der Linken über die Glatze fuhr, als wollte er den Blick der Anwesenden bewusst darauf lenken.

»Über wen willste was wissen?«, fragte er, als seine Rechte wieder um die Bierflasche lag.

»Einen gewissen Ludger Jungbluth. Saß wegen Betrugs und Erpressung«, erklärte Simon. »Mich interessieren vor allem seine Zellennachbarn, mit wem er sich umgeben und wie er sich benommen hat.«

»Lässt sich machen«, sagte Schneider.

»Ich habe alles auf einen Zettel geschrieben.« Simon schob ihm ein Stück Papier zu. »Samt der Handynummer meiner Kollegin, mit der ich den Fall bearbeite.«

»Hey, Schorsch, zwei Mal Bockwurst mit Kartoffelsalat!«, rief er dem Mann hinter der Theke zu, während er den Zettel unauffällig in die Tasche steckte. »Und vergiss den Senf nicht.«

»Was tut man nicht alles«, murmelte Simon und versuchte zu verdrängen, unter welchen Umständen hier wohl Lebensmittel aufbewahrt wurden. Aber für mehr Informationen nahm er sogar eine Magenverstimmung in Kauf.

»Morgen Abend weißt du, was dieser Jungbluth in der JVA gemacht hat, Frankie-Boy«, sagte Schneider. »Und bis dahin saufen wir«, fügte er hinzu und bestellte eine Flasche Korn.

Kapitel 11

Obwohl sich die Aufregung um den Fernsehbericht inzwischen gelegt hatte, ging Lara nicht ohne Mütze, Schal und Brille zu sich nach Hause. Schließlich hatte einer ihrer Hausnachbarn ihre Wohnungstür eingetreten. Um kurz nach neun waren die meisten Leute bei der Arbeit und die Kinder in der Schule, sodass Lara niemandem begegnete, als sie ins Treppenhaus trat. Das Büro von Walter war leer, aber das Licht brannte, sodass er wahrscheinlich irgendwo um das Haus unterwegs war. In ihrem Stockwerk angekommen, betrachtete sie die neue Tür aus robuster Eiche, mit Spion und einem Querriegel aus Metall. Ohne Ramme oder Sprengstoff würde hier niemand hineinkommen.

Drinnen lehnte sie sich an das Türblatt. »Merci, Walter«, bedankte sie sich bei dem Hausmeister, der trotz aller Widrigkeiten immer zu ihr gehalten hatte.

Sie legte den Koffer auf ihr Bett, hatte aber keine Lust, ihn auszuräumen. Stattdessen nahm sie ihr Handy und wählte Daniels Nummer.

»Was gibt es Neues?«, fragte er interessiert.

»Nicht viel«, wiegelte sie ab. »Aber vielleicht kommt noch was.« Sie blieb bewusst vage.

»Ach komm, Lara«, brummte er verärgert. »Ich habe mich mit Sampi schon voll reingehängt. Du hast mir versprochen, was zu liefern.«

»Dafür benötige ich nochmals deine Hilfe.«

Er stöhnte frustriert.

»Wie du weißt, hat Jungbluth überraschend ein Aufsichtsratsmandat einer Privatbank bekommen«, fuhr sie fort. »Meine Recherche hat ergeben, dass ein gewisser Gisbert Auerswald zu Jungbluths Gunsten verzichtet hat.«

»Auerswald? Dieser Industrielle, der Bagger und den ganzen Kram produziert?«

Lara bejahte. »Mir fällt kein Grund ein, warum er aus dem Aufsichtsrat ausgeschieden ist. Als ich ihn dazu befragt habe, wurde er bezüglich Jungbluth verschwiegen und hat mich sogar vor ihm gewarnt.«

»Du vermutest, dass Jungbluth etwas gegen Auerswald in der Hand hat?«

»Alles andere ergibt keinen Sinn.«

»Auerswald ist ein sehr wohlhabender Geschäftsmann. Das muss ein ordentliches Pfund sein.«

»Vonseiten der Kripo finden sich keine Ansätze. Auerswald ist zu keinem Zeitpunkt gegen Jungbluth aktiv geworden und Jungbluth hat sich seit seiner Entlassung nichts mehr zuschulden kommen lassen.«

»Und wie soll ich dir helfen?«

»Klatsch, Tratsch, Gerüchte und Vermutungen.«

»Ich bin investigativer Journalist bei einer renommierten überregionalen Zeitung«, erklärte Daniel. »Kein Boulevardschreiberling. Wie oft soll ich das noch sagen?«

»Ich weiß«, wiegelte Lara ab. »Aber wir kommen nicht weiter, daher bleibt nur dieser Weg.«

Er stöhnte wieder. »Das ist demütigend.«

»Sei nicht so empfindlich«, erwiderte sie. »Wenn du eine exklusive Story haben willst, musst du mir helfen.«

»Ist ja gut«, sagte er besänftigend. »Ich höre mich um, ob es was zu Auerswald gibt. Geliebte, Liebhaber, Mitgliedschaft bei den Offenbacher Kickers, solche Dinge halt.«

»Vielen Dank«, erwiderte Lara und beendete das Gespräch.

Sie streckte sich und bewegte ihren steifen Nacken. So großartig Simon als Gastgeber war, so fürchterlich war seine Schlafcouch. Trotz der Gefahr, die ihr vielleicht noch drohte, war eine Nacht auf ihrer harten Sieben-Zonen-Kaltschaum-Matratze das Risiko wert.

Seufzend ließ sie sich auf das Bett fallen. Sie wollte sich nur einen Augenblick ausruhen, aber einen Moment später war sie eingeschlafen.

* * *

Als ihr Handy klingelte, schreckte Lara aus dem Schlaf hoch. Bevor sie richtig wach war, hatte sie schon das Gerät in der Hand.

»Hallo?«, meldete sie sich verwirrt.

»Simon hier. Habe ich dich geweckt?«

»Nur ein kleines Nickerchen.« Sie erhob sich vom Bett und ging in die Küche. »Deine Stimme klingt so rau. Ist alles in Ordnung?«

»Das Treffen mit Schneider im Kiosk hängt mir noch nach.«

»Bier und Korn sind eine üble Kombination«, bemerkte sie lächelnd. »Da hat man noch Tage danach etwas davon.«

»Das allein war es nicht«, entgegnete er. »Die fettige Bockwurst und der in Essig ertränkte Kartoffelsalat haben mir dermaßen auf den Magen geschlagen, dass ich mich kaum fünf Meter vom Badezimmer wegtraue. Aber trotz der Folgen hat sich mein gestriger Besuch gelohnt, denn Schneider hat mir in seiner Mittagspause geschrieben.« Er räusperte sich kurz. »Korrekte Rechtschreibung scheint kein Einstellungskriterium für die JVA Frankfurt zu sein, darüber hinaus bin ich beeindruckt, wie viele Informationen er in der kurzen Zeit zusammengetragen hat.«

»Intern gibt es Listen, Berichte und anderes über die Insassen der JVA«, erklärte Lara. »Da ranzukommen ist schwer, außer man arbeitet in der Verwaltung.«

Sie schaltete die Kaffeemaschine ein und unterdrückte ein Gähnen.

»Jungbluth fiel während seiner Haftzeit nicht besonders auf«, fuhr Simon fort. »Er hat ein paar Mal Prügel kassiert, musste deswegen allerdings nur einmal auf die Krankenstation. Während der Haft war er in der Sortierabteilung und bei den Demontagearbeiten von Elektroschrott beschäftigt. Nichts davon ist wirklich aufschlussreich. Das Einzige mit Potenzial ist die Liste seiner Zellennachbarn, die alle was auf dem Kerbholz haben, aber sonst säßen sie nicht im Gefängnis.«

Lara stellte eine Tasse in den Ausguss und ließ einen Kaffee aus der Maschine.

»Eine Zeit lang saß er mit einem gewissen Herbert Traugers zusammen, der mit Callcenter-Betrügereien ein kleines Vermögen gemacht hat.«

»Der Name sagt mir nichts.« Nachdem die Tasse gefüllt war, trank Lara zufrieden seufzend einen Schluck Kaffee.

»Er wurde 2019 entlassen und ist seitdem nicht mehr auffällig geworden. Eine kurze Recherche hat nichts weiter gebracht. Die Liste enthält sieben Namen, alle sind mehr oder weniger unspektakulär. Nur bei seinem letzten Zellennachbarn wird es interessant. Ein Mann namens Fedor Clees.«

»Der Zuhälter?«, fragte Lara verwundert nach. »Wie ist der bei Jungbluth gelandet?«

»Keine Ahnung, aber die beiden waren laut Schneider wohl unzertrennlich, haben zusammen beim Elektroschrott gearbeitet und auch sonst fast immer zusammengesessen.«

»Ist Clees noch in der JVA?«

»Er wurde acht Monate nach Jungbluth entlassen. Ob sie danach noch Kontakt hatten, kann ich nicht sagen. Auf Fotos habe ich die beiden nicht zusammen gesehen.«

»Was in Jungbluths neuer Rolle als sauberer Unternehmer auch schwierig gewesen wäre«, bemerkte Lara.

»Ich bin mit meinen Recherchen noch nicht weit, doch wenn Clees seine alte Tätigkeit wiederaufgenommen hat, passt sie in das Umfeld von Döhrings Jagdhaus-Vergewaltigungen.«

»Er könnte die Frauen vermittelt haben.«

»Zugegebenermaßen ist das noch weit hergeholt«, stellte Simon fest. »Aber es ist zumindest ein Ansatzpunkt.«

Lara wollte gerade etwas dazu sagen, als ihr Handy brummte. »Daniel hat mir eine Mail mit Link zu einem Artikel geschickt«, erklärte sie mit Blick auf das Display. Sie stellte auf Freisprechen um, drückte auf den Link und wurde zur Homepage eines Klatschmagazins weitergeleitet. »Interessant. Ein Artikel aus einem Boulevardblatt. Die Überschrift lautet: ›Frankfurter Wirtschaftsbosse in ihrer Freizeit‹. Darunter ist ein Bild, das einen Mann beim Verlassen eines Bordells in der Taunusstraße zeigt.«

»Einen Mann?«, wunderte sich Simon. »Was ist daran spektakulär?«

Sie browste weiter. »Angeblich ist das Gisbert Auerswald, zwei Monate nachdem er mit seiner Frau Silberhochzeit gefeiert hat.«

»Dann wundert es mich, dass ich noch nicht davon gehört habe.«

»Das Bild ist verschwommen«, erklärte Lara. »Der Mann ist in einen dunklen Anzug gekleidet, trägt einen Hut und hat den Blick zu Boden gesenkt. Wegen der schlechten Auflösung ist sein Gesicht nicht gut zu erkennen. Es könnte Auerswald sein, aber genauso gut ein Mann seines Alters, der ihm ähnlich sieht.«

»Von wann ist der Artikel?«

»Vom Oktober 2018«, erklärte Lara und leitete den Link zu Simons Handy weiter.

»Einen Monat bevor er auf seinen Posten im Aufsichtsrat verzichtet hat.«

»Ein solch vager Artikel kann nicht der Grund sein. Sonst hätten die Banker nicht einen vorbestraften Mann wie Jungbluth als Nachfolger ausgewählt.«

»Der Zeitpunkt kann aber kein Zufall sein.«

»Möglicherweise gibt es weitere Berichte mit besseren Fotos«, vermutete Lara.

»Bei einem handfesten Skandal wäre ich im Lauf meiner Recherchen darauf gestoßen«, widersprach Simon. »Gib mir zwei Minuten, dann melde ich mich wieder.« Er beendete das Gespräch abrupt.

Lara sah verwundert auf ihr Handy. Dann steckte sie das Gerät in ihre Hosentasche und ging zum Kühlschrank. Außer einer verpackten Butter, einer H-Milch und einem Netz Kartoffeln war nichts darin noch zu genießen, sodass sie schließlich Haferflocken in eine Schüssel gab, diese mit einem Esslöffel Zucker mischte und Milch darübergoss. Während sie aß, träumte sie von üppigen Büfetts, Familienpizzas und All-you-can-eat-Angeboten.

Sie stellte gerade die Schüssel in die Spülmaschine, als ihr Handy wieder klingelte.

»Ich wusste es«, sagte Simon begeistert. »Das Bordell in der Taunusstraße hat früher Fedor Clees gehört. Jungbluths Zellennachbarn.«

»Vielleicht hat Clees gewusst, wer ihn dort besucht hat«, nahm Lara den Gedanken auf. »Und hat Auerswald mit Jungbluth eine Falle gestellt.«

»Clees hat Jungbluth informiert und der wiederum die Klatschpresse. So entstand dieser Artikel.«

»Was aber zu wenig ist, um Auerswald zum Verzicht auf den Aufsichtsratsposten zu bringen«, stellte Lara fest. »Also muss es noch mehr geben.«

»Wenn Clees nach seinem Aufenthalt in der JVA zu seiner alten Wirkungsstätte gegangen ist, dürfte es ein Leichtes gewesen sein, eine Kamera im Zimmer zu verbergen. Und bei diesen Aufnahmen hatte Auerswald sicherlich keinen Hut auf.«

»Eine gute Theorie.« Lara setzte sich auf den Küchenstuhl. »Fragt sich, wie wir das beweisen wollen. Auerswald wird das nicht zugeben und an Clees kommen wir noch weniger ran als an Jungbluth.«

»Mindestens einer von ihnen hat die verfänglichen Bilder noch irgendwo gespeichert, aber das ist eine nicht nachweisbare Vermutung.«

»Obwohl alles schlüssig ist, habe ich keine Ahnung, wie wir von hier aus weitermachen sollen«, bemerkte sie. »Außerdem entfernen wir uns immer mehr von unserem eigentlichen Ziel, der Suche nach Döhrings und Ingdahlens Mörder.«

»Wenn Jungbluth den Journalisten Nikolai Samp zusammenschlagen ließ, gab es eine enge Verbindung zu Ingdahlen, sonst hätte dieser nicht sein Foto im Album. Und von dort ist es nicht mehr weit zu Döhring. Daher sind wir hinter Jungbluth her.« Er schwieg einen Augenblick, als würde er nachdenken. »Rede mit deinen Kollegen vom KI10 oder KI60«, schlug Simon schließlich vor. »Einer von denen wird mit Clees zu tun gehabt haben.«

»In der Akte zu Clees' Verhaftung werden Namen stehen.«

»Die Akte hast du gleich.« Nach einem kurzen Gruß beendete er das Gespräch.

Bis Lara ihren Laptop hochgefahren und das Mailprogramm gestartet hatte, hatte Simon ihr schon alles zugeschickt. »Na dann los«, murmelte sie und öffnete die Datei.

* * *

Als Lara den kleinen Besprechungssaal auf der Dienststelle betrat, war Kira schon am Essen. Vor ihrer Kollegin stand eine Tupperschüssel mit Couscous, Kichererbsen und irgendetwas Grünem, das sie nicht identifizieren konnte. Jetzt verstand sie auch, warum ihre Kollegin so dünn war.

»Stört es dich, dass ich esse?«, fragte Kira kauend und wischte sich mit der freien Hand eine blonde Locke aus der Stirn. »Wegen einer Verhaftung habe ich das Frühstück verpasst und in einer halben Stunde muss ich zu einer Besprechung.«

Lara schüttelte den Kopf und setzte sich ihr gegenüber. »Danke, dass du so kurzfristig Zeit für mich hast.«

»Wie könnte ich dem neuen Superstar der Kripo etwas abschlagen«, erwiderte sie lächelnd.

»Die Öffentlichkeit hat eine andere Meinung über mich.«

»Der Fernsehbericht über Alcide war übelster Schmierenjournalismus. Mach dich deswegen nicht verrückt.« Kira stopfte sich eine Gabel voller Kichererbsen in den Mund. »Ohne dich hätten wir Döhrings Versteck im Jagdhaus nicht gefunden. Das wäre Nowak wahrscheinlich lieber gewesen, weil er sich den Rummel gern erspart hätte, aber von unserer Seite sind wir froh darüber.«

Lara hatte von sich gedacht, dass sie Schmeicheleien gegenüber immun sei, aber Kiras Worte fühlten sich gut an, zumal sie in den letzten Tagen nicht viel Lob erfahren hatte.

»Aber deswegen bist du nicht hier«, fuhr ihre Kollegin fort. »Du willst etwas über den Drecksack Clees wissen?«

»Ich habe nur vage Hinweise, vielleicht steckt er im Sumpf um die Geschehnisse in Döhrings Jagdhaus mit drin.«

»Zuzutrauen wäre es ihm. Er ist skrupellos und betrachtet seine Frauen als Ware. Und wenn sie nicht spuren, ist er in der Wahl seiner Mittel nicht zimperlich.«

»Was hat ihn ins Gefängnis gebracht?«

»Eine große deutschlandweite Operation mit Undercover-Ermittlern, Informanten und monatelanger Vorbereitung, bei der fast tausend Beamte im Einsatz waren.« Sie wischte sich mit einer Serviette den Mund ab. »In Nordrhein-Westfalen, Hessen und Baden-Württemberg wurden insgesamt einundzwanzig Objekte durchsucht und dabei sechsundfünfzig Verdächtige festgenommen. Die meisten aus den Bordellen und Massagesalons waren illegal in Deutschland. Aber unser Ziel waren die Köpfe hinter dem Schleuser- und Zuhälternetzwerk.«

»Und Clees gehörte dazu?«

»Nicht zur Speerspitze. Clees hat von den Schleusern Frauen für sein Bordell in der Taunusstraße bekommen. Er gehörte zu einer Art Tauschring, welcher die Bedauernswerten zwischen den Bundesländern hin- und hergeschoben hat.« Sie aß wieder etwas. »Zu seinem Pech haben wir Gespräche zwischen dem Kopf der Schleuser und ihm abgehört, die seine Beteiligung zweifelsfrei bewiesen haben, weswegen er ins Gefängnis marschiert ist.«

»Irgendetwas zu Döhring?«

»Da hätten damals schon die Alarmglocken geläutet«, erklärte sie kopfschüttelnd. »Bei dem Einzigen außerhalb dieses Rings aus Zuhältern und Menschenhändlern handelte es sich um einen Anwalt aus Stuttgart.«

»Ich kenne mich in diesen Kreisen nicht so gut aus, aber Clees scheint mir ohne Schwierigkeiten wieder ins Milieu gekommen zu sein.«

»Wenn du weg bist, bist du weg«, stimmte Kira zu. »Leute wie er kommen nach einem längeren Gefängnisaufenthalt normalerweise nicht mehr auf die Beine und werden ein halbes Jahr später mit der Spritze im Arm im Bahnhofsviertel gefunden. Clees hat allerdings nach seiner Verhaftung keinen Ton gesagt und auch einen guten Deal mit der Staatsanwaltschaft ausgeschlagen, was uns die Arbeit erschwert hat. Wahrscheinlich wurde er aus Dankbarkeit für sein Schweigen wieder in seinen alten Laden aufgenommen.«

»Wie komme ich an ihn ran?«

»Das wird superschwer. Er und seine Kumpels arbeiten nicht nur in der Taunusstraße, sie haben auch Wohnungen in der Gegend. Da sie kaum aus ihrem Viertel rausgehen, macht das eine Überwachung sehr schwer, weil jeder jeden kennt und ein Fremder auffallen würde. Weiterhin hatten diese Drecksäcke so viel mit den Behörden zu tun, dass sie quasi die halbe Kripo von Frankfurt kennen. Und seit deinen Geschichten mit der angeblichen Belästigung von Carla Gläsner, den Geschehnissen bei Tamara Welps Begräbnis und schließlich dem Fernsehbericht über Gabriel Alcide kennt jeder dein Gesicht und deinen Namen.«

Lara lehnte sich zurück. »Wie soll ich in dem Fall an Clees herankommen?«

»Direkt wird das nicht gelingen, dazu ist er zu clever und sein Umfeld zu aufmerksam. Symptomatisch dafür ist eine Razzia von vor zwei Jahren, die wir in besagtem Bordell wegen Verdachts auf illegale Prostitution und Menschenhandel durchgeführt haben. Dabei sind wir auf die Nase gefallen.«

»Davon steht nichts in Clees' Akte«, erwiderte Lara verwundert.

»Weil es ein Rohrkrepierer war.« Kira hörte kurz mit dem Essen auf. »Ein Kollege hat angeblich einen heißen Tipp bekommen, dass in dem Bordell philippinische Frauen versteckt wurden, also haben wir das SEK aktiviert und sind in voller Besetzung einmarschiert. Am Ende haben wir zwei Frauen gefunden, deren Visa abgelaufen waren.« Sie seufzte frustriert. »Wenigstens hat die Presse davon nichts mitbekommen, denn die daraus folgenden Zeitungsartikel hätte ich mir nicht ausmalen mögen.«

»Was hat der Informant dazu gesagt?«

»Der hat geschworen, dass seine Quelle die Wahrheit gesagt hat.« Kira nahm die Gabel wieder auf. »Interessanterweise haben wir im Hinterhof des Hauses einen leeren Container gefunden. Dort lagen Reste von Kleidung sowie Essen, und nach dem Geruch zu schließen, hatten dort kurz zuvor auch Menschen gehaust.«

»Sie haben einen Tipp bekommen?«, vermutete Lara.

»Wäre eine Möglichkeit, aber vielleicht war es einfach nur Pech und wir waren die entscheidenden Stunden zu spät.«

»Was war damals Clees' Rolle?«

»Eine Art Geschäftsführer. Er hat sich um die Umsätze gekümmert. Aber auch da war nichts zu machen. Er hatte nicht nur einen Arbeitsvertrag, sondern konnte uns sogar die letzte Steuererklärung vorlegen.«

»Er hat aus seinen früheren Fehlern gelernt.«

Kira nickte.

»Sonst noch etwas, abgesehen von den beiden visalosen Frauen?«

»Zwei Kisten mit gefälschtem Whisky, kleinere Funde von Koks sowie 70 000 Euro Bargeld.« Sie zuckte die Achseln. »Da finden sich beim Äppelwoifest mehr Verstöße.«

»Gab es Folgeermittlungen?«

»Wie du dir denken kannst, hat sich niemand für die Drogen zuständig gefühlt, und so viel Bargeld zu besitzen ist nicht illegal, selbst in einem solchen Etablissement«, antwortete sie. »Hier und da fanden sich noch Fingerabdrücke, aber nichts davon hat uns lange weiterbeschäftigt.« Kira nahm ihr Handy und tippte etwas ein. »Nach der Besprechung schicke ich dir die Akten mit allem, was wir damals gefunden haben. Vielleicht hilft es mit dem Wissen von heute weiter.«

»Danke, Kira«, sagte sie zu ihrer Kollegin.

Sie winkte ab. »Sobald du etwas Handfestes über Clees findest, komm zu mir. Es wäre mir eine Freude, ihn wieder ins Gefängnis zu bringen.«

* * *

Seinen Frust in Alkohol zu ertränken hatte Lara noch nie für eine gute Idee gehalten, aber heute kam ihr Simons Lieblingsmischung, die so viel Gin wie Tonic enthielt, gerade recht. Nach zwei Schlucken spürte sie, wie der Alkohol sie schwindlig machte.

»Noch haben wir die Akten von Kira nicht durch.« Simon prostete ihr zu. »Also kein Grund für Katerstimmung.«

»Ich habe den Bericht überflogen«, sagte sie enttäuscht. »Wie Kira gesagt hat: viel heiße Luft um nichts.«

»Wie haben die Bordellbesitzer den leeren Container erklärt?«

»Angeblich ein Lagerraum.« Sie trank wieder einen Schluck.

Simon wollte gerade eine Bemerkung dazu machen, als Laras Handy klingelte. Sie sah auf das Display und nahm das Gespräch entgegen.

»Hi, Daniel«, begrüßte sie ihren Ex-Freund.

»Ich wollte nur mitteilen, dass ich für ein paar Tage den Kopf einziehe«, erklärte er.

»Was ist passiert?«, fragte sie verwundert und stellte das Glas ab.

»Ich habe dir den morgigen Artikel weitergeleitet. Lies selbst«, schlug er vor. »Zwanzig Minuten bleibt mein Handy noch an, bevor ich den Akku rausnehme und in den Taunus fahre.« Dann beendete er das Gespräch.

Lara sah verwundert auf ihr Telefon. »Wenn das nicht eigenartig war.«

»Er hat irgendetwas von einem Artikel erzählt?«

»Ich rufe gerade meine Mails auf«, bemerkte sie, auf dem Handy tippend.

Simon stellte sich neben sie. »Oh, verdammt!«, entfuhr es ihm, nachdem Lara den Anhang geöffnet hatte.

»Das ist Nowak!«, rief sie aus, als sie das Bild des Artikels sah. »Und neben ihm steht Ingdahlen.«

»Leite mir das weiter.« Simon setzte sich auf die Couch und startete seinen Laptop. »Auf dem kleinen Display können wir kaum etwas erkennen.« Er griff nach der Fernbedienung und schaltete den Fernseher ein, auf dem statt des abendlichen Programms der Computer gespiegelt wurde.

»Eine unheilige Verbindung?«, las Lara die Überschrift des Artikels.

Simon scrollte etwas herunter, bis das Bild den Fernseher ausfüllte. Es zeigte Laras Vorgesetzten Nowak, der sich eingehend mit Hartmut Ingdahlen zu unterhalten schien. Beide trugen einen Smoking und hielten ein Glas Champagner in der Hand. Der Saal um sie herum war festlich geschmückt.

»Die Alte Oper.« Simon deutete auf die dunkelbraunen Holzverkleidungen im Hintergrund.

»Die langen Sitzreihen mit den weißen Hussen habe ich auf dem Sportpresseball gesehen«, ergänzte Lara. »Es könnte aber auch eine private Veranstaltung gewesen sein.«

»Das finden wir noch heraus.« Simon scrollte weiter. Zusammen lasen sie den Artikel.

»Wenn das keinen Ärger gibt«, sagte Lara, als sie fertig war, und wählte Daniels Nummer.

»Das ging aber schnell«, bemerkte er.

»Du weist in dem Artikel nicht nur auf die angebliche Freundschaft zwischen Nowak und Ingdahlen hin, sondern äußerst auch die Vermutung, dass die von Ingdahlen in Auftrag gegebenen Gewalttaten genau deshalb nicht aufgeklärt wurden.«

»Eine gute Zusammenfassung des ersten Teils«, stimmte Daniel zu.

»Das ist Verleumdung«, platzte es aus Lara heraus.

»Nein, weil ich es nicht explizit unterstelle.«

»Aber der Artikel lässt keinen anderen Schluss zu.«

»Das ist die große Kunst des journalistischen Schreibens.« Obwohl er nur am Telefon war, konnte sie sein breites Grinsen förmlich vor sich sehen.

»Als wäre das nicht genug, arbeitest du noch die enge Verbindung zwischen Döhring und Ingdahlen heraus«, fuhr sie fort.

»Das ist kein Geheimnis«, rechtfertigte er sich. »Döhring war Mandant von Ingdahlen. Da liegt die Vermutung nahe, dass ein guter Freund des Anwalts auch einen seiner größten Mandanten kennengelernt hat. Vor allem wenn sie sich in ähnlichen Kreisen bewegt haben.«

»Damit unterstellst du einem der bekanntesten Beamten der Frankfurter Kripo eine Freundschaft mit zwei Schwerverbrechern.«

»Hast du dich nie gefragt, wieso das alles nicht sofort herausgekommen ist?« Daniel vermied eine direkte Antwort. »Dass es den selbstlosen Einsatz einer einzelnen Kripobeamtin gebraucht hat, damit zwei der übelsten Dreckskerle von Frankfurt überführt werden konnten.«

»Auch Beamte machen Fehler. Selbst du hättest nicht geglaubt, dass Döhring zu so etwas in der Lage war.«

»Das stimmt«, gab er zu. »Aber wenn du dir die Menge der Beteiligten bei Döhring ansiehst, sowohl auf der Seite der Vergewaltiger als auch auf der der missbrauchten Frauen, muss jemandem etwas aufgefallen sein. Und wenn es nur Gerüchte waren.«

»Wenn das so einfach wäre, würde die Kripo nur die Hälfte aller Beamten benötigen.«

»Ich verstehe, dass du deinen Laden verteidigen willst, aber vielleicht versuchst du, es von einer neutralen Warte aus zu sehen.«

»Ich widerspreche dir nicht, ich zweifle nur daran, dass Nowak der Schuldige ist.«

»Eine interessante Aussage, wenn man bedenkt, wie viele Steine er dir in den letzten Wochen in den Weg gelegt hat.« Irgendetwas im Hintergrund brummte. »Das ist der Redaktionsleiter«, sagte Daniel. »Wahrscheinlich hat irgendjemand der Kripo gesteckt, was sie morgen erwartet. Bis bald«, verabschiedete er sich und beendete das Telefonat.

Lara drehte sich zu Simon um, der das Gespräch mitgehört hatte.

»Daniel hat recht«, sagte er nachdenklich. »Es ist auffällig, wie viel den Ermittlern entgangen ist.«

»Aber ausgerechnet Nowak?«, erwiderte sie verwundert. »Mister Überkorrekt und ›Passt bitte alle auf, dass wir da draußen keinen Fehler machen, den uns die Öffentlichkeit übel nehmen könnte‹.«

»Er wurde erst nach meiner Zeit zu deinem Vorgesetzten und vorher hatte ich nicht viel mit ihm zu tun, aber er hat in den letzten Jahren einen ordentlichen Satz nach vorn gemacht. Ferner hat er dir geholfen, die Geschichte mit Alcide kleinzuhalten.«

»Das ist etwas anderes«, rechtfertigte sie sich.

»Ich bin auf deiner Seite«, besänftigte Simon sie. »Außerdem war ich auch Kripobeamter, daher weiß ich, dass die Grenze zwischen Gefallen und kriminellem Verhalten schmal ist. Es ist nicht alles schwarz oder weiß.«

»Möglicherweise hat er bei Ingdahlen mal einen Strafzettel verschwinden lassen oder andere Gefälligkeiten«, ließ sich Lara darauf ein. »Aber diese Form von Gewalt tolerieren? Niemals!«

»So oder so sollten wir Daniel dankbar sein, denn jetzt nimmt der Fall wieder Fahrt auf«, erklärte Simon. »Und ich verstehe, warum er untertauchen will, denn wenn die Bombe platzt, sollte er besser nicht erreichbar sein.«

»Ich gehe nach Hause und logge mich ins System ein.« Sie steckte ihr Handy in die Tasche. »Wir werden sicherlich heute Abend noch darüber informiert, was wir morgen zu tun oder zu lassen haben, und ich bin sehr gespannt, wie die offizielle Erklärung zu diesen Vorwürfen lauten wird.«

* * *

Dass nicht Nowak, sondern seine Kollegin Johanna Kemmer vor die anwesenden Beamten trat, sagte schon viel über die bevorstehenden Folgen des Artikels aus. Wie immer wirkte sie eher wie eine Businessfrau denn eine Kripobeamtin, mit knielangem, dunkelrotem Rock und einer gleichfarbigen Jacke über einer weißen Bluse. Ihre braunen Haare waren glatt gekämmt und am Rücken zu einem Zopf gedreht.

»Guten Morgen, Kolleginnen und Kollegen«, begrüßte sie die Anwesenden. »Aufgrund der neusten Entwicklung und des zu erwartenden medialen Interesses hat sich Viktor auf Anraten des Polizeipräsidenten dazu entschieden, ein paar Tage nicht auf der Dienststelle zu erscheinen.«

»Eher wegen des zu erwartenden Shitstorms«, korrigierte ein Kollege hinter Lara. Er sprach allerdings so leise, dass es Kemmer nicht hören konnte.

»So lange stehe ich als Anlaufstelle zur Verfügung«, fuhr sie fort. »Ansonsten möchte ich euch bitten, mit eurer Arbeit wie gewohnt fortzufahren.«

Ein Kollege in der ersten Reihe hob die Hand. Kemmer nickte ihm zu.

»Wie lautet unsere offizielle Stellungnahme zu dem Artikel?«

»Wir weisen die Unterstellung der Einflussnahme auf die Ermittlungen in den Fällen Döhring und Ingdahlen aufs Schärfste zurück«, antwortete sie. »Viktor hat zu keiner Zeit die Aufklärung behindert oder sabotiert. Die ausführliche Presseerklärung befindet sich bereits in eurem Posteingang. Intern wird es einen Untersuchungsausschuss geben, nicht, weil wir glauben, dass Viktor etwas falsch gemacht hat, sondern um der Öffentlichkeit zu zeigen, dass wir solche Anschuldigungen ernst nehmen.«

Kemmer ließ den Blick über die Anwesenden schweifen. Als es keine weiteren Fragen zu geben schien, nickte sie und verließ mit einem Gruß den Besprechungsraum.

»Nowak und Ingdahlen waren Freunde«, sagte Laras Partner Utz. »Wer hätte das gedacht?«

»Glaubst du das wirklich?«, fragte sie.

Er winkte ab. »Aber jetzt fällt Nowak sein Drang, ständig in der Öffentlichkeit stehen zu müssen, auf die Füße«, erklärte er. »Ich kann mich noch an unsere letzte Betriebsfeier erinnern, als er von einer Benefizgala schwärmte, die Döhrings Stiftung ausgerichtet hat. Da sind sicherlich auch verfängliche Fotos geschossen worden. Beendet ist die Sache nicht.«

»Das hätte es doch nicht noch gebraucht.« Lara war ans Fenster getreten und deutete auf ein Kamerateam, das vor dem Gebäude einen Scheinwerfer aufbaute.

»Sei froh, dass du verschont geblieben bist.«

»Ausnahmsweise«, fügte sie mit schiefem Lächeln hinzu.

»Wie Kemmer gesagt hat, wirbelt das viel Staub auf und eine interne Untersuchung ist unangenehm, dennoch wird nichts dabei herauskommen und wir machen mit der Arbeit weiter. Einzig Nowaks Ansehen hat gelitten, wobei sich diesbezüglich mein Mitleid in Grenzen hält.« Er ging vom Fenster weg und deutete mit dem Daumen zur Küche.

»Wie weit seid ihr mit Ingdahlens Fotoalbum?«, wollte Lara wissen, als sie den Besprechungsraum verließen.

»Wir haben alle Opfer identifiziert, und Oxana Ingdahlen steht eine Menge Ärger ins Haus, obwohl ihr Anwalt behauptet, dass sie von alledem nichts gewusst hat.« Sie stellten sich in die Schlange vor der Kaffeemaschine. »Irgendwie wird der Staatsanwalt die Alte drankriegen, aber bezüglich des Täters tappen wir im Dunkeln. Das lässt mir keine Ruhe.«

»Wegen der engen Verbindung zwischen Döhring und Ingdahlen wäre Tasso Uggur mein Kandidat«, erklärte Lara. »Mit Blick auf seinen Charakter und seine Strafakte wäre das keine Überraschung. Und nach der Beschreibung der Opfer passt auch seine Statur.«

»Uggur ist nicht mehr in Deutschland, und außer den von dir genannten Indizien haben wir keine Beweise, dass er die elf Personen wirklich zusammengeschlagen hat.«

»Ich habe bei zehn von ihnen eine nachvollziehbare Motivation gefunden, nicht aber bei Nikolai Samp.«

»Dem Journalisten?«

Lara nickte.

»Bei einem Irren wie Ingdahlen braucht es nicht viel. Möglicherweise sind die beiden bei einer Veranstaltung aneinandergeraten oder Samp hat ihn irgendwie beleidigt.«

»Ich habe einen Artikel von Samp gefunden, in dem ein dubioser Unternehmer namens Ludger Jungbluth nicht gut wegkommt.«

»Der Name sagt mir nichts.«

»Besagter Jungbluth hat Leute betrogen und deswegen eine Zeit in der JVA abgesessen, wo er andere ebenfalls nicht so nette Leute getroffen hat. Das reichte von Wirtschaftskriminellen wie Herbert Traugers bis zu einer Unterweltgestalt namens Fedor Clees.«

»Clees?«, fragte Utz überrascht. »Der Zuhälter aus der Taunusstraße?«

»Hattest du mit ihm zu tun?«

»Komm mit.« Utz trat aus der Schlange vor der Kaffeemaschine und ging in ihr Büro zurück. »Erinnerst du dich, dass Susen Quade für einen Escortservice gearbeitet hat?«

Lara nickte.

»Den haben wir uns angesehen und sind auf eine Adresse in der Taunusstraße gestoßen, die interessanterweise gleichzeitig Sitz eines Bordells ist.« Er nahm vor seinem PC Platz und rief eine Akte auf. »Und rate, wem dieses Bordell gehört hat, bevor er ins Gefängnis gegangen ist, und wer dort nach seinem Aufenthalt wieder eine Anstellung bekommen hat?«

»Beginnt sein Nachname mit C?«

»… und er endet mit lees«, ergänzte Utz.

»Das wäre eine mögliche Verbindung«, gab Lara zu. »Aber die anderen Opfer Zaida Kueri und Tamara Welp waren dort nicht.«

»Zumindest wissen wir nicht davon«, korrigierte Utz. »Da ihre Lebensläufe sehr lückenhaft sind, würde ich es nicht ausschließen.«

»Aber die Sache mit Quade stärkt meine Vermutung, dass Jungbluth mit Ingdahlen zusammengesteckt haben könnte. Leider ist es nur eine Vermutung.«

»Dann habe ich eine gute Nachricht für dich.« Utz drehte sich grinsend zu ihr. »Es ist uns gelungen, das vierte Opfer anhand der Aufnahmen der Videokameras zu identifizieren.«

»Die junge Frau mit roten Haaren und Sommersprossen?«

Utz nickte. »Ihr Name war Anika Bonowa. Und jetzt darfst du raten, in welchem Bordell sie zuletzt angestellt war.«

Kapitel 12

»Wir haben die Verbindung zu Jungbluth!«, rief Lara begeistert, als Simon das Gespräch entgegengenommen hatte. Er stellte seinen Tee auf den Küchentisch und nahm auf dem Stuhl Platz.

»Der Escortservice, bei dem Quade angestellt war, wird von Clees' Bordell aus gesteuert, in dem auch Anika Bonowa gearbeitet hat«, fuhr sie fort.

»Wer ist Anika Bonowa?«, fragte Simon verwundert.

»Die rothaarige Frau in einem der Videos«, erklärte Lara. »Frag mich nicht, wie, aber sie wurde gestern identifiziert.«

»Lebt sie noch oder weiß man, wo sie sich befindet?«

»Ich kann weder zu dem einen noch dem anderen etwas sagen, aber die Verbindung ist zu auffällig, sodass die Kollegen ihre Informanten auf das Bordell ansetzen, mit besonderem Augenmerk auf Clees.«

»Dann hat sich dein Besuch auf der Dienststelle gelohnt.«

»Jungbluth ist in den illustren Kreis von Döhring und Ingdahlen aufgenommen.«

»Nur ist er noch am Leben, während die beiden anderen tot sind«, bemerkte Simon. »Dafür gibt es einige mögliche Erklärungen.«

»Die erste ist, dass Jungbluth der Täter war.«

»Da fehlt mir das eindeutige Motiv«, widersprach Simon. »Die Vergewaltigungen im Jagdhaus können es nicht sein, denn Döhring hatte selbst großes Interesse daran, dass dieses Geheimnis nicht aufgedeckt wurde. Und eine mögliche Erpressung vonseiten Döhrings schließe ich aus, da er deutlich mehr Geld und Einfluss als Jungbluth hatte.«

»Das Gleiche könnte man auch über Jungbluths Verhältnis zu Ingdahlen sagen, aber ich bin unverändert der Meinung, dass wir noch nicht alle Puzzleteile haben. Nur können wir Jungbluth befragen, weil er noch am Leben ist.«

»Dazu müssen wir ihn erst drankriegen. Die Verbindung zu Clees ist noch zu schwach.«

»Ich bleibe in der Dienststelle und lasse mich auf den neusten Stand bringen. Dann ist hoffentlich auch der Aufmarsch der Journalisten vorbei, die mehr über Nowaks Verbindung zu Ingdahlen wissen wollen.«

»Kannst du mir die Akte zu Anika Bonowa zuschicken?«

»Ist gleich in deinem Posteingang.« Lara verabschiedete sich und beendete das Gespräch.

Zufrieden griff Simon nach seiner Tasse. »Läuft doch«, murmelte er und trank einen Schluck Tee.

* * *

Erst im Auto merkte Lara, wie müde sie war. Die Identifikation von Anika Bonowa hatte ihr neuen Schwung gegeben, obwohl ihr Aufenthaltsort unbekannt war. Aber ihre Verbindung zum Bordell zusammen mit Susen Quades Escortservice aus dem gleichen Haus war kein Zufall. Sämtliche Ermittlerinstinkte sagten ihr, dass alles zusammenhing. Es fehlte nur der entscheidende Hinweis, warum Döhring und Ingdahlen sterben mussten.

In der Tiefgarage angekommen, fluchte sie über den schlechten Zustand des Hauses, weil das Licht am Fahrstuhl defekt war. Offensichtlich war das Walter bei seiner täglichen Inspektion entgangen, also kramte Lara das Handy heraus und startete die Taschenlampe, sonst hätte sie den unbeleuchteten Fahrstuhlknopf nicht gefunden. Sie hatte das Telefon gerade mit dem Daumen entsperrt, als sie etwas Hartes an ihrem Hinterkopf spürte.

»Kein Wort, Schlampe, oder ich knalle dich ab«, vernahm sie die raue Stimme eines Mannes.

Einen Augenblick war sie vom Schock wie gelähmt, und bevor ihr Gehirn wieder normal arbeitete, hatte er ihre Arme auf den Rücken gedreht und die Handgelenke mit Kabelbinder festgezurrt. Sie drehte kurz den Kopf und erblickte einen zwei Meter großen, muskulösen Mann mit Skimaske, bevor dieser ihr einen Sack über den Kopf stülpte. Sie wurde hochgehoben, ein kurzes Stück getragen und dann unsanft abgelegt. Nach dem metallischen Knallen zu schließen, befand sie sich wahrscheinlich in einem Kofferraum.

Ihr Handy wurde ihr aus der Tasche gezogen. Dann gab es ein kurzes Knacken, als wäre der Mann auf das Gerät getreten. Türen knallten, der Motor wurde gestartet und das Auto fuhr los.

Die Fahrt war unangenehm. Obwohl sich Lara mit den Füßen gegen die Wand des Kofferraums stemmte, wurde sie bei jeder Kurve herumgeschleudert. Dabei gruben sich die Kabelbinder tiefer in ihr Handgelenk und sie stieß sich mehrfach den Kopf.

Von der Stimme her handelte es sich bei ihrem Entführer nicht um Tasso Uggur, und auch die Gestalt passte nicht, da Uggur eher massiv gebaut war, dieser Mann dagegen stiernackiger und muskulöser.

Sie ärgerte sich über ihre Unvorsichtigkeit, nach all den Drohungen, denen sie ausgesetzt gewesen war. Die

Identifizierung von Anika Bonowa und die damit verbundene Spur zu Jungbluth hatten sie leichtsinnig werden lassen.

Trotz der ganzen Widrigkeiten und ihres Ärgers gelang es ihr, die Sekunden mitzuzählen. Als das Auto anhielt und der Kofferraum geöffnet wurde, waren sie vierzehn Minuten gefahren. Selbst zu dieser späten Stunde nicht lange genug für ein Ziel außerhalb der Stadt. Sie waren noch in Frankfurt.

Der Sack über ihrem Kopf unterdrückte jedes Licht, daher atmete sie tief ein, in der Hoffnung, möglicherweise den verräterischen Gestank einer nahen Fabrik wahrzunehmen, aber sie roch nichts Auffälliges. Lara hörte keinen Autolärm, also waren sie nicht an der A5, der A66 oder einer anderen Schnellstraße.

Jemand stellte sie auf die Füße. Bevor sie etwas fragen konnte, wurde ihr hart in den Bauch geschlagen. Ihr stockte der Atem und sie wäre beinahe auf die Knie gesunken, aber sie wurde gnadenlos weitergezogen, einen betonierten Weg entlang, dann über eine Treppe. Es wurde wärmer und der Boden unter ihren Füßen nachgiebiger. Wahrscheinlich Teppichboden, dachte sie noch, als sie auf etwas Weiches gesetzt wurde.

Lara holte tief Luft, nachdem ihr der Sack vom Kopf gerissen worden war. Sie saß auf einer Couch in einem elegant eingerichteten Wohnzimmer mit grauem Flokatiteppich, einer großen Hängelampe und einer Sitzgarnitur aus hellem Leder. Über zwei Stufen gelangte man in einen Wintergarten mit Blick auf eine kleine Grasfläche. Ein Feuer brannte im Kamin und ein großer LED-Fernseher hing an der gegenüberliegenden Wand.

Zwei Meter vor ihr war Nowak auf einem Sessel zusammengesunken. Sein Kinn ruhte auf der Brust und getrocknetes Blut klebte an seiner linken Schläfe. Daneben stand ein weiterer maskierter Mann, nicht ganz so groß und muskulös wie ihr Entführer, jedoch immer noch kräftig genug, um Lara in Schach halten zu können.

»Ihr Bastarde! Was habt ihr mit ihm gemacht?« Sie wollte sich von der Couch erheben, aber ein weiterer Schlag in den Bauch ließ sie wieder zurücksinken.

»Dein Chef wollte nicht mitspielen, also haben wir ihm eine verpasst. Wie dir.« Er boxte sie wieder in den Bauch.

Lara krümmte sich, aber sie biss die Zähne zusammen, da sie dem Schläger nicht den Triumph eines Schmerzenslautes gönnen wollte.

»Was soll das alles?«, fragte sie, als sie wieder zu Atem kam. »Seid ihr Leute von Jungbluth? Oder von Clees?«

»Du verstehst gar nichts, Schlampe«, erwiderte der Mann. »Hättest deine Fresse nicht in Sachen stecken sollen, die dich nichts angehen. Dann wäre dein Job ruhig gewesen und später hättest du mal eine nette Pension.« Er zog eine Pistole.

»Mich zu erschießen wird meine Kollegen eher zu Höchstleistungen motivieren.«

»Obwohl du es verdient hast, will dich keiner erschießen.« Der Mann schlug ihr wieder in den Bauch. Dieses Mal konnte sie den Schmerzensschrei nicht zurückhalten. Dann zog die Gestalt sie hoch, legte ihr einen Arm um den Hals und hielt sie um den Bauch fest. Sie versuchte, sich zu wehren, als ihr der zweite Mann die Fesseln aufschnitt, aber der Griff war wie ein Schraubstock.

Dann hob der Schläger ihren rechten Arm und drückte ihr die Pistole in die Hand. »Wir brauchen nur deine Fingerabdrücke und ein paar Schmauchspuren auf dem Handrücken«, sagte er, während er die Waffe auf Nowaks Kopf richtete.

Lara spannte die Muskeln an und trat um sich, aber gegen die Männer hatte sie keine Chance. Sie fühlte sich wie ein hilfloses Püppchen.

Die Waffe senkte sich weiter auf Nowaks Kopf, als Nowak plötzlich aufsprang und mit der Schulter den kräftigen Mann umrammte. Ein Schuss fuhr knallend in die Decke.

Dabei löste der andere den Griff um ihren Hals und den Bauch. Auf diesen Moment hatte Lara gewartet. Sie donnerte ihm den Hinterkopf ins Gesicht, entfernte sich einen Schritt und schlug ihm einen Ellenbogen auf die Nase. Der Mann torkelte nach hinten und stolperte über einen kleinen Glastisch, während er sich die blutende Nase hielt.

Währenddessen kickte Nowak die Pistole weg, nahm eine Whiskeyflasche und drosch damit auf den Mann am Boden ein. Der Maskierte konnte gerade noch den Arm heben und den nächsten Schlag abfangen, der ihm wahrscheinlich den Schädel zerschmettert hätte. Er trat Nowak in den Bauch, traf ihn aber nicht fest.

»Hau ab, Lara!«, schrie ihr Chef, während er die Männer mit der abgebrochenen scharfkantigen Flasche bedrohte. Diese wichen zurück; offenbar hatten sie nicht damit gerechnet, dass Nowak bei Bewusstsein war.

»Wo ist das Telefon?«

»Du sollst abhauen! So schnell und so weit es geht!« Er stieß den Arm mit der kaputten Flasche nach vorn, sodass der Schläger vor Schreck einen Schritt nach hinten machte.

»Komm mit!«

Draußen leuchteten Lichter eines Fahrzeuges auf. »Durch den Wintergarten raus.« Er gab ihr mit der freien Hand einen Stoß. »Hör einmal in deinem Leben auf mich.«

Autotüren knallten. »Los!«, schrie er wieder.

Lara lief durch das Wohnzimmer, riss die angelehnte Glastür auf und stürzte in den Garten. Dort sprang sie über einen hüfthohen Jägerzaun und gelangte auf einen kleinen Fußgängerweg.

»Hilfe!«, schrie sie mit aller Kraft, während sie sich weiter von Nowaks Haus entfernte. Sie hob einen Stein auf und schmetterte ihn auf ein bodentiefes Fenster, dessen Glas laut zerbarst. »Holt die Polizei!«

Sie lief in einen Garten, wo sie sich hinter einer Hütte versteckte. Offensichtlich hatte ihr Geschrei den gewünschten Effekt gehabt, denn überall gingen Lichter an.

»Was ist hier los?«, rief ein Mann von der gegenüberliegenden Seite.

»Ich rufe die Polizei!«, schrie eine Frau aus dem Haus, dessen Fensterscheibe sie eingeworfen hatte.

»Genau das ist der Plan«, murmelte Lara. Immer mehr Personen kamen aus ihren Häusern, manche in Bademänteln, andere in Winterjacken, die sie schnell über ihren Pyjama gezogen hatten.

Lara ballte die Fäuste. Es fühlte sich nicht gut an, Nowak alleingelassen zu haben, aber sie musste seinem Instinkt vertrauen, dass Flucht die bessere Option war.

Dann ertönte ein Schuss.

»Alle zurück in die Häuser!« Lara sprang aus ihrem Versteck hervor und nahm die Kripomarke aus der Tasche, die ihr die Männer tatsächlich gelassen hatten. »Kripo Frankfurt. Verlassen Sie sofort die Straße.«

Ebenso schnell, wie die Menschen nach draußen gekommen waren, hasteten sie wieder hinein, schlossen die Türen und schalteten das Licht aus.

Lara schlich weiter und hielt sich geduckt an den Zäunen der Gärten. Mit aufheulendem Motor preschte ein Auto aus Nowaks Einfahrt. An seinem Grundstück angekommen, spähte sie vorsichtig hinein. Die Tür zum Wintergarten stand noch offen, aber das Licht im Wohnzimmer war ausgeschaltet. Es war zu dunkel, um zu erkennen, ob jemand drin war.

Unbewaffnet hatte sie gegen die Männer keine Chance, daher musste sie warten. Als Sirenen ertönten und Blaulicht die Straße erleuchtete, kam sie aus ihrer Deckung. Mit der Unterstützung der eingetroffenen Polizisten traute Lara sich zurück in Nowaks Wohnung. Die Eingangstür war angelehnt.

Sie ging vorsichtig hinein und schaltete das Licht an. Nowak lag auf dem Boden, die blutverschmierte Hand auf seine Seite gepresst. Schweiß stand auf seiner Stirn.

»Lara«, keuchte er. Dann fielen ihm die Augen zu.

* * *

Flaschenscherben lagen auf dem Boden, der gläserne Tisch war umgeworfen und Spuren von getrocknetem Blut fanden sich am Sessel, etwa in der Höhe, in der sich Nowaks Schläfe befunden hatte. Neben der Couch, auf der sie gesessen hatte, lag der abgebrochene Flaschenhals, der gerade von einem Kriminaltechniker fotografiert wurde. Dort befand sich auch ein größerer Blutfleck, der bei ihrer Flucht noch nicht vorhanden gewesen war.

»Könnte das von dem Angreifer stammen, den Nowak mit der Flasche erwischt hat?«, fragte Utz, während er den Fleck betrachtete.

Lara schüttelte den Kopf. »Die Scherben dort drüben sind frei von Blut. Außerdem hatte der Mann einen Hoodie und eine dicke Jacke an, daher wurde er vom Glas nicht schwer verletzt. Mit etwas Glück hat sich der Mistkerl den Unterarm gebrochen.«

»Nowak hatte keine Chance gegen die beiden«, erklärte Lara. »Warum wollte er, dass ich weglaufe, und ist nicht mitgekommen?«

»Weil sie sonst möglicherweise euch beide getötet hätten«, vermutete Utz. »So bist du auf jeden Fall noch am Leben und kannst uns davon berichten.«

»Was macht die Fahndung?«

»Nach wem sollen wir fahnden?«, fragte Utz. »Du hast nur zwei vermummte Männer gesehen, weder ein Kennzeichen noch die Automarke. Auch die Nachbarn gegenüber konnten uns nicht weiterhelfen, weil es zu dunkel war, um etwas zu erkennen.«

Sie schlug frustriert an die Wand. »Ich hätte vorsichtiger sein müssen.« Auch wenn sie nicht gegen die Männer hätte kämpfen können, fühlte sie sich wie ein Feigling.

»Bleib bei mir.« Utz schüttelte sie. »Ich brauche deine Ermittlerfähigkeiten, und da sind Zweifel, Wut oder Selbstvorwürfe nicht hilfreich.«

»In Ordnung«, sagte sie und rieb sich über das Gesicht. Sie ging neben ihm in die Hocke und deutete auf einen großen Blutfleck. »Hier wurde Nowak angeschossen.«

Er nickte und deutete auf winzige Spritzer an der Tapete. »Die sind mit hoher Geschwindigkeit an die Wand geflogen. Viel zu klein, als dass sie von einem Messer kommen könnten. Außerdem wären sie nicht so in die Länge gezogen. Nowak stand etwa an der Stelle des Blutflecks und der Täter schätzungsweise zwei Meter vor ihm.« Utz streckte den Arm und ging zwei Schritte zurück, als schösse er auf eine imaginäre Gestalt. »Die Blutflecke am Boden haben keine blasenartigen Einschlüsse, daher sind sie frei von Sekret. Es wurde kein Organ getroffen. Außerdem schätze ich den Blutverlust auf höchstens einen halben Liter, was keine lebensgefährliche Menge ist und Nowaks Überlebenschancen erhöht.« Utz ging zu den Blutspritzern und deutete auf ein Loch an der Wand. »Es war ein klassischer Durchschuss. Bedauerlicherweise haben die Täter die Kugel mitgenommen.«

»Das Projektil in der Decke müsste man aber noch extrahieren können«, stellte Lara mit Blick nach oben fest. »Wenn es nicht zu sehr verformt ist, um Profilspuren zu sichern.«

»Um was für eine Waffe hat es sich gehandelt?«

»Eine Glock 17 im Kaliber 9 x 19 mm.«

Jemand betrat das Haus. Laras und Utz' Blicke gingen zum Eingang, an dem sich Johanna Kemmer gerade Schuhschoner über ihre Ballerinas zog. Anders als im Büro waren ihre Haare nicht glatt gekämmt und sorgfältig zu einem Zopf gebunden, sondern hingen ihr wirr auf die Schultern. Ihre Bluse war verknittert und hatte sich zum Teil aus dem Bund ihres knielangen Rocks gelöst, und statt eines Jacketts hatte sie eine Fleecejacke übergezogen. Diese äußerliche Unordnung war ungewöhnlich für Nowaks rechte Hand, aber es machte Kemmer in Laras Augen sympathischer. Sie war doch ein Mensch.

»Ist es wahr?«, fragte sie, während sie eintrat. »Viktor wurde angeschossen?«

Lara nickte.

»Wie kann das sein?«, bemerkte sie stammelnd und schob sich eine Haarsträhne aus dem Gesicht. »Wie kamen die Männer hier herein? Woher wussten sie, wo Viktor wohnt, und warum sind sie noch nicht gefasst?« Lara hatte Kemmer noch nie so erlebt. Sie schien kurz vor einem Nervenzusammenbruch zu stehen.

»Lass uns nach draußen gehen, damit wir die Kollegen von der Kriminaltechnik nicht behindern.« Utz deutete lächelnd ins Freie.

Einen Moment lang blinzelte Kemmer ihn verwirrt an, als hätte sie ihn erst jetzt bemerkt. Dann ließ sie sich von ihm nach draußen führen. Obwohl Kemmer den Arm an den Oberkörper gepresst hatte, konnte man ihre Hand zittern sehen.

An der frischen Luft gab ihr Lara eine Zusammenfassung der Ereignisse. Man musste Kemmer zugutehalten, dass sie nicht lange brauchte, um die vielen Informationen zu verarbeiten. Sie griff in ihre Tasche, nahm eine Zigarettenschachtel samt Feuerzeug heraus und begann zu rauchen. »Das ergibt doch keinen Sinn«, bemerkte sie nach dem zweiten Zug.

»Willkommen in meiner Welt«, sagte Lara.

»Jemand entführt dich, um Viktor zu erschießen?«, wandte Kemmer sich an sie. »Und als es nicht klappt, schießen sie auf ihn und verschwinden?«

»Es ergibt insoweit Sinn, als Lara und Nowak oft unterschiedlicher Meinung waren«, erklärte Utz. »Wir wissen nicht, welche Geschichte die Täter dann gesponnen und wie sie den Tatort präpariert hätten, wenn Viktor wirklich ohnmächtig gewesen wäre.« Er zuckte die Achseln.

»Worin liegt ihre Motivation?«, fragte sich Kemmer laut. »Die Fälle um Döhring und Ingdahlen sind auf der Zielgeraden. Auch Viktors Tod hätte ihre Reputation nicht wiederhergestellt.«

»Möglicherweise waren Döhring und Ingdahlen nicht die einzigen in den Fall verwickelten Personen«, bemerkte Lara.

»Das waren sie nicht, denn wir haben nicht alle Vergewaltiger von den Videos identifiziert«, erklärte Kemmer. »Jedoch hätte uns Viktors Tod nicht aufgehalten. Vielmehr hätte es uns noch mehr angestachelt.«

»Wenn die Männer ähnlich einflussreich wie Döhring oder Ingdahlen sind, ist es leicht für sie, professionelle Schläger anzuheuern, die das Problem aus der Welt schaffen«, gab Utz zu bedenken. »Nur wissen wir momentan nicht, wer das sein könnte.«

»Ich habe vielleicht eine Idee«, meinte Lara.

»Du kennst die Identität eines Vergewaltigers?«, fragte Kemmer überrascht.

»Ich kann nicht sagen, ob er ein Vergewaltiger ist oder nur für die Beschaffung der Frauen zuständig war, aber vermutlich gehörte ein gewisser Ludger Jungbluth ebenfalls zu dem illustren Kreis um Döhring und Ingdahlen.«

»Dann lass uns alle freien Kapazitäten, die wir noch haben, darauf ansetzen«, schlug Kemmer vor.

Lara nickte. »Nachdem ich meine Aussage zum Überfall auf Viktor zu Papier gebracht habe.« Sie deutete hinter sich auf das Haus.

»Ich helfe dir dabei«, bot Utz an.

»Heute Nacht kümmere ich mich um die Fahndung nach den Tätern und rede mit der Staatsanwaltschaft«, sagte

Kemmer. »Nach meinem Abstecher ins Krankenhaus kannst du uns morgen früh auf den neusten Stand bringen. Dann finden wir heraus, ob dieser Jungbluth in der Sache mit drinsteckt.« Sie zog an der Zigarette und atmete den Rauch geräuschvoll aus. »Und wenn er beteiligt war, wird er kein schönes Leben mehr haben, Vorschriften hin oder her.« Kemmer nickte ihnen zu und ging zurück zu ihrem Auto.

»Wer hätte das gedacht, unser Pin-up-Girl hat Cojones«, sagte Utz grinsend, nachdem sie weggefahren war.

»Man ist nie vor Überraschungen gefeit«, bemerkte Lara. »Aber das ist zur Abwechslung mal eine positive.«

* * *

Sie war unsicher gewesen, ob Simon mit zur Dienststelle kommen wollte, aber er hatte nur den Daumen gehoben, als wollten sie zusammen ins Kino gehen. Sie beobachtete ihn genau, als sie das Gebäude betraten, aber in seinen Augen waren weder Angst noch Unsicherheit zu sehen, eher gespannte Erwartung, als freute er sich, zurück zu sein.

Es dauerte auch nicht lange, bis ihn die ersten Kollegen wiedererkannten. Schnell hatte sich eine kleine Gruppe um Simon gebildet und sie unterhielten sich über die letzten Jahre. An seinem Lächeln konnte Lara erkennen, dass er die Menschen, die so lange ein wichtiger Teil seines Lebens gewesen waren, auch vermisst hatte.

Kemmer trat aus ihrem Büro, um nachzusehen, woher die Unruhe im Gang kam. Sie war wieder ganz die Alte, gut gestylt, den Rücken gerade, den Kopf aufrecht und ohne zittrige Hände, aber als sie Simon erblickte, ging sie durch die Gruppe hindurch, umarmte ihn und drückte ihn an sich.

Einen Moment erstarben die Gespräche, hatte doch niemand Kemmer jemals so emotional gesehen. Eigentlich war Simon kein

Freund von Berührungen, aber er erwiderte die Geste sichtlich gerührt. »Es ist schön, dich wiederzusehen«, sagte er.

Sie flüsterte ihm etwas ins Ohr, was Lara nicht hören konnte. Es wäre interessant, die Geschichte hinter ihrer Freundschaft zu erfahren, dachte sie.

»Wie geht es Viktor?«, fragte Simon.

»Den Umständen entsprechend gut.« Sie löste sich von ihm. »Der Schuss hat ihn über der Hüfte getroffen, ohne Organe zu beschädigen. Die Operation ist gut verlaufen und der Blutverlust war nicht schwerwiegend.«

Die Anwesenden nickten erleichtert.

»Die Verletzung am Kopf führte zu einer Gehirnerschütterung, aber er wird keine Folgeschäden davontragen«, fuhr sie fort. »Der Gang ist nicht der richtige Ort für eine Besprechung.« Sie deutete in den großen Meetingraum. »Die Details soll Viktor euch selbst erzählen, wenn er aus dem Krankenhaus entlassen wurde, was schon in ein paar Tagen passieren kann«, fuhr sie fort, nachdem alle Platz genommen hatten. »Er hat keine Ahnung, wer die Männer waren, warum sie ihn töten wollten und warum Lara als seine Mörderin herhalten sollte. Allerdings waren die Angreifer Profis, denn Viktors Haus ist gut gesichert und er hat die Männer erst bemerkt, als sie vor ihm standen.«

»Bei mir ging es ähnlich schnell«, ergänzte Lara. »Ich habe meinen Entführer nicht gesehen, bis er mir eine Pistole an den Kopf gehalten hat. Die Stelle in der Tiefgarage war klug gewählt. Sie ist nicht von überall einsehbar und liegt auch in einem toten Winkel der Überwachungskamera.«

»Ich habe die ganze Nacht kein Auge zugetan, weil ich mir ständig die Frage nach dem Warum gestellt habe«, sagte Kemmer. »Was sollte dieser Angriff?«

»Ging mir nicht anders, doch solange wir die Täter nicht fassen oder zumindest identifizieren, werden wir darauf keine

Antwort erhalten«, erwiderte Lara. »Möglicherweise finden wir den Grund, wenn wir uns die Fälle ansehen, an denen Viktor aktuell gearbeitet hat.«

»Da gibt es nur zwei. Jene von Döhring und Ingdahlen.«

»Von denen wir dachten, dass wir sie weitestgehend abgeschlossen haben«, ergänzte Utz. »Die Frauen auf den Videos aus Döhrings Jagdhaus sind identifiziert, die Suche nach den möglichen Vergewaltigern geht weiter und Oxana Ingdahlen wird bald der Prozess gemacht, weil sie die brutalen Überfälle mit arrangiert hat.«

»Ich glaube nach wie vor, dass Susen Quade nicht Döhrings Mörderin war und dass Ingdahlen nicht an einem Sexunfall gestorben ist«, sagte Lara.

»Ich will diese Gedanken nicht abbügeln, nur brauchen wir etwas Konkretes«, erwiderte Kemmer. »Verdächtige, neue Spuren, irgendetwas dieser Art, was ich dem Staatsanwalt vorlegen kann.«

»Damit kann ich nicht dienen, aber vielleicht mit einem neuen Beteiligten, der bei der Beschaffung der Frauen geholfen haben könnte.« Lara gab eine Zusammenfassung über Jungbluth und Clees.

»Clees traue ich so etwas zu«, sagte Utz. »Diesen Jungbluth dagegen hatte ich noch nicht auf dem Schirm.«

»Was der Grund ist, warum ich Simon mitgebracht habe, denn er hat mich während der ganzen Zeit unterstützt. Ohne ihn wäre ich nie so weit gekommen.«

»Also bist du gar nicht so clever«, bemerkte Utz grinsend. »Das war Simons Verdienst und du hast die Lorbeeren kassiert.«

Zur Antwort hob Lara den Mittelfinger, was ihren Kollegen zu einem lauten Lachen verleitete.

»Das Genie hinter den Ermittlungserfolgen ist Lara«, gab Simon zu. »Ich habe sie tatsächlich nur unterstützt.«

Sie streckte Utz die Zunge heraus.

»Über Clees müssen wir nicht viele Worte verlieren«, fuhr Simon fort. »Auch Jungbluth passt gut in das Schema. Vordergründig ein erfolgreicher Geschäftsmann, tatsächlich ein skrupelloser Betrüger ohne Gewissen.« Simon berichtete von Auerswald und dem Foto, das den Unternehmer beim Verlassen des Bordells zeigte.

Utz schüttelte den Kopf. »Nicht zu fassen.«

»Dann sind wir uns einig, dass Jungbluth eine nähere Betrachtung wert ist?«, fragte Kemmer in die Runde.

Die Anwesenden nickten.

»Wie wollen wir weiter vorgehen?«, wandte sie sich an Lara.

»Zuerst sollten wir uns umhören, ob ein Informant oder einer eurer Bekannten über Insiderwissen zu Jungbluth verfügt«, erwiderte sie. »Parallel dazu werde ich mir die Unterlagen der Bordellrazzia noch einmal ansehen. Bisher hatte ich nicht ausreichend Zeit. Vielleicht ergibt eine Spur unter neuen Umständen plötzlich Sinn.«

»Ich helfe dir«, bot Utz an.

»Währenddessen tauche ich in die bessere Gesellschaft Frankfurts ein und suche dort nach Verbindungen von Jungbluth zu Döhring oder Ingdahlen«, ergänzte Simon.

»Ich muss mich heute um die Presseanfragen zum Angriff auf Viktor kümmern«, sagte Kemmer mit Blick auf die Uhr. »Wir treffen uns um 15 Uhr wieder hier und besprechen, was es Neues gibt.« Sie ließ den Blick noch einmal in die Runde schweifen. Niemand schien eine Frage zu haben. »Erfolgreiche Jagd!«, rief sie und erhob sich vom Stuhl.

* * *

Für die Betrachtung der Razzia hatten Utz und Lara in einem Meetingraum die Akten ausgebreitet.

»Im Oktober 2020 haben die Kollegen vom KI10 das Bordell in der Taunusstraße durchsucht, wo sie unter anderem auch Fedor Clees angetroffen haben«, begann Utz. »Zusammenfassend war die Razzia nicht erfolgreich, weil sie nur einen leeren Container gefunden haben statt illegal nach Deutschland geschleuster Frauen.«

»Wenn ich mir die Aussagen der Informanten ansehe, war die Razzia aus Sicht der Kripo berechtigt.« Lara deutete auf einen kleinen Stapel Papier auf dem Tisch. »Der Hinweis kam von zwei verschiedenen Stellen.«

»Vom Moment der Aussage der Informanten bis zum Zugriff sind 36 Stunden vergangen. In dieser Zeit müssen die Bordellbesitzer einen Tipp bekommen haben, sonst wären die Mädchen nicht verschwunden.«

»Oder es war nur Pech«, meinte Lara.

»Ziemlich großes Pech, denn die Ermittler haben erwähnt, dass der Container noch warm war und man die Ausdünstungen der Menschen riechen konnte.«

»Wir können dieses Fass nicht auch noch aufmachen«, mahnte sie. »Wenn es einen Maulwurf bei der Polizei, der Kripo oder dem SEK gab, dann enthalten diese Unterlagen keinen Hinweis darauf.«

»Ich habe die insgesamt achtzehn im Bordell angetroffenen Personen erneut durch das System geschickt. Schon damals gab es keinen offenen Haftbefehl oder Verdachtsmomente, die beiden abgelaufenen Visa der Prostituierten mal ausgenommen. Das ist auch zwei Jahre später nicht anders. Clees hat sich seitdem nichts zuschulden kommen lassen.«

»Was ist mit den Fundstücken?«

»Zwei Kisten mit gefälschtem Whisky, kleinere Funde von illegalen Betäubungsmitteln und 70 000 Euro Bargeld«, las Utz vor.

»Vergiss den Whisky und die Drogen. Was ist mit dem Bargeld?«

Utz reichte ihr den Ausdruck eines Fotos. In einer Metallkasse lagen Bündel sowie ein halb geöffneter Umschlag mit Geldscheinen.

»Wurde das auf Fingerabdrücke untersucht?«

Utz nickte. »Die meisten stammten von den Männern, die das Bordell geführt haben. Es gab nur zwei nicht zugehörige. Der erste konnte nicht identifiziert werden und der zweite gehörte einem gewissen Bogdan Jefimow.« Utz blätterte in den Unterlagen. »Er kam ins System aufgrund einer Discoschlägerei in der Hanauer Landstraße im Jahr 2012.«

»Und was hat Jefimow dazu gesagt, dass seine Abdrücke auf Geldbündeln in einem Bordell gefunden wurden?«

»Als die Auswertung der Asservate fertig war und ihm eine Vorladung zugestellt wurde, war er schon ausgeflogen.« Utz drehte sich zu seinem Laptop und tippte etwas in das System. »Da sich seine Adresse seit dem Jahr 2020 nicht geändert hat, ist sein Aufenthaltsort noch immer unbekannt.« Er zuckte die Achseln. »Das Ziel der Razzia waren illegal geschleuste philippinische Frauen, die als Sexarbeiterinnen verkauft werden sollten. Fingerabdrücke auf Umschlägen mit Geldscheinen spielten eine untergeordnete Rolle.«

»Jefimows Abdruck war auf dem Umschlag?«, hakte Lara nach.

Utz nickte wieder. »Darin befanden sich fünftausend Euro.«

»Das sieht nach Zahlung von Schutzgeld oder einer anderen Erpressung aus.«

»Ich widerspreche nicht, aber erstens ist das in der Szene keine Überraschung, zweitens sind fünftausend Euro eher Kleingeld und drittens können wir diese Spur nur weiterverfolgen, wenn wir Jefimow befragen. Vonseiten der Bordellbetreiber bekommst du keine nützliche Aussage.«

»Ich will mehr über Jefimow wissen. Vielleicht finden wir dadurch heraus, von wem das Geld stammt.«

Utz drehte sich wieder zum Laptop und tippte etwas auf der Tastatur. »Seine Einträge sind eher mau«, meinte er nach einem Moment. »Jefimow war Angestellter bei einer Firma namens Secsol & Partner, die auch für den Schutz besagter Disco in der Hanauer Landstraße zuständig war. Das ist zehn Jahre her.«

Lara tippte etwas auf ihrem Handy. »Die Firma gibt es noch. Und sie hat mehr als nur einen Briefkasten, denn auf der Homepage gibt es ein Stellenangebot für Sicherheitsleute.«

»Unsere Kollegin Kira hat sich im Rahmen der Ermittlungen bei Secsol & Partner über Jefimow erkundigt, aber er hatte damals schon gekündigt«, erklärte Utz mit Blick auf die Akte. »Deren Adresse war mit jener im Kriposystem identisch, daher war das eine Sackgasse.«

»Wir sollten dort noch einmal nachhaken«, schlug Lara vor. »Vielleicht erfahren wir mehr über andere Orte, an denen Jefimow gearbeitet hat, außer der Disco.«

»Darum kümmere ich mich«, erwiderte Utz und machte sich eine Notiz auf einem Blatt Papier. »Wenn es eine seriöse Sicherheitsfirma ist, wird sie mit den Behörden kooperieren.« Er nahm sein Handy aus der Tasche und erhob sich vom Platz.

»Bis dahin fülle ich unsere Kaffeetassen auf.« Lara stand ebenfalls auf. »Denn mein Gefühl sagt mir, dass wir noch viel davon brauchen werden.«

* * *

Die Bildersuche war mühsamer, als Simon gedacht hatte. Viele der Aufnahmen zu gesellschaftlichen Ereignissen waren hinter Paywalls von Zeitungen oder Szeneportalen verborgen, sodass sich Simon immer erst registrieren musste, um etwas zu sehen. Auch konnte er nicht auf eine Suchmaschine zurückgreifen, sondern musste jede Zeitung und jedes Portal selbst durchsuchen.

Nachdem er die letzten fünf Jahrgänge des Opernplatzfests erfolglos geprüft hatte, kämpfte er sich durch Ballettpremieren, Schauspiele, Kinoevents und Sportveranstaltungen bis hin zum Bundespresseball in eine Zeit zurück, als man mit dem Telefon noch nicht fotografieren konnte.

Schließlich gelangte er zu einem Börsen-Event aus dem Jahr 2020. Es war die Afterparty eines schnell aufgestiegenen Start-ups der Region, das an diesem Tag seinen Börsengang gefeiert hatte.

Simon wollte gerade zu der Tasse Kaffee neben sich greifen, als er innehielt.

»Das glaube ich nicht«, sagte er und vergrößerte eines der Bilder mit der Tastatur. »Das ist es.« Er sprang auf, nahm den Laptop in die Hand und rannte aus dem Raum.

* * *

Lara bedauerte, dass sie heute nicht in die Kantine gehen konnte, zumal sich ihr Magen nach dem Überfliegen des Speiseplans lautstark gemeldet hatte, doch sie verfügte weder über die Zeit noch die Geduld, sich in die Schlange zu stellen. Vorerst würde ein Schokoriegel genügen müssen. Auf dem Weg zurück vom Snackautomaten begegnete ihr Kemmer, die ihr freundlich zulächelte. Lara hätte nicht geglaubt, dass sie jemals einen Zugang zu dieser distanziert wirkenden Frau finden würde, aber vielleicht hatte es Nowaks Abwesenheit gebraucht, damit sie aus seinem Schatten treten konnte.

Kemmer wollte gerade etwas zu Lara sagen, als Utz von rechts aus seinem Büro gerannt kam. »Du glaubst nicht, was ich erfahren habe«, verkündete er enthusiastisch und hob seinen Notizblock hoch.

Einen Augenblick später ging die Tür zum Besprechungsraum auf. »Du glaubst nicht, was ich gefunden habe!«, rief Simon atemlos und drehte den Laptop zu ihr hin. Darauf war ein Bild von Männern im Anzug, die Lara wegen des kleinen Bildschirms kaum erkennen konnte.

Kemmer zog amüsiert die Augenbraue hoch. »Es ist erst halb zwei, aber ich würde vorschlagen, dass wir die Besprechung vorziehen«, bemerkte sie mit einem Blick auf die Uhr. »Offensichtlich gibt es wichtige Neuigkeiten.«

* * *

Nur eine Minute später war der Besprechungsraum wieder gefüllt. Augenscheinlich hatten sich die beiden Männer auf eine Reihenfolge einigen können, denn während Simon seinen Laptop an den Beamer anschloss, stellte sich Utz vor die Leinwand.

»Lara und ich haben uns die Unterlagen zu einer Razzia in der Taunusstraße angesehen, ebenjenem Bordell, bei dem Fedor Clees arbeitet«, begann er. »Dort fanden sich auf einem Umschlag mit fünftausend Euro Fingerabdrücke eines gewissen Bogdan Jefimow, der bei einer Sicherheitsfirma namens Secsol & Partner angestellt war. Weder Jefimow noch die Firma sind uns bei den Fällen um Döhring und Ingdahlen irgendwie begegnet. Jedoch hat mir die Firmenleitung erklärt, dass Jefimow seit 2019 nicht mehr für sie arbeitet, sondern in die Dienste des Industriellen Gisbert Auerswald gewechselt ist, für den Secsol & Partner lange den Objektschutz übernommen haben.«

»Jetzt müssen wir eine große Volte vollführen«, warf Lara ein. »Wie schon erwähnt, vermuten wir, dass Gisbert Auerswald von Ludger Jungbluth erpresst wurde, seinen Posten bei einer Privatbank für ihn zu räumen, damit Jungbluth in den Frankfurter Geldadel aufsteigen konnte.«

»Und Ludger Jungbluth war eine Zeit lang mit Fedor Clees im Gefängnis, ebenjenem Mann, der im Bordell in der Taunusstraße arbeitet, wo der Geldumschlag mit Jefimows Fingerabdrücken gefunden wurde.«

»Ihr vermutet, dass Jungbluths Erpressung immer noch im Gange ist?«, fragte Kemmer.

Lara nickte. »Auerswald bezahlt in regelmäßigen Abständen fünftausend Euro an Clees. Und der Bote ist Jefimow.«

»Aber sind fünftausend Euro nicht wenig für einen Mann wie Jungbluth?«, fragte ein Kollege. »Wenn wir davon ausgehen, dass Clees der Erfüllungsgehilfe von Jungbluth ist«, fügte er noch hinzu.

»Das Geld ist vermutlich direkt für Clees, quasi als Bezahlung für sein Schweigen, denn er hat etwas Schwergewichtiges gegen Auerswald in der Hand, sonst hätte dieser nicht zugunsten von Jungbluth auf den Aufsichtsratsposten verzichtet«, erklärte Utz.

»Die Verkettungen sind anfänglich etwas verwirrend, aber wenn man alle Beteiligten auf den richtigen Platz setzt, ergibt es Sinn«, bemerkte Kemmer. »Wie bekommen wir Jungbluth mit Döhring und Ingdahlen in Verbindung?«

»Dafür bin ich da«, sagte Simon lächelnd und startete den Beamer. Auf der Leinwand erschien ein Foto von einem Empfang. In Anbetracht der eleganten Einrichtung, des üppigen Büfetts und der Anzahl an umherlaufenden Kellnern war es offenbar ein teures Event. »Diese Feierlichkeiten fanden im Rahmen eines Börsengangs im Jahre 2020 statt. Auf den Bildern ist alles von Rang und Namen aus der Frankfurter Wirtschaftsszene zu sehen, und besonders interessant sind diese Gäste.« Er zoomte das Bild größer, bis nur noch drei Männer im Smoking zu sehen waren. Den lachenden Gesichtern nach zu schließen, schienen sie sich gut zu kennen. »Das sind Bernhard Döhring, Hartmut Ingdahlen und Ludger Jungbluth.« Simon deutete auf die Leinwand. »Dies ist nicht das einzige gemeinsame Foto. Bei Aufnahmen zu früherer Stunde dinieren sie an einem Tisch.«

»Also kannten sich die drei mehr als nur flüchtig«, schloss Kemmer.

»Bei meiner Recherche bin ich gerade erst im Jahr 2020 angekommen, daher wird sich noch mehr von diesen dreien finden.«

»Mehr benötige ich nicht.« Kemmer winkte ab. »Döhring und Ingdahlen sind bereits verstorben, aber da sich Jungbluth bester Gesundheit erfreut, haben wir bei ihm noch alle Möglichkeiten.«

»Auch Auerswalds Aussage zu dem Umschlag wäre interessant«, fügte Lara hinzu. »Möglicherweise finden wir auf seinem Anwesen den vermissten Bogdan Jefimow.«

»Lasst uns den Fall richtig angehen«, schlug Kemmer vor. »Ich lasse Jungbluth und Auerswald als Zeugen für irgendwas vorladen.« Sie wedelte vage mit der Hand. »Dann schauen wir mal, was passiert.« Zustimmendes Nicken kam von den Anwesenden.

»Und bis dahin gilt es, so viel wie möglich über die beiden herauszufinden«, fuhr sie fort. »Nehmt euch die Unterlagen von Döhring und Ingdahlen ein weiteres Mal vor und überprüft sie auf die neuen Verdächtigen Jungbluth, Auerswald, Clees und Jefimow. Die vier hatten wir nicht auf dem Radar.« Kemmer ließ noch einmal den Blick über die Anwesenden schweifen. »Ich setze unser nächstes Meeting für morgen früh an, es sei denn, es findet sich eine weitere heiße Spur.« Sie lächelte Simon und Utz zu. »Ansonsten wünsche ich euch ein weiteres Mal eine erfolgreiche Jagd.«

Kapitel 13

Lara verfluchte den Regen des Vortages, als sie durch das Wäldchen in Richtung von Auerswalds Anwesen schlich. Sie hatte wegen der nassen Blätter Mühe, nicht auszurutschen, und versank bei jedem zweiten Schritt knöcheltief im Matsch. Wenigstens war um diese frühe Stunde kein Nebel aufgezogen, was ihre Pläne zunichtegemacht hätte.

»Warum hat Auerswald nicht ein Penthouse in der Altstadt?«, murrte sie beim Weitergehen. »Nein, ein Anwesen im Nirgendwo muss es sein, zu dem nicht einmal eine richtige Straße führt.«

»Es existiert eine breite und gut gepflasterte Straße dorthin«, vernahm sie Simons Stimme in ihrem Ohrhörer. »Nur ist die offen einsehbar und wahrscheinlich auch kameraüberwacht, spätestens wenn man an der Mauer des Grundstücks angelangt ist. Was bei einem Mann von solchem Wohlstand auch verständlich ist«, fügte er noch hinzu.

Lara sah auf die Uhr. »Zehn Minuten, bis Auerswald sein Grundstück verlässt. Bis dahin muss ich in Position sein.« Sie beschleunigte ihren Schritt, bereute es aber sofort, als sie über eine Wurzel strauchelte.

»Ich möchte nur noch einmal daran erinnern, dass dein Vorgehen nicht mit Kemmer abgestimmt und außerdem ohne richterlichen Beschluss illegal ist«, sagte Simon. »Alles, was du im Rahmen deiner Observation herausfindest, lässt sich nicht vor Gericht verwenden.«

»Seit Döhrings Tod war das meiste, was wir getan haben vorschriftswidrig.« Sie schüttelte den Schlamm von ihren Schuhen. »Warum stört es dich jetzt?«

»Es stört mich nicht«, korrigierte Simon. »Ich bin nur unsicher, was du damit bezweckst.«

»Seit wir das mit Jefimows Fingerabdrücken und seiner Verbindung zu Auerswald herausgefunden haben, hat sich nichts mehr getan. Eine Woche ist vergangen und weder Jungbluth noch Auerswald haben durch Kemmers Vorladung kalte Füße bekommen. Die Befragung der Informanten war nutzlos und Clees geht jeden Abend gemütlich zu seiner Arbeitsstelle ins Bordell, wahrscheinlich in Vorfreude auf die nächste Geldlieferung.«

»Und warum hast du dich nicht in der Taunusstraße auf die Lauer gelegt?«

»Ein Schritt nach dem anderen. Zuerst muss ich wissen, ob Jefimow überhaupt für Auerswald arbeitet. Dann reden wir über das Geld, das er ins Bordell trägt.« Sie war am Rande des Wäldchens angekommen. Von hier hatte man eine gute Aussicht auf den Taunus. Glücklicherweise stand man auch hoch genug, um in Auerswalds Anwesen sehen zu können, zumindest in den Teil, der nicht von Kiefern verdeckt war. Dazu gehörten der Hauseingang und die kurze Einfahrt. »Mein Gott, ist das Ding schwer«, beschwerte sich Lara, während sie eine Kamera aus dem Rucksack nahm.

»Und sehr teuer«, ergänzte Simon. »Daher wäre ich dir dankbar, wenn du sie nicht in den Matsch fallen lässt.«

Sie schraubte ein langes Objektiv auf die Kamera und schaltete sie an. »Das ist der Hammer«, bemerkte sie, als sie durch den Sucher auf den Eingang blickte. »Es ist noch nicht hell, aber ich kann den metallenen Klopfer an der Haustür erkennen.«

»Das Objektiv hat eine sehr hohe Lichtstärke«, erklärte Simon. »Und es war noch teurer als die Kamera.«

»Ich bin vorsichtig«, versprach Lara. Sie veränderte ihre Position und wäre beinahe ausgerutscht, konnte sich aber noch mit einer Hand an einem Baum festhalten. »Nur für alle Fälle. Von welchem Betrag reden wir?«

»Von einem fünfstelligen allein für das Objektiv.«

»Da muss eine junge Kommissarin lange für stricken«, bemerkte sie just in dem Moment, als ein Auto die Garage verließ und bis zur Haustür fuhr. »Showtime«, sagte sie noch und hob die Kamera wieder an.

Als der Fahrer aus dem Auto stieg, öffnete sich die Tür und Auerswald kam heraus. Er trug einen dunklen Anzug und hatte einen Mantel über den linken Arm gelegt, während er in der Rechten einen Aktenkoffer hielt.

»Bisher nur die üblichen Verdächtigen«, sagte Lara und machte Fotos. »Auerswald und der Fahrer.«

»Den Fahrer haben wir schon überprüft«, bemerkte Simon. »Das ist nicht Jefimow.«

»Weiß ich. Deswegen bin ich nicht hier.«

»Sondern?«

»Wie du weißt, habe ich vor zwei Tagen Fotos von Auerswald im Auto gemacht.«

»Worauf nur der Fahrer zu erkennen war, weil die hinteren Scheiben verdunkelt sind und Auerswald zu weit hinten sitzt, als dass man beim Winkel deiner Aufnahme etwas von den Rücksitzen erkennen könnte.«

»Aber bei einer Aufnahme konnte man zwei Schatten sehen. Also hat er nicht allein im Auto gesessen.«

Auerswald gab den Mantel dem Fahrer, der ihm die Autotür aufhielt.

»Das hätte alles und jeder sein können. Von seiner Frau über einen heruntergeklappten Sonnenschutz bis zu einer Spiegelung im Glas.«

»Oder ein weiterer Mann.«

»Bei den meisten wohlhabenden Menschen ist der Fahrer gleichzeitig auch der Leibwächter.«

»Die meisten wohlhabenden Menschen werden nicht von einem Zuhälter erpresst und zahlen Schutzgeld. Zumindest hoffe ich das.«

Die Tür eines Nebengebäudes ging auf und ein kräftiger, gedrungener Mann kam heraus. Er hatte einen Glatzkopf und trug einen dunkelblauen Anzug ohne Krawatte, der an seinen kräftigen Schultern spannte.

Lara stieß einen unterdrückten Triumphschrei aus.

»Alles in Ordnung?«, fragte Simon.

»Ich hatte recht.« Sie kicherte leise, als der Mann hinten auf der anderen Seite des Autos einstieg, und beschrieb Simon die Szene.

»Ist das Jefimow?«

»Auf den ersten Blick kann ich es nicht sicher sagen, aber ich vermute, die Aufnahmen haben eine hohe Auflösung.«

»Haben sie«, bestätigte Simon. »Wenn du die Bilder nicht verwackelst, können wir sie sehr stark vergrößern.«

Lara verbarg sich hinter einem Baum, als das Auto von der Ausfahrt auf die Straße fuhr. »Wenn ich den Waldsumpf wieder heil durchquert habe, mache ich mich auf den Weg zu dir. Dann werden wir sehen, ob der geheimnisvolle Mitfahrer tatsächlich Jefimow ist.«

* * *

Lara hatte die Hosenbeine hochgekrempelt, als sie barfuß in Simons Wohnung ankam. In ihren Augen war wieder dieses Leuchten, das sie immer bekam, wenn sie einer Sache auf der Spur war. Sie drückte ihm den Rucksack in die Hand, der erfreulicherweise frei von Schlamm war.

»Etwas zu frisch für einen Spaziergang«, sagte sie auf dem Weg ins Wohnzimmer, wo sie auf der Couch Platz nahm und nach der Tasse mit Kaffee griff, den er frisch für sie aufgebrüht hatte.

»Das nächste Mal solltest du dir wasserdichte Stiefel anziehen«, bemerkte Simon mit Blick auf ihre nackten Füße. »Dann bleiben auch deine Socken trocken.«

»Wer braucht denn so etwas.« Lara rieb sich mit der freien Hand über die Zehen.

Simon nahm die Kamera aus dem Rucksack und verband sie mit seinem Laptop, der wiederum an den Fernseher angeschlossen war. Er startete das Bildbearbeitungsprogramm und kopierte die Dateien von der SD-Karte auf den Computer. »Ich habe gehört, dass Nowak aus dem Krankenhaus entlassen wurde.«

»Schon vorgestern«, bestätigte Lara und trank einen Schluck Kaffee.

»Nach fünf Tagen, demnach war das keine gefährliche Schusswunde.«

»Er hatte wohl Glück. Ebenso mit der Verletzung an seiner Schläfe.«

»Wundert dich das nicht?«

»Meinst du seine Genesung?«

»Dass die beiden Männer ihn nicht getötet haben«, erklärte Simon. »Das war ihr Plan. Nowak erschießen mit dir als Sündenbock.«

»Ich habe noch nicht selbst mit ihm geredet, aber nach seiner Aussage hat er mit einem Mann um die Pistole gerungen. Dabei hat sich ein Schuss gelöst und ihn getroffen.«

»Die Waffe wurde nicht in seinem Haus gefunden und die Glock fasst siebzehn Kugeln. Nach dem Schuss in die Decke und dem Treffer hätten die Täter noch fünfzehn Versuche gehabt, um es zu Ende zu bringen.«

»Wie du schon bemerkt hast, war ihr Plan nicht ausschließlich, Nowak zu erschießen. Das hätten sie schon gekonnt, als er ohnmächtig war. Sie wollten mich als Täterin.«

»Wahrscheinlich sehe ich nur wieder Gespenster, wo keine sind.« Er wandte sich dem Laptop zu und betrachtete die Bilder. Es dauerte nicht lange, bis er die Aufnahmen des dritten Mannes gefunden hatte. Die meisten Fotos zeigten ihn von der Seite, aber als er ins Auto einstieg, war sein Blick nach vorn gerichtet, lange genug, dass Lara eine Aufnahme hatte machen können.

Simon stellte das Gesicht frei und vergrößerte es, bis es den Bildschirm ausfüllte. »Könnte Jefimow sein«, meinte er nach einem Moment.

»Die Nase passt und auch die schmalen Lippen, aber mit schwarzen Haaren sah er irgendwie anders aus«, bemerkte Lara. »Außerdem fehlt das Tattoo unter dem linken Auge.«

»Lass mich ein paar Dinge ausprobieren«, sagte Simon und startete ein weiteres Bildbearbeitungsprogramm. »In ein paar Minuten wissen wir, ob Auerswalds Mitfahrer wirklich Bogdan Jefimow ist.«

* * *

Kemmer kam gerade aus der Küche, eine Tasse mit scharf riechendem Grüntee in der Rechten und ein Joghurt in der Linken, als Lara die Abteilung betrat.

»Ich habe etwas, aber es ist vielleicht besser, wenn wir dafür ungestört sind.«

Kemmer zog kurz die Augenbrauen hoch und deutete mit dem Kopf in ihr Büro. »Ich schätze Eigeninitiative, allerdings sollte sie sich im Rahmen der geltenden Vorschriften bewegen.«

»Ich habe nur den Sonnenaufgang über dem Westtaunus aufgenommen, und dabei ist mir zufällig etwas vor die Linse gesprungen.«

»Mit etwas meinst du Eichhörnchen?« Kemmer nahm auf ihrem Stuhl Platz.

»Bogdan Jefimow.« Lara legte ihr ein großes Foto auf den Tisch. Es zeigte, wie Auerswald von rechts in das Auto einstieg, während Jefimow gerade zum Wagen ging.

Kemmer betrachtete das Bild. »Sieht ihm nur bedingt ähnlich. Außerdem fehlt das Tattoo unter dem Auge.«

»Dank der guten Auflösung konnten wir die Stelle mit der Tätowierung entsprechend vergrößern.« Sie legte ein weiteres Bild hin.

»Die Haut ist gerötet und es haben sich kleine Narben gebildet.«

»Und wenn man diese Stelle nachfährt, dann ähnelt sie dem tätowierten Messer, das vorher unter dem Auge war.« Lara setzte sich ihr gegenüber.

Kemmer betrachtete das Bild. »Generell würde ich sagen, gute Arbeit, aber die Überwachung von Auerswalds Gelände war nicht genehmigt, daher können wir es nicht für die Ermittlungen verwenden.«

»Darum ging es mir nicht«, erklärte Lara. »Ich wollte nur sichergehen, dass wir mit Auerswald nicht unsere Zeit verschwenden. Jetzt, da klar ist, dass Jefimow für ihn arbeitet, schließt sich der Kreis von Auerswald über Jefimow, der das Geld an Clees weitergibt, der wiederum mit Jungbluth zusammenarbeitet.« Sie deutete auf das Bild. »Ich könnte mich in meiner Freizeit an Auerswald dranhängen, dann bekomme ich irgendwann eine Aufnahme, die wir als Schnappschuss eines Informanten verkaufen können.«

»So leicht wird es nicht.« Kemmer lehnte sich auf ihrem Stuhl zurück. »Aber ich kenne eine Staatsanwältin, die mir noch ein Mittagessen schuldet. Vielleicht kann sie mir einen Tipp geben, wie wir der Sache einen offiziellen Anstrich verpassen können.« Sie griff nach dem Telefonhörer auf ihrem Schreibtisch. »Trotzdem solltest du diese Entdeckung mit deinen Kollegen teilen. Informell, versteht sich.« Sie zwinkerte ihr zu und begann zu wählen.

Lara stand auf und hob ihren Daumen. Es war Zeit für einen Kaffee und Small Talk in der Küche.

* * *

»Warum machst du so ein verkniffenes Gesicht?«, fragte Simon, als er vor Lara einen Teller Spaghetti auf den Tisch stellte.

Der Duft der Tomatensoße mit dem Parmesan ließ ihren Magen knurren. »Ich habe gehofft, dass unsere Entdeckung etwas mehr Schwung in die Ermittlungen bringt«, erklärte sie und griff nach der Gabel.

»Es hat deine Vermutung bestätigt.« Er nahm ihr gegenüber Platz. »Ein Schritt in die richtige Richtung.«

»Nicht genug für den Staatsanwalt.«

»Womit sollte er Ermittlungen aufnehmen?«, fragte Simon und nahm sein Besteck in die Hand. »Dass Jefimow für Auerswald arbeitet, ist nicht illegal. Ebenso wenig die regelmäßigen Zahlungen an Clees, es sei denn, wir können eine Erpressung nachweisen. Das wiederum müsste einer der Beteiligten zugeben, was nicht passieren wird.«

»Eine Durchsuchung von Clees' Wohnung würde interessante Dinge ans Licht bringen. Unter anderem das Druckmittel, das er gegen Auerswald hat.«

»Nachdem die Razzia im Bordell ein Fehlschlag war, findet sich kein Anlass dafür. Vordergründig ist Clees über alle Zweifel erhaben. Er hat eine legale Anstellung und zahlt Steuern.« Simon begann zu essen.

Lara hatte gerade die zweite Gabel mit Spaghetti in den Mund geschoben, als ihr Handy auf dem Tisch brummte. »Was ist denn jetzt schon wieder?«, murrte sie kauend und nahm das Telefon in die Hand. »Seltsam«, sagte sie nach einem Moment.

»Was ist los?« Simon hörte mit dem Essen auf.

»Ich habe eine SMS mit Anhang von Daniels Nummer bekommen. Das angehängte Bild hat den Namen ›Jungbluth‹.« Sie drehte das Handy zu ihm um.

Simon wischte sich den Mund mit der Serviette ab und kam zu ihr herüber.

Als sie den Anhang geöffnet hatte, zog sie die Luft ein. Das Bild zeigte vier Männer in Anzügen, eng zusammenstehend, die Arme übereinandergelegt. Sie prosteten lachend mit Whiskeygläsern in die Kamera.

»Das sind Döhring, Ingdahlen, Jungbluth und Nowak«, bemerkte Simon. »In bester Laune.«

»Der Handhaltung nach zu schließen hat es Jungbluth mit seinem Handy aufgenommen.«

»Damit kann Nowak nicht mehr behaupten, dass er Ingdahlen nur flüchtig kannte.«

Das Handy brummte noch einmal.

»Komm schnell und leise«, las Lara vor. »Gezeichnet ist die SMS mit ›Daniel‹ und darunter steht eine Adresse.«

Simon stand auf, ging zum Laptop und tippte etwas auf der Tastatur. »Das ist Jungbluths Anschrift«, sagte er nach einem Moment.

»Wenn das nicht eigenartig ist.«

»Vielleicht solltest du Daniel anrufen.«

»Und wenn ich damit sein Versteck enttarne?«

»Wenn sich Daniel irgendwo auf die Lauer gelegt hat, wird er den Klingelton ausgeschaltet haben.«

»Beim Anruf leuchtet das Display auf. Das könnte schon genügen.«

»Du willst nicht allein dorthin, oder?«, fragte Simon argwöhnisch.

»Das Bild und die SMS sind zu vage, um etwas Offizielles draus zu machen«, erklärte Lara. »Außerdem vertritt Kemmer heute Abend Nowak auf einem Empfang der Stadt, daher bekomme ich sie sowieso nicht ans Telefon.«

»Und wenn es eine Falle ist?«

»Eine Falle von Daniel?«

»Eine Falle von jemandem, der vorgibt, Daniel zu sein.«

»Seine Nummer lässt sich nicht fälschen.«

»Es sei denn, besagter Jemand hat Daniels Handy.«

»Ein Grund mehr, hinzugehen, denn dann steckt er in Schwierigkeiten.«

Simon stöhnte. »Unvernunft, dein Geschlecht ist weiblich und du heißt Lara.«

»Wenn die SMS von Daniel ist, kann ich nicht mit Blaulicht ankommen, da er explizit gebeten hat, leise zu sein.«

»Vielleicht solltest du ihm eine SMS schreiben und um mehr Details zu dieser komischen Nachricht am späten Abend bitten.«

»Ich kenne Daniel schon lange, und er zieht einen Anruf immer einer Nachricht vor. Es gibt einen Grund für die Kürze der SMS.«

»Ich bin dennoch der Meinung, dass es eine schlechte Idee ist.«

»Die Gelegenheit kann ich mir nicht entgehen lassen. Nicht, nachdem wir so weit gekommen sind.« Sie zeigte ihm die Aufnahme. »Das Bild mag vordergründig unsere Theorie untermauern, und Nowak wird sich dafür rechtfertigen müssen, aber das war es auch schon.«

Sie wollte aufstehen, aber Simon hielt sie am Arm fest. »Du gehst nicht ohne Verstärkung.«

»Wenn es eine Falle ist, müssen nicht wir beide hineinlaufen. Dann ist es gut, dass die einzige Person, die weiß, wo ich bin, in Sicherheit ist.«

Simon zögerte. Er schien Laras Worte in Gedanken abzuwägen. »Zwei Minuten«, sagte er schließlich. »So lange brauche ich, bis ich dich verkabelt habe. Und wenn etwas schiefgeht, nehme ich auch keine Rücksicht mehr auf leise sein.«

»Bitte sehr.« Lara legte das Handy zur Seite. »Nach den zwei Minuten mache ich mich auf den Weg.«

* * *

Jungbluth wohnte in einer kleinen Villa am Ende einer Sackgasse in Sachsenhausen. Die Vorderfront war im Jugendstil gehalten, mit einer breiten Treppe zum Eingang und akkurat geschnittenen Büschen entlang der schmalen Einfahrt. Zwei prachtvolle Kastanien überdachten sie mit ihrem herbstlichen Laub. Alles war gepflegt und stilvoll, nur der vor einer Garage geparkte neongelbe Lamborghini zerstörte den guten Eindruck wieder.

Im Haus war es dunkel. Einzig in einem Raum im ersten Stock brannte noch Licht. Da die dunklen Vorhänge zugezogen waren, konnte Lara nicht erkennen, ob jemand drinnen war. Sie nahm ihr Handy heraus und sah auf das Display. Seit Daniels SMS hatte sie keine Nachrichten mehr bekommen.

»Kannst du alles sehen?« Lara rückte die kleine Linse unterhalb ihres Halses gerade.

»Die Kamera ist nicht für Aufnahmen im Dunkeln geeignet«, hörte sie Simons Stimme in ihrem Ohrhörer, der an ihr Handy angeschlossen war. »Sie funktioniert nur in einem beleuchteten Raum.«

»Ich sehe niemanden auf dem Grundstück, und bis auf ein Licht im ersten Stock wirkt die Villa verlassen«, erklärte sie und steckte das Handy wieder ein. »Der zwei Meter hohe Zaun ist nicht unüberwindbar, aber die beiden Kameras hinter dem Einfahrtstor decken einen weiten Winkel ab, sodass ich nicht ungesehen auf das Grundstück gelangen kann.«

»Wenn die Kameras mit einer Sicherheitsfirma verbunden sind, wäre in fünf Minuten die Polizei vor Ort«, gab Simon zu bedenken. »Wenn die Aufnahmen nur ins Haus gehen, könntest du hineingelangen, ohne dass jemand etwas bemerkt, sofern er nicht in diesem Moment auf den Monitor blickt. Dein Gesicht solltest du auf jeden Fall verbergen.«

»Dafür habe ich meine Skimaske«, erklärte Lara. »Außerdem trage ich Handschuhe und habe eine unauffällige Regenjacke an, die ich nach meinem Besuch in einen Altkleidercontainer entsorge.«

»Wie sieht es mit Möglichkeiten aus, von der Seite auf das Grundstück zu kommen?«

»Links und rechts verlaufen drei Meter hohe Mauern, an die die Nachbargrundstücke angrenzen«, beschrieb sie. »Das würde mich exponieren, außerdem werden diese Bereiche ebenfalls kameraüberwacht sein, wenn nicht von Jungbluths Seite, dann von den Nachbarn her. Dazu ist die Gegend zu teuer.«

»Es ist deine Entscheidung«, meinte Simon. »Du kannst auch klingeln, dich als Kripobeamtin ausweisen und behaupten, du hättest einen Hinweis auf eine Straftat erhalten.«

»Wenn Jungbluth sich tot stellt oder nicht zu Hause ist, bringt mich das nicht hinein«, erwiderte Lara. Sie trat noch einmal an die Seite des Tors, aber das Anwesen wirkte unverändert wie ausgestorben.

»Was soll's«, sagte sie schließlich und zog die Skimaske über ihr Gesicht. Dann griff sie nach den schmiedeeisernen Stangen des Tors und kletterte auf die andere Seite. Dort angekommen blieb sie einen Moment stehen, hörte aber weder Alarm noch sah sie Lichter angehen. Während sie das kurze Stück Einfahrt hochlief, beobachtete sie die Kameras, deren Linsen ihr aber nicht folgten.

»Oh Mann!«, hörte sie Simon sagen. »Wenn das nur gut geht.«

An der Tür betrachtete sie das Schloss. »Hier sind Einbruchsspuren.« Lara fuhr mit dem Finger zwei schmale Furchen am Zylinder nach.

»Die Kratzer am Lack sehe ich sogar durch die Kamera.«

»Außerdem liegt hier feiner Metallstaub.«

»Das ist ein hochwertiges Schloss mit Spezialstiften, die Picking und Bohren verhindern sollen«, erklärte er verwundert. »Mit einem Bohrer dürfte man eigentlich nicht hineinkommen.«

Lara gab der Tür einen sanften Stoß, die sich daraufhin einen Spaltbreit öffnete. »Wie auch immer, es ist dem Einbrecher gelungen.«

»Die Kriterien für Gefahr im Verzug sind erfüllt. Lass mich die Polizei informieren.«

»Noch nicht«, bat Lara und betrat das Haus.

Soweit sie durch das einfallende Mondlicht erkennen konnte, war der Vorraum schön dekoriert, weniger protzig, als Lara es wegen des Lamborghinis vermutet hatte.

Der Boden war mit beigefarbenen Holzpaneelen ausgelegt und die Wände in kaltem Weiß gestrichen. Durch ein großes Panoramafenster konnte sie die Sterne sehen. Rechts ging eine Treppe nach oben, linker Hand war ein weiterer Raum, der aber im Dunkeln lag.

»Ich sehe niemanden«, flüsterte sie.

»Die Kamera überträgt nur Schwarz, daher bist du allein auf deine Augen angewiesen«, bemerkte Simon ebenso leise. »Sei vorsichtig.«

Lara überlegte einen Moment, ob sie die Taschenlampenfunktion des Handys nutzen sollte, entschied sich aber dagegen. Für die Treppe nach oben genügte das Mondlicht.

Sie schlich langsam nach oben und vernahm noch immer keine Geräusche. Die Tür zum beleuchteten Raum war leicht angelehnt, sodass ein Lichtstrahl in den Gang fiel. Glücklicherweise knarrten die hölzernen Bohlen nicht, dachte sie, als sie näher trat. Lara öffnete vorsichtig ihre Regenjacke und ließ eine Hand zum Holster ihrer Pistole gleiten.

Mit dem Fuß gab sie der Tür einen leichten Stoß, gerade weit genug zum Hineinsehen. Sie sah ein Paar Füße mit schwarzen Designersocken auf dem Teppich mit dickem Kabelbinder um die Gelenke. Daniel hätte sich die Marke nicht leisten können, daher war er es nicht. Vorsichtig schlich sie hinein und erkannte Ludger Jungbluth. Er saß auf dem Boden, den Rücken an den Schreibtisch gelehnt und die Hände gefesselt. Blut lief von einer Wunde an der rechten Braue an seiner Wange entlang bis zum Kinn und tropfte auf sein weißes T-Shirt. Neben ihm lagen die Bruchstücke eines zerstörten Handys.

Seine Augen waren in Angst geweitet und er schien den Tränen nahe.

»Es tut mir leid«, sagte er mit zitternder Stimme, als er sie bemerkte.

Dann spürte Lara einen sengenden Schmerz am Rücken.

Und es wurde schwarz um sie.

Kapitel 14

Etwas traf sie an der Wange und holte sie aus ihrer Ohnmacht. Ein Mann mit einer Sturmhaube über dem Gesicht gab ein zufriedenes Brummen von sich, als würde er die Schikane genießen. Trotz Maske kam ihr der Mann irgendwie bekannt vor. Seine grünen Augen und die schmal gezupften Augenbrauen erinnerten sie an jemanden.

Er zeigte Lara ihr zerbrochenes Handy, die Kamera, den vom Kabel weggerissenen Ohrhörer und ihre Skimaske. Dann ließ er alles zu Boden fallen.

Sie wollte sich erheben, bemerkte dann aber, dass ihre Füße und Hände gefesselt waren. »Was soll das?«, fuhr sie auf. Ihr Blick ging zu Jungbluth, der wimmernd den Kopf einzog, als würde ihr Anblick schon eine Strafe nach sich ziehen.

Der Mann ging einen Schritt zurück und zog die Maske vom Kopf.

»Nowak?«, fragte Lara atemlos, als sie in das grinsende Gesicht ihres Vorgesetzten sah. »Das kann nicht sein«, stotterte sie.

Seine Belustigung verschwand und er schlug ihr mit dem Handrücken ins Gesicht. »Du dumme Nutte!«, schrie er sie an. »Warum kannst du nicht einmal machen, was man dir sagt?«

Laras Verwunderung war so überwältigend, dass sie den Schmerz des Schlags kaum wahrnahm. Sie hatte keine Ahnung, was hier gespielt wurde, warum sie gefesselt auf dem Boden saß und was Nowak mit alledem zu tun hatte. Als er ihre Verwirrung bemerkte, kehrte sein zufriedenes Lächeln zurück. Nichts deutete darauf hin, dass er vor Kurzem angeschossen worden war und gerade erst das Krankenhaus verlassen hatte.

»Warum tust du das?«, fragte sie.

»Eine Sicherheitsmaßnahme. Alle anderen Ermittler wären nicht dahintergekommen, aber bedauerlicherweise bist du hartnäckig, und in wenigen Tagen hättest du die Zusammenhänge verstanden.«

»Zusammenhänge von was? Ich bin wegen Jungbluth hier. Was hast du mit alledem zu tun? Und wo ist Daniel?«

»Eines nach dem anderen.« Er zog eine Spritze mit einer milchigen Substanz aus der Tasche und rammte die dicke Nadel durch ihre Hose ins Bein. Sie schrie kurz, als eine brennende Flüssigkeit in sie hineinfloss.

»Ein Cocktail von Benzodiazepinen, die sich nur schwer nachweisen lassen, weil sie von anderen Drogen überdeckt werden.«

»Welche andere Drogen?«

»Koks und Heroin, die sich nicht gut im Lebenslauf einer Kripobeamtin machen. Eine wilde Mischung, die erklären wird, warum du im Wahn Ludger Jungbluth erschossen hast.«

»Wovon redest du?« Sie sah zu Jungbluth, der noch immer an den Schreibtisch angelehnt dasaß. Schweiß hatte sein Hemd durchtränkt. »Ich habe niemanden erschossen.«

Nowak nahm eine Pistole aus seinem Holster und zielte auf Jungbluths Stirn. »Doch. Hast du«, sagte er und drückte ab. Ein Knall ertönte und Jungbluths obere Kopfhälfte explodierte regelrecht. Blut und Gehirnmasse spritzten an den Schreibtisch und die Wand daneben.

Lara schrie entsetzt, während Nowak beobachtete, wie Jungbluth am Schreibtisch entlang zu Boden glitt.

»Keine Sorge. Ich präpariere den Tatort noch so, dass niemand an dir als Täterin zweifeln wird.« Seine Stimme war von einer erschreckenden Gleichgültigkeit, als würde er über das Essen in der Kantine sprechen.

»Was ist mit dir?«, fragte sie ungläubig, während ihr Tränen die Wangen hinunterliefen.

»Alles war gut«, sagte Nowak und legte die Waffe zu Boden. »Ingdahlen hatte Selbstmord begangen und Döhring wurde von einem Einbrecher überrascht. Doch dann kamst du.« Er schlug ihr wieder mit dem Handrücken ins Gesicht, sodass ihr Kopf herumfuhr und sich der Raum um sie drehte.

»Kommissarin Klugscheißer.« Aufgeregt ging er umher. »Die Frau, die alles genau wissen will, sich nicht um Anweisungen schert, bis die kleinste Kleinigkeit aufgeklärt ist.«

»Ich dachte, das ist unsere Aufgabe. Nicht zu ruhen, bis die Wahrheit ans Licht gekommen ist.«

»Pathetischer Blödsinn«, erwiderte er ungehalten. »Das glauben Narren wie du und dein Journalistenfreund.«

»Wo ist Daniel?«

»Sicher verpackt im Kofferraum von Tassos SUV.«

»Uggur ist wieder in Deutschland?«

»Auch das ist deine Schuld. Hättest du stillgehalten, könnte er in der Türkei sein schönes Leben genießen. Es hat mich eine Menge Geld gekostet, ihn ungesehen nach Deutschland zu bringen, aber am Ende wird sich die Investition lohnen.«

»Was glaubst du, warum ich ein Handy mit Ohrhörer und Kamera bei mir getragen habe?«

»Damit Simon dich bei deinem Einbruch begleiten kann.« Nowak ging kurz in die Knie, bis sein Gesicht auf der Höhe des ihren war. »Glaubst du wirklich, ich habe das nicht vorhergesehen?«

»Dann weißt du auch, dass Simon beim kleinsten Anzeichen von Problemen mit der Verbindung die Polizei rufen wird.«

»Es sei denn, ich habe ihn genau zu der Zeit aus dem Spiel nehmen lassen, als du das Zimmer betreten hast.« Er grinste. »Tasso Uggur. Du erinnerst dich?«

»Simon war sein halbes Leben bei der Kripo und das Schloss zur Wohnung entspricht den höchsten Sicherheitsstandards«, erklärte Lara. »Ein tumber Schläger wie Uggur müsste sich durch die Tür sprengen, um hineinzukommen.«

»Oder er geht zum Hausmeister, hält ihm eine Pistole an den Kopf und bittet um die Herausgabe des Ersatzschlüssels, der dort in einem kleinen Safe hinterlegt ist.« Nowak tätschelte ihr die Wange. »Bedauerlicherweise bist du am Ende doch nicht so clever.«

Ein kurzer Schmerz zog durch ihren Kopf. Lara presste die Augen zusammen.

»Eine wirkungsvolle Mischung«, hörte sie ihn zufrieden sagen.

Als sie die Augen wieder öffnete, war Nowak nur noch verschwommen zu sehen. Seine Worte klangen dumpf.

»… lege ich dir die Waffe in die Hand und gebe einen Schuss durch das offene Fenster ab«, beschrieb er sein Vorgehen. »Dadurch finden sich genug Pulverspuren auf deinem Handrücken. Wenn ich noch eine Patrone nachlade, passt alles.«

»Und was ist mit meiner Aussage?«

»Als dir klar geworden ist, was du getan hast, hast du dich selbst gerichtet, daher findet die Kripo zwei Leichen.« Er seufzte zufrieden.

»Das wird nicht funktionieren.«

»Wenn ich die Ermittlungen übernehme, würde die Öffentlichkeit glauben, dass Außerirdische Jungbluth erschossen haben, wenn ich es will.«

Er hob die Pistole auf.

»Warum das alles?« Lara spürte, wie ihre Lippen taub wurden, wie bei ihrem letzten Zahnarztbesuch, als sie eine Narkose erhalten hatte.

»Vor drei Monaten kam Ingdahlen zu mir, jammerte über seine schlecht laufenden Geschäfte und dass er meine Hilfe benötigte, um einen Konkurrenten auszuschalten.« Nowak wischte gewissenhaft die Waffe ab. »Dieses Mal handelte es sich nicht nur um eine Abreibung, er wollte ihn vollständig von der Bildfläche verschwinden lassen. Einen perfekten Mord.«

»Nach all den verprügelten Menschen und den vergewaltigten Frauen aus Döhrings Jagdhaus, was hätte das noch für einen Unterschied für dich gemacht?«

»Es ging nicht um die Tat. Es war die Art, wie Ingdahlen es gefordert hat, als wäre es eine Selbstverständlichkeit, etwa wie einen Strafzettel verschwinden zu lassen.« Seine Stimme bekam einen nachdenklichen Unterton. »In dem Moment wurde mir klar, dass ich mich verrannt hatte und in eine unwiderrufliche Abhängigkeit geraten war, aus der es nur einen Ausweg gab.«

»Seinen Tod.«

Nowak nickte.

»Und warum Döhring und Jungbluth?«

»Weil sie Mitwisser waren. Über meine Hilfe bei Ingdahlens Rachefeldzügen bis hin zu meinen Vergnügungen im Jagdhaus.«

»Du hast auch Frauen vergewaltigt?«

»Die wurden gut bezahlt«, rechtfertigte sich Nowak.

»Du krankes Dreck…«, begann Lara, aber ein weiterer Schlag ins Gesicht ließ sie verstummen.

»Wozu ist Macht da, wenn man sie nicht genießen kann?«

»Sie ist nicht gedacht für Mord, Rache und Vergewaltigung.«

»Da widerspricht dir die Geschichte. Menschen mit Macht haben genau das getan.«

»Diese Zeiten sind vorbei. Zumindest in diesem Land.«

»Offensichtlich nicht. Ich bin das perfekte Beispiel, dass du unrecht hast.« Er deutete mit dem Daumen auf sich.

»Um den Preis vieler Leichen.«

»Eigentlich waren nur drei Tote geplant, und hättest du dich nicht eingemischt, würdest du den nächsten Morgen erleben. Und Simon und Daniel auch.« Er schüttelte bedauernd den Kopf. »Ich habe wirklich alles versucht, aber du wolltest nicht von den Fällen ablassen.«

»Das warst alles du«, sagte sie nach einem Moment. »Die angeblich von mir bedrängte Carla Gläsner und der Unbekannte, der die Unterlagen von meiner Prügelei mit Gabriel Alcide weitergegeben hat.«

»Ich habe mein Bestes versucht, aber selbst nach dem wenig schmeichelhaften Bericht im Fernsehen hast du nicht aufgehört.«

»Warum hast du mich nicht umlegen lassen? Dann hätten die Ermittlungen ein Ende gehabt.«

»Eine Zeit lang habe ich mit dem Gedanken gespielt«, erwiderte er. »Aber dann musste sich dieser dumme, neugierige Journalist einmischen und meine Freundschaft mit den anderen öffentlich machen.«

Lara genehmigte sich ein Lächeln, das ihr aber wegen des stärker werdenden Schwindels schwerfiel. »Er ist nicht der einzige Clevere hier.«

»Es waren eine Menge clevere Leute an dem Fall dran«, gab Nowak zu. »Du, Simon und Daniel. Aber am Ende habe ich mich als der bessere Spieler herausgestellt.« Er schnitt ihr die Fesseln um die Handgelenke auf und griff nach ihren Fingern.

Lara wollte Widerstand leisten, ihn fassen und schlagen, aber sie konnte kaum die Faust ballen. Ihr Arm gehorchte ihr nicht, als wäre er kein Teil ihres Körpers.

Nowak drückte ihr die Pistole in die Hand und schloss ihre Finger um die Waffe.

»Wenn du tatsächlich clever wärst, hättest du dich gefragt, warum ich meine langen Haare zu einem Dutt zusammengebunden habe, obwohl ich sonst einen einfachen Pferdeschwanz bevorzuge.« Sie hatte Mühe zu sprechen. Die Worte kamen nur gelallt aus ihrem Mund.

»Sind das die Drogen oder glaubst du, dass deine Frisur Relevanz hat?«, fragte er amüsiert.

»In einem Dutt lassen sich Dinge verstecken, falls man durchsucht wird, weil niemand dort nachsieht.«

Nowak erstarrte in der Bewegung. Er riss ihr die Gummis heraus und wühlte durch ihre Haare.

»Verdammt!«, hörte sie ihn rufen.

Die Tür des Arbeitszimmers fuhr krachend auf und ein Schuss ertönte.

Dann fiel sie zu Boden.

* * *

Ein Schmerz in ihrem Arm weckte sie.

»… Naloxon verabreicht«, vernahm sie die Stimme eines Mannes.

»Wir müssen sie sofort ins Krankenhaus bringen«, ergänzte eine Frau. »Ihr Herz läuft Amok.«

Im ersten Moment glaubte Lara, dass sie im Bett lag, aber das Bett bewegte sich. Als sie durch den Eingangsbereich von Jungbluths Haus gefahren wurde, wunderte sie sich wieder, wie stilvoll alles eingerichtet war. Die schönen Lampen an der Decke, das dunkelbraune Holz der Treppe und das angenehme Weiß der Wände.

»Vielleicht noch ein Gemälde«, murmelte sie. »Von Dürer. Oder Rembrandt.«

Der Sanitäter neben ihr lächelte ihr freundlich zu. »Das wird schon wieder.«

Er hatte sanfte Gesichtszüge, mit einer kindlichen Stupsnase und schönen blauen Augen, daher erwiderte sie das Lächeln. Sie wollte ihn gerade fragen, was er hier machte, als sie angehoben und ins Freie gebracht wurde. Die Wärme verschwand und ein kühler Wind erfasste sie. Der Lampenschein des Hauses wurde von blinkenden Lichtern abgelöst. Gelb, Blau und Rot. Alles auf einmal, daher kniff sie die Augen zusammen.

Es ratterte laut und ihr Bett wackelte. Sie wollte sich schon bei dem Mann beschweren, aber sein Lächeln war so schön. Dann bemerkte sie die vielen Menschen.

Lara drehte den Kopf und sah Kemmer vor einem Polizeiauto stehen. Umringt von kräftigen Männern in kugelsicheren Westen. Sie lächelte nicht, sondern wirkte besorgt.

Jemand griff nach ihrer Hand. Sie wandte den Blick zu ihm und erkannte Simon. Er hatte ein großes Pflaster auf der Stirn und sein linkes Auge war geschwollen.

»Was ist passiert?«, wollte sie fragen, aber sie konnte kaum den Mund öffnen.

»Uns geht es gut«, sagte er zu ihr. Simon zwang sich zu einem Lächeln, aber die Tränen, die seine Wangen hinunterliefen, machten diesen schönen Augenblick zunichte. »Und du wirst wieder.«

Dann war seine Hand weg und ihr Bett wurde in ein Auto gefahren.

Sie seufzte und schloss die Augen. Etwas piepste laut neben ihrem rechten Ohr.

»Kammerflimmern!«, hörte sie den Mann noch rufen, bevor sie davonglitt.

* * *

Der Kaffee war der schlechteste, den Simon je getrunken hatte, aber das Gebräu hielt ihn wach, und etwas anderes brauchte er momentan nicht. Utz saß auf einem Stuhl neben ihm und sah bedrückt zu Boden. Er knetete seine Finger, als müsste er sich irgendwie beschäftigen.

Zwei Männer brachten eine junge Frau in den Wartebereich und setzten sie auf einen Stuhl. Nach dem Humpeln zu schließen, hatte sie sich irgendwo den Fuß verstaucht.

Simons Handy brummte kurz. Es war eine SMS von Kemmer, die sich erneut nach Laras Wohlbefinden erkundigte, aber er hatte noch immer keine neuen Informationen.

Draußen fuhr ein Krankenwagen mit Blaulicht heran, als wollte er Simon daran erinnern, dass das Leben weiterging, auch wenn es eine außergewöhnliche Kripobeamtin weniger auf der Welt geben sollte.

Ein Mann im Arztkittel kam herein. Er wirkte müde und geschafft. »Sind Sie die Herren von der Kriminalpolizei?« Simon nickte und Utz stand von seinem Stuhl auf.

»Kommen Sie bitte mit«, bat er und deutete nach draußen. »Wir müssen reden.«

Kapitel 15

Lara wurde vom Geruch der Penne all'arrabbiata geweckt. Der Duft nach Tomaten, durchzogen von einer leichten Chilischärfe und einem Hauch Knoblauch, war unverkennbar. Nach dem kargen Frühstück aus geschmacklosem Käse und einem trockenen Brötchen war dies eine regelrechte Verheißung.

Sie öffnete die Augen und sah einen Teller mit dampfender Pasta auf dem kleinen Beistelltisch stehen. Lara wollte sich aufrichten, aber ein stechender Schmerz in der Stirn ließ sie zurück aufs Kissen sinken.

»Langsam«, hörte sie Simons Stimme. »Werde erst wach.«

»Ich schlafe ständig«, antwortete sie murrend.

»Nowak hat dir einen Drogencocktail verpasst, der einen Elefanten umgehauen hätte. Außerdem warst du wegen eines Herzstillstands zwei Minuten klinisch tot, daher ist Ruhe angeraten.«

Sie drehte den Kopf zu ihm. Er hatte eine daumenlange, genähte Wunde am Haaransatz und sein linkes Auge war blau. Sie versuchte, sich zu erinnern, aber die letzten Tage waren immer noch verschwommen.

»Die Folgen des Ringkampfes mit Tasso Uggur«, erklärte er lächelnd und zog einen Stuhl ans Bett.

»Wenn man bedenkt, dass er doppelt so schwer ist wie du, bist du gut davongekommen.«

»Zugegebenermaßen hat er mich überrascht, als er durch die Tür hereingestürmt kam und sich auf mich gestürzt hat«, erklärte Simon. »Ich bin zwar seinem Griff entkommen, dabei aber auf dem Couchtisch gelandet.« Er deutete auf die Stirnwunde. »Seine Masse wurde Uggur schließlich zum Verhängnis, denn bis er wieder bei mir war, hatte ich meine Waffe unter der Couch hervorgezogen, was seinem Knie nicht gutgetan hat.«

»Ich wusste nicht, dass du noch eine Waffe besitzt.«

»Habe ich eigentlich auch nicht, aber nach den immer brisanter werdenden Ermittlungen hielt ich es für eine gute Idee.«

Sie hob den Daumen und lächelte. »Wie geht es Nowak?«

»Das SEK war nicht zimperlich mit ihm, doch bis zur Gerichtsverhandlung wird er wieder fit sein.«

Als sie den Kopf drehte, wurde ihr schwindelig. »Die Drogen hatten es wirklich in sich, denn von dem Abend habe ich nur noch bruchstückhafte Erinnerungen.«

»Obwohl ich kein Angehöriger bin, hat mir dein Arzt versichert, dass du wieder ganz die Alte wirst, wenn du deinem Kopf und deinem Körper etwas Ruhe gönnst. Auch die Erinnerungen werden wiederkommen.«

»Wie ich mich fühle, bleibt mir ohnehin nichts anderes übrig, als mir Ruhe zu gönnen.« Der Geruch des Essens erinnerte Lara an ihren knurrenden Magen. Sie richtete sich vorsichtig auf. Glücklicherweise war der Schwindel dieses Mal nicht so schlimm. Simon schob den Nachttisch zu ihr hinüber und reichte ihr eine Gabel.

»Kannst du mich auf den neusten Stand bringen?«, fragte sie und begann zu essen.

»Ich bin hier, um nach dir zu sehen und dir etwas Pasta zu bringen, da ich leider nur zu gut weiß, wie schlecht Krankenhausessen ist. Die Ermittlungen können noch warten.«

»Stell dich nicht so an«, erwiderte sie kauend. »Ich werde nicht gleich aufstehen und mich wieder in die Arbeit stürzen.«

Simon zog die Augenbrauen hoch, als wäre er unsicher, ob er ihrer Aussage trauen konnte. »Woran erinnerst du dich noch?«, fragte er schließlich.

»An meine Überraschung, als ich Nowak bei Jungbluth gesehen habe, und mein Entsetzen, als er Jungbluth erschossen hat. Sowie an die Schmerzen im Bein, als er mir irgendetwas verpasst hat.«

»Das war der bereits erwähnte Drogencocktail.«

»Aber warum das alles? Warum hat er mich zu Jungbluth gelockt, damit scheinbar ich ihn umbringe?«

»Um alle Spuren zu verwischen, die zu ihm führten.«

»Was hat er getan, das so viele Morde rechtfertigt?«

Simon lehnte sich auf dem Stuhl zurück und verschränkte die Arme hinter dem Kopf. »Es waren einmal vier Männer mit viel Macht, Geld und Einfluss«, begann er. »Der erste war unsagbar reich, der zweite kannte sich in den Verstrickungen der Gesetze aus, der dritte war mit der Unterwelt verbandelt und der vierte in einer wichtigen Position bei den Strafverfolgungsbehörden.«

»Döhring, Ingdahlen, Jungbluth und Nowak.«

»Irgendwann waren sie wahrscheinlich vom Leben gelangweilt, also taten sie schlimme Dinge. Dafür ersetzte der Reiche seinen bisherigen Leibwächter durch einen skrupellosen Kriminellen, dem er eine neue Identität kaufte.«

»Tasso Uggur.«

»Der Leibwächter besaß eine Lust an Gewalt, daher verlieh der Reiche ihn an den Anwalt für dessen Rachefeldzüge. Aber das war offensichtlich nicht Abwechslung genug, daher ließ der Reiche Geheimräume in sein Jagdhaus einbauen, um sich dort unbemerkt zu vergnügen. Für den Umbau nutzte er die Verbindungen des Mannes aus der Unterwelt, der gleichzeitig auch im Immobiliengeschäft war. Und als das Geheimversteck errichtet war, haben die vier sich Frauen geholt und sich an ihnen vergangen.«

»Also waren Nowak und Jungbluth die anderen Vergewaltiger?«

Simon nickte. »Bei Jungbluth haben wir die Aufnahmen auf seinem Laptop gefunden, ergänzt um Screenshots daraus, die ihn beim Akt zeigen. Auch stimmen die Körpermaße mit den Videos überein. Nowaks DNS ist mit der im Jagdhaus gefundenen identisch.«

»Deshalb auch die Verzweiflung von Susen Quade und ihre Weigerung, mit mir zu kooperieren«, warf Lara ein. »Sie wusste, dass mit Nowak ein hoher Kripobeamter beteiligt war.«

Simon nickte wieder.

»Aber was hat das Ganze kippen lassen? Ich bin erst auf das Jagdhaus gekommen, als Ingdahlen und Döhring schon tot waren.«

»Die Antwort fanden deine Kollegen in Nowaks privater Mail-Korrespondenz. Darin ist das Angebot einer Rüstungsfirma aus Kassel, die Nowak einen sehr lukrativen Posten angeboten hat, mit dem Zwanzigfachen seines momentanen Verdiensts, wobei Boni und Aktienpakete nicht eingerechnet sind. Das Angebot wurde ihm zwei Monate vor Ingdahlens Tod unterbreitet.«

»Was ist das Problem daran?«, fragte Lara. »Wenn man den Reichtum der anderen drei berücksichtigt, wird ihm das kaum einer geneidet haben.«

»Nowak hätte bei der Kripo aufgehört und damit hätten die anderen die Rückendeckung von dieser Seite verloren«, erklärte Simon. »Gerade Döhring hat ihm diesbezüglich unmissverständlich gedroht, schließlich hat sich auch Nowak im Keller des Jagdhauses an den Frauen vergriffen.«

Lara hörte kurz mit dem Essen auf. »Also musste Nowak die Mitwisser eliminieren, damit nichts seiner Karriere im Weg stehen konnte.«

»Das hat bei Ingdahlen und Döhring auch sehr gut funktioniert, doch dann kamst du und hast die Lawine ins Rollen gebracht, was zu Daniels Artikel über Nowaks Freundschaften geführt hat.«

»Oh Gott, Daniel«, fuhr sie auf. »Wie geht es ihm?«

»Deutlich besser als dir«, beruhigte Simon sie. »Sein Drogencocktail bestand nur aus K.-o.-Tropfen. Einzig sein von Uggurs Faustschlag verstauchter Kiefer macht ihm noch zu schaffen, aber das wird wieder.«

»Was hatte Nowak mit ihm vor?«

»Er wollte ihn und mich befragen, um herauszufinden, ob wir noch etwas Handfestes über ihn hatten, bevor er uns im Main entsorgt hätte.«

»Das hat Nowak zugegeben?«

Simon schüttelte den Kopf. »Die Informationen stammen von Uggur. Als der Staatsanwalt ihm die Anklagepunkte aufgelistet und erläutert hat, welche Strafe ihn deswegen erwartet, hat er sich auf einen Deal eingelassen, weil er auf Nowaks Unterstützung nicht mehr zählen kann.«

»Was hat Uggur angetrieben, die Seiten zu wechseln?«, fragte Lara. »Er hatte Döhring nicht nur seine neue Identität zu verdanken, sondern er erhielt sicherlich auch ein gutes Gehalt.«

»Wohl nicht gut genug, denn vor einem Jahr hat Uggur Döhring nach einer Bonuszahlung gefragt. Einer seiner Verwandten in der Türkei war schwer krank und brauchte Geld für die Behandlung.«

»Und Döhring hat es abgelehnt?«

Simon nickte. »Es ging wohl um achtzigtausend Euro.«

»Achtzigtausend Euro sind eine lächerliche Summe für einen Superreichen.«

»Es war wohl eine Sache des Prinzips, denn Döhring hat die Bitte sehr harsch abgewiesen.« Er zuckte die Achseln. »Besagter Verwandter Uggurs ist im letzten Jahr verstorben, was ein Grund dafür gewesen sein dürfte, dass er Nowak geholfen hat.« Simon lächelte. »Als Uggur mich angegriffen hat, habe ich kurz mit mir gerungen, ihm den Kopf wegzuschießen, aber meine Ratio hat obsiegt. Trotz seines kaputten Knies war er äußerst redselig. Seine Aussage hat die offenen Punkte geklärt, was Nowak für den Rest seines Lebens ins Gefängnis bringen wird.«

»Wer hat Ingdahlen ermordet?«

»Nowak hat eine Prostituierte dafür bezahlt, Ingdahlen quasi wehrlos zu machen. Das mit dem Lachgas hat Uggur im Auftrag von Nowak erledigt.«

»Und Döhring?«

»Das war Nowak selbst«, erklärte Simon. »Die Zugangsdaten hat er von Uggur erhalten und der Rest war dann nur noch ein Kinderspiel.«

»Aber was ist mit dem Überfall auf Nowak?«

»Einer von Uggurs Kumpeln hat dich entführt.«

Lara sah ihn fragend an. »Und der hat auf Nowak geschossen?«

»Das war Show. Wegen Daniels Artikel geriet Nowak in Verdacht, mit zwei Verbrechern befreundet zu sein. Der Überfall brachte ihn in die Position des Opfers zurück.«

»Also sollte ich ihn nicht erschießen?«

Simon schüttelte den Kopf. »Er brauchte eine glaubhafte Verbündete, und da war die Frau, die alles aufgedeckt hatte, perfekt. Der Schuss auf ihn war geplant, aber auf eine Stelle, die nicht gefährlich war.«

»Dieses kranke Dreckschwein«, sagte sie zornig.

»Damit wäre auch erklärt, warum die Angreifer ihn nicht getötet haben und so schnell verschwunden sind, während du dich versteckt hast.«

»Wie verrottet ist die Seele eines Menschen, wenn er so etwas macht?«

»Jungbluths Ermordung hat gezeigt, wie umfassend diese Verrottung war. An dem Abend wären nicht nur Jungbluth gestorben, sondern auch du, Daniel und ich. Ziemlich viele Tote für Nowaks weiße Weste und seine Karriere in der Rüstungsindustrie.« Er deutete auf den Teller mit Nudeln. »Daher solltest du schnell wieder gesund werden, damit du nichts von seiner Verhandlung verpasst. Das wird eine große Show.«

»Hoffentlich kommt er nicht davon«, bemerkte sie nachdenklich.

»Mach dir keine Sorgen, Lara. Ich kenne den anklagenden Staatsanwalt.«

Sie redeten noch einige Zeit über den Fall, die Verstrickungen und die Opfer, aber als sie den Teller mit Nudeln leer gegessen hatte, übermannte sie die Müdigkeit wieder.

»Wir sehen uns morgen.« Er nahm den Teller vom Nachttisch. »Ich bringe wieder Nachschub.«

Lara hob die Hand und bedankte sich. Noch bevor Simon das Zimmer verlassen hatte, war sie eingeschlafen.

Epilog

Als er die Kneipe betrat, blickte Daniel fasziniert zu dem Dschungel, der aus der Decke zu wachsen schien. Vor lauter Starren hätte er beinahe einen Stuhl übersehen; gerade noch rechtzeitig wich er aus und kam stolpernd zu Lara an den Tisch. Er legte seine Arme um sie und drückte sie fest an sich.

Lara war von dieser Zutraulichkeit überrascht, ließ es jedoch geschehen. Es erinnerte sie an die schönen Momente mit ihm. Zwei Herzschläge später löste er sich von ihr und nahm auf einem Stuhl gegenüber Platz.

»Du kannst dir nicht vorstellen, wie froh ich bin, dich zu sehen«, sagte er erleichtert.

»Angeblich hattest du an besagtem Abend auch keine schöne Zeit.«

»Wegen der K.-o.-Tropfen kann ich mich an nichts mehr erinnern.« Er nahm die Speisekarte in die Hand. »Laut deinen Kollegen hat mich Uggur auf dem Weg nach Hause abgefangen und niedergeschlagen.«

»Den Treffer kann man jetzt noch sehen.« Sie deutete auf ein Hämatom an seinem Kinn.

»Dann hat mich Döhrings Schläger in den Kofferraum seines Wagens verfrachtet, wo ich einige Stunden verbracht habe, bis die Polizei mich gefunden hat.«

»Nachdem Simon mein Gespräch mit Nowak mitgehört hatte, ist das SEK zu Jungbluths Haus gefahren, während die Polizei großflächig nach dir gesucht hat«, erklärte Lara. »Schließlich hat Simon Uggurs Auto gefunden und somit dich im Kofferraum.«

»Ein Glück, dass das SEK so schnell bereit war.«

»Sobald ich Simons Wohnung verlassen hatte, hat er es in Bereitschaft versetzt.« Sie verzog das Gesicht.

»Wie kann ein ehemaliger Kripobeamter das tun?«

»Indem er den Zugang und die Daten einer aktiven Kripobeamtin nutzt, die diese ihm im Vertrauen gegeben hat.«

»Ziemlich gerissen«, bemerkte Daniel. »Und im Nachhinein die richtige Entscheidung.«

»Das hat mir wahrscheinlich das Leben gerettet«, gab sie zu. »Trotzdem bin ich noch wütend auf Simon, weil er mir versprochen hatte, niemandem davon zu erzählen.«

»Zum Glück bist du nicht lange nachtragend.« Er klappte die Karte zu und bestellte ein großes Frühstück. »Ich habe mich auf das Treffen in dieser … exotischen Kneipe gefreut, aber müsstest du nicht auf der Dienststelle sein und Verbrecher jagen?«

»Ich habe gekündigt«, bemerkte sie beiläufig und nippte an ihrem Kaffee. »Aktuell baue ich gerade meinen Resturlaub ab.«

»Du hast gekündigt?«, fragte Daniel ungläubig. »Frankfurts Superermittlerin verlässt die Kripo?«

Lara nickte.

»Aber deine Karriere macht doch gerade einen Sprung durch die Decke. Und jetzt, da Nowak fort ist, hält dich niemand mehr auf.«

»Das mit Nowak hätte nie passieren dürfen. Keine Behörde ist perfekt, aber die Leichtigkeit, mit der er seine Schweinereien unbehelligt durchführen konnte, entsetzt mich.«

»Dennoch wäre das doch das perfekte Betätigungsfeld für dich«, widersprach Daniel. »Die Lücken schließen, die Nowak nutzen konnte. Und dafür sorgen, dass er die entsprechende Strafe erhält.«

»Das mache ich«, erklärte Lara. »Aus diesem Grund treffen wir uns heute.«

»Ich verstehe nicht.«

»Nimm deinen Schreibblock aus der Tasche. Denn in den nächsten Stunden werde ich alles erzählen, was du über Nowak und seine Machenschaften wissen willst. Somit bin ich sicher, dass nichts unter den Teppich gekehrt wird.«

»Das wird dir eine Menge Ärger mit deinem ehemaligen Arbeitgeber einbringen.«

»Nicht zum ersten Mal.«

»Was willst du machen, wenn das alles vorbei ist?«

»So weit denke ich noch nicht. Denn bis dahin haben wir noch eine Menge Arbeit vor uns.«

Daniel zog seinen Block aus der Tasche. »Ich bin bereit«, sagte er lächelnd. »Lass uns anfangen.«

Folge dem Autor auf Amazon

Wenn dir dieses Buch gefallen hat, folge Alexander Hartung auf Amazon. Dann erhältst du eine Benachrichtigung, wenn der Autor sein nächstes Buch veröffentlicht. Um dem Autor zu folgen, gehe bitte folgendermaßen vor:

Desktop:

1) Suche auf Amazon.de oder in der Amazon App nach dem Namen des Autors.
2) Klicke auf den Namen des Autors, um auf die Autorenseite zu gelangen.
3) Klicke auf den »Folgen«-Button.

Smartphone und Tablet:

1) Suche auf Amazon.de oder in der Amazon App nach dem Namen des Autors.
2) Klicke auf einen Titel des Autors.
3) Klicke auf den Namen des Autors, um auf die Autorenseite zu gelangen.
4) Klicke auf den »Folgen«-Button.

Kindle eReader und Kindle App:

Wenn du dieses Buch auf einem Kindle eReader oder in der Kindle App liest, wird dir automatisch angeboten, dem Autor zu folgen, nachdem du die letzte Seite des Buches gelesen hast.

Printed in Poland
by Amazon Fulfillment
Poland Sp. z o.o., Wrocław

35118304R00181